ENTREVISTA COM O VAMPIRO

ENTREVISTA COM O VAMPIRO

ANNE RICE

Tradução de Clarice Lispector

Rocco

Título original
INTERVIEW WITH THE VAMPIRE

EDITORA ROCCO LTDA.
Rua Evaristo da Veiga, 65 – 11º andar
Passeio Corporate – Torre 1
20031-040 – Rio de Janeiro – RJ
Tel.: (21) 3525-2000 – Fax: (21) 3525-2001
rocco@rocco.com.br
www.rocco.com.br

Printed in Brazil/Impresso no Brasil

Design de capa: Julia Ungerer

CIP-Brasil. Catalogação na publicação.
Sindicato Nacional dos Editores de Livros, RJ.

R381e Rice, Anne
Entrevista com o vampiro / Anne Rice; tradução de Clarice Lispector. – 1ª ed. – Rio de Janeiro: Rocco, 2020.

"Edição em capa dura"
Tradução de: Interview With The Vampire
ISBN 978-85-325-3183-4
1. Ficção americana. I. Lispector, Clarice. II. Título.

20-62740 CDD-869.3 CDU-82-3(73)

Vanessa Mafra Xavier Salgado – Bibliotecária – CRB-7/6644

O texto deste livro obedece às normas
do Acordo Ortográfico da Língua Portuguesa.

Para Stan Rice, Carole Malkin
e Alice O'Brien Borchardt

PRIMEIRA PARTE

— Compreendo...

Disse o vampiro, pensativo, caminhando lentamente pela sala até a janela. Durante muito tempo, permaneceu de pé em frente à luz fraca e à torrente de tráfego da Rua Divisadero. Agora o rapaz conseguiu ver os móveis da sala mais claramente, a mesa de carvalho redonda, as cadeiras. Numa das paredes, uma bacia pendia sob um espelho. Apoiou a maleta na mesa e esperou.

– Qual a quantidade de fita que você trouxe? – perguntou o vampiro, virando-se agora de modo que o menino pudesse ver seu perfil. – O suficiente para registrar a história de uma vida?

– Certamente, se for uma vida movimentada. Às vezes chego a entrevistar três ou quatro pessoas, numa noite de sorte. Mas tem de ser uma boa história.

– É claro – respondeu o vampiro. – Então, gostaria de lhe contar a história de minha vida. Gostaria muitíssimo de fazê-lo.

– Ótimo – disse o jovem. E tirou rapidamente o pequeno gravador da maleta, testando a fita e as pilhas. – Estou realmente ansioso por saber por que você acredita nisso, por que...

– Não – disse o vampiro rispidamente. – Não podemos começar desse jeito. Seu equipamento já está pronto?

– Está.

– Então sente-se. Vou acender a lâmpada.

– Pensei que os vampiros não gostassem de luz – comentou o rapaz. – Mas caso ache que a escuridão pode ajudar a criar uma atmosfera...

Então, parou de falar. O vampiro o observava de costas para a janela. O rapaz não conseguia tirar nenhuma informação daquela expressão, mas, ainda assim, havia algo no vulto quieto que o perturbava. Começou novamente a tentar falar, mas não disse nada. E então viu, com alívio, que o vampiro se dirigia à mesa e apertava o interruptor.

A sala foi imediatamente invadida por uma desagradável luz amarela. E o rapaz, fitando o vampiro, não pôde deixar de engolir em seco. Seus dedos bailaram novamente pela mesa agarrando a borda.

– Meu Deus! – murmurou, fitando, sem voz, o vampiro.

O vampiro era incrivelmente branco e suave, como se tivesse sido esculpido em osso descorado. Seu rosto parecia tão inanimado quanto uma estátua, exceto pelos dois olhos verdes e brilhantes que examinavam o rapaz atentamente, como se fossem chamas saindo de um crânio. O vampiro sorriu, quase melancolicamente, e a substância branca e macia de seu rosto se moveu como as linhas infinitamente flexíveis, mas mínimas, de um desenho animado.

– Compreende? – perguntou suavemente.

O rapaz estremeceu, levantando a mão como se quisesse se proteger de uma luz poderosa. Seus olhos passearam lentamente pelo paletó preto, de bom corte, que tinha somente vislumbrado no bar, as longas dobras da capa, o lenço de seda negra amarrado no pescoço e o brilho do colarinho branco, tão branco quanto a carne do vampiro. Fitou, espantado, seu cabelo cheio e negro, as ondas cuidadosamente penteadas para encobrir a ponta das orelhas, os cachos que mal tocavam a borda do colarinho branco.

– Agora, ainda quer a entrevista? – perguntou o vampiro.

A boca do rapaz ficou aberta, sem emitir nenhum som. Balançava a cabeça. Depois disse:

– Quero.

O vampiro se sentou à sua frente e, inclinando-se, disse calma e confidencialmente:

– Não tenha medo. Simplesmente ligue o gravador.

E, então, se estendeu sobre a mesa. O rapaz se encolheu, com o suor descendo por sua face. O vampiro pousou pesadamente a mão sobre o ombro do rapaz e disse:

– Acredite-me, não lhe farei mal. Quero esta oportunidade. É mais importante para mim do que pode lhe parecer agora. Quero que comece.

Retirou a mão e se sentou calmamente, esperando.

O rapaz precisou de algum tempo para enxugar a testa e os lábios com um lenço, verificar se o microfone estava ligado, apertar o botão e dizer que o aparelho estava funcionando.

– Você não foi sempre vampiro, não é?

– Não – respondeu o vampiro. – Era um homem de 25 anos quando me tornei um vampiro, no ano de 1791.

O rapaz se espantou com a precisão da data e repetiu-a antes de perguntar:

– Como aconteceu?

– Há uma resposta muito simples. Mas não acredito que queira dar respostas simples. Acho que desejo contar a verdadeira história...

– Sim – disse o jovem rapidamente. Dobrava e redobrava o lenço, passando-o constantemente sobre os lábios.

– Aconteceu uma tragédia – começou o vampiro. – Foi com meu irmão mais novo... Ele morreu.

Então o vampiro parou, de modo que o rapaz pigarreou e enxugou o rosto novamente antes de enfiar o lenço, quase impacientemente, no bolso.

– Isto é doloroso para você? – perguntou timidamente.

– Parece ser? – perguntou o vampiro. – Não.

Balançou a cabeça.

– É que só contei esta história a uma outra pessoa. E foi há muito tempo. Não, não me é doloroso...

– Na época, morávamos na Louisiana. Tínhamos recebido terras do governo e iniciamos duas plantações de índigo no Mississippi, muito próximo de Nova Orleans...

– Ah, é este o sotaque... – disse o rapaz em voz baixa.

Por um instante, o vampiro fitou-o inexpressivamente.

– Tenho sotaque? – começou a rir.

E o jovem, desconcertado, respondeu rapidamente:

– Reparei no bar, quando lhe perguntei como ganhava a vida. É somente uma leve acentuação das consoantes, só isso. Nunca suspeitaria de que fosse francês.

– Está certo – assegurou-lhe o vampiro. – Não estou tão chocado quanto pode parecer. Só que, de vez em quando, me esqueço. Mas deixe-me continuar...

– Por favor...

– Falava sobre as plantações. Na verdade, têm muita relação com o fato de ter-me tornado um vampiro. Mas chegaremos lá. Levávamos uma vida simultaneamente luxuosa e primitiva. E nós próprios a achávamos muito atraente. Compreenda, vivíamos muito melhor do que jamais teríamos vivido na França. Talvez a completa solidão da Louisiana nos fizesse pensar assim, mas, uma vez formada esta impressão, ela passou a ser verdadeira. Lembro-me dos móveis importados que atravancavam a casa.

O vampiro sorriu.

– E o cravo. Era adorável. Minha irmã costumava tocar. Nas tardes de verão, sentava-se em frente ao teclado, de costas para as janelas francesas abertas. E ainda me lembro da música, suave e rápida, e da visão do brejo estendendo-se atrás dela, dos ciprestes cobertos de trepadeiras se elevando de encontro ao céu. E havia os sons do pântano, um coral de criaturas, o grito dos pássaros. Acho que amávamos aquilo. Tornava os móveis de pau-rosa ainda mais preciosos, a música ainda mais delicada e encantadora. Mesmo quando as glicínias arrebentaram as janelas do sótão e estenderam suas gavinhas até os tijolos brancos, em menos de um ano... Sim, nós o amávamos. Todos, a não ser meu irmão. Acho que nunca o vi reclamar de nada, mas sabia como ele se sentia. Na época, meu pai já havia morrido e eu tinha me tornado o chefe da casa, tendo de defendê-lo constantemente de minha mãe e de minha irmã. Queriam que as levasse a visitas e às festas de Nova Orleans, mas ele odiava estas coisas. Acho que parou de acompanhá-las antes dos 12 anos. As orações eram seu único interesse. Orações e a vida ascética dos santos.

– Finalmente, construí um oratório para ele, fora da casa, e ali ele começou a passar praticamente o dia todo e, frequentemente, algumas noites. Isto é realmente uma ironia. Ele era tão diferente de nós, tão diferente de todo mundo, e eu era tão comum! Ainda não tinha absolutamente nada de extraordinário.

O vampiro sorriu.

– Às vezes, à tarde, ia à sua procura e o encontrava no jardim, perto do oratório, sentado numa calma absoluta, em um banco de pedra que havia por ali, e lhe contava as dificuldades que tinha com os escravos, como desconfiava do capataz, ou falava sobre o tempo, sobre meus agentes... Falava de todos os problemas que constituíam a matéria e a finalidade de minha existência. E ele ouvia, fazendo poucos comentários, sempre compreensivo, de modo que, quando o deixava, tinha a exata impressão de que havia resolvido tudo para mim. Achava que não podia lhe negar nada e jurei que, apesar de toda a imensa dor por perdê-lo, entraria para o seminário quando chegasse a época. Claro que estava enganado.

O vampiro parou.

Durante algum tempo, o menino simplesmente o fitou e, depois, ele recomeçou, como se tivesse sido afastado de seus pensamentos, gaguejando, como se não conseguisse encontrar as palavras adequadas.

– Ah, ele não queria ser padre? – perguntou o rapaz.

O vampiro o estudou como se tentasse compreender o significado de sua expressão. Então respondeu:

– Quero dizer que estava enganado a meu respeito, a respeito de meu desejo de não lhe negar nada.

Seu olhar atravessou a parede ao longe e se fixou nos vidros da janela.

– Ele começou a ter visões.

– Visões verdadeiras? – perguntou o rapaz, mas hesitando, como se estivesse pensando em outra coisa.

– Acho que não – respondeu o vampiro. – Começaram quando ele tinha 15 anos. Na época, era um rapaz muito bonito. Tinha a pele mais macia e os maiores olhos azuis que já vi. Era forte, não era frágil como sou agora, e já era, então... Mas seus olhos... Quando olhava dentro de seus olhos, sentia-me como se estivesse sozinho no fim do mundo... numa praia oceânica batida pelos ventos. Sem nada, além do rugido macio das ondas.

– Bem – disse, com o olhar ainda fixo nas janelas. – Ele começou a ter visões. A princípio, não nos disse claramente o que acontecia e simplesmente parou de fazer as refeições conosco. Morava na capela. Podia ser encontrado, a qualquer hora do dia ou da noite, ajoelhado sobre as pedras lisas do altar. E a própria capela foi deixada de lado. Parou de cuidar das velas, de trocar as toalhas do altar e até mesmo de varrer as folhas. Numa noite, fiquei realmente preocupado ao passar uma hora inteira observando-o sem que se levantasse nem relaxasse os braços que mantinha esticados em forma de cruz. Os escravos todos achavam que ele estava louco.

O vampiro ergueu as sobrancelhas, como se meditasse.

– Eu estava convencido de que não passava de excesso de zelo. Em seu amor por Deus, talvez tivesse ido longe demais. Então falou comigo a respeito das visões. Tanto São Domênico quanto a Sagrada Virgem Maria tinham vindo até ele, na capela. Tinham-lhe dito que devia vender nossa propriedade na Louisiana, assim como tudo o que possuísse, e usar o dinheiro para servir a Deus, na França. Meu irmão deveria ser um grande líder religioso, deveria retornar à França, à sua antiga fé, para lutar contra o ateísmo e a Revolução. É claro que não tinha nenhum dinheiro próprio. Eu deveria vender as plantações e nossas próprias casas de Nova Orleans e lhe dar o dinheiro.

O vampiro parou novamente. E o rapaz permaneceu sentado, imóvel, observando-o, espantado.

– Ah... desculpe-me – murmurou. – O que disse? Vendeu as plantações?

– Não – respondeu o vampiro, com o rosto tão calmo quanto no início. – Ri dele. E ele... ficou enfurecido. Insistiu em que a ordem tinha vindo da própria Virgem. Quem era eu para desrespeitá-la? Quem, na verdade?

O vampiro se fez a última pergunta em voz baixa como se pensasse sobre isto novamente.

– Quem, na verdade? E quanto mais ele tentava me convencer, mais eu ria. Disse que aquilo era absurdo, que era o produto de uma mente imatura e até mesmo mórbida. Disse-lhe que a capela havia sido um erro; iria derrubá-la. Ele iria para a escola em Nova Orleans e tiraria aquelas ideias loucas da cabeça. Não me lembro de tudo que disse. Mas lembro-me da sensação. Por trás de minha peremptória negativa, havia raiva e decepção. Estava profundamente desapontado. Não acreditava absolutamente nele.

– Mas é compreensível – disse o rapaz rapidamente, quando o vampiro parou de falar. Sua expressão de espanto havia se abrandado.

– Quer dizer, será que alguém poderia acreditar nele?

– É assim tão compreensível? – O vampiro olhou para o rapaz.

– Acho que talvez tenha sido um imenso egoísmo. Deixe-me explicar. Amava meu irmão, como já lhe disse, e às vezes acreditava que era um santo em vida. Encorajei-o a rezar e a meditar, como falei, e desejava levá-lo para o seminário. E se alguém tivesse me dito que havia um santo em Arles ou em Lourdes que tinha visões, teria acreditado. Era católico, acreditava em santos. Acendia círios diante de suas estátuas de mármore, colocadas nas igrejas; conhecia suas imagens, seus símbolos, seus nomes. Mas não acreditei, não podia acreditar em meu irmão. Não somente neguei que tivesse visões, como não parei para pensar no assunto por nenhum instante. Bem, e por quê? Porque era meu irmão. Poderia ser religioso, estranho, mas um Francisco de Assis, não. Não o meu irmão. Nenhum irmão meu poderia ser tal coisa. Isto é egoísmo. Compreende?

O garoto pensou antes de responder e depois balançou a cabeça e disse que sim, ou ao menos pensou tê-lo feito.

– Talvez ele tivesse visões – disse o vampiro.

– Então você... não consegue saber... agora... se ele as tinha ou não?

– Não, mas sei que nunca duvidou desta convicção, nem um segundo sequer. Sei disto agora, e o sabia na noite em que deixou meu quarto, desnorteado e entristecido. Jamais vacilou um só instante. E, em poucos minutos, estava morto.

– Como? – perguntou o rapaz.

– Simplesmente atravessou a porta, penetrou na galeria e parou por um instante no topo da escadaria de tijolos. E então caiu. Estava morto quando cheguei lá embaixo, com o pescoço quebrado.

O vampiro meneou a cabeça, consternado, mas seu rosto permanecia sereno.

– Viu-o cair? – perguntou o rapaz. – Perdeu o equilíbrio?

– Não, mas dois criados assistiram. Disseram que olhou para cima, exatamente como se tivesse visto algo no ar. Seu corpo todo se inclinou, como se fosse empurrado pelo vento. Um deles disse que, quando caiu, parecia querer dizer alguma coisa. Também pensei que estava prestes a dizer algo, mas nesse momento me afastei da janela. Estava de costas quando ouvi o barulho.

Olhou para o gravador.

– Jamais me perdoarei. Sinto-me responsável por sua morte – disse. – E todos pareceram pensar o mesmo.

– Mas como podiam? Disse que o viram cair.

– Não era uma acusação direta. Simplesmente sabiam que algo desagradável havia acontecido entre nós. Que tínhamos discutido minutos antes da queda. Os criados nos ouviram, minha mãe nos ouviu. Minha mãe não pôde deixar de me perguntar o que tinha acontecido e por que meu irmão, que era tão calmo, havia gritado. Então minha irmã chegou, e eu, obviamente, me recusei a responder. Estava tão profundamente chocado e entristecido que não tinha paciência com ninguém, somente uma vaga determinação de que não deveriam saber de suas "visões". Não deveriam saber que, afinal, não havia se tornado um santo, mas um... fanático. Minha irmã preferiu ficar na cama em lugar de enfrentar o enterro, e minha mãe disse a todos que algo horrível, que eu não queria revelar, havia acontecido em meu quarto. Até a polícia me interrogou, a pedido de minha própria mãe. Finalmente, o padre veio me ver e exigiu saber o que havia se passado. Não disse a ninguém. Falei que tinha sido uma simples discussão. Não estava na galeria quando ele caiu, protestei, e todos me encaravam como se eu o tivesse assassinado. E senti que o tinha feito. Passei dois dias ao lado de seu caixão, pensando: eu o matei. Fitei seu rosto até que manchas aparecessem aos meus olhos e quase desmaiei. A parte posterior de seu crânio tinha se estatelado no chão e sua cabeça tomava uma forma estranha sobre o travesseiro. Obriguei-me a fitá-lo, a observá-lo, simplesmente porque mal podia suportar a dor e o cheiro da decomposição, e por várias e várias vezes tive a tentação de abrir seus olhos. Foram todos maus pensamentos, maus desejos. A ideia principal era esta: eu ri de meu irmão, não acreditei nele, não fui delicado. Ele caiu por minha causa.

– Isto realmente aconteceu, não foi? – sussurrou o jovem. – Está me contando algo... isto é verdade.

– É – disse o vampiro, sem demonstrar surpresa. – Quero continuar a lhe contar.

Mas seu olhar ignorou o menino e se voltou para a janela. Demonstrava pouco interesse pelo rapaz, que parecia ocupado com alguma silenciosa luta interna.

– Mas você disse que não sabia das visões, que você, um vampiro... não tem certeza de que...

– Quero colocar tudo em ordem – disse o vampiro. – Quero continuar a lhe contar as coisas da forma como aconteceram. Não, não sabia nada a respeito das visões. Até este dia.

Parou novamente de falar, até que o rapaz disse:

– Sim, por favor, por favor, continue.

– Bem, eu quis vender as plantações. Não queria jamais voltar a ver a casa ou a capela. Finalmente, entreguei tudo a uma agência que cultivaria a terra para mim e dirigiria os negócios de modo que nunca mais precisasse voltar lá, e mudei-me, com minha mãe e minha irmã, para uma das casas de Nova Orleans. Claro que em nenhum momento consegui me livrar de meu irmão. Não conseguia pensar em nada além de seu corpo apodrecendo no solo. Estava enterrado no cemitério de St. Louis, em Nova Orleans, e fiz tudo para evitar passar por aqueles portões. Mas, mesmo assim, pensava nele constantemente. Bêbado ou sóbrio, via seu corpo apodrecendo no caixão e não conseguia suportar. Sonhava repetidamente que estava no topo das escadas e que eu segurava seu braço, falando carinhosamente com ele, fazendo-o voltar para o quarto, dizendo-lhe delicadamente que acreditava nele, que precisava rezar para que eu tivesse fé. Enquanto isso, os escravos em Pointe du Lac (era esta minha fazenda) começaram a comentar que haviam visto seu fantasma na galeria, e o capataz não conseguiu mais manter a ordem. Nas reuniões sociais começaram a fazer perguntas ofensivas a minha irmã, a respeito do acidente, e ela ficou histérica. Não era realmente uma histérica. Simplesmente pensou que deveria reagir daquele modo, e assim o fez. Passei a beber o tempo todo e a ficar em casa o mínimo possível. Vivia como um homem que queria morrer, mas não tinha coragem para fazê-lo sozinho. Andei em ruas e vielas escuras, estava sempre em cabarés. Escapei de dois duelos, mais por covardia e apatia, pois na verdade queria ser morto. E, então, fui atacado. Poderia ter sido qualquer um – eu era um convite para marinheiros, ladrões, maníacos, qualquer um. Mas foi um vampiro. Pegou-me a poucos passos da porta de casa, à noite, e me deixou morto, ou pelo menos foi o que pensei.

– Quer dizer... que ele sugou seu sangue? – perguntou o rapaz.

– Sim. – O vampiro sorriu. – É assim que se faz.

– Mas você sobreviveu – retrucou o rapaz.

– Bem, ele me sugou quase até a morte, o que era suficiente para ele. Assim que me encontraram, levaram-me para a cama, confuso e realmente sem saber o que havia acontecido comigo. Suponho ter pensado que, finalmente, a bebida havia me causado um enfarte. Naquela hora, só esperava morrer e não tinha nenhum interesse em comer, beber ou falar com o médico. Minha mãe chamou o padre. Quando chegou, eu estava com febre e lhe contei tudo a respeito das visões de meu irmão e do que eu havia feito. Lembro-me de ter agarrado seu braço, fazendo-o jurar várias vezes que não contaria nada a ninguém.

– Sei que não o matei – disse finalmente para o padre. – Mas simplesmente, agora que morreu, não posso mais viver. Não depois do modo como o tratei.

– Isto é ridículo – ele me respondeu. – Claro que pode viver. Não há nada de errado contigo, a não ser a falta de autoindulgência. Sua mãe precisa de você, sem falarmos de sua irmã. E quanto a este seu irmão, estava possuído pelo diabo.

– Fiquei tão aturdido quando me disse isso que não pude protestar. O diabo era astucioso. A França inteira estava sob a influência do diabo, e a Revolução havia sido seu maior triunfo. Nada teria salvado meu irmão, a não ser exorcismos, preces e abstinências, homens que o agarrassem enquanto o demônio se encolerizava em seu corpo e tentava destruí-lo.

– O diabo jogou-o escadas abaixo, é absolutamente óbvio – declarou. – Você não estava falando com seu irmão naquele quarto. Falava com o demônio.

– Bem, isto me enfureceu. Antes disso, pensava que já tinha testado meus limites, mas não. Continuou falando sobre o demônio, sobre o vodu entre os escravos e sobre casos de possessão em outras partes do mundo. E fiquei furioso. Destrocei o quarto, numa tentativa de quase o matar.

– Mas, e sua força... O vampiro?... – perguntou o rapaz.

– Estava fora de mim – explicou o vampiro. – Fiz coisas que seria incapaz de fazer se estivesse inteiramente são. Agora a cena me parece confusa, apagada, fantástica. Mas lembro-me de que o joguei pela porta afora, até o pátio, e o empurrei até o muro da cozinha, onde bati sua cabeça até quase matá-lo. Quando, finalmente, me agarraram, exausto até a morte, me sangraram. Os tolos. Mas ia dizer algo mais. Foi então que me convenci de meu próprio egoísmo. Talvez o tenha visto refletido no padre. Sua atitude intempestiva em relação a meu irmão refletia a minha própria, suas críticas imediatas e ríspidas sobre o diabo, sua recusa em pensar um só instante na ideia de santidade me atingiram.

– Mas ele acreditou que tivesse sido possuído pelo diabo.

– Esta é uma ideia muito mais mundana – disse o vampiro imediatamente. – As pessoas que param de crer em Deus ou na bondade continuam a acreditar no diabo. Não sei por quê. Não, realmente não sei por quê. O mal é sempre possível. E a bondade é eternamente difícil. Mas, precisa compreender, na verdade a possessão é um outro modo de se dizer que alguém está louco. Senti que era isso, no padre. Tenho certeza de que pensou em demência. Talvez tenha pensado exatamente em loucura delirante e tenha pronunciado possessão. Não se precisa ver Satã quando ele é exorcizado. Mas permanecer na presença de um santo... Acreditar que o santo teve uma visão. Não, é egoísmo, nossa recusa em acreditar que pode ocorrer tão próximo de nós.

– Nunca havia pensado nisso – disse o rapaz. – Mas o que aconteceu com você? Diz que o sangraram para curá-lo, e isto deve ter quase causado sua morte.

O vampiro riu:

– Exato. Quase o fez. Mas o vampiro voltou àquela noite. Compreende, ele queria Pointe du Lac, minha fazenda.

– Foi muito tarde, minha irmã tinha pegado no sono. Lembro-me como se fosse ontem. Veio pelo pátio, abrindo as janelas sem um ruído, um homem alto, de pele delicada, cabelos louros e movimentos graciosos, quase felinos. E, delicadamente, estendeu um xale sobre os olhos de minha irmã e diminuiu a chama da lâmpada. Ela adormeceu ali, ao lado da bacia e da toalha com que tinha umedecido minha testa, e não se moveu até de manhã. Mas, então, eu já estava profundamente transformado.

– Que transformação foi essa?

O vampiro sorriu. Reclinou-se na cadeira e contemplou as paredes.

– A princípio pensei que fosse mais um médico, ou alguém convocado pela família para tentar me convencer. Mas esta suspeita foi logo abandonada. Ele parou perto de minha cama e se inclinou, de modo que seu rosto ficou sob a luz, e vi que não se tratava de um homem comum. Seus olhos cinza ardiam com uma incandescência, e as mãos longas e brancas que pendiam a seu lado não eram as de um ser humano. Acho que compreendi tudo naquele instante, e tudo o que me disse depois seria dispensável. Quero dizer que, no momento em que o vi, percebi sua extraordinária aura e compreendi que se tratava de uma criatura como eu jamais vira, e que eu estava reduzido a nada. Aquele ego que não pôde aceitar a presença de um ser humano extraordinário a seu lado estava esmagado. Todas as minhas concepções, até mesmo minha culpa e minha vontade de morrer pareciam subitamente não ter nenhuma importância. Esqueci-me completamente de mim mesmo!

Ao dizê-lo, o vampiro tocou o peito, silenciosamente, com o punho.

– Esqueci-me totalmente de mim. E, no mesmo instante, compreendi inteiramente o significado do que poderia acontecer. Dali em diante só senti uma crescente curiosidade. Enquanto ele falava comigo e me dizia o que deveria esperar, o que havia sido e ainda era sua vida, meu passado passou inteiro por minha mente. Vi minha vida como se não fizesse parte dela, a vaidade, o egoísmo, a busca constante de tolas preocupações, as preces a Deus e à Virgem e uma fieira de santos cujos nomes enchiam meus livros de orações, nenhum dos quais fez a menor diferença numa existência mesquinha, materialista e egoísta. Vi meus verdadeiros deuses... os deuses da maioria dos homens. Comida, bebida e segurança no conformismo. Cinzas.

O rosto do rapaz ficava tenso, num misto de confusão e assombro.

– Então decidiu se tornar um vampiro? – perguntou.

O vampiro ficou calado por um momento.

– Decidi. Não parece a palavra exata. Apesar de não poder dizer que, a partir do momento em que ele penetrou naquele quarto, isto tivesse se tornado inevitável. Não, realmente, não era inevitável. Mas não posso dizer que decidi. Deixe-me dizer que, quando terminou seu relato, nenhuma outra decisão me parecia possível e segui meu destino sem olhar para trás. Exceto num momento.

– Exceto num momento? Qual?

– Meu último alvorecer – disse o vampiro. – Naquela manhã, eu ainda não era um vampiro. E vi meu último alvorecer.

– Lembro-me inteiramente dele; apesar de achar que não me lembro de nenhuma alvorada anterior. Lembro-me de que a luz atingiu, primeiro, o alto das janelas, uma sombra por trás das cortinas de renda, e até então um brilho crescente cada vez mais e mais claro, se recortando por entre as folhas das árvores. Finalmente, o sol atravessou as próprias janelas e a renda se estendeu em sombras sobre o chão de pedra, derramando-se sobre minha irmã, que ainda dormia, sombras de renda sobre o xale que cobria sua cabeça e seus ombros. Assim que sentiu calor, ela empurrou o xale, sem acordar, e então o sol brilhou com toda força sobre seus olhos e ela apertou as pálpebras. Depois reluziu sobre a mesa onde ela apoiava a cabeça e os braços, e cintilou sobre a água da bacia. E pude senti-lo em minhas mãos, sobre a colcha e, finalmente, em meu rosto. Permaneci na cama, pensando em todas as coisas que o vampiro havia me dito, e foi então que me despedi do nascer do sol e parti, para me tornar um vampiro. Foi... o último alvorecer.

O vampiro olhava pela janela novamente. E quando parou, o silêncio foi tão súbito que o garoto pensou ouvi-lo. Pôde então escutar os barulhos da rua. O ruído de um caminhão era ensurdecedor. A leve corda soava com a vibração. O caminhão se foi.

– Sente saudades? – perguntou, em voz baixa.

– Na verdade, não – disse o vampiro. – Há tantas outras coisas. Mas onde estávamos? Quer saber como foi, como me tornei um vampiro.

– Sim – disse o rapaz. – Como foi a transformação, exatamente?

– Não posso lhe descrever exatamente – disse o vampiro. – Posso lhe falar a respeito, fazê-lo com palavras que deixem evidente o valor que teve para mim. Mas não posso descrever exatamente como foi, assim como não se pode dizer exatamente como é a experiência do sexo a quem nunca passou por ela.

O rapaz pareceu subitamente invadido por uma nova pergunta, mas antes que pudesse falar, o vampiro continuou:

– Como já lhe disse, este vampiro, Lestat, queria a fazenda. Uma razão mundana, certamente, para me garantir uma vida que perdurará até o fim do mundo; mas ele não era uma pessoa preconceituosa. Não considerava a pequena população de vampiros do mundo como, digamos, um clube selecionado. Tinha problemas humanos: um pai cego que não sabia que seu filho era vampiro e não deveria descobrir. Tinha-se tornado muito difícil, para ele, viver em Nova Orleans, considerando-se suas necessidades e a obrigação de cuidar do pai, e ele queria Pointe du Lac.

– Na noite seguinte, fomos diretamente para a fazenda, abrigamos o pai cego no quarto principal e comecei a sofrer a transformação. Não posso dizer exatamente o momento em que começou, apesar de ter havido um instante, é claro, a partir do qual não podia mais voltar atrás. Mas houve uma sequência variada de atos importantes, sendo o primeiro deles a morte do capataz. Lestat o pegou enquanto dormia. Eu devia observar e aprovar, isto é, ser cúmplice da morte de um ser humano, como prova de meu compromisso e parte de minha transformação. Sem dúvida alguma, esta foi a parte mais difícil. Já lhe disse que não sentia medo de morrer, tinha somente escrúpulos em acabar com minha própria vida. Mas conservava o maior respeito pela vida alheia, e a partir da recente morte de meu irmão, havia tomado verdadeiro horror à morte. Tive de ver o capataz acordar assustado, tentar empurrar Lestat com ambas as mãos, fracassar e ficar deitado ali, lutando sob o abraço de Lestat até, finalmente, tornar-se lívido, inteiramente sem sangue. E morrer. Não morreu logo. Permanecemos em seu pequeno quarto quase uma hora, vendo-o morrer. Parte de minha transformação, como disse. Lestat não permitiria que fosse de outro modo. Depois, precisamos nos livrar do corpo do capataz. Quase vomitei. Ainda fraco e febril, tinha pouca energia, e o fato de manusear o cadáver com tais propósitos me dava náuseas. Lestat ria, dizendo-me calorosamente que, quando me tornasse vampiro, me sentiria tão diferente que também riria. Enganou-se. Nunca ri da morte, apesar da frequência com que eu mesmo a tenha causado.

– Mas deixe-me colocar as coisas em ordem. Tivemos que subir a estrada que margeava o rio até chegar ao campo aberto, onde deixamos o capataz.

Rasgamos seu casaco, roubamos seu dinheiro e manchamos seu lábio com bebida. Conhecia sua esposa, que vivia em Nova Orleans, e imaginava seu desespero no momento em que o corpo fosse encontrado. Mas, além da pena, doía-me saber que jamais descobriria o que aconteceu, que seu marido não tinha sido encontrado bêbado na estrada pelos ladrões. Conforme surrávamos o corpo, ferindo o rosto e os ombros, fui ficando cada vez mais excitado. Claro, você deve entender que, nesta época, o vampiro Lestat era extraordinário. Não me parecia mais humano do que um anjo bíblico. Mas sob tal pressão meu encantamento se quebrava. Encarava o fato de me tornar um vampiro sob dois aspectos: o primeiro era mero encanto. Lestat me conquistou em meu leito de morte. Mas o outro aspecto era meu próprio desejo de autodestruição. Ansiava por ser intensamente amaldiçoado. Foi por esta porta que Lestat penetrou, em ambas as ocasiões. Naquele momento, eu não destruía a mim mesmo, mas a outrem. O capataz, sua mulher, sua família. Voltei a mim e teria fugido de Lestat, inteiramente insano, se ele não tivesse percebido, com um infalível instinto, o que acontecia. Infalível instinto...

O vampiro pareceu meditar.

– Deixe-me falar sobre o poderoso instinto do vampiro, para quem a mais leve mudança na expressão facial humana é tão perceptível quanto um gesto. Lestat possuía uma sensibilidade sobrenatural. Empurrou-me para a carruagem e tocou os cavalos para casa.

– Quero morrer – comecei a murmurar. – Isto é insuportável. Quero morrer. Você tem o poder de me matar. Deixe-me morrer.

– Recusava-me a olhar para ele, a ser encantado pela doce beleza de seu rosto. Ele repetia meu nome carinhosamente, rindo. Como já disse, pretendia obter a fazenda.

– Mas ele o teria deixado partir? – perguntou o rapaz. – Em quaisquer circunstâncias?

– Não sei. Conhecendo Lestat como conheço, diria que preferiria me matar a me deixar partir. Mas era isto o que queria, compreenda. Não importava. Não, isto era o que eu pensava que queria. Assim que chegamos em casa, saltei da carruagem e saí andando, um zumbi, até as escadas de onde meu irmão tinha caído. A casa estava vazia há meses, já que o capataz tinha seu próprio chalé, e a umidade e o calor da Louisiana já tinham começado a esburacar os degraus. Em cada greta despontava grama e até mesmo pequenas flores silvestres. Lembro-me do perfume que parecia ser frio, no meio da noite, e de ter me sentado nos primeiros degraus, encostando a cabeça nos tijolos e acariciando as flores com as mãos. Arranquei um maço delas da sujeira macia.

– Quero morrer, mate-me. Mate-me – disse ao vampiro. – Agora sou culpado de assassinato. Não posso viver.

Zombou de mim com a impaciência de alguém que escuta mentiras óbvias. E depois, como um raio, me agarrou do mesmo modo como havia feito com o capataz. Lutei ferozmente com ele. Coloquei minha bota em seu peito e chutei-o o mais fortemente que pude, sentindo seus dentes espetarem minha garganta e a febre arder em minhas têmporas. E, num movimento tão rápido que mal pude perceber, ele surgiu subitamente sobre os degraus, olhando-me com desdém.

– Pensei que quisesse morrer, Louis – disse ele.

O rapaz emitiu um som repentino quando o vampiro disse o nome, recebendo em troca uma rápida afirmativa:

– Sim, este é meu nome.

Depois disso, o vampiro continuou:

– Bem, senti-me indefeso frente à minha própria covardia e insensatez. Talvez, após tê-las encarado tão de perto, devesse ter adquirido coragem para realmente acabar com minha vida, em lugar de implorar a outros que o fizessem para mim. Vi-me usando uma faca, definhando num lento sofrimento que considerava necessário, como uma penitência de confessionário, desejando ardentemente que a morte me encontrasse inconsciente e me presenteasse com o perdão eterno. E também me vi, como uma visão, no topo da escada, exatamente onde meu irmão tinha estado, atirando meu corpo sobre os tijolos.

– Mas não havia tempo para tomar coragem. Ou seria melhor dizer, não havia tempo para nada, nos planos de Lestat.

– Agora me escute, Louis – disse ele, sentando-se a meu lado no degrau, de modo tão gracioso e íntimo que me fez pensar nos gestos de um amante. Recuei. Mas ele passou seu braço direito por meus ombros e me aproximou de seu peito. Nunca havia estado tão próximo dele, e sob a pálida luz pude perceber o magnífico brilho de seus olhos e a superfície sobrenatural de sua pele. Quando tentei me mexer, colocou os dedos em meus lábios e disse:

– Fique quieto. Agora vou sugá-lo até a verdadeira fronteira da morte, e quero que fique quieto, tão quieto que quase possa ouvir o fluxo do sangue em suas veias, tão quieto que possa ouvir o fluxo deste mesmo sangue nas minhas. São sua consciência e sua vontade que deverão mantê-lo vivo.

– Queria lutar, mas apertou-me com tal força que dominou inteiramente meu corpo e, assim que parei minha inútil tentativa de rebelião, afundou os dentes em meu pescoço.

Os olhos do garoto se arregalaram. Conforme o vampiro falava, se afundava cada vez mais na cadeira, agora com o rosto tenso, os olhos apertados, como se esperasse uma catástrofe.

– Alguma vez já perdeu uma grande quantidade de sangue? – perguntou o vampiro. – Conhece a sensação?

Os lábios do rapaz tomaram a forma de um *não*, mas não emitiu nenhum som. Pigarreou.

– Não – respondeu.

– Velas ardiam no salão do segundo andar, onde tínhamos planejado a morte do capataz. Uma lamparina tremulava sob a brisa da galeria. Toda esta luz se misturou e começou a se diluir, enquanto uma presença dourada pairava sobre mim, suspensa sobre a escadaria, misturando-se levemente com a balaustrada, se enrolando e se contraindo como fumaça.

– Escuta, mantenha os olhos abertos – murmurou Lestat, com os lábios encostados em meu pescoço.

– Lembro-me que o movimento de seus lábios arrepiou todos os cabelos de meu corpo, enviando uma corrente de sensações através de meu corpo que não me pareceu muito diferente do prazer da paixão...

Pareceu meditar, os dedos da mão ligeiramente recurvados sob o queixo, o polegar parecendo acariciá-lo levemente.

– O resultado foi que, em questão de minutos, estava paralisado pela fraqueza. Dominado pelo pânico, descobri que nem ao menos podia falar. Lestat, é claro, ainda me segurava, e seu braço parecia ter o peso de uma barra de ferro. Senti seus dentes se afastarem com tanta nitidez que os dois furos que deixaram me pareceram enormes, repletos de dor. Neste momento, inclinou-se sobre minha cabeça desamparada e, afastando sua mão de mim, mordeu seu próprio pulso. O sangue inundou minha camisa e meu casaco, enquanto ele observava, com olhar atento e brilhante. Esta espera pareceu durar uma eternidade e, naquele momento, a aura pendia atrás de sua cabeça, como se fosse a sombra de uma aparição. Acho que, antes que ele fizesse qualquer coisa, eu já sabia o que me esperava e me deixei ficar ali, em meu desamparo, por um período que me pareceu durar anos. Apertou seu pulso sangrento contra minha boca e disse com firmeza e alguma impaciência:

– Louis, beba.

– Foi o que fiz.

– "Força, Louis" e "Vamos logo" – era o que murmurava seguidamente. Bebi, sugando o sangue vindo dos furos, experimentando pela primeira vez, desde a infância, o prazer especial de sugar um alimento, o corpo inteiro preocupado com a fonte vital. Então, algo aconteceu.

O vampiro se sentou, franzindo ligeiramente a testa.

– Quão patético é descrever estas coisas que não podem ser descritas – disse ele, numa voz tão baixa que mais parecia um murmúrio.

O jovem permanecia sentado, como se tivesse congelado.

– Enquanto bebia o sangue, não via nada, a não ser aquela luz. E, em seguida, em seguida... um som. A princípio era um rugido rouco que depois se transformou num rufar, como o rufar de um tambor, cada vez mais alto, como se alguma imensa criatura estivesse saindo vagarosamente de uma floresta escura e estranha, rufando, enquanto andava, um enorme tambor. E, então, surgiu o rufar de outro tambor, como se outro gigante viesse atrás do primeiro e, cada gigante, preocupado com seu próprio tambor, não desse importância ao ritmo do outro. O som foi se tornando cada vez mais forte até me dar a impressão de não estar apenas atingindo minha audição, mas todos os meus sentidos, de estar penetrando em meus lábios e em meus dedos, na carne de minhas têmporas, em minhas veias. Principalmente em minhas veias, rufar após rufar; e subitamente Lestat afastou o pulso. Abri meus olhos e me contive ao notar que tentava segurar seu pulso, agarrá-lo, querendo fazê-lo voltar à minha boca de qualquer modo. Contive-me porque entendi que o rufar vinha de meu próprio coração, e que o segundo rufar vinha do dele.

O vampiro sorriu.

– Compreende?

O rapaz começou a falar e, depois, sacudiu a cabeça.

– Não... Quer dizer, sim – disse. – Quero dizer, eu...

– Claro – disse o vampiro, olhando para outro lado.

– Espere, espere! – disse o rapaz num rompante de excitação. – A fita está quase acabando. Tenho de virá-la.

O vampiro esperou pacientemente, enquanto ele a trocava.

– O que aconteceu então? – perguntou o rapaz. Seu rosto estava molhado e ele o enxugou apressadamente com o lenço.

– Vi como um vampiro vê – disse o vampiro, num tom ligeiramente mais lento. Parecia quase distraído. Então, voltou rapidamente a si.

– Lestat estava novamente de pé na escada, e eu o vi como jamais poderia tê-lo visto antes. Antes, havia me parecido branco, inteiramente branco, tão intensamente branco que, à noite, me parecia quase luminoso. Agora eu o via com sua própria vida e seu próprio sangue: era radiante, não luminoso. E então percebi que não era apenas Lestat quem havia mudado, mas todo o resto também.

– Era como se aquela fosse a primeira vez em que percebia cores e formas. Fiquei tão entretido com os botões do casaco preto de Lestat que, durante algum tempo, não olhei para mais nada. Então Lestat começou a rir, e ouvi seu riso como jamais ouvira nada antes. Ainda ouvia seu coração bater como um tambor e depois veio aquela risada metálica. Confundia-me, com um som se unindo ao outro como as reverberações dos sinos, até que aprendi a separá-los. Então se sobrepuseram, cada um deles suave, mas diferente, mais altos, mas discretos, repiques de risadas.

O vampiro riu de deleite:

– Repiques de sinos.

– Pare de olhar meus botões – disse Lestat. – Saia para ver as árvores. Livre-se de todos os vestígios humanos de seu corpo e não se enamore tão perdidamente da noite que se perca!

– Claro que esta foi uma ordem inteligente. Quando vi a lua sobre a laje, fiquei tão encantado que poderia ter permanecido uma hora ali. Passei pelo oratório de meu irmão sem nem ao menos pensar nele, e fiquei entre os choupos e os carvalhos, escutando a noite como se fosse um coro de mulheres sussurrando, todas me convidando a me chegar a seus seios. Quanto a meu corpo, ainda não estava totalmente transformado, e, assim que me acostumei um pouco mais com os sons e as imagens, começou a doer. Todos os meus fluidos humanos estavam sendo expulsos de mim. Estava morrendo como ser humano, apesar de permanecer inteiramente vivo como vampiro e, com meus sentidos exacerbados, tinha de assistir à morte de meu corpo com um certo desconforto e, finalmente, com medo. Voltei correndo pelas escadas, para a sala, onde Lestat já examinava os documentos da fazenda, verificando as despesas e os lucros do último ano.

– Você é um homem rico – disse-me quando entrei.

– Está acontecendo algo comigo – gritei.

– Está morrendo, só isso. Não seja tolo. Não tem mais nenhuma lamparina? Com todo este dinheiro e só pôde comprar óleo de baleia para uma lamparina. Traga-me esta lamparina.

– Morrendo! – gritei. – Morrendo!

– Acontece com todo mundo – insistiu, recusando-se a me ajudar. Quando penso nisso, ainda sinto raiva. Não porque sentisse medo, mas porque ele poderia ter chamado minha atenção para aquelas mudanças com mais respeito. Deveria ter me acalmado e dito que eu deveria observar minha morte com o mesmo fascínio com que havia olhado e sentido a noite. Mas não o fez. Lestat nunca foi um vampiro como eu. De forma alguma.

O vampiro não falou por presunção. Referia-se a isto, realmente, para demonstrar que agiria de outra forma.

– *Alors*. – Sorriu. – Estava morrendo rapidamente, o que significava que minha capacidade de sentir medo também diminuía muito depressa. Simplesmente lastimo não ter prestado mais atenção ao processo. Lestat estava sendo um perfeito idiota.

– Oh, pelos infernos! – começou a gritar. – Já notou que não preparei nada para você? Sou um idiota.

– Tive vontade de concordar, mas não falei nada.

– Terá de se deitar comigo, de manhã. Não preparei o seu caixão.

O vampiro riu.

– O caixão me causou tal terror que absorveu toda a capacidade de me atemorizar que ainda restava. Só depois me alarmei ligeiramente por ter que dividir o caixão com Lestat. Naquele momento, ele estava no quarto do pai, despedindo-se do velho e dizendo que voltaria de manhã.

– Mas para onde vai? Por que não pode viver mais organizadamente? – perguntou o velho.

– Lestat ficou impaciente. Antes disso, tinha sido delicado com o velho, chegando a causar-me náuseas, mas agora parecia embrutecido.

– Cuido de você, não é? Já lhe dei um teto muito melhor do que você jamais me deu! Se quero dormir o dia todo e beber a noite toda, vou fazê-lo, dane-se!

– O velho começou a se lamuriar. Somente meu peculiar estado emocional e minha estranhíssima sensação de exaustão fizeram com que não o desaprovasse. Assistia à cena através da porta aberta, cativado pelas cores da colcha e pelas ondas coloridas que surgiam no rosto do velho. As veias azuis pulsavam sob sua carne rosa e acinzentada. Descobri até mesmo que o amarelo de seus dentes me fascinava e fiquei praticamente hipnotizado pelo tremor de seus lábios.

– Que filho, que filho – dizia, sem jamais suspeitar da verdadeira natureza de seu filho. – Está bem, então vá. Sei que deve ter uma mulher em algum lugar; sai para vê-la assim que o marido sai de casa, de manhã. Dê-me meu rosário. O que aconteceu com meu rosário?

– Lestat blasfemou alguma coisa e entregou-lhe o rosário...

– Mas... balbuciou o rapaz.

– Sim? – disse o vampiro. – Sinto não estar permitindo que faça muitas perguntas.

– Ia perguntar, rosários têm cruzes, não é?

– Oh, o boato das cruzes! – o vampiro riu. – Refere-se a termos medo de cruzes?

– De serem incapazes de olhar para elas, pensei – disse o rapaz.

– Absurdo, meu amigo, puro absurdo. Posso olhar o que quiser. E gosto bastante de olhar para crucifixos, em particular.

– E a história dos buracos de fechadura? De que podem... Virar vapor e passar por eles.

– Gostaria de poder – riu o vampiro. – Verdadeiramente encantador. Gostaria de passar por todos os tipos de fechaduras e sentir o prazer de suas várias formas. Não.

Balançou a cabeça.

– Isto é, como dizem hoje... Idiotice.

O rapaz riu sem querer. Depois seu rosto ficou mais sério.

– Não precisa ficar envergonhado – disse o vampiro. – O que há?

– As histórias sobre as estacas enfiadas no coração – disse o rapaz, corando ligeiramente.

– A mesma coisa – disse o vampiro. – Burrice.

Ao falar, articulou bem as sílabas, fazendo o menino sorrir.

– Não há nenhum poder mágico. Por que não fuma um cigarro? Observei que tem alguns no bolso da camisa.

– Oh, obrigado – respondeu o rapaz, como se aquela fosse uma sugestão maravilhosa. Mas, uma vez tendo o cigarro entre os lábios, suas mãos tremiam tão intensamente que destroçou o primeiro palito de fósforo.

– Permita-me – disse o vampiro. E, pegando a caixa, aproximou rapidamente o fósforo do cigarro do rapaz. O garoto tragou, os olhos nos dedos do vampiro. Agora o vampiro se movia ao redor da mesa com um suave farfalhar dos tecidos.

– Há um cinzeiro na bacia – disse, e o rapaz movimentou-se nervosamente para apanhá-lo. Durante um momento, fitou as pontas de cigarro em seu interior, e depois, vendo uma pequena cesta embaixo, esvaziou o cinzeiro e sentou-se rapidamente à mesa. Seus dedos deixavam marcas úmidas no cigarro.

– Este é o seu quarto? – perguntou.

– Não – respondeu o vampiro. – Simplesmente um quarto.

– O que aconteceu então?

O vampiro parecia apreciar a fumaça se espalhando em volta do lustre.

– Ah... voltamos rapidamente a Nova Orleans – disse. – Lestat mantinha seu caixão num quarto miserável, perto das muralhas.

– E você entrou no caixão?

– Não tinha escolha. Implorei a Lestat que me deixasse ficar no banheiro, mas ele riu, espantado.

– Não sabe o que você é? – perguntou.

– Mas é mágico? Precisa ter esta forma? – implorei.

– Tudo que consegui foi ouvir sua risada de novo. Não conseguia suportar a ideia; mas, como vimos, notei que não sentia um medo real. Era uma estranha descoberta. Durante minha vida inteira tive medo de lugares fechados. Nascido e criado em casas francesas, de teto alto e janelas que iam até o chão, tinha pavor de ficar enclausurado. Até no confessionário da igreja eu me sentia mal. Era um medo bastante normal. E naquele momento eu notava, enquanto protestava com Lestat, que na verdade não o sentia mais. Simplesmente me recordava dele. Agarrava-me a ele pelo hábito, ou por minha falta de habilidade em reconhecer meu presente e de me regozijar com minha liberdade.

– Está fazendo tudo errado – disse Lestat, finalmente. – Já está quase amanhecendo. Devia tê-lo deixado morrer. Morrerá, sabe. O sol destruirá o sangue que lhe dei em todos os tecidos, em todas as veias. Mas de forma alguma deveria sentir tanto medo. Acho que se parece com um homem que perde um braço ou uma perna e continua insistindo em sentir dor no lugar onde o braço ou a perna costumava estar.

– Bem, esta foi a coisa mais inteligente e útil que Lestat jamais disse em minha presença e me trouxe à realidade.

– Agora estou entrando no caixão – disse-me, finalmente, em seu tom mais desdenhoso. – E você se deitará sobre mim, se é que sabe o que é bom para você.

– Foi o que fiz. Deitei-me voltado para ele, extremamente confuso com a ausência de medo e sentindo um mal-estar por estar tão próximo dele, belo e intrigante como era. E ele fechou a tampa. Então perguntei se eu estava completamente morto. Meu corpo todo coçava e doía.

– Não, ainda não – respondeu. – Quando estiver, somente o escutará e verá mudando, e não sentirá nada. À noite já deverá estar morto. Vá dormir.

– Ele estava certo? Você estava... morto, quando acordou?

– Sim, transformado, seria melhor dizer. Pois, obviamente, estou vivo. Meu corpo estava morto. Ainda precisaria de algum tempo para me livrar totalmente dos fluidos e substâncias de que não precisava mais, mas estava morto. E ao mesmo tempo em que compreendia isto, iniciava uma nova fase: a do meu divórcio das emoções humanas. A primeira coisa que me pareceu clara, mesmo quando Lestat e eu estávamos colocando o caixão num carro fúnebre e roubando outro caixão de um necrotério, foi que não gostava nada de Lestat. Estava muito longe de ser como ele, mas já estava bem mais próximo do que estivera antes da morte de meu corpo. Não posso realmente explicar como aconteceu, pela razão óbvia de que você é, atualmente, como eu era antes de meu corpo morrer. Não pode compreender. Mas antes de morrer, Lestat era, indiscutivelmente, a mais estonteante *experiência* pela qual eu já tinha passado. Seu cigarro virou uma comprida cinza cilíndrica.

– Oh! – O rapaz amassou rapidamente o filtro sobre o vidro. – Quer dizer que quando a distância entre vocês ficou menor, ele perdeu seu... encantamento? – perguntou, com os olhos fixos no vampiro, enquanto suas mãos procuravam o cigarro e o fósforo, bem mais à vontade do que antes.

– Sim, está certo – disse o vampiro com óbvio prazer. – A viagem de volta a Pointe du Lac foi emocionante. E a conversa interminável de Lestat foi, positivamente, a coisa mais chata e desinteressante que já experimentei. Claro, como já disse que estava muito longe de ser seu igual. Tinha meus membros mortos com os quais me preocupar... para usar a comparação dele. E aprendi isto nesta mesma noite, quando tive que fazer meu primeiro assassinato.

Neste momento, o vampiro se inclinou sobre a mesa e limpou, delicadamente, uma cinza caída na lapela do rapaz, que fitou espantado a mão que se afastava.

– Desculpe-me – disse o vampiro. – Não queria assustá-lo.

– Desculpe-me – disse o rapaz. – Só que de repente tive a impressão de que seu braço era... mais longo que o normal. Foi tão longe sem que você se movesse!

– Não – disse o vampiro, apoiando novamente as mãos sobre os joelhos cruzados. – Eu me movi para a frente rapidamente demais para que você pudesse ver. Foi uma ilusão.

– Moveu-se para a frente? Mas você não o fez. Estava sentado exatamente como agora, recostado na cadeira.

– Não – repetiu o vampiro firmemente. – Cheguei para a frente, como já lhe disse. Olhe, farei de novo.

E repetiu o movimento, deixando o jovem a fitá-lo com a mesma mistura de confusão e medo.

– Ainda não viu – disse o vampiro. – Mas, olhe, se observar meu braço esticado, notará que, de modo algum, parece mais comprido que o normal.

Levantou o braço, com o polegar apontando para o céu como se lá houvesse um anjo pronto a transmitir a Palavra de Deus.

– Experimentou uma diferença fundamental entre o modo como eu e você vemos. Meu gesto me pareceu lento e até lânguido. E o som de meu dedo em seu casaco foi bastante audível. Bem, não pretendia assustá-lo, confesso. Mas talvez possa agora compreender por que minha volta a Pointe du Lac foi um turbilhão de novas experiências, o simples tremular de um galho de árvore ao vento, um deleite.

– Sim – disse o rapaz, ainda visivelmente perturbado. O vampiro o contemplou por alguns instantes e disse:

– Estava lhe falando...

– Sobre seu primeiro assassinato.

– Sim. Antes, porém, devo dizer que a fazenda parecia um pandemônio. O corpo do capataz tinha sido encontrado, assim como o velho cego no quarto principal, e ninguém sabia explicar a presença do velho. E ninguém conseguiu me encontrar em Nova Orleans. Minha irmã procurou a polícia. Naturalmente, já estava bastante escuro e Lestat me explicou rapidamente que não deveria deixar que a polícia me visse sob nenhuma luz sequer, especialmente naquele momento em que meu corpo estava em tal estado. Assim, conversei com eles na alameda de carvalhos em frente à casa, ignorando seus pedidos para que entrássemos. Expliquei que tinha estado em Pointe du Lac na noite anterior e que o velho cego era meu hóspede. Quanto ao capataz, não tinha ficado lá, mas ido a Nova Orleans a negócios.

– Uma vez tudo resolvido, tinha o problema da fazenda em si. Meus escravos estavam inteiramente confusos e durante o dia nada foi feito. Tínhamos uma grande fábrica de tintura de índigo e a administração do capataz era da maior importância. Mas eu tinha muitos escravos extremamente inteligentes, que já poderiam estar exercendo tais funções há muito tempo, caso eu tivesse reconhecido antes suas qualidades e não temesse seus modos e sua aparência africana. Analisei-os cuidadosamente e lhes entreguei a direção da fábrica. Ao melhor, dei a casa do capataz. Duas jovens foram trazidas do campo para cuidar do pai de Lestat, e lhes disse que apreciava minha vida particular acima de tudo e que ambas seriam recompensadas, não apenas por seus serviços, como por me deixarem inteiramente a sós com Lestat. Na época, não notei que estas escravas seriam as primeiras, e possivelmente as únicas, a suspeitar de que Lestat e eu éramos criaturas extraordinárias. Não me dei conta de que suas experiências com o sobrenatural eram muitíssimo maiores do que a do homem branco. Baseado em minha própria experiência, ainda considerava os escravos como selvagens infantis, um pouco domesticados pela escravatura. Foi um grande erro. Mas deixe-me continuar minha história. Ia lhe contar meu primeiro assassinato. Lestat o estragou com sua característica falta de bom-senso.

– Estragou? – perguntou o rapaz.

– Jamais deveria ter começado com seres humanos. Mas isto foi algo que tive de aprender sozinho. Lestat me fez mergulhar no pântano, próximo ao local onde a polícia e os escravos estavam acampados. Era muito tarde e as cabanas dos escravos estavam imersas na mais total escuridão. Logo perdemos de vista as luzes de Pointe du Lac e fiquei muito nervoso. Era, novamente, a mesma coisa: medos lembrados, confusão. Lestat, se tivesse um mínimo de inteligência, deveria ter me explicado tudo com paciência e gentileza – que eu não precisava temer os pântanos, que as cobras e os insetos não me feririam, e que devia me concentrar em minha nova habilidade de ver na escuridão. Ao contrário, cobriu-me de condenações. Só se preocupava com nossas vítimas, com o fato de eu terminar minha iniciação e poder seguir sozinho.

– E quando finalmente achamos nossas vítimas, empurrou-me para a ação. Era um pequeno campo de escravos fugidos. Lestat já os tinha visitado antes e pegado uns quatro deles, esperando no escuro a hora em que um se afastava do fogo ou caía no sono. Nem desconfiavam da presença de Lestat. Tivemos que espiar durante mais de uma hora, até que um homem – eram todos homens – finalmente deixou a clareira e se aproximou das árvores. Abaixou as calças para satisfazer uma necessidade física normal e, quando se voltou para partir, Lestat me sacudiu e disse:

– Pegue-o.

O vampiro riu ao ver os olhos arregalados do rapaz.

– Acho que estava tão horrorizado quanto você estaria – disse. – Mas ainda não sabia que poderia matar animais em lugar de seres humanos. Disse rapidamente que não conseguiria pegá-lo. E o escravo me escutou falando. Voltou-se, deu as costas para o fogo e penetrou na escuridão. Então, rápido e silencioso, retirou uma comprida faca do cinto. Estava quase nu, a não ser pelas calças e o cinto. Um homem alto, forte, esguio e jovem. Disse algo no dialeto francês e seguiu em frente. Notei que, apesar de poder vê-lo claramente, ele não nos enxergava. Lestat se aproximou de suas costas, com uma delicadeza que me espantou, e agarrou-lhe o pescoço enquanto imobilizava seu braço esquerdo. O escravo gritou e tentou se livrar de Lestat. Naquele instante, ele afundou os dentes, e o escravo ficou paralisado como se tivesse sido picado por uma cobra. Caiu de joelhos, enquanto Lestat o sugava rapidamente, antes que os outros escravos chegassem.

– Você me dá nojo – disse-me ele quando terminou.

– Parecíamos insetos negros inteiramente camuflados na noite, espreitando os movimentos dos escravos, que descobriram o homem ferido, levaram-no e se agitavam por entre as folhagens à procura do atacante.

– Vamos, temos de pegar outro, antes que voltem para o acampamento – disse.

Rapidamente fomos atrás de outro homem que se separara do grupo. Eu ainda estava terrivelmente agitado, certo de que não conseguiria forças para atacar e sem nenhuma vontade de fazê-lo. Como já disse, havia muitas coisas das quais Lestat devia ter me avisado. Poderia ter transformado aquela experiência em algo enriquecedor, sob vários aspectos. Mas não o fez.

– O que poderia ter feito? – perguntou o rapaz. – A que se refere?

– O ato de matar não é um ato comum – disse o vampiro. – A gente não se satisfaz simplesmente com o sangue de outro.

Sacudiu a cabeça.

– Certamente, trata-se do fato de experimentar uma outra vida e, às vezes, de experimentar a perda desta vida através do sangue, lentamente. É a contínua repetição das sensações que tive ao perder minha própria vida, ao sugar o sangue do pulso de Lestat e ao ouvir seu coração rufando junto ao meu. É a contínua celebração desta experiência, pois, para os vampiros, esta é a suprema experiência.

Falava com extrema seriedade, como se discutisse com alguém que defendesse outro ponto de vista.

– Acho que Lestat jamais chegou a captar isto. Talvez não o conseguisse, não sei. Deixe-me dizer que percebia algumas coisas, mas muito poucas, acredito, dentre as que se pode conhecer. De qualquer modo, não se preocupou em me fazer recordar meus sentimentos no momento em que me agarrei a seu pulso para não deixá-lo partir; nem em escolher um lugar onde pudesse viver a experiência de meu primeiro assassinato com alguma calma e dignidade. Precipitou-se para a luta como se precisássemos fugir o mais rapidamente possível de algo que nos perseguisse. Uma vez tendo pegado o escravo, imobilizou-o, agarrando-o pelo pescoço.

– Faça-o – disse. – Agora não pode mais voltar atrás.

– Cheio de repulsa e enfraquecido pela frustração, obedeci. Ajoelhei-me junto ao homem agachado, que ainda lutava, e, colocando ambas as mãos em seus ombros, me aproximei de seu pescoço. Meus dentes mal haviam começado a se transformar e tive de rasgar sua pele, em lugar de perfurá-la. Mas, uma vez tendo feito a ferida, o sangue jorrou. E quando isto aconteceu, me vi abraçado a ele, bebendo... enquanto todo o resto se desvanecia.

– Lestat, o pântano e os ruídos do acampamento distante nada significavam. Lestat poderia ser mais um inseto, zunindo, piscando e depois se diluindo em sua insignificância. O ato de sugar me hipnotizava, a força do homem cedia sob a tensão de minhas mãos e então surgiu, novamente, o som do tambor, que era o rufar de seu coração – só que, desta vez, perfeitamente ritmado com as batidas do meu, os dois ressoando em cada fibra de meu ser, até que o rufar começou a ficar cada vez mais lento, até não ser mais do que um ronco suave, que ameaçava continuar eternamente. Sentia-me sonolento, quase flutuando, e Lestat me puxou.

– Ele está morto, seu idiota! – falou com seu charme e tato característicos. – Não pode beber depois que morrem! Entenda isto!

Durante um instante fiquei frenético, fora de mim, insistindo que o coração do homem ainda batia, agoniado para me grudar a ele de novo. Corri as mãos por seu peito e depois agarrei seus pulsos. Teria mergulhado meus dentes neles se Lestat não tivesse me empurrado para que me levantasse, batendo em meu rosto. Seu tapa foi espantoso. Não senti a dor que esperava. Foi um incrível choque de outra espécie, uma pancada nos sentidos, de modo que fiquei confuso, inteiramente surpreso e sem ação, encostado num cipreste, a noite pulsando seus insetos em meus ouvidos.

– Morrerá se fizer isto – dizia Lestat. – Sugará até a morte, se agarrar um cadáver. Além disso, já bebeu demais e se sentirá mal.

– Sua voz me irritava. Sentia-me impelido a me atirar subitamente sobre ele, mas compreendi exatamente o que ele dizia. Sentia uma dor terrível no estômago, como se um remoinho revirasse minhas entranhas. Era o sangue que penetrava rapidamente demais em minha circulação, mas não sabia disto. Agora, Lestat se movia na noite como um gato, e eu o segui, o coração disparado, sentindo a mesma dor no estômago até chegarmos à casa de Pointe du Lac.

– Sentamo-nos na sala, Lestat começou a jogar paciência na mesa de madeira polida, enquanto eu o fitava com desprezo. Murmurava coisas absurdas. Dizia que eu me acostumaria a matar; aquilo não era nada. Não devia deixar que isto me perturbasse. Estava reagindo demais, como se ainda não tivesse me livrado da "mortalha". Logo estaria acostumado a tudo.

– Pensa assim? – perguntei finalmente. Na verdade, não tinha nenhum interesse em sua resposta. Agora compreendo a diferença que havia entre nós. Tinha vivido o ato de matar como um cataclisma. Assim como o ato de sugar o pulso de Lestat. Estas experiências transtornaram e modificaram a tal ponto meu enfoque de tudo, desde o retrato de meu irmão na parede da sala até a visão de uma simples estrela pela claraboia da janela francesa, que não podia imaginar que outro vampiro compreendesse. Estava modificado, para sempre. Sabia disto. E o que sentia, em meu âmago, por tudo, até pelo ruído das cartas sendo colocadas umas sobre as outras nas pilhas do jogo de paciência, era respeito. Lestat sentia o oposto. Ou não sentia nada. Era como dar pérolas aos porcos. Tão entediante quanto um mortal, tão vulgar e infeliz quanto um mortal, tagarelava ao jogar, diminuindo minhas experiências, completamente refratário à possibilidade de sentir o mesmo. De manhã, compreendi que era muito superior a ele e que tinha sido tristemente ludibriado pelo fato de tê-lo como professor. Ele deveria me transmitir os ensinamentos necessários, se é que ainda havia algum, e eu deveria tolerar suas limitações, que eram verdadeiras blasfêmias contra a vida. Sentia indiferença por ele. Não sentia desprezo por sua inferioridade. Somente avidez por uma nova experiência, que deveria ser tão bela e tão devastadora quanto o assassinato. E vi que, caso esperasse tirar o maior proveito possível das experiências que ainda me esperavam, precisaria empenhar todo meu esforço na aprendizagem. Lestat seria inútil.

– Já era bem mais de meia-noite quando, finalmente, me levantei da cadeira e saí para o balcão. A lua cheia se derramava sobre os ciprestes e a luz das velas escoava pelas portas abertas. As colunas e paredes da casa tinham sido caiadas recentemente, o assoalho, varrido, e a chuva de verão tinha deixado a noite limpa e reluzente sob gotas d'água. Encostei-me na última coluna do balcão, minha cabeça tocando os caules macios de um jasmim que crescera ali em luta constante com uma glicínia, e pensei no que me esperava pelo mundo e através dos tempos, resolvendo vivê-lo delicada e reverentemente, aprendendo, em cada coisa, algo que me prepararia melhor para a próxima. O que isto significava, ainda não tinha certeza. Compreende-me quando digo que não queria passar depressa demais pelas experiências e aquilo que sentia como vampiro era poderoso demais para ser desperdiçado?

– Compreendo – disse o rapaz rapidamente. – Parece ter sido algo como se apaixonar.

Os olhos do vampiro brilharam.

– Exatamente. É como o amor – sorriu. – E relato-lhe meu estado de espírito naquela noite para que possa entender que há profundas diferenças entre os vampiros, e como cheguei a ter uma impressão diferente de Lestat. Precisa compreender que não o critiquei por não valorizar sua própria experiência. Simplesmente não podia compreender como desperdiçava sentimentos como aqueles. Mas, então, Lestat fez algo que deveria me mostrar o caminho a seguir em minha aprendizagem.

– Ele sentia mais que um mero apreço pela riqueza de Pointe du Lac. Tinha se extasiado com a beleza da porcelana servida a seu pai na ceia, gostava do toque das cortinas de veludo e acompanhava os desenhos dos tapetes com a ponta do pé. E, naquele momento, pegou uma taça, em uma das cristaleiras, dizendo:

– Sinto realmente falta das taças.

Só que disse isto com um prazer diabólico que me obrigou a examiná-lo mais criticamente. Desagradava-me intensamente!

– Quero lhe mostrar um pequeno truque – disse. – Isto é, se gostar de taças.

E após colocá-la sobre a mesa de jogo, foi até o balcão onde me encontrava e novamente se transformou num animal à espreita, perscrutando com os olhos a escuridão que se estendia além do alcance das luzes da casa, examinando o chão sob os galhos arqueados dos carvalhos. Num instante saltou a grade e caiu suavemente sobre a terra, desaparecendo na noite para agarrar algo com ambas as mãos. Quando voltou a mim, engasguei ao ver que era um rato.

– Não seja tão idiota! – disse. – Nunca viu um rato?

Era um imenso e feroz rato do campo, com uma longa cauda. Segurava-o pelo pescoço para que não o mordesse.

– Os ratos podem ser bem interessantes – falou.

Levou o rato até a taça, cortou sua garganta e encheu o copo rapidamente com o sangue. Depois, o rato foi arremessado por sobre a grade do balcão e Lestat ergueu o copo de vinho triunfalmente.

– Você pode perfeitamente ter de usar ratos, de vez em quando, para sobreviver, de modo que é melhor apagar esta expressão de seu rosto – disse. – Ratos, galinhas, gado. Viajando de navio, pode muito bem se alimentar de ratos. A não ser que queira causar tal pânico entre a tripulação que esta acabe procurando seu caixão. Pode muito bem manter o navio livre dos ratos.

Sorveu o sangue tão delicadamente quanto se fosse um Borgonha. Fez uma expressão de desagrado.

– Fica frio tão depressa.

– Quer dizer, então, que podemos nos alimentar de animais? – perguntei.

– Sim.

Bebeu tudo e jogou o copo, descuidadamente, na lareira. Fitei os cacos.

– Não se importa, não é? – Apontou para a taça quebrada com um riso sarcástico. – Certamente espero que não, pois não poderei fazer nada, caso se importe.

– Posso expulsar você e seu pai de Pointe de Lac, se quiser – respondi. Acho que foi minha primeira demonstração de cólera.

– Por que faria isso? – perguntou tentando dissimular seu espanto. – Ainda não sabe tudo... não é?

Ria e andava lentamente pela sala. Correu os dedos pelo acabamento de cetim do espinete.

– Toca? – perguntou.

– Respondi algo como "não o toque!", e ele riu de mim.

– Toco quando quiser! – disse. – Não sabe, por exemplo, os modos pelos quais pode morrer. E morrer agora seria uma imensa calamidade, não seria?

– Deve haver alguém mais no mundo que possa me ensinar estas coisas – retruquei. – Certamente você não é o único vampiro! E seu pai deve ter uns 70 anos. Você não pode ser vampiro há muito tempo, de modo que alguém mais o deve ter instruído...

– E você acha que pode encontrar outros vampiros sozinho? Eles podem vê-lo se aproximar, meu amigo, mas você não os verá. Não, não acredito que tenha muitas escolhas. Sou seu professor, precisa de mim e não tem muitas alternativas. E ambos temos pessoas por quem zelar. Meu pai precisa de um médico, e temos sua mãe e sua irmã. Não tenha nenhuma ideia mortal de lhes contar que é um vampiro. Simplesmente zele por elas e por meu pai, o que significa que amanhã à noite será melhor matar rapidamente e depois se preocupar com os negócios de sua fazenda. Agora, para a cama. Dormiremos os dois no mesmo quarto; isto tornará os riscos bem menores.

– Não. Arranje um quarto para você – respondi. – Não tenho a menor intenção de permanecer no mesmo quarto que você.

– Ficou furioso.

– Não cometa nenhuma estupidez, Louis. Estou lhe avisando. Não há nada que possa fazer para se defender do sol, nada. Quartos separados significam seguranças separadas. Duplas precauções e duplas chances de sermos notados.

Depois disso começou a fazer uma lista de cuidados que deveriam me assustar, mas bem poderia estar falando para as paredes. Eu o olhava atentamente, mas não escutava o que dizia. Parecia fraco e estúpido, um homem feito de galhos secos, com uma voz débil e maligna.

– Durmo sozinho – disse e, delicadamente, apaguei, uma a uma, as chamas das velas.

– Já é quase manhã! – insistiu.

– Então se tranque sozinho – disse, agarrando meu caixão e arrastando-o pelas escadas de tijolos. Podia ouvir os trincos das janelas se fechando e o barulho das cortinas. O céu estava pálido, mas ainda salpicado de estrelas, e mais uma chuva fina vinha agora do rio, respingando as lajes. Abri a porta da capela de meu irmão, afastando as rosas e as trepadeiras que praticamente obstruíam a entrada, e coloquei o caixão sobre o chão de pedra em frente ao altar. Quase podia perceber as imagens dos santos nas paredes.

– Paul – disse baixinho, me dirigindo a meu irmão. – Pela primeira vez em minha vida, não sinto nada por você, não sinto nada em relação à sua morte. E, pela primeira vez, sinto tudo que poderia, sinto a dor de sua perda como jamais havia sentido antes.

– Compreende...

O vampiro se voltou para o rapaz.

– Pela primeira vez eu me sentia inteiramente transformado em vampiro. Fechei as venezianas de madeira entreabertas sobre as janelas estreitas e tranquei a porta. Depois penetrei no caixão forrado de cetim, quase percebendo o brilho do tecido no meio da escuridão, e ali me tranquei. Foi assim que me tornei um vampiro.

⁂

– E lá estava você – disse o rapaz após uma pausa. – Junto a outro vampiro que odiava.

– Mas tinha de ficar com ele – respondeu o vampiro. – Como já lhe disse, estava em desvantagem. Insinuou que ainda tinha muito a aprender e que somente ele poderia me ensinar. Mas, na verdade, a maior parte do que me transmitiu foi prática, e não teria sido difícil descobri-la sozinho. Por exemplo, como se devia viajar de navio, tendo o caixão transportado para nós como se fossem os restos de entes queridos sendo enviados para o enterro; como ninguém ousaria abrir tais caixões, tornando possível que se saísse à noite para caçar ratos. Coisas assim. Além das lojas e vendedores que ele conhecia e que poderiam nos atender depois da hora para nos fornecer a última moda de Paris, e dos agentes que desejavam resolver assuntos financeiros em restaurantes e cabarés. Nestes assuntos mundanos Lestat era um bom professor. Que tipo de homem tinha sido em vida, não sabia nem queria saber; aparentemente, pertencia à mesma classe que eu, o que significava pouco para mim, exceto pelo fato de ter tornado nossas vidas um pouco mais fáceis. Tinha gosto impecável, apesar de considerar minha biblioteca um "monte de poeira", e mais de uma vez pareceu se enfurecer com o fato de eu ler um livro ou escrever alguns comentários num jornal.

– É um absurdo mortal – costumava me dizer, ao mesmo tempo em que esbanjava meu dinheiro decorando Pointe du Lac esplendidamente, a tal ponto que até eu, que não me preocupava com dinheiro, era forçado a me assustar. E divertindo os visitantes de Pointe du Lac – infelizes viajantes que vinham a cavalo ou de carruagem e pediam hospedagem por uma noite, enviando cartas de apresentação a outros fazendeiros de Nova Orleans. Com estes, era tão gentil e educado que tornava tudo mais fácil para mim, que me encontrava desgraçadamente preso a ele e me chocava com sua corrupção.

– Mas ele não fazia mal a estes homens? – perguntou o rapaz.

– Oh, sim, frequentemente fazia. Mas lhe contarei um segredo, se é que posso fazê-lo, que se aplica não somente a vampiros, como a generais, soldados e reis. A maioria de nós prefere ver alguém morrer a suportar uma indelicadeza em nossa própria casa. Estranho... sem dúvida. Mas verdadeiro, posso lhe assegurar. Sabia que Lestat caçava mortais todas as noites, mas não poderia suportar que fosse rude ou indelicado com minha família, meus hóspedes ou meus escravos. Não o era. Parecia apreciar particularmente as visitas. Mas dizia que não deveríamos ter despesas com outras famílias. E, a mim, parecia que cobria seu pai de um luxo quase ridículo. O velho cego ouvia repetidamente como eram bons e caros seus pijamas e roupões, que o cortinado de sua cama era importado, que os vinhos de nossa adega eram franceses e espanhóis e qual fora o lucro da fazenda, mesmo nos piores anos, quando toda a região pensou em abandonar a plantação de índigo e substituí-la pela de açúcar. Mas, em outros momentos, como já disse, maltratava-o. Demonstrava tal ira que o velho choramingava como uma criança.

– Não lhe dou uma vida esplendorosa? – gritava Lestat. – Não lhe dou tudo o que deseja? Pare de resmungar por causa da Igreja e dos seus velhos amigos! Que absurdo. Seus velhos amigos estão mortos. Por que você não morre e me deixa em paz?

O velho retrucava baixinho que aquelas coisas significavam muito pouco em sua idade. Estaria muito mais feliz em seu antigo e pequeno rancho. Muitas vezes tive vontade de lhe perguntar onde tinha sido seu sítio, onde tinha vivido antes de vir para a Louisiana. Isto me daria a pista para encontrar outro vampiro. Mas não ousava levantar tais assuntos, com medo de o velho começar a chorar e Lestat ficar furioso. Os tais ataques não eram mais frequentes do que os períodos de intenso carinho, nos quais Lestat trazia a ceia do pai numa bandeja e o alimentava pacientemente, enquanto falava sobre o tempo e lhe contava as últimas notícias de Nova Orleans e as atividades de minha mãe e minha irmã. Era óbvio que havia um imenso hiato entre pai e filho, quanto à educação e refinamento, mas como isto tinha acontecido, não conseguia imaginar. Acabei me desinteressando por este assunto.

– A vida, como já disse, era possível.

Por trás de seu sorriso de escárnio havia sempre a promessa de que sabia coisas maravilhosas ou terríveis, de que havia atingido um estágio do qual eu nem suspeitava. E, durante todo o tempo, me diminuía e me repreendia por meu amor pelos sentidos, por minha relutância em matar e por quase desmaiar frente à morte. Gargalhou estrondosamente quando descobri que podia me ver no espelho e que as cruzes não me afetavam, e me confundia com seu silêncio sempre que lhe perguntava sobre Deus e o diabo.

– Gostaria de encontrar o diabo numa noite dessas – disse-me certa vez com um sorriso maligno. – Já o procurei até nos desertos do Pacífico. Eu sou o diabo.

E quando me espantei com isso, teve uma crise de riso. Mas aconteceu simplesmente que, em minha repulsa por ele, comecei a ignorá-lo e a duvidar de sua palavra, ao mesmo tempo em que o estudava com crescente fascínio. Às vezes, me surpreendia fitando o pulso de onde tinha sugado minha vida de vampiro, e ficava tão quieto que parecia que minha mente havia abandonado meu corpo, ou melhor, que meu corpo se transformara em minha mente. Então ele me via e me fitava com uma teimosa ignorância a respeito do que eu sentia e ansiava saber e me sacudia violentamente para que voltasse a mim. Detestava isto com um desprezo que desconhecia em minha vida mortal e comecei a compreender que isto fazia parte da personalidade do vampiro, que podia me sentar em casa durante horas a fio e pensar na vida mortal de meu irmão, percebendo como tinha sido curta e cercada de inevitável escuridão, compreendendo agora como fora absurdo e vão o desperdício de sentimentos com o qual chorei sua perda e me virei contra os outros mortais, como se fosse um animal enfurecido. Toda esta confusão havia transcorrido num verdadeiro vendaval e só agora, sob aquela estranha forma de vampiro, sentia uma profunda tristeza. Mas não fiquei me lastimando por isso. Não quero que tenha esta impressão, pois lastimar-me teria sido o mais terrível dos desperdícios. Em lugar disto, olhei à minha volta, para todos os mortais que conhecia, e percebi que todas as vidas eram preciosas, condenando todas as culpas e paixões inúteis que escapavam por entre os dedos como grãos de areia. Foi somente como vampiro que passei a conhecer minha irmã, impedindo que se trancasse na fazenda e abandonasse a cidade, da qual precisava para participar de sua época e aproveitar a vida, a beleza, e se casar, em lugar de chorar eternamente a perda de meu irmão, ou meu afastamento, ou de se tornar uma enfermeira para nossa mãe. E lhes ofereci tudo que poderiam precisar ou desejar, vendo até no mais simples pedido algo que merecia minha atenção. Minha irmã se divertia com minha transformação quando nos encontrávamos à noite e a levava, pelas ruelas arborizadas, até o cais iluminado pelo luar, saboreando as flores de laranjeiras e a temperatura amena, falando durante horas sobre seus pensamentos e sonhos mais secretos, aquelas pequenas fantasias que não ousava contar a mais ninguém e que só conseguia sussurrar quando nos sentávamos, inteiramente a sós, no salão pouco iluminado. E eu a via doce e palpável à minha frente, uma criatura frágil e preciosa que logo envelheceria, logo morreria, logo perderia aqueles momentos que, em sua intangibilidade, nos prometem, erradamente... erradamente, uma imortalidade. Como se fosse o nosso próprio direito de nascer, do qual não conseguimos captar o sentido até chegarmos à meia-idade, quando temos pela frente o mesmo número de anos pelo qual já passamos e que já ficaram para trás. Quando cada momento deveria ser o primeiro vivido e assim apreciado.

– Foi o desprezo que tornou isto possível, uma sublime solidão com a qual Lestat e eu nos movíamos no mundo dos mortais. E todos os problemas materiais se resolviam. Devo lhe contar como eram, na prática.

– Lestat sempre soubera como roubar suas vítimas, escolhidas por causa de ricas roupas e outros promissores sinais de extravagância. Mas tinha enormes problemas para esconder o que tinha. Acho que sob seus modos educados ocultava dolorosa ignorância a respeito dos assuntos financeiros. Mas eu não. E assim passou a conseguir o dinheiro que quisesse, pois eu o investia para ele. E quando não estava inspecionando os bolsos de um homem morto numa rua, estava nas maiores mesas de jogo dos mais ricos salões da cidade, usando sua sagacidade de vampiro para sugar ouro, dólares e propriedades de jovens filhos de fazendeiros, atraídos por seus modos afáveis e enganados por seu charme. Mas isto nunca lhe proporcionou a vida que desejava, de modo que me introduziu no mundo sobrenatural para obter um investidor e gerente para quem estas habilidades da vida mortal continuassem a ter importância na outra existência.

– Mas deixe-me descrever Nova Orleans naquela época, e o quanto se transformou, para que possa compreender como nossas vidas eram simples. Não havia outra cidade na América como Nova Orleans. Era constituída não somente de franceses e espanhóis de todas as classes que, posteriormente, formaram sua aristocracia, como também, mais tarde, por imigrantes de todos os tipos, especialmente irlandeses e alemães. Assim, não havia somente escravos negros, ainda que heterogêneos e fantásticos como suas diferentes tribos e costumes, como também sua grande e crescente classe de pessoas livres de cor, estas pessoas maravilhosas feitas de sangues misturados ou originárias das ilhas, que produziram magníficas e incomparáveis castas de cortesãos, artistas, poetas e famosas beldades. E ainda havia os índios, que cobriam o cais nos dias de verão, vendendo ervas e peças artesanais. E, mesclando-se com tudo isto, com esta mistura de línguas e cores, havia o pessoal do porto, os marinheiros dos navios, que chegavam em grandes ondas para gastar seu dinheiro nos cabarés, para comprar uma noite de belas mulheres claras e escuras, para jantar a melhor comida espanhola e francesa e beber vinhos importados de todo o mundo. Juntando-se a estes, nos anos que se seguiram à minha transformação, os americanos, que construíram a cidade acima do antigo bairro francês, com magníficas vivendas em estilo grego que reluziam como templos ao luar. E, obviamente, os fazendeiros, sempre os fazendeiros, chegando à cidade com as famílias em brilhantes carruagens, para comprar vestidos de baile, pratarias e joias, para encher as ruelas do caminho da velha Ópera Francesa, do Teatro de Orleans e da Catedral de São Luís, de cujas portas abertas vinham os cânticos da missa, espalhando-se sobre a multidão da Praça das Armas aos domingos, sobrepondo-se ao barulho e às discussões do mercado francês, atingindo os navios sobre as águas do Mississippi, que pairavam no dique acima do próprio solo de Nova Orleans, dando a impressão de que flutuavam no céu.

– Assim era Nova Orleans, um lugar mágico e magnífico para se viver. Onde um vampiro, ricamente vestido e andando delicadamente por entre as luzes dos lampiões, não atraía mais atenção do que as outras centenas de criaturas exóticas – se é que atraía alguma, como se alguém parasse para murmurar por trás das janelas:

– Aquele homem... Como é pálido, como brilha... como se move. Não é natural!

– Uma cidade na qual um vampiro podia desaparecer antes que as palavras chegassem aos lábios, procurando ruelas onde pudesse ver como um gato, bares escuros onde marinheiros adormeciam apoiados nas mesas, quartos de hotéis com tetos altos onde uma figura solitária de mulher pudesse se sentar, os pés apoiados em almofadas bordadas, as pernas cobertas por um colcha de renda, a cabeça inclinada sob a luz trêmula de uma única vela, sem jamais ver a enorme sombra que se movia pelas flores pintadas no teto, sem jamais ver os longos dedos brancos prontos para apagar a frágil chama.

– Notável, talvez por isso mesmo, é que todos aqueles homens e mulheres que ficaram por alguma razão deixaram atrás de si algum monumento, alguma estrutura de mármore, tijolos e pedra que ainda está de pé; de modo que, mesmo quando as lâmpadas a óleo se foram, os aviões chegaram e os edifícios comerciais preencheram os quarteirões da Rua do Canal, certa irredutível beleza e romance permaneceram; talvez não em todas as ruas, mas em tantas que, para mim, a paisagem é sempre a mesma, e, ao andar agora pelas ruas iluminadas, sinto-me novamente naqueles dias. Acho que é esta a função do monumento. Seja a pequena casa ou a mansão de colunas gregas e ferro trabalhado. O monumento não diz que este ou aquele homem andou por ali. Não, que aquilo que sentiu em determinada época e em determinado local ainda continua. A lua rosada que brilhava sobre Nova Orleans ainda brilha. Assim como os monumentos continuam de pé. A sensação, pelo menos... de vez em quando... permanece a mesma.

O vampiro pareceu ficar triste. Sorriu, como se duvidasse do que tinha acabado de dizer.

– Onde estava? – perguntou subitamente, como se estivesse um pouco cansado. – Sim, dinheiro, Lestat e eu tínhamos que conseguir dinheiro. E eu estava lhe contando que ele podia roubar. Mas era o investimento posterior que importava. Precisávamos usar aquilo que acumulávamos. Mas continuarei a falar sobre mim. Matava animais. Falarei disto daqui a pouco. Lestat matava seres humanos o tempo todo, às vezes dois ou três numa noite, outras vezes mais. Em cada um deles, saciava sua sede momentânea, depois partia à cata de outro. Costumava dizer, com seu jeito vulgar, que quanto melhor o ser humano, mais o apreciava. Uma jovem viçosa, era isto que preferia para começar a noite; mas para Lestat a morte mais triunfante era a de um rapaz. Os jovens de sua idade lhe agradavam particularmente.

– Eu? – murmurou o rapaz. Tinha se apoiado nos joelhos para perscrutar o olhar do vampiro e agora se afastava.

– Exato – continuou o vampiro, como se não tivesse notado a mudança na expressão do rapaz. – Compreenda que representavam a maior perda para Lestat, pois eles se encontravam no limiar das possibilidades máximas de vida. Claro que Lestat não o compreendia. Fui eu quem o compreendeu, Lestat não compreendia nada.

– Darei um ótimo exemplo daquilo que Lestat gostava. Rio acima, ficava a Fazenda Freniere, uma esplêndida terra com grandes esperanças de construir uma fortuna com o açúcar, pouco tempo depois da invenção do processo de refinamento. Imagino que você saiba que o açúcar foi refinado na Louisiana. Há algo perfeito e irônico nisto: esta terra que eu amava, produzindo açúcar refinado. Refiro-me a isto com mais tristeza do que possa imaginar. O açúcar refinado é um veneno. É como a essência da vida em Nova Orleans, tão doce que pode ser fatal, tão sedutor que todos os outros valores ficam esquecidos... Mas como estava dizendo, rio acima moravam os Freniere, uma antiga família francesa que havia produzido, naquela geração, cinco moças e um rapaz. Bem, três das moças estavam destinadas a não casar, mas duas delas ainda eram muito jovens e dependiam inteiramente do rapaz. Ele dirigia a fazenda assim como eu fizera para minha mãe e minha irmã; devia arrumar os casamentos, conseguir os dotes quando toda a fortuna do lugar se dissolveu precariamente na colheita seguinte; devia barganhar, lutar e manter inteiramente a distância de Freniere todo o mundo material. Lestat decidiu que o desejava. E quando o destino quase o enganou, Lestat ficou furioso. Arriscou a própria vida para pegar o jovem Freniere, que tinha se envolvido num duelo, por haver insultado um espanhol crioulo, num baile. Na verdade, não tinha sido nada de mais, mas como a maioria das pessoas de sua raça, aquele também queria morrer sem motivo. Ambos queriam morrer por nada. A casa de Freniere ficou em alvoroço e Lestat sabia perfeitamente disto. Nós dois costumávamos caçar na Fazenda Freniere, Lestat procurando escravos e ladrões de galinhas, e eu, animais.

– Você *só* matava animais?

– Sim. Mas, como já disse, falaremos disto mais tarde. Ambos conhecíamos a fazenda, e eu já apreciava um dos maiores prazeres dos vampiros: observar as outras pessoas sem ser visto. Conhecia as irmãs Freniere tão bem quanto as maravilhosas roseiras que cercavam a capela de meu irmão. Eram mulheres especiais. Cada uma a seu modo, eram tão inteligentes quanto o irmão, e uma delas, que chamarei Babette, muito mais sábia. Mas nenhuma delas havia sido educada para cuidar da fazenda, nenhuma compreendia a mais simples evidência de sua situação financeira.

– Todas dependiam inteiramente do rapaz e sabiam disto. Assim, repletas de amor por ele, de uma fé apaixonada em que lhes daria a lua e de que qualquer amor conjugal que experimentassem não seria mais que um pálido reflexo deste outro, sentiam igualmente um desespero tão forte quanto o desejo de sobreviver. Se Freniere morresse no duelo, a fazenda iria à falência. Sua frágil economia, uma vida de esplendor baseada na hipoteca perene da colheita do próximo ano, estava apenas em suas mãos. De modo que você pode imaginar o pânico e a tristeza que invadiram a fazenda na noite em que o filho deixou a cidade para o duelo marcado. E agora imagine Lestat, rangendo os dentes como um diabo de teatro porque não seria ele que haveria de matar o jovem Freniere.

– Quer dizer então... que você estava sensibilizado pelas moças?

– Inteiramente – disse o vampiro. – Sua situação era desesperadora. E sentia pelo rapaz. Naquela noite, ele se trancou no escritório do pai e fez um testamento. Sabia perfeitamente que, caso tombasse sob o espadim, às quatro horas da manhã seguinte sua família tombaria com ele. Lastimou-se pela situação e por não poder fazer nada para evitá-lo. Fugir ao duelo representaria não somente uma ruína social como, provavelmente, também seria impossível. O outro rapaz o tinha provocado até que se viu forçado a lutar. Quando deixou a fazenda, à meia-noite, encarava a morte como um homem que, tendo somente um caminho a seguir, tivesse decidido enfrentá-lo com toda a coragem. Mataria o jovem espanhol ou morreria. Apesar de sua habilidade, o futuro era imprevisível. Seu rosto refletia uma sensibilidade e uma sabedoria que eu jamais vira em nenhuma das vítimas de Lestat. Naquele exato momento, travei minha primeira batalha com Lestat. Durante meses, impedira que matassem o rapaz e agora ele pretendia matá-lo antes que o espanhol o fizesse.

– Estávamos a cavalo, correndo atrás do jovem Freniere em direção a Nova Orleans, Lestat tentando alcançá-lo, eu tentando alcançar Lestat. Bem, o duelo, como já lhe disse, estava marcado para as quatro. À margem do pântano, logo depois do portão norte da cidade. E, chegando lá pouco antes das quatro, tínhamos um tempo curto e precioso para retornar a Pointe du

Lac, o que significava que nossas próprias vidas corriam perigo. Inflamava-me com Lestat como jamais o havia feito, e ele estava determinado a pegar o rapaz.

Dê-lhe uma chance! – eu insistia, agarrando-o antes que pudesse se aproximar do rapaz. Era inverno e o pântano estava frio e úmido. Uma após outra rajada de chuva gelada varria a clareira onde se daria o duelo. Claro que eu não temia tais elementos da forma como você o faria; não me perturbavam, nem me amedrontavam com tremores ou calafrios. Mas os vampiros sentem tanto frio quanto os mortais, e o sangue da morte geralmente serve de alívio rico e sensual para este frio. Mas me preocupava naquela manhã não a dor que sentia, mas a excelente capa de escuridão que tais elementos proporcionavam tornando Freniere extremamente vulnerável ao ataque de Lestat. Tudo que precisava fazer era se afastar alguns passos de seus amigos, em direção ao pântano, para que Lestat o agarrasse. E, assim, entrei em luta corporal com Lestat. Segurei-o.

– Mas você sentia desprezo, não?

– Hummm... – o vampiro suspirou. – Sim. Sentia-o, ao lado de uma raiva fantasticamente resoluta. Responsabilizar-se pela vida de uma família inteira era para mim o ato supremo de Lestat para demonstrar o desrespeito e o escárnio que sentia por tudo que deveria ter aprendido com sua percepção de vampiro. De modo que o mantive na escuridão, onde me cuspiu e amaldiçoou. O jovem Freniere pegou o florete das mãos de seu padrinho e atravessou a grama escorregadia e molhada para encontrar seu oponente. Houve uma rápida conversa, depois o duelo começou. Em segundos, estava terminado. Freniere havia ferido mortalmente o outro rapaz com um rápido toque no peito. E ele se ajoelhou na grama, sangrando, morrendo, gritando algo ininteligível para Freniere. O vencedor simplesmente permaneceu ali. Todos podiam ver que não tinha nenhum orgulho pela vitória. Freniere encarava a morte como algo abominável. Seus companheiros se aproximaram com as lanternas, implorando que se afastasse o mais rapidamente possível e deixasse o moribundo para os amigos. Enquanto isto, o ferido não permitia que ninguém o tocasse. E então, quando o grupo de Freniere decidiu partir, os três se dirigindo lentamente para os cavalos, o homem caído apontou uma pistola. Talvez somente eu o tivesse percebido, em meio à escuridão. Mas, de qualquer modo, gritei para Freniere, ao mesmo tempo que corria em direção ao revólver. Era tudo do que Lestat precisava. Enquanto eu estava perdido em minha falta de jeito, distraindo Freniere e me aproximando do revólver, Lestat, com seus anos de experiência e sua incrível velocidade, agarrou o jovem e desapareceu com ele por entre os ciprestes. Duvido que seus amigos jamais tenham compreendido o que se passou. A pistola caída, o homem ferido desmaiado, e eu penetrando no charco quase congelado, gritando por Lestat.

– Então eu o vi. Freniere jazia sobre as raízes rugosas de um cipreste, as botas afundadas na água sombria, e Lestat ainda inclinado sobre ele, uma das mãos sobre a mão de Freniere, que ainda segurava a lâmina. Quis puxar Lestat, e aquela mão direita se abateu sobre mim com tal velocidade que nem a vi, não compreendi que tinha me derrubado até me ver igualmente na água e, claro, quando me recuperei, Freniere estava morto. Vi-o deitado ali, os olhos fechados, os lábios finalmente calados como se dormisse simplesmente.

– Desgraçado! – comecei a xingar Lestat. E então parei, pois o corpo de Freniere começava a afundar no brejo. A água alcançou seu rosto cobrindo-o inteiramente. Lestat regozijava. Lembrou-me de que tínhamos menos de uma hora para chegar a Pointe du Lac, e se vingou de mim.

– Se eu não apreciasse a vida de fazendeiro sulista, teria terminado com você. Sei o modo como fazê-lo – ameaçou. – Devia ter espantado seu cavalo para o pântano. Teria de cavar sua própria cova e de se enfiar nela.

– Mesmo após tantos anos, sinto ódio por ele, como se fosse um líquido incandescente percorrendo minhas veias. Compreendi, então, o que significava, para ele, ser um vampiro.

– Era apenas um assassino – disse o rapaz, refletindo na voz a mesma emoção do vampiro. – Não respeitava nada.

– Não. Para ele, ser vampiro significava vingança. Vingança contra a própria vida. Cada vez que acabava com uma vida, estava se vingando. Não era estranho que não apreciasse nada. Nem podia perceber as nuances da existência como vampiro, pois só se preocupava com uma vingança maníaca contra a vida mortal que tinha abandonado. Cheio de ódio, ele olhava para trás. Cheio de inveja, nada o agradava, a não ser o que podia tirar dos outros. E ao obtê-lo, ficava ainda mais frio e insatisfeito, sem conseguir apreciar a coisa em si, tendo que sair em busca de algo mais. Vingança, cega, estéril e desprezível.

– Mas já lhe falei sobre as irmãs Freniere. Já eram quase cinco e meia quando cheguei à sua fazenda. Pouco depois das seis começaria a clarear, mas já estava perto de casa. Galguei o balcão da casa e as vi reunidas na sala; nem ao menos haviam se vestido para dormir. Os candeeiros estavam quase apagados, enquanto permaneciam sentadas como carpideiras, esperando uma ordem. Estavam todas vestidas de preto, como costumavam ficar em casa, e, na escuridão, as formas negras de suas roupas se misturavam com os cabelos rebeldes, de modo que sob a luz das velas seus rostos pareciam cinco aparições frágeis e delicadas, cada uma inigualavelmente triste, cada uma inigualavelmente corajosa. Somente o rosto de Babette parecia resoluto. Como se já tivesse decidido tomar para si os encargos de Freniere caso seu irmão morresse, e trazendo no rosto a mesma expressão do rapaz ao partir para o duelo. O que a esperava era quase impraticável. Fiz então algo que me colocou em grande risco. Mostrei-me a ela. Fiz um jogo de luzes. Como pode ver, meu rosto é muito branco e suave, uma superfície bastante refletiva, quase como a do mármore polido.

– Sim – concordou o rapaz. – É muito... bonito, na verdade – disse. – Pergunto-me se... mas o que aconteceu?

– Pergunta-se se em vida fui um belo homem – disse o vampiro.

O rapaz assentiu.

– Fui. Não sofri nenhuma mudança estrutural. Só que jamais notara que era bonito. A vida me envolvera num vendaval de mesquinhezas, como já disse. Não admirava nada, nem um espelho... especialmente um espelho... descompromissadamente. Mas foi isto que aconteceu. Parei perto do vidro e deixei a luz tocar meu rosto. E o fiz num momento em que os olhos de Babette estavam voltados naquela direção. Então desapareci, propositadamente.

– Em poucos segundos, todas as irmãs sabiam que uma "estranha criatura" tinha sido vista, algo fantasmagórico, e as duas escravas se recusaram peremptoriamente a investigar. Esperei impaciente até acontecer o que eu esperava: finalmente, Babette pegou um candelabro numa mesa de canto, acendeu as velas e, desdenhando o medo de todos, se aventurou sozinha pelo balcão frio para ver o que havia. Suas irmãs tremiam paradas na porta como enormes pássaros negros. Uma delas gritava que o irmão estava morto e que, na verdade, havia visto seu fantasma. Claro, precisa compreender que Babette, forte como era, jamais atribuiria o que vira à imaginação ou aos fantasmas. Esperei que atravessasse todo o balcão escuro antes de me dirigir a ela e, mesmo então, deixei-a perceber somente uma vaga sombra de meu corpo por trás de uma das colunas.

– Diga a suas irmãs que voltem – murmurei. – Vim trazer notícias de seu irmão. Faça o que digo.

– Ficou quieta durante alguns instantes, depois se voltou para mim e se esforçou para me ver no escuro.

– Tenho pouco tempo. Juro que não lhe farei mal – disse.

– E ela obedeceu. Dizendo que não era nada, mandou que fechassem a porta, ao que obedeceram como obedecem as pessoas quando necessitam desesperadamente de um líder. Então me aproximei da luz das velas de Babette.

Os olhos da garota estavam arregalados. Levou a mão aos lábios.

– Olhou-a... como está me olhando? – perguntou o rapaz.

– Pergunta isto com tanta inocência – disse o vampiro. – Sim, suponho que certamente o fiz. Só que, sob a luz das velas, parecia menos sobrenatural. E não tentei fingir que era uma criatura comum.

– Tenho poucos minutos – disse finalmente. – Mas o que preciso lhe dizer é muito importante. Seu irmão lutou bravamente e venceu o duelo – mas, espere. Precisa saber agora, ele está morto. A morte o venceu, um ladrão na noite, contra o qual toda sua bondade ou coragem nada pôde fazer. No entanto, o mais importante que tenho a lhe dizer é isto: você pode dirigir a fazenda e salvá-la. Tudo que precisa é não deixar que ninguém a convença do contrário. Deve assumir esta posição a despeito de qualquer apelo, de qualquer tentativa de convencerem-na, de qualquer conversa sobre propriedade ou bom senso. Não deve escutar nada. Esta é a mesma terra na qual seu irmão dormiu. Nada mudou. Deve assumir-lhe o lugar. Caso contrário, a terra e a família estarão perdidas. Serão cinco mulheres com uma pequena pensão, aproveitando a metade, ou menos ainda, do que a vida tem para lhe dar. Aprenda o que precisa saber. Não pare jamais, a não ser quando tiver as respostas. E lembre-se de minha visita sempre que perder a coragem. Deve tomar as rédeas de sua própria vida. Seu irmão está morto.

– Podia ver em seu rosto que tinha escutado cada palavra. Teria me feito perguntas se houvesse tempo, mas acreditou em mim quando lhe disse que não havia. Usei então todo meu talento para partir tão suavemente que lhe provocasse a impressão de que me desvanecera. Do jardim, vi seu rosto sob o brilho das velas. Vi que me procurava no escuro, dando intermináveis voltas. E depois a vi fazer o sinal da cruz e voltar ao encontro das irmãs.

O vampiro sorriu.

– Ninguém comentou absolutamente nada sobre a estranha aparição de Babette Freniere, mas após os primeiros pêsames e conversas sentidas sobre as pobres mulheres solitárias, ela se tornou o escândalo da região porque tinha decidido dirigir a fazenda sozinha. Conseguiu um imenso dote para a irmã mais nova e, ela própria, casou-se no ano seguinte. Lestat e eu praticamente nunca mais nos falamos.

– Você continuou a morar em Pointe du Lac?

– Sim. Não tinha certeza de que me havia ensinado tudo o que precisava saber. E precisei de muito fingimento. Minha irmã, por exemplo, se casou sem minha presença, já que eu estava com "malária", do mesmo tipo da que me atacou na manhã do enterro de minha mãe. Enquanto isto, Lestat e eu nos sentávamos todas as noites para jantar com o velho, e fazíamos ruídos com os talheres, enquanto ele nos dizia para comermos tudo e não bebermos o vinho depressa demais. Cheio de dor de cabeça, recebia minha irmã num quarto escuro, com cobertas até o pescoço, cumprimentava a ela e ao marido na meia-luz, por causa da dor nos olhos, ao mesmo tempo em que lhes confiava grandes somas de dinheiro para investimentos. Felizmente, seu marido era um idiota; inofensivo, mas idiota, o produto de quatro gerações de casamentos entre primos de primeiro grau.

– Mas, apesar de tudo andar bem nesta área, começamos a ter problemas com os escravos. Eram os mais desconfiados, e, como já disse, Lestat matava quem queria. Assim, sempre se comentava alguma morte misteriosa. Mas a origem dos rumores, que ouvi numa noite em que me divertia nas sombras das cabanas dos escravos, foi o que viram de nós.

– Agora, deixe-me descrever primeiro a personalidade daqueles escravos. Foi somente por volta de 1795, após quatro anos de vida relativamente calma, durante os quais investia o dinheiro que Lestat conseguia, aumentando nossa propriedade, comprando apartamentos e casas em Nova Orleans para serem alugados, a fazenda em si pouco produzindo... sendo mais útil para nós como disfarce do que como investimento. Disse "nós". Está errado. Nunca passei nada para Lestat, e legalmente ainda estava vivo. Mas, em 1795, os escravos não tinham as características que você vê em filmes e romances sobre o Sul. Não eram pessoas afáveis, de pele escura e vestidas em andrajos que falavam um dialeto inglês. Eram africanos. Alguns tinham vindo de São Domingos. Eram muito pretos e totalmente estrangeiros. Falavam suas línguas africanas, que tornavam os campos exóticos e estranhos, assustadores para mim quando era vivo. Eram supersticiosos e tinham seus próprios segredos e tradições. Em resumo, ainda não tinham sido totalmente destruídos como africanos. A escravidão era uma desgraça em suas vidas, mas ainda não lhes havia roubado suas características próprias. Toleravam o batismo e as roupas modestas que as leis católicas francesas lhes impunham, mas, à noite, transformavam seus tecidos baratos em trajes fascinantes, faziam joias com ossos de animais e pedaços de metal que poliam até parecerem ouro, e o acampamento de escravos de Pointe du Lac se transformava num outro país, uma praia africana escura, onde nem o mais frio observador gostaria de estar. Nenhum perigo para vampiros.

– Pelo menos até uma noite de verão em que, passando por uma sombra, ouvi, pelas portas abertas da cabana do capataz negro, uma conversa que me convenceu de que Lestat e eu corríamos verdadeiro perigo. Os escravos já sabiam que não éramos comuns. Aos cochichos, as empregadas contavam como, por uma fenda da porta, nos viram jantar em pratos e baixelas vazios, levando copos vazios aos lábios, nossos rostos pálidos e fantasmagóricos sob a luz das velas, o cego como um tolo em nossas mãos. Pelo buraco da fechadura tinham visto o caixão de Lestat, e, uma vez, uma delas havia levado uma grande surra por rondar as janelas do balcão de seu quarto.

– Não há cama lá – segredavam meneando a cabeça. – Ele dorme num caixão, eu sei.

– Estavam convencidos, com razão, do que éramos. Quanto a mim, tinham me visto, noite após noite, saindo da capela, que agora não era mais do que uma massa disforme de tijolos e trepadeiras, recoberta de glicínias em flor durante a primavera, de rosas silvestres no verão, com musgo reluzindo sobre as velhas venezianas sem pintura que nunca tinham sido abertas, aranhas espreitando nos arcos de pedra. Obviamente, fingia visitá-la em memória de Paul, mas os rumores deixavam claro que não mais acreditavam em tais mentiras. E agora nos atribuíam não somente as mortes dos escravos encontrados nos campos e brejos, o gado morto e alguns cavalos, como também todos os outros acontecimentos estranhos. Até mesmo as enchentes e os trovões eram as armas de Deus numa batalha pessoal contra Louis e Lestat. Mas, pior ainda, não pensavam em fugir. Éramos diabos. Nosso poder, invencível. Não, precisávamos ser destruídos. E naquela conversa, onde eu era um membro invisível, havia vários escravos de Freniere.

– Isto significava que os rumores haviam invadido toda a área. Apesar de acreditar piamente que nem todos se deixariam dominar por uma onda de histeria, não queria correr nenhum risco. Voltei correndo à casa da fazenda para dizer a Lestat que nosso papel de fazendeiros não mais servia. Teria de desistir dos escravos, de sua baixela dourada e se mudar para a cidade.

– Naturalmente ele resistiu. Seu pai estava gravemente enfermo e poderia não aguentar. Não tinha a menor intenção de fugir de escravos estúpidos.

– Matarei a todos – disse calmamente. – Em grupos de três e quatro. Alguns fugirão e tudo ficará bem.

– Loucura. A verdade é que eu quero que você saia daqui.

– Quer que eu saia! Você... – zombou.

Estava fazendo um castelo de cartas sobre a mesa da sala de jantar, usando um belo baralho francês.

– Você, um vampiro lamuriento e covarde que atravessa a noite matando gatos e ratos, fitando velas durante horas, como se fossem gente, parado na chuva como um zumbi até que suas roupas fiquem encharcadas, fedendo como trapos velhos guardados num sótão, parecendo um idiota num jardim zoológico.

– Não tem mais nada a me dizer, e sua teimosia está nos colocando em perigo. Posso passar o resto da vida no oratório, enquanto esta casa se transforma em ruínas. Não me importo! – disse-lhe. Pois era verdade. – Mas você precisa de todas as coisas que nunca teve na vida e quer fazer da imortalidade um monte de trastes onde nós dois nos tornamos grotescos. Agora vá olhar seu pai e me diga quanto tempo tem de vida, pois só ficará aqui durante este tempo, e somente no caso de os escravos não se rebelarem contra nós.

– Disse-me, então, que eu fosse sozinho olhar seu pai, já que era o único que sempre o olhava, e eu fui. O velho estava realmente morrendo. De certa forma, tinha sido poupado da morte de minha mãe, pois ela falecera subitamente numa tarde. Tinha sido encontrada com sua caixa de costura, calmamente sentada no pátio; tinha morrido como se houvesse adormecido. Mas agora assistia a uma morte natural, em sua lenta e consciente agonia. E eu sempre tinha apreciado o velho: era delicado, humilde e pouco exigente. Durante o dia, sentava-se ao sol do balcão, cochilando e ouvindo os pássaros; à noite, qualquer conversa nossa o entretinha. Conseguia jogar xadrez, tateando cuidadosamente cada peça e se lembrando da disposição do tabuleiro com incrível perfeição; e apesar de Lestat jamais jogar com ele, frequentemente eu jogava. Agora jazia deitado, tentando respirar, a testa quente e molhada, o travesseiro encharcado de suor. E enquanto gemia e chamava a morte, Lestat tocava cravo na sala. Bati a tampa do instrumento, pegando seus dedos.

– Não vai tocar enquanto ele morre! – disse.

– Vá para o inferno! – respondeu. – Toco até tambor, se quiser.

E, pegando uma enorme bandeja de prata no aparador, enfiou um dos dedos pela alça e começou a bater com uma colher.

– Disse-lhe que parasse ou eu o faria parar. E, então, ambos paramos o barulho porque o velho o chamava. Dizia que precisava falar com Lestat antes de morrer. Disse a Lestat que fosse até ele. O som de seus gritos era terrível.

– Por que iria? Já cuidei dele durante todos estes anos. Não chega?

– Pegou uma lixa no bolso e, sentando-se aos pés da cama do velho, começou a lixar suas longas unhas.

– Enquanto isto, devo dizer que me esquecera dos escravos. Eles olhavam e escutavam. Eu realmente desejava que o velho morresse logo. Uma ou duas vezes antes, já tinha me deparado com suspeitas ou dúvidas de alguns escravos, mas nunca de tantos. Imediatamente chamei Daniel, o escravo a quem tinha dado a casa e o cargo do capataz. Mas, enquanto o esperava, podia ouvir o velho falando com Lestat. Este, sentado com as pernas cruzadas, lixando, lixando, uma sobrancelha arqueada, com toda a atenção voltada para as suas unhas perfeitas.

– Foi à escola – dizia o velho. – Oh, sei que se lembra... o que posso lhe dizer... – gemia.

– É melhor dizer logo – respondeu Lestat. – Pois está quase morrendo.

O velho deixou escapar um terrível gemido, e acho que eu também fiz algum barulho. Decididamente, detestava Lestat. Sentia vontade de expulsá-lo do quarto.

– Bem, já sabe disto, não é? Até mesmo um tolo como você sabe disto – disse o velho.

– Não sei de que está falando! – disse Lestat.

– Minha paciência estava se esgotando, e o velho tornava-se cada vez mais agitado. Implorava a Lestat que o escutasse com carinho. Aquilo tudo me fazia estremecer. Enquanto isto, Daniel chegara, e no momento em que o vi, compreendi que Pointe du Lac estava perdida. Se tivesse sido mais atento, teria percebido antes. Olhava-me espantado. Para ele, eu era um monstro.

– O pai de Monsieur Lestat está muito doente. Morrendo – falei, ignorando sua expressão. – Esta noite não quero barulho. Os escravos devem permanecer em suas cabanas. Um médico está a caminho.

– Olhou-me como se eu estivesse mentindo. E depois seus olhos se afastaram curiosa e friamente de mim, encarando a porta do velho. Sua face sofreu tal transformação que me levantei rapidamente e olhei para o quarto. Era Lestat, esparramado ao pé da cama, de costas para a cabeceira, lixando as unhas furiosamente, fazendo tantas caretas que seus dois enormes dentes apareciam proeminentes.

O vampiro parou, sacudindo os ombros numa gargalhada silenciosa. Olhava para o rapaz. E o rapaz olhava timidamente para a mesa. Mas tinha olhado, e atentamente, para a boca do vampiro. Tinha visto que os lábios tinham uma textura diferente da pele, que eram sedosos e delicadamente delineados como os de qualquer outra pessoa, só que mortalmente brancos. E tinha entrevisto os dentes brancos. Só que o vampiro sorria de tal modo que não apareciam inteiramente, e o garoto nem tinha pensado neles até aquele instante.

– Pode imaginar – disse o vampiro – o que isto significava. Tinha de matá-lo.

– Você o quê? – perguntou o rapaz.

– Tinha de matá-lo. Começou a correr. Teria alarmado a todos. Talvez pudesse resolver de outro modo, mas não tinha tempo. Assim, fui atrás dele, ultrapassando-o. Mas então, vendo-me num ato que tinha evitado durante quatro anos, parei. Era um homem. Tinha sua faca de cabo de osso nas mãos, para se defender. E eu a tirei facilmente e a enfiei em seu coração. Caiu de joelhos, os dedos apertando a lâmina, sangrando. Ver o sangue, sentir seu aroma, me enlouqueceu. Acho que gemi alto. Mas não o agarrei, não poderia. Lembro que, então, o vulto de Lestat emergiu no espelho sobre o aparador.

– Por que fez isto? – perguntou.

– Voltei-me para ele, decidido a impedir que me visse em tal fraqueza. O velho delirava, ele se aproximou, não conseguia entender o que dizia.

– Os escravos, eles sabem... Precisa ir para as cabanas e ficar atento – consegui dizer. – Eu cuido do velho.

– Mate-o – disse Lestat.

– Está louco – respondi. – Ele é seu pai!

– Eu sei que é meu pai! – disse Lestat. – É por isso que você tem de matá-lo. Eu não posso! Se pudesse, já o teria feito há muito tempo, desgraçado!

Torceu as mãos.

– Temos de sair daqui. E veja o que fez matando este aqui. Não há um minuto a perder. Daqui a instantes sua mulher chegará chorando... ou mandará alguém pior!

O vampiro suspirou.

– Era verdade. Lestat estava certo. Podia ouvir os escravos conversando em torno da carroça de Daniel, esperando por ele. Daniel tinha sido suficientemente corajoso para entrar sozinho na casa assombrada. Quando vissem que não voltaria, os escravos ficariam em pânico, fariam um motim. Mandei Lestat acalmá-los, usar todo seu poder de senhor branco sem alarmá-los ou atemorizá-los, e depois entrei no quarto, batendo a porta. Levei outro susto, numa noite de sustos. Pois jamais vira o pai de Lestat naquele estado.

– Estava sentado, inclinado para a frente, falando para Lestat, implorando que lhe respondesse, dizendo que compreendia sua amargura melhor do que o próprio Lestat. Era um cadáver vivo. Nada, além de uma terrível vontade, animava seu corpo. Assim, o brilho de seus olhos ainda os tomava mais afundados no crânio, e o tremor de seus lábios tornava sua velha boca amarelada mais horrível. Sentei-me na beira da cama e, sofrendo por vê-lo assim, lhe estendi minha mão. Não consigo descrever o quanto sua aparência me chocou. Pois quando causava uma morte, era rápida e inconsciente envolvendo a vítima como um sono encantado. Mas aquela era uma como lenta decadência, o corpo recusando a se render ao vampiro do tempo que o sugava há anos a fio.

– Lestat – disse ele. – Ao menos desta vez não fique insensível. Ao menos desta vez, volte a ser o garoto que era. Meu filho.

– Repetiu isto diversas vezes:

– Meu filho, meu filho.

– E depois disse algo que não pude ouvir a respeito da inocência e da inocência perdida. Mas pude ver que não estava fora de si, como pensara Lestat, mas mantinha uma terrível lucidez. O peso do passado recaía sobre ele com toda sua força, e o presente, que era somente a morte, a qual ele espantava com sua força de vontade, não podia fazer nada para suavizar este fardo. Mas eu sabia que podia iludi-lo caso utilizasse todo meu talento e, aproximando-me, murmurei a palavra "pai".

– Não era a voz de Lestat, era a minha, um suave murmúrio. Mas ele se acalmou subitamente e pensei que já poderia morrer. Agarrou, porém, a minha mão, como se o estivessem tragando as ondas de um escuro oceano e somente eu pudesse salvá-lo. Falava agora de algum professor, de nome enrolado, que achara Lestat um aluno brilhante e pedira para levá-lo a um monastério, onde seria educado. Amaldiçoou-se por ter trazido Lestat para casa, por ter queimado seus livros.

– Precisa me perdoar, Lestat – chorava.

– Apertei suas mãos firmemente, esperando que isto lhe bastasse como resposta, mas continuou a repetir seu pedido.

– Você tem tudo pela frente, mas está sendo tão frio e brutal quanto eu era naquele tempo, com o trabalho sempre ali, e o frio e a fome! Lestat, você deve se lembrar! Você era o mais gentil de todos! Deus me perdoará, se você me perdoar.

– Bem, neste momento, o verdadeiro Esaú entrou pela porta. Acenei para que se calasse, mas não percebeu. Assim, tive de me levantar rapidamente para que seu pai não ouvisse sua voz ao longe. Os escravos haviam fugido dele.

– Mas continuam lá fora, estão reunidos no escuro. Posso ouvi-los – disse Lestat. E, depois, fitou o velho.

– Mate-o, Louis – disse. Sua voz, pela primeira vez, tinha um tom de súplica. E, logo, voltou a se enfurecer:

– Faça-o!

– Aproxime-se do travesseiro e diga que o perdoa, que o perdoa por tê-lo tirado da escola quando era criança! Diga-lhe isto agora!

– Para quê?

– Lestat fez uma careta, de modo que seu rosto pareceu um crânio.

– Tirar-me da escola! – levantou as mãos e soltou um terrível urro de desespero: – Desgraçado! Mate-o!

– Não! – respondi. – Precisa perdoá-lo. Ou terá de matá-lo sozinho. Vamos. Mate seu próprio pai.

– O velho implorava que lhe disséssemos de que falávamos. Gritou:

– Filho, filho.

E Lestat dançava como o enlouquecido Rumpelstiltskin, tentando enfiar o pé através do assoalho. Aproximei-me das cortinas de renda. Podia ver e ouvir os escravos cercando a casa, vultos ocultos pelas sombras, cada vez mais próximos.

– Você era José entre seus irmãos – disse o velho. – O melhor de todos, mas como poderia saber? Só compreendi quando partiu, quando todos aqueles anos se passaram e eles não conseguiram me dar nenhum conforto, nenhuma ajuda. Então você voltou e me tirou da fazenda, mas não era você. Não era o mesmo garoto.

– Naquele momento, voltei-me para Lestat e praticamente o arrastei até a cama. Nunca o tinha visto tão enfraquecido, e ao mesmo tempo enfurecido. Empurrou-me e, então, se ajoelhou ao lado do travesseiro, olhando-me com raiva. Mantive-me resoluto e murmurei:

– Perdoe!

– Está bem, pai. Precisa descansar. Não tenho nada contra você – disse, a voz distorcida pela ira.

– O velho se apoiou no travesseiro, murmurando algo baixinho, aliviado, mas Lestat já havia partido. Parou perto da porta, colocando as mãos nos ouvidos.

– Estão chegando! – murmurou e, depois, virando-se para poder me ver, disse:

– Pegue-o. Pelo *amor de Deus*!

– O velho nunca soube o que aconteceu. Nunca acordou de seu estupor. Sangrei-o somente o necessário, fazendo um talho para que morresse sem saciar minha obscura paixão. Não poderia suportar tal pensamento. Já sabia que não mais importava o modo como o corpo fosse encontrado, pois já tinha obtido o suficiente em Pointe du Lac, e Lestat, usufruído como pudera sua identidade de próspero fazendeiro. Incendiaria a casa e me agarraria à riqueza que agora possuía, em nome de uma súbita segurança.

– Enquanto isto, Lestat procurava os escravos. Deixaria tal ruína e morte atrás de si que ninguém poderia contar a história daquela noite em Pointe du Lac, e fui atrás dele. Sua ferocidade sempre tinha sido misteriosa, mas agora eu expunha minhas presas para humanos que voavam de perto de mim, meu avanço irrefreável superando sua lentidão como se fosse o sopro da morte, ou da loucura. O poder e a prova da existência de vampiros eram incontestáveis, de modo que os escravos se dispersaram em todas as direções. E fui eu quem subiu novamente as escadas para incendiar Pointe du Lac.

– Lestat veio desatinado atrás de mim.

– O que está fazendo? – gritou. – Está louco!

– Mas não era mais possível reter as chamas.

– Eles já se foram e você está destruindo tudo.

– Deu várias voltas pela magnífica sala e no meio de seu frágil esplendor.

– Pegue seu caixão. Só faltam três horas para o amanhecer – disse eu. A casa era uma pira funerária.

– O fogo poderia tê-lo machucado? – perguntou o rapaz.

– Obviamente! – disse o vampiro.

– Voltou para a capela? Lá era seguro?

– Não. De forma alguma. Uns 55 escravos se dispersaram pelo campo. Muitos deles não desejariam a vida de fugitivos e certamente voltariam diretamente para Freniere ou iriam mais para o sul, para a Fazenda Bel Jardin. Não tinha a menor intenção de passar aquela noite ali. Mas havia pouco tempo para procurar outro lugar.

– A mulher, Babette! – disse o rapaz.

O vampiro sorriu.

– Sim, procurei Babette. Agora morava em Freniere com seu jovem esposo. Tinha tempo suficiente para colocar meu caixão na carruagem e ir até ela.

– Mas e Lestat?

O vampiro suspirou:

– Lestat foi comigo. Pretendia seguir até Nova Orleans e tentava me convencer a fazer o mesmo. Mas quando viu que me dirigia para Freniere, optou também por este caminho. Poderia jamais ter chegado a Nova Orleans. Estava ficando cada vez mais claro. Não tanto que os olhos mortais o percebecem, mas Lestat e eu sentíamos.

– Bem, quanto a Babette, já lhe havia feito algumas visitas. Como lhe disse, ela havia escandalizado a região ao ficar sozinha na fazenda sem um homem em casa, sem ao menos uma mulher mais velha. O maior problema de Babette era que precisava vencer financeiramente, somente para sofrer o isolamento do ostracismo social. Possuía tal sensibilidade que a riqueza em si não significava nada para ela; família, uma casta... isto significava alguma coisa para Babette. Apesar de ser capaz de dirigir a fazenda sozinha, o escândalo a perturbava. Internamente, estava desistindo. Procurei-a uma noite no jardim. Sem permitir que me visse, disse-lhe delicadamente que era a mesma pessoa que vira antes. Que sabia de sua vida e de seu sofrimento.

– Não espere que as pessoas a compreendam – disse-lhe. – São tolos. Querem que se enclausure porque seu irmão morreu. Usariam sua vida como se fosse um mero azeite para uma boa lamparina. Deve desafiá-los, mas deve desafiá-los com pureza e confiança.

– Escutava-me em silêncio. Disse-lhe que deveria dar um baile sob qualquer pretexto. Uma causa religiosa. Deveria escolher um convento de Nova Orleans, qualquer um, e organizar um baile filantrópico. Convidaria as melhores amigas de sua falecida mãe para *patronesses* e faria tudo com absoluta confiança e a pureza que importavam.

– Bem, Babette achou a ideia genial.

– Não sei quem você é, e você não me dirá – falou. (Era verdade, não lhe diria.) – Mas só posso pensar que seja um anjo.

– Implorou para ver meu rosto. Isto é, implorou do modo com que fazem pessoas como Babette, que não são dadas a implorar nada a ninguém. Não que fosse orgulhosa. Era simplesmente forte e honesta, o que na maioria das vezes torna o fato de implorar... Vejo que quer fazer uma pergunta.

O vampiro parou.

– Oh, não – disse o rapaz, que parecia esconder algo.

– Mas não deve ter medo de me fazer perguntas. Relatam-se coisas íntimas demais...

Ao dizer isto, o rosto do vampiro se fechou. Franziu a testa e suas sobrancelhas se aproximaram fazendo aparecer uma pequena depressão em sua testa, sobre o olho esquerdo, como se alguém a apertasse com o dedo. Isto lhe deu um ar peculiar de profunda aflição.

– Se relato coisas íntimas demais para que me faça perguntas, poderei mudar de assunto – disse.

O rapaz se viu fitando os olhos do vampiro, os cílios que pareciam finos arames negros na macia carne das pálpebras.

– Pergunte – disse ao rapaz.

– Babette, a forma como fala dela – falou o garoto. – Como se sentisse algo especial.

– Dei a impressão de não poder sentir? – perguntou o vampiro.

– Não, de forma alguma. Obviamente teve sentimentos em relação ao velho. Parou para confortá-lo quando você próprio corria perigo. E o que sentiu pelo jovem Freniere quando Lestat quis matá-lo... tudo o que planejou. Mas me perguntava... tinha algum sentimento especial por Babette? Foi o sentimento por Babette que o levou a proteger Freniere?

– Quer dizer amor – respondeu o vampiro. – Por que hesita em mencioná-lo?

– Porque você falou em insensibilidade – retrucou o rapaz.

– Pensa que os anjos são insensíveis? – perguntou o vampiro.

O rapaz pensou um pouco.

– Sim – respondeu.

– Mas os anjos não são capazes de amar? – perguntou o vampiro. – Os anjos não fitam a face de Deus com absoluto amor?

O rapaz pensou um pouco.

– Amor ou adoração – disse.

– Qual a diferença? – perguntou o vampiro, pensativo. – Qual a diferença?

Era óbvio que não se dirigia ao rapaz. Perguntava a si próprio.

– Os anjos sentem amor e orgulho... o orgulho da queda... e ódio. As fortes e poderosas emoções das pessoas insensíveis para as quais emoção e vontade são uma única coisa – disse finalmente.

Olhava a mesa, como se meditasse sobre isto, ainda não inteiramente satisfeito.

– Tinha por Babette... um forte sentimento. Não era o mais forte que já conhecera enquanto ser humano. – Virou-se para o rapaz. – Mas era muito forte. Babette era para mim, a seu modo, um ser humano ideal...

Mexeu-se na cadeira, a capa se movendo vagarosamente a seu redor, e voltou-se para as janelas. O rapaz se inclinou para a frente e verificou a fita. Depois, tirou outra fita da maleta e, pedindo desculpas ao vampiro, colocou-a no lugar.

– Receio ter perguntado algo muito pessoal. Não pretendia... – disse ansiosamente ao vampiro.

– Não fez nada – respondeu o vampiro, olhando-o subitamente. – É uma pergunta muito própria. Sinto amor, e senti certo amor por Babette, apesar de não ter sido o maior amor de minha vida. Este se prenunciou em Babette.

– Voltando à minha história, o baile de caridade de Babette foi um sucesso e assegurou sua volta à vida social. Seu dinheiro apagou generosamente qualquer dúvida que existisse nas outras famílias e ela se casou. Costumava visitá-la nas noites de verão, sem jamais deixar que me visse ou soubesse de onde vinha. Vinha ver se estava feliz e, ao comprová-lo, também ficava contente.

– E, então, levei Lestat até Babette. Teria matado os Freniere há muito tempo se não o tivesse impedido, e ele pensava que eu pretendia fazer isto.

– E que bem isto traria? – perguntei. – Você me chama de idiota, e é você mesmo quem tem sido o idiota. Acha que não sei por que me transformou em vampiro? Não conseguia se sustentar, não sabia fazer nada. Já se vão vários anos que dirijo tudo, enquanto você fica sentado com ar de superioridade. Não tem mais nada a me ensinar. Não preciso mais de você. É inútil. É você quem precisa de mim, e se tocar em um só escravo dos Freniere, me livrarei de você. Haverá uma batalha entre nós e não preciso dizer que tenho muito mais sabedoria no dedo mínimo do que você no corpo inteiro. Faça o que digo.

– Bem, isto o espantou. Retrucou que tinha muito a me dizer, sobre as coisas e as pessoas que, se matasse, me provocariam a morte súbita, sobre os lugares do mundo aonde nunca deveria ir e assim por diante. Absurdos que mal pude escutar. Mas não tinha tempo a perder com ele. As luzes do capataz de Freniere estavam acesas, ele tentava dominar a excitação dos escravos fugitivos e a sua própria. E o fogo de Pointe du Lac ainda podia ser visto contra o céu. Babette estava vestida e tratando de negócios, tendo enviado carros com escravos a Pointe du Lac para ajudarem a apagar o incêndio. Os assustados fugitivos foram mantidos afastados dos outros e neste ponto ninguém encarava suas histórias como nada além de tolices de escravos. Babette sabia que algo terrível havia acontecido e suspeitava de assassinato, mas nunca de algo sobrenatural. Estava no escritório, relatando o incêndio no diário da fazenda, quando a encontrei. Era quase manhã. Tinha poucos minutos para convencê-la e precisava de sua ajuda. Primeiramente, falei com ela, evitando que se virasse em minha direção, e ela me ouviu calmamente. Disse-lhe que precisava de um quarto para passar a noite, para descansar.

– Nunca lhe fiz mal. Agora, peço-lhe uma chave e sua promessa de que ninguém tentará entrar no quarto até a próxima noite. Então lhe contarei tudo.

– Naquele momento, já estava quase desesperado. O céu empalidecia. Lestat estava longe, no pomar, com os caixões.

– Mas por que me procurou esta noite? – perguntou ela.

– E por que não você? – retruquei. – Não a ajudei nos momentos em que mais precisava de orientação, em que se sentiu a única pessoa forte entre seres dependentes e fracos? Não lhe dei, por duas vezes, bons conselhos? E não zelei por sua felicidade desde então?

– Podia ver o vulto de Lestat pela janela. Ele estava em pânico.

– Dê-me a chave de um quarto. Não deixe ninguém entrar até o anoitecer. Juro que jamais lhe farei mal.

– E se não o fizer... Se acreditar que foi enviado pelo diabo? – respondeu ela, tentando virar a cabeça.

– Alcancei o candelabro e o apaguei. Viu-me de costas para as janelas acinzentadas.

– Neste caso, se acreditar que sou o diabo, morrerei – disse. – Dê-me a chave. Poderia matá-la agora se quisesse, compreende?

– Então me aproximei dela e me mostrei inteiramente, de modo que ela respirou fundo e recuou, apoiando-se no braço da cadeira.

– Mas não o faria. Preferiria morrer a matá-la. Morrerei se não me der a chave que lhe peço.

– Estava feito. O que ela pensou, não sei. Mas cedeu-me um dos quartos do primeiro andar onde o vinho era envelhecido, e tenho certeza de que viu Lestat e eu trazendo os caixões. Não somente tranquei a porta como fiz uma barricada.

– Quando acordei, na noite seguinte, Lestat já estava de pé.

– Então ela manteve a palavra.

– Sim. Só que foi mais adiante. Não somente respeitou nossa porta trancada, como também trancou-a novamente por fora.

– E as histórias dos escravos... ela soube delas.

– Sim, soube. Entretanto, Lestat foi o primeiro a descobrir que estávamos trancados. Ficou furioso. Tinha planejado chegar a Nova Orleans o mais rápido possível. Agora suspeitava inteiramente de mim.

– Só precisava de você enquanto meu pai era vivo – disse, procurando desesperadamente alguma abertura em algum lugar. Estávamos numa masmorra.

– Não permitirei mais que você faça o que quiser, estou lhe avisando.

– Ele evitava até me dar as costas. Fiquei sentado, tentando ouvir vozes nos quartos acima, desejando que ele calasse a boca, sem querer trair meus sentimentos por Babette ou minhas esperanças.

– E também pensava em outra coisa. Você me perguntou sobre sentimentos e frieza. Um de seus aspectos – frieza com sentimentos, deveria dizer – é que se pode pensar nas duas coisas ao mesmo tempo. Pode-se pensar que não se está seguro e pode-se morrer; e pode-se pensar em algo muito abstrato e remoto. Era, definitivamente, o que ocorria comigo. Naquele momento, pensava, séria e profundamente, quão sublime poderia ter sido a amizade entre mim e Lestat, quão poucos seriam os obstáculos, quantas coisas haveriam de ser compartilhadas. Talvez fosse a proximidade de Babette que me fizesse pensar assim, pois como poderia realmente chegar a conhecer Babette a não ser, é claro, através do único caminho: tirar sua vida, nos tornarmos um só, num abraço da morte, quando minha alma se uniria com seu coração e se nutriria nele. Mas minha alma desejava conhecer Babette sem necessidade de matá-la, sem roubar-lhe o sopro da vida, cada gota de sangue. Mas Lestat, como nós poderíamos ter conhecido um ao outro, caso ele fosse um homem de caráter, um homem que ao menos pensasse um pouco.

– As palavras do velho voltaram à minha mente, Lestat como aluno brilhante, um amante de livros que tinham sido queimados. Só conhecia o Lestat que zombava de minha biblioteca, considerava-a um monte de poeira, ridicularizava incansavelmente minhas leituras, minhas meditações.

– Subitamente tomei consciência de como a casa sobre nossas cabeças ficara silenciosa. De vez em quando, pés se moviam, o assoalho rangia e a luz que passava por suas gretas nos iluminava palidamente. Podia ver Lestat tateando as paredes de tijolos, seu rosto duro e persistente de vampiro se transformando em máscara de frustração humana. Eu tinha certeza de que deveríamos seguir caminhos diferentes, de que, se necessário, deveríamos deixar que um oceano nos separasse. E compreendi que suportara tudo aquilo durante tanto tempo por falta de autoconfiança. Enganara a mim mesmo, acreditando que ficava por causa do velho, de minha irmã e seu marido. Mas havia ficado com Lestat porque tinha medo de que ele soubesse segredos essenciais que eu não poderia descobrir sozinho, e mais ainda, porque era o único de minha espécie que conhecia. Nunca havia me contado como se tornara vampiro ou onde poderia encontrar um único membro de nossa espécie. Isto me confundiu muito, como sempre acontecera durante aqueles quatro anos. Odiava-o e queria deixá-lo, mas poderia fazê-lo?

– Enquanto isto, enquanto ia tendo tais pensamentos, Lestat continuava sua diatribe: não precisava de mim, iria terminar com tudo, especialmente com a promessa de não perturbar os Freniere. Teríamos de estar prontos quando a porta se abrisse.

– Lembre-se! – disse-me finalmente. – Rapidez e força; não podem nos superar nisto. E medo. Lembre-se sempre: provoque pavor. Não seja sentimental agora! Poderá nos custar muito.

– Depois pretende ficar só? – perguntei. Queria que ele o dissesse. Não tinha coragem suficiente. Ou melhor, não conhecia meus próprios sentimentos.

– Quero chegar a Nova Orleans! – respondeu. – Estava simplesmente lhe avisando que não preciso de você. Mas para sairmos daqui precisaremos um do outro. Você nem começou a saber como utilizar seus poderes! Não tem nenhuma ideia inata do que é! Use seus poderes persuasivos com a mulher. Mas se ela vier com mais alguém, esteja pronto para agir segundo sua natureza.

– E o que é isto? – perguntei, porque nunca me parecera um mistério tão grande quanto naquele momento. – O que sou eu?

– Ele estava claramente desgostoso. Levantou as mãos.

– Esteja preparado... – disse, mostrando agora seus magníficos dentes. – Para matar!

– De repente, fitou as tábuas do teto.

– Estão indo para a cama, está ouvindo?

– Após um longo e silencioso período em que Lestat andou pelo quarto, e eu fiquei sentado meditando, remoendo minha mente tentando saber o que deveria fazer ou dizer a Babette, ou, mais ainda, tentando obter a resposta para uma pergunta muito mais difícil, o que sentia por Babette, após muito tempo, uma luz penetrou sob a porta. Lestat estava pronto para saltar sobre quem quer que fosse. Era Babette, sozinha, que entrou com uma lâmpada, sem ver Lestat, que ficou atrás dela, mas olhando diretamente para mim.

– Nunca a tinha visto assim. Seus cabelos estavam soltos – pois já ia dormir – como ondas escuras por trás de sua camisola branca. Seu rosto se contraía de preocupação e medo. Isto lhe dava um brilho febril e tornava seus grandes olhos castanhos ainda maiores. Como já lhe disse, amava sua força e honestidade, a grandeza de sua alma. Não sentia uma paixão como você sentiria. Mas achei-a mais atraente do que qualquer mulher que tinha conhecido em minha vida mortal. Mesmo sob a camisola severa, seus braços e seios eram roliços e macios, e ela me parecia uma alma arrebatadora vestida por uma carne rica e misteriosa. Eu, que sempre me mantenho firme a um propósito, me senti irremediavelmente atraído e, sabendo que aquilo só poderia culminar em morte, me afastei subitamente, perguntando-me se quando ela fitasse meus olhos os acharia mortos e sem alma.

– Foi você quem veio até mim antes – disse ela como se não tivesse certeza. – E é o dono de Pointe du Lac. É você!

– Sabia que ela devia ter ouvido as piores histórias sobre a última noite, e não haveria como convencê-la de que eram mentiras. Tinha usado minha aparência sobrenatural para me aproximar dela nas últimas duas vezes. Agora seria impossível escondê-la ou minimizá-la.

– Não lhe quero mal – disse. – Só preciso de uma carruagem e cavalos... Os cavalos que deixei no pasto na última noite.

– Parecia não ouvir minhas palavras. Aproximava-se, decidida a me envolver no círculo de luz.

– E então viu Lestat atrás dela, suas sombras se misturando sobre a parede de tijolos. Ele estava ansioso e era perigoso.

– Me dará a carruagem? – insisti.

– Agora ela me olhava, a lâmpada suspensa. E no exato momento em que pretendia afastar o olhar, vi seu rosto se transformando. Ficou calmo, lívido, como se sua alma perdesse a consciência. Fechou os olhos e sacudiu a cabeça. Ocorreu-me que, de algum modo, a havia hipnotizado sem querer.

– O que é você? – murmurou. – Vem do diabo. Foi o diabo que o mandou a mim!

– O diabo! – respondi. Isto me angustiou mais do que imaginei que o faria. Se acreditasse nisso, pensaria que meus conselhos eram maus, questionaria a si própria. Sua vida era rica e boa e não deveria fazê-lo. Como todos os fortes, sofria sempre de certa solidão; ela era marginal e, de certo modo, uma traidora secreta. E o equilíbrio no qual vivia poderia ser perturbado se tivesse de questionar suas próprias qualidades. Olhou-me com indistinto horror. Era como se, em seu terror, esquecesse sua própria vulnerabilidade. E Lestat, que se sentia atraído pela fraqueza como um homem sedento pela água, agarrou seu pulso, e ela gritou, largando a lâmpada. As chamas lamberam o óleo derramado e Lestat a puxou para trás, em direção à porta aberta.

– Arranje a carruagem! – disse para ela. – Faça-o agora. E os cavalos. Você corre perigo de vida; não fale em diabos!

– Abafei as chamas e me aproximei de Lestat, gritando para que a soltasse. Ele a agarrou pelos pulsos e ela ficou furiosa.

– Acordará a casa toda se não calar a boca! – ele disse para mim. – E eu a matarei! Arranje a carruagem... Leve-nos. Fale com o rapaz da cocheira! – ordenou, empurrando-a para o ar livre.

– Nos movemos lentamente pelo pátio escuro, minha angústia quase insuportável, Lestat à minha frente, e diante de nós dois, Babette, que andava de costas, seus olhos nos examinando na escuridão. De repente parou. Uma luz pálida queimava na casa acima.

– Não lhes darei nada! – disse.

– Alcancei o braço de Lestat e lhe disse que eu deveria decidir aquela situação.

– Ela nos mostrará a todos, a não ser que me deixe falar com ela – murmurei para ele.

– Não se coloque em perigo – disse fastidiosamente. – Seja forte. Não sofisme com ela.

– Vá enquanto falo... vá para o estábulo e arrume a carruagem e os cavalos. Mas não mate!

– Não sei se me obedeceu ou não, mas se arremeteu como uma flecha enquanto eu me aproximava de Babette. Seu rosto era uma mistura de fúria e decisão. Ela disse:

– *Vade retro, Satanás.*

E permaneci ali, frente a ela, mudo, simplesmente envolvendo-a com meu olhar com a mesma força com que ela me envolvia. Se pôde ouvir Lestat em meio à noite, não o demonstrou. Seu ódio por mim me queimava como fogo.

– Por que me diz isto? – perguntei. – Os conselhos que lhe dei foram maus? Eu lhe fiz mal? Vim ajudá-la, dar-lhe força. Só pensei em você, quando poderia não ter me preocupado.

– Ela sacudiu a cabeça.

– Mas por que, por que me fala assim? – perguntou ela. – Sei o que fez em Pointe du Lac; viveu lá como um demônio! Os escravos estão cheios de histórias! Durante o dia, todos os homens seguiram a estrada até Pointe du Lac. Meu marido esteve lá! Viu a casa em ruínas, os corpos dos escravos espalhados no pomar, nos campos. *Quem é você?* Por que se dirige a mim delicadamente? Que quer de *mim*?

– Ela se agarrava à coluna da cerca e recuava lentamente para a escada. Algo se moveu lá em cima na janela iluminada.

– Não posso lhe responder agora – disse. – Acredite em mim quando lhe digo que só desejo o seu bem. E, se tivesse tido escolha, não teria lhe trazido preocupações na noite passada!

O vampiro parou.

O rapaz se inclinava para a frente, olhos arregalados. O vampiro estava imóvel, pensativo, perdido em suas lembranças. E o rapaz olhou subitamente para o chão, como se esta fosse a atitude de respeito a ser tomada. Fitou novamente o vampiro e depois olhou para longe, seu rosto tão angustiado quanto o do vampiro. Começou a dizer algo, mas parou.

O vampiro se voltou para ele e o estudou, de modo que o rapaz corou e novamente desviou o olhar, ansioso. Mas depois levantou os olhos e encarou o vampiro. Engoliu em seco, mas aguentou o olhar do vampiro.

– É isto que quer? – murmurou o vampiro. – É isto que quer ouvir?

Afastou silenciosamente a cadeira e dirigiu-se para a janela. O rapaz ficou como que embriagado, olhando seus ombros largos e a longa massa da capa. O vampiro voltou a cabeça levemente.

– Não me responde. Não estou lhe dando o que deseja, estou? Queria uma entrevista. Algo para transmitir no rádio.

– Não importa! Se quiser, posso jogar as fitas fora. – O rapaz se levantou. – Não posso dizer que compreendo tudo o que me diz. Saberia que era mentira se dissesse o oposto. Assim, como posso lhe pedir que continue, a não ser dizendo que compreendo... que realmente compreendo que é diferente de tudo que já compreendi antes.

Deu um passo em direção ao vampiro. O vampiro parecia estar olhando para a Rua Divisadero. Então voltou lentamente a cabeça, fitou o rapaz e sorriu. Seu rosto parecia sereno e quase afetuoso. E, subitamente, o rapaz sentiu-se desconfortável. Enfiou as mãos nos bolsos e dirigiu-se para a mesa. Então, olhou cheio de dúvidas para o vampiro e disse:

– Por favor... poderia continuar?

O vampiro se voltou com os braços cruzados e se encostou na janela.

– Por quê? – perguntou.

O rapaz parecia confuso.

– Porque quero ouvir. – Sacudiu os ombros. – Quero saber o que aconteceu.

– Está bem – disse o vampiro, com o mesmo riso brincalhão nos lábios. Voltou à cadeira, sentou-se em frente ao garoto e, voltando-se rapidamente para o gravador, disse:

– Aparelho maravilhoso... realmente... mas deixe-me continuar:

– Naquele momento, compreenda, sentia por Babette um desejo de comunicação, superior a qualquer outro que já havia experimentado... exceto o desejo físico de... sangue. Era tão forte em mim este desejo que me fez sentir a minha profunda capacidade de suportar a solidão. Nas outras vezes em que falara com ela, tinha havido uma comunicação breve, mas direta, tão simples e tão satisfatória quanto o ato de se pegar a mão de alguém. Segurando-a. Deixando-a ir delicadamente. Tudo isto num momento de grande necessidade e angústia. Mas agora éramos estranhos. Para Babette, eu era um monstro. Isto para mim era horrível e teria feito qualquer coisa para que ela abandonasse tal sentimento.

– Disse que lhe dera conselhos adequados, que nenhum instrumento do diabo poderia fazer o bem, mesmo que quisesse.

– Eu sei! – respondeu.

– Mas com isto queria dizer que não podia confiar em mim mais do que confiaria no diabo. Aproximei-me e ela recuou. Levantei a mão e ela se encolheu, agarrando-se à balaustrada.

– Está bem, então – disse eu, terrivelmente exasperado. – Por que me protegeu ontem à noite? Por que veio a mim sozinha?

– O que vi em seu rosto foi astúcia. Tinha uma razão, mas de modo algum a revelaria. Era-lhe impossível falar comigo livremente, abertamente, comunicar-me o que eu desejava. Senti mal-estar em olhá-la. A noite já estava adiantada e podia ver e ouvir que Lestat tinha invadido a adega, pego nossos cofres, e eu tinha de partir. E, além disso, outras necessidades... A necessidade de matar e beber. Mas não era isto que me perturbava. Era como se esta noite fosse apenas uma entre milhares de noites, mundo sem fim, noite se unindo a noite para formar um imenso arco do qual não podia ver o fim, uma noite na qual eu perambulava sozinho no frio, sob estrelas indiferentes. Acho que me afastei dela e levei as mãos aos olhos. Sentia-me subitamente deprimido e fraco. Acho que emitia algum som contra minha vontade. E então, nesta paisagem vasta e desolada de noite, onde eu me encontrava só e Babette era somente uma ilusão, vi subitamente a possibilidade que jamais havia considerado antes, uma possibilidade da qual fugia, arrebatado como estava pelo mundo, sentindo como vampiro, apaixonando-me pela cor, forma, som, canto, maciez e infinitas variações. Babette se movia, mas não reparei nisto. Estava tirando algo do bolso; seu enorme molho de chaves tilintou no bolso. Subia os degraus. Deixe-a ir, pensava.

– Criatura do diabo! – murmurou. *Vade retro, Satanás* – repetiu.

– Voltei-me então para ela. Estava imobilizada sobre os degraus, com os olhos imensos e desconfiados. Alcançou a lanterna que pendia da parede e segurou-a entre as mãos, simplesmente me fitando, mantendo-a firme, como se fosse algo precioso.

– Acha que vim do inferno? – perguntei.

– Ela moveu os dedos rapidamente pela alça da lanterna e com a mão direita fez o sinal da cruz, as palavras latinas quase inaudíveis para mim. Seu rosto empalideceu e suas sobrancelhas se levantaram quando viu que não acontecera absolutamente nenhuma mudança.

– Esperava que eu desaparecesse numa nuvem de fumaça? – perguntei.

– Aproximei-me mais, pois em virtude de meus pensamentos me sentia mais distanciado dela.

– E para onde eu iria? – perguntei. – E para onde iria? Para o inferno, de onde vim? Para o diabo, que me enviou?

– Parei ao pé da escada.

– Suponho lhe haver dito que não sei nada sobre o diabo. Suponho que lhe disse: nem sei se existe!

– Era o diabo que eu via na paisagem de meus pensamentos; era no diabo que eu pensava agora. Afastei-me dela. Não me escutava como você. Não ouvia nada. Olhei as estrelas. Lestat estava pronto, eu o sabia. Era como se já estivesse ali pronto, com a carruagem, há anos, e ela permanecesse este tempo todo de pé nos degraus. Tive a súbita sensação de que meu irmão estava lá e ali havia estado há eras, e falava comigo numa voz baixa e excitada, dizendo coisas desesperadamente importantes, mas fugindo de mim tão rapidamente quanto falava, como o ruído dos ratos nas vigas de uma imensa casa. Fez-se um ruído de algo arranhando e uma explosão de luz.

– Não sei se vim do diabo ou não! Não sei o que sou! – gritei com Babette, minha voz ensurdecendo meus próprios ouvidos sensíveis. – Devo viver até o fim do mundo e nem ao menos sei o que sou!

– Mas a luz cintilou à minha frente, era a lanterna que ela tinha acendido com um fósforo, e sustentava de uma forma que lhe escondia o rosto. Por momentos não pude ver nada além da luz, e então o grande peso da lanterna me atingiu com força no peito, o vidro se despedaçou nas pedras e as chamas subiram em minhas pernas, em meu rosto. Lestat gritava na escuridão:

– Apague, apague, idiota! Acabará com você!

– Em minha cegueira, senti algo me sovando selvagemente. Era o casaco de Lestat. Tinha caído ao pé da coluna, atordoado não só pelo fogo e pela explosão como pela consciência de que Babette tentara me destruir, assim como por uma percepção que não sabia o que era.

– Tudo isto aconteceu em questão de segundos. O fogo estava apagado e eu de joelhos, na escuridão, com as mãos no chão. Lestat, no topo da escada, tinha Babette de novo, e voei ao seu encalço, agarrando-o pelo pescoço e puxando-o para trás. Voltou-se para mim, enraivecido, e me acertou, mas agarrei-me a ele e rolamos a escada até o chão. Babette estava petrificada. Vi seu vulto escuro de encontro ao céu e o brilho de luz em seus olhos.

– Vamos! – disse Lestat, tentando se aprumar.

– Babette levava a mão à garganta. Meus olhos feridos se esforçavam para vê-la. Sua garganta sangrava.

– Lembre-se! – disse para ela. – Poderia tê-la matado! Ou deixado que ele a matasse! Não o fiz. Você me chamou de diabo. Está errada.

– Então você parou Lestat bem a tempo – disse o rapaz.

– Sim. Lestat podia matar e beber em fração de segundos. Mas só salvei a vida física de Babette. Só soube disso bem mais tarde.

⁂

– Em uma hora e meia Lestat e eu estávamos em Nova Orleans, os cavalos quase mortos de exaustão, a carruagem parada numa rua transversal ao quarteirão do novo Hotel Espanhol. Lestat segurou um velho pelo braço e colocou 50 dólares em suas mãos.

– Consiga-nos um quarto – ordenou. – E providencie champanhe. Diga que é para dois cavalheiros e pague adiantado. Estarei observando, aposto.

– Seu olhar brilhante envolveu o homem. Sabia que ele o mataria assim que voltasse com as chaves do quarto do hotel, e ele o fez. Permaneci sentado na carruagem, vendo, enfadado, o homem ficar cada vez mais fraco e finalmente morrer, seu corpo despencando como um saco de pedras numa soleira, quando Lestat o largou.

– Boa-noite, meu príncipe – disse Lestat. – E aqui estão seus 50 dólares.

– Enfiou o dinheiro no bolso, como se tudo não passasse de uma brincadeira.

– Então, nos esgueiramos pelas portas do pátio do hotel e subimos à pródiga antessala de nossa suíte. O champanhe cintilava num balde gelado. Havia dois copos numa bandeja de prata. Sabia que Lestat encheria um copo e ficaria ali sentado, fitando sua cor amarela pálida. E eu, um homem traumatizado, deitei-me no divã, olhando-o como se nada mais que fizesse fosse importante. Tinha de deixá-lo ou morrer, pensei. Seria doce morrer, pensei. Sim, morrer. Quis morrer antes. Agora queria morrer. Percebi-o com doce clareza, com calma mortal.

– Está sendo mórbido! – disse Lestat subitamente. – Já é quase manhã.

– Puxou as cortinas de renda e pude ver os telhados sob o céu azul-escuro e, acima, a grande constelação de Órion.

– Vá matar! – disse Lestat, levantando o copo.

– Pulou o peitoril e ouvi seus pés aterrissarem suavemente no telhado ao lado do hotel. Iria buscar os caixões, ou pelo menos o seu. Minha sede aumentou febrilmente e o segui. Meu desejo de morte era constante, como uma ideia fixa, destituída de emoção. Mas precisava me alimentar. Já disse que não matava pessoas. Saí pelo telhado à cata de ratos.

– Mas por que... disse que Lestat não devia ter feito com que *começasse* com pessoas. Quer dizer... quer dizer que para você era uma opção estética e não moral?

– Se tivesse me perguntado então, teria lhe dito que era estética, que pretendia compreender a morte por etapas. Que a morte de um animal me proporcionava tal prazer e experiência que mal tinha começado a compreendê-la, e desejava resguardar a experiência da morte humana para uma fase mais madura. Mas era moral. Porque, na verdade, todas as decisões estéticas são morais.

– Não compreendo – disse o rapaz. – Pensava que a estética pudesse ser inteiramente amoral. O que diz do clichê do artista que abandona mulher e filhos para pintar? Ou Nero, tocando harpa enquanto Roma ardia?

– Ambas são atitudes morais. Ambas serviram a um bem maior na mente do artista. O conflito se estabelece entre a moral do artista e a sociedade, e não entre estética e moralidade. Mas frequentemente isto não é compreendido. E aí surge o desperdício, a tragédia. Um artista, roubando quadros de uma loja, por exemplo, imagina ter tomado uma decisão inevitável mas imoral, e então se vê como um perseguido pelo destino. O que se segue é desespero e irresponsabilidade mesquinha, como se a moralidade fosse um imenso mundo de vidro que pudesse ser irremediavelmente maculado por um único ato. Mas, na época, esta não era minha maior preocupação. Ainda não pensava nisso. Acreditava que só matava animais por questões estéticas e me atinha à grande questão moral: se minha própria natureza era maldita ou não.

– Pois, compreende, apesar de Lestat nunca ter me dito nada sobre diabos ou infernos, acreditava estar condenado desde o momento em que me uni a ele, assim como Judas deve ter acreditado quando colocou um laço em torno do pescoço. Compreende?

O rapaz não disse nada. Tentou falar, mas não o fez. Por um instante, seu rosto explodiu em cores.

– Você era? – murmurou.

O vampiro simplesmente permaneceu sentado, sorrindo, um pequeno sorriso que brincava em seus lábios como a luz. O rapaz o fitava como se estivesse acabando de vê-lo pela primeira vez.

– Talvez... – disse o vampiro, empertigando-se e cruzando as pernas. – ... Vamos aos poucos. Talvez deva continuar minha história.

– Sim, por favor – disse o jovem.

– Como já lhe disse, naquela noite eu estava agitado. Levantara a questão como vampiro, agora ela me confundia e, naquele estado, não tinha vontade de viver. Bem, isto causou em mim, como nos seres humanos, uma ânsia de encontrar algo que satisfizesse, ao menos, o desejo físico. Acho que me utilizei disto como desculpa. Já lhe disse qual o significado da morte para um vampiro. Daí pode imaginar a diferença entre um rato e um homem.

– Alcancei a rua atrás de Lestat e caminhei várias quadras. As ruas, naquela época, eram enlameadas, os quarteirões, verdadeiras ilhas, e a cidade toda era muito escura, em comparação com as de hoje. As luzes pareciam faróis num mar negro. Mesmo com a manhã surgindo lentamente, só os telhados das casas emergiam da escuridão, e, para um mortal, as ruas estreitas pareciam piche. Sou um condenado? Sou enviado do diabo? Tenho a mesma natureza de um demônio? – perguntava-me repetidamente. E se assim é, por que então devo me revoltar, tremer quando Babette me lança uma lanterna flamejante, ou afastar-me desgostoso quando Lestat mata? Em que me tornei ao virar vampiro? Aonde devo ir? E ao mesmo tempo, conforme o desejo de morte me fazia negligenciar minha sede, esta queimava cada vez mais; minhas veias eram verdadeiros atalhos de dor na carne; minhas têmporas palpitavam; finalmente, não pude mais suportar. Dilacerado pelo desejo de não tomar nenhuma atitude – morrer de fome, definhar em pensamentos de um lado, e o impulso de matar do outro –, cheguei a uma rua deserta e desolada e ouvi o som de uma criança chorando.

– Estava perto. Aproximei-me das paredes, tentando, com minha frieza habitual, simplesmente compreender a razão de seu choro. Ela estava triste, com dor e irremediavelmente só. Já estava chorando há tanto tempo que logo pararia por pura exaustão. Enfiei a mão sob a pesada persiana de madeira e puxei-a até que se partisse. Lá estava ela, no quarto escuro, ao lado de uma mulher morta, uma mulher que já estava morta havia alguns dias. O próprio quarto estava entulhado de tralhas e embrulhos como se algumas pessoas se preparassem para partir, mas a mãe estava semivestida, o corpo já em decomposição, e não havia ninguém além da criança. Passaram-se alguns instantes e, quando ela me viu, começou a dizer que precisava fazer alguma coisa para socorrer sua mãe. Tinha no máximo uns cinco anos, era muito frágil e seu rosto estava manchado de sujeira e lágrimas. Implorou minha ajuda. Tinha de pegar o barco, dizia, antes que a praga chegasse; o pai estava esperando. Começou então a sacudir a mãe e a chorar do modo mais patético e desesperado. Finalmente, olhou-me de novo e irrompeu em imensa avalancha de lágrimas.

– Você precisa compreender que àquela altura eu ardia de necessidade física de beber. Não suportaria outro dia sem alimento. Mas havia alternativas: os ratos abundavam pelas ruas e em algum lugar próximo um cão uivava desesperado. Poderia ter voado do quarto que escolhera, me alimentado e voltado sem dificuldade. Mas a pergunta pesava sobre mim: sou um condenado? Neste caso, por que sinto tanta pena dela, de seu rosto desolado? Por que desejo tocar seus bracinhos macios, colocá-la agora sobre os joelhos como estou fazendo, senti-la encostar a cabeça em meu peito enquanto acaricio seu cabelo de cetim? Por que faço isto? Se sou um condenado, devo desejar matá-la, só devo desejar alimento para uma existência amaldiçoada, pois, sendo um condenado, só posso odiá-la.

– E ao pensar isto, vi o rosto de Babette contorcido de ódio ao levantar a lanterna para acendê-la, vi Lestat em minha mente e odiei-o, e senti, sim, que era um condenado e este é o inferno, e neste instante me inclinei e mergulhei com força no pescocinho macio, ouvindo seu choro baixinho, sussurrado até o momento em que senti o sangue quente em meus lábios.

– É só um instante e não sentirá mais dor.

– Mas ela estava agarrada a mim, e logo me senti incapaz de dizer qualquer coisa. Durante quatro anos, não tinha saboreado um ser humano; durante quatro anos, não tinha realmente compreendido, e agora ouvia seu coração naquele ritmo terrível, e um tal coração – não o coração de um homem ou de um animal, mas o coração rápido e persistente de criança, batendo cada vez mais forte, recusando-se a morrer, batendo como um punho frágil que toca uma porta, gritando "não vou morrer, não vou morrer, não posso morrer, não posso morrer...".

– Acho que fiquei de pé ainda agarrado a ela, o seu coração fazendo com que o meu andasse mais rápido, sem esperança de parar, o rico sangue correndo rápido demais para o teto girando, e então, apesar de mim mesmo, estava fitando sua cabeça pendente, sua boca aberta sob o olhar do rosto da mãe. E, por entre as pálpebras semicerradas, seus olhos brilhavam como se estivessem vivos! Coloquei a criança no chão. Ficou caída como uma boneca desengonçada. E, afastando-me horrorizado da mãe, vi a janela se encher de um vulto conhecido. Era Lestat, que se afastava agora rindo, seu corpo inclinado enquanto dançava na rua de lama.

– Louis, Louis – escarnecia de mim, apontando-me um comprido dedo ossudo, como se tivesse me pegado em flagrante. E então pulou o peitoril, colocando-me de lado e agarrando o corpo fétido da mãe, fazendo-o dançar com ele.

– Bom Deus! – murmurou o rapaz.

– Sim, eu deveria ter dito o mesmo – falou o vampiro. – Pisoteou a criança ao empurrar a mãe em círculos crescentes, cantando enquanto dançava, os cabelos dela caindo sobre o rosto, a cabeça pendendo para trás e um fluido preto escorrendo pela boca. Jogou-a ao chão. Eu tinha saído pela janela e corria pela rua, com ele atrás de mim.

– Está com medo de mim, Louis? – gritou. – Está com medo? A criança está viva, Louis, deixou-a respirando. Devo voltar e transformá-la em vampiro? Poderíamos usá-la, Louis, espere, Louis! Voltarei a ela, se quiser!

– E assim ele correu atrás de mim até o hotel, através dos telhados, onde esperava despistá-lo, até que eu atingisse a janela do quarto, me voltasse enraivecido e batesse a vidraça. Com os braços estendidos, como um pássaro que procura atravessar um vidro, ele bateu na esquadria. Eu estava completamente fora de mim. Dei voltas e mais voltas pelo quarto procurando um modo de matá-lo. Imaginei seu corpo queimando no teto. A razão havia me abandonado, de modo que estava invadido pelo ódio, e quando ele entrou pelo vidro quebrado, lutamos como nunca havíamos lutado antes. Foi o inferno que me parou, a ideia de inferno, de nós dois como almas do inferno envolvidas pelo ódio. Perdi minha confiança, meu propósito, minha força moral. Então me vi caindo ao solo, com ele sobre mim, os olhos insensíveis, apesar da respiração arfante.

– Você é um tolo, Louis – disse ele.

– Sua voz era calma. Tão calma que me fez voltar à razão.

– O sol está chegando – falou, o peito ofegando levemente devido à luta, os olhos apertados ao fitarem a janela. Nunca o tinha visto assim. De algum modo, a luta havia mostrado o que tinha de melhor, ou algo mais o fizera.

– Pegue seu caixão – disse, sem a menor raiva. – Mas amanhã à noite... conversaremos.

– Bem, eu estava mais do que surpreso. Conversar com Lestat! Não podia imaginar. Nunca havíamos conversado. Acho que já lhe descrevi muito bem nossas discussões, nossos volteios zangados.

– Ele estava desesperado por causa do dinheiro, das suas casas – disse o rapaz. – Ou será que tinha tanto medo de ficar só quanto você?

– Estas perguntas me ocorreram. Até me ocorreu que Lestat pretendia me matar, de algum modo que eu não conhecia. Vê, ainda não sabia direito por que continuava a acordar a cada noite, se isto passara a ser automático a partir do momento em que o sono da morte me deixou, e por que às vezes acontecia mais cedo. Era uma das coisas que Lestat não me explicaria. E geralmente acordava antes de mim. Era superior a mim em todos os mecanismos, como já expliquei. E, naquela manhã, fechei o caixão sentindo um certo desespero.

– Entretanto, devo explicar agora que fechar o caixão sempre me perturba. É quase como se submeter a uma anestesia moderna numa mesa de operação. Um simples erro casual por parte de um intruso pode significar a morte.

– Mas como ele poderia matá-lo? Não poderia expô-lo à luz, pois ele próprio não a suportaria.

– É verdade, mas levantando-se antes de mim, poderia trancar meu caixão. Ou queimá-lo. O principal era eu não saber o que poderia fazer, o que poderia saber que eu ainda não sabia.

– Mas não podia fazer nada a respeito e, pensando ainda na mulher e na criança mortas e no sol nascente, não tinha energias para discutir com ele, de modo que me entreguei a tristes sonhos.

– Você sonha? – disse o rapaz.

– Frequentemente – respondeu o vampiro. – Às vezes desejo não consegui-lo, pois são sonhos tão longos e claros como jamais sonhei quando era mortal, e pesadelos tão confusos como jamais experimentei. No início, estes sonhos me absorviam de tal modo que muitas vezes andava, tentando lutar contra o sono o quanto podia, e às vezes passava horas pensando neles até que a noite estivesse pela metade. E meditava sobre eles, tentando perscrutar seu significado. Sob vários aspectos eram tão alusivos quanto os sonhos mortais. Sonhava com meu irmão, por exemplo, que ele estava perto de mim, num estado intermediário entre a vida e a morte, pedindo ajuda. Muitas vezes sonhava com Babette; e frequentemente – quase sempre – havia em meus sonhos uma imensa terra de ninguém, aquele mesmo deserto que entrevi quando fui amaldiçoado por Babette, como já lhe disse. Era como se todos os vultos andassem e falassem na casa desolada de minha alma condenada. Não me lembro do que sonhei naquele dia, talvez por recordar bem demais o que Lestat e eu discutimos no dia seguinte. Vejo que você também está ansioso para saber.

– Bem, como disse, Lestat me surpreendeu com sua nova calma, sua reflexão. Mas, ao acordar naquela noite, não o encontrei com a mesma disposição, ao menos no princípio. Havia mulheres na sala. As luzes eram poucas, espalhadas pelas mesinhas e pelo móvel esculpido, e Lestat tinha os braços em volta de uma mulher e a beijava. Ela estava muito bêbada e muito bela, uma grande boneca drogada cuja capa descia vagarosamente pelos ombros nus e pelo seio parcialmente desnudo. A outra mulher estava sentada numa mesa quebrada, bebendo um copo de vinho. Podia ver que os três haviam jantado (Lestat fingindo comer... você ficaria surpreso em ver como as pessoas não notam que um vampiro só finge comer) e a mulher da mesa estava entediada. Tudo aquilo me agitou. Não sabia o que Lestat pretendia.

– Se entrasse no quarto, a mulher voltaria suas atenções para mim. E o que aconteceria, não podia imaginar, a não ser que Lestat pretendesse que as matássemos. A mulher que estava com ele no divã já debochava de seus beijos, sua frieza, sua falta de desejo. E a mulher da mesa observava com seus olhos de amêndoas negras que pareciam repletos de satisfação; quando Lestat se levantou e se aproximou dela, colocando as mãos em seus braços brancos e nus, ela se iluminou. Inclinando-se agora para beijá-la, viu-me pela porta entreaberta. E seus olhos simplesmente me fitaram por um momento, para depois continuar a conversar com as moças. Abaixou-se e soprou as velas da mesa.

– Está muito escuro – disse a mulher do sofá.

– Deixe-nos a sós – disse a outra.

– Lestat se sentou e pediu a ela que se sentasse em seu colo. Ela o fez, passando o braço esquerdo por seu pescoço, enquanto acariciava com a outra mão seu cabelo louro.

– Sua pele é gelada – disse ela, recuando levemente.

– Nem sempre – disse Lestat, afundando o rosto na carne de seu pescoço.

– Eu via tudo fascinado. Lestat era magistralmente inteligente e completamente depravado, mas não sabia o quão inteligente era até que o vi mergulhar os dentes nela, o polegar pressionando-lhe a garganta, o outro braço retendo-a com firmeza, de modo a poder beber sem que a outra mulher ao menos o notasse.

– Sua amiga não resiste ao vinho – disse, escorregando da cadeira e deixando nela a mulher inconsciente, a cabeça apoiada sobre os braços dobrados encostados na mesa.

– É uma estúpida – disse a outra, que tinha se aproximado da janela à cata de luz.

– Naquela época, Nova Orleans era uma cidade de prédios baixos, como deve saber. Em noites tão claras como aquela, as ruas iluminadas pareciam belas, vistas das altas janelas do novo Hotel Espanhol. E as estrelas naquele tempo pendiam sobre a luz fraca como se estivessem sobre o mar.

– Posso esquentar esta pele fria melhor do que ela.

– Voltou-se para Lestat e devo confessar que senti certo alívio ao ver que ele também se encarregaria dela. Mas seus planos não eram tão simples.

– Tem certeza? – disse ele. Pegou-a pela mão e ela comentou:

– Puxa, você está quente.

– Quer dizer que o sangue o tinha aquecido – disse o jovem.

– Oh, sim – respondeu o vampiro. – Após matar, o vampiro fica tão quente quanto você está agora.

Preparou-se para recomeçar. Depois, olhando o rapaz, sorriu.

– Como dizia... Lestat agora segurava a mão da mulher e dizia que a outra o tinha aquecido. Seu rosto, é claro, estava corado, extremamente alterado. Puxou-a para mais perto e ela o beijou, deixando entrever em sua risada que ele parecia uma verdadeira fornalha de paixão.

– Ah, mas o preço é alto – disse ele, fingindo tristeza. – Sua bela amiga... – encolheu os ombros. – Eu a exauri.

– E recuou, como se convidasse a mulher a se sentar à mesa. Ela o fez, um ar de superioridade em seu corpo miúdo. Ela se inclinou para ver a amiga, mas então perdeu o interesse – até ver algo. Era um guardanapo. Tinha absorvido as últimas gotas de sangue da garganta ferida. Ela o pegou, tentando examiná-lo na escuridão.

– Solte o cabelo – disse Lestat baixinho.

– Ela o fez, indiferente, tirando os últimos grampos, de modo que seu cabelo descesse louro e ondeado pelas costas.

– Macio – disse ele. – Tão macio. É assim que a imagino, deitada numa cama de cetim.

– Você diz cada coisa! – e, zombando, deu-lhe as costas numa brincadeira.

– Sabe que tipo de cama? – perguntou ele. E ela riu e disse que era a cama *dele*, imaginava. Voltou-se para fitá-lo no momento em que ele avançava e, sem jamais tirar os olhos dela, ele tocou gentilmente o corpo da amiga, de modo que ele tombou da cadeira e permaneceu ao chão, olhos arregalados voltados para o teto. A mulher engasgou. Esgueirou-se do cadáver, quase virando uma mesinha de canto. A vela tremeu e se apagou. Lestat envolveu-a num abraço como se fosse uma mariposa e mergulhou os dentes nela.

– Mas o que você pensava enquanto o via? – perguntou o rapaz. – Quis retê-lo da mesma forma com que em Freniere?

– Não – disse o vampiro. – Não poderia tê-lo feito parar. E, você precisa compreender, eu sabia que ele matava seres humanos todas as noites. Os animais não lhe proporcionavam satisfação alguma. Serviam quando não havia nenhuma escolha. E eu não sentia nada pelas mulheres, estava inteiramente envolvido por meus próprios tormentos. Ainda sentia no peito o leve pulsar do coração da criança faminta. Ainda ardia com o questionamento de minha própria personalidade dividida. Estava zangado por Lestat haver montado aquele espetáculo para mim, esperando que acordasse para matar as mulheres, e me perguntava novamente se deveria, de algum modo, me separar dele e sentir, mais do que nunca, meu ódio e minha fraqueza.

– Enquanto isto, ele apoiou os adoráveis cadáveres na mesa e atravessou a sala acendendo todas as luzes como se preparasse o local para um casamento.

– Entre, Louis – disse. – Ia lhe arrumar companhia, mas sei que prefere escolher sozinho. Pena que Mademoiselle Freniere goste de atirar lanternas flamejantes. Isto torna uma festa impraticável, não acha? Especialmente num hotel.

– Sentou a moça loura de modo que sua cabeça ficasse apoiada no encosto de damasco da cadeira, e a morena ficou com o queixo descansando exatamente sobre os seios. Esta última já tinha empalidecido e seus traços revelavam a aparência rígida, pois era uma dessas mulheres em que o brilho da personalidade cria a beleza. Mas a outra parecia adormecida, e eu não estava certo de sua morte. Lestat tinha feito dois talhos, um na garganta, outro sobre o seio esquerdo, e ambos ainda sangravam livremente. Então ele levantou seu pulso e, cortando-o com uma faca, encheu dois copos de vinho e me convidou a sentar.

– Estou deixando-o – eu disse subitamente. – Quero lhe dizer isto agora.

– Pensei muito – respondeu, reclinando-se na cadeira. – E pensei igualmente que você faria um comunicado floreado. Diga que sou um monstro, um demônio vulgar.

– Não o estou julgando. Não estou interessado em você. Atualmente só estou preocupado com minha própria natureza, e acredito que não posso confiar em você para me ajudar a chegar à verdade. Você usa seu conhecimento para obter poder – disse-lhe.

– Suponho que, como a maioria das pessoas que fazem tais declarações, eu não esperava que ele me desse uma resposta honesta. Nem o olhava. Preocupava-me principalmente em ouvir minhas próprias palavras. Mas então percebi que tinha a mesma expressão que me surpreendera anteriormente. Estava me *ouvindo*. Fiquei atônito. Senti a distância entre nós como algo ainda mais doloroso.

– Por que se tornou um vampiro? – falei sem pensar. – E por que se tornou um vampiro deste tipo? Vingativo, deliciando-se em tirar vidas humanas desnecessariamente. Esta moça... por que a matou quando uma só bastaria? E por que a amedrontou tanto antes de matá-la? E por que a arrumou de modo tão grotesco, como se quisesse que os deuses o destruíssem por sua blasfêmia?

– Ouviu tudo isto sem falar e, no silêncio que se seguiu, senti-me novamente perdido. Os olhos de Lestat pareciam enormes e pensativos. Já os tinha visto assim antes, mas não me lembrava quando, certamente não fora falando comigo.

– O que você pensa que é um vampiro? – perguntou-me com sinceridade.

– Não finjo saber. Você finge. O que é? – perguntei.

– E para isto ele não teve resposta. Era como se sentisse a falta de sinceridade, o rancor. Ficou simplesmente sentado, olhando-me com a mesma expressão calma. Então eu disse:

– Sei que, após deixá-lo, tentarei descobrir. Atravessarei o mundo, se preciso for, para encontrar outros vampiros. Sei que devem existir. Não conheço nenhuma razão pela qual não existam em grande número. E tenho fé em poder encontrar vampiros que tenham mais traços em comum comigo do que você. Vampiros que vejam o conhecimento como eu e tenham utilizado sua natureza superior para aprender segredos com os quais você nem sonha. Caso não tenha me dito tudo, descobrirei o mundo sozinho, quando chegar o momento.

– Ele meneou a cabeça.

– Louis! – disse. – Você está apaixonado por sua personalidade mortal! Busca os fantasmas de seu eu anterior. Freniere, sua irmã... são imagens daquilo que você era e ainda deseja ser. E em seu romance com a vida mortal, está morto para a personalidade de vampiro!

– Neguei prontamente o que dizia.

– Minha personalidade de vampiro tem sido para mim a maior aventura de minha vida. Tudo que houve antes me parece confuso, enevoado. Atravessei a vida mortal tateando objetos sólidos. Somente ao me tornar vampiro pude respeitar a vida. Nunca percebi um ser humano vivo e pulsante até ser vampiro; nunca soube o que era a vida até vê-la escorrer numa golfada vermelha pelos meus lábios, pelas minhas mãos!

– Descobri-me fitando as duas mulheres. A morena adquiria uma terrível tonalidade azul. A loura respirava.

– Ela não está morta! – disse subitamente.

– Eu sei. Deixe-a – retrucou ele. Levantou seu pulso, fez novo corte e encheu o copo. – Tudo o que você diz tem sentido – falou, tomando um gole. – Você é intelectual. Nunca fui assim. O que aprendi, aprendi ouvindo os homens falando, nunca através de livros. Nunca fui à escola por tempo suficiente. Mas não sou burro e você deve me escutar, porque corre perigo. Você não conhece sua natureza de vampiro. É como um adulto que, revendo sua infância, descobre que não a aproveitou. Você não pode, como homem, voltar a ser bebê e brincar exigindo novamente amor e cuidados simplesmente porque agora conhece seu valor. Assim acontece com você e a natureza mortal. Abriu mão dela. Não a vê mais "através de um vidro embaçado". Mas não pode voltar ao mundo humano com sua nova visão.

– Sei muito bem disto! – eu disse. – Mas o que é esta nossa natureza? Se posso viver com o sangue dos animais, por que não posso me ater a eles, em lugar de correr o mundo espalhando a dor e a morte entre criaturas humanas?

– Isto o faz feliz? – perguntou. – Perambulou pela noite, alimentando-se de ratos como um mendigo, e, então, vislumbrou a janela de Babette, cheio de cuidados, mas tão inútil quanto a deusa que vinha à noite velar o sono de Endimião e não podia possuí-lo. E supôs que poderia tomá-la nos braços e que ela o fitaria sem horror ou desagrado. E depois? Alguns poucos anos vendo-a sofrer cada aflição da mortalidade e depois morrer em frente a seu olhos? Isto traz felicidade? Isto é loucura, Louis. Isto é inútil. E o que realmente se encontra à sua frente é a natureza do vampiro, que é matar. Pois garanto que se você andar pelas ruas esta noite e derrubar uma mulher tão rica e bela quanto Babette, sugando seu sangue até que caia a seus pés, não sentirá mais nenhuma necessidade de ver o vulto de Babette sob a luz das velas nem de escutar pela janela o som de sua voz. Ficará saciado, Louis, como precisa, com toda a vida que pode absorver, e ansiará para que aconteça de novo, e de novo, e de novo. O vermelho neste copo parecerá mais vermelho, as rosas do papel de parede parecerão incrivelmente delicadas. E será assim que perceberá a lua ou o brilho de uma vela. E com a maior sensibilidade você verá a morte em toda sua beleza, a essência da vida só conhecida no momento da morte. Compreende isto, Louis? Somente você, dentre todas as criaturas, é capaz de ver a morte deste modo impunemente. Você... somente... sob a luz da lua... pode fulminar como a mão de Deus!

– Reclinou-se e esvaziou o copo, os olhos movendo-se sobre a mulher inconsciente. Seu peito arfava e suas pálpebras tremiam como se fosse voltar a si. Um gemido escapou de seus lábios. Ele nunca havia me dito tais palavras, e eu não pensara que fosse capaz disto.

– Os vampiros são assassinos – dizia agora. – Predadores. Cujos olhos onipotentes podem lhe proporcionar objetividade. A capacidade de perceber a vida humana em sua totalidade, sem nenhuma piedade repugnante, mas com a vibrante excitação de ser o fim desta vida, de fazer parte do plano divino.

– *Você* pensa assim! – protestei.

– A moça gemeu de novo; seu rosto estava muito branco. Sua cabeça moveu-se no encosto da cadeira.

– E assim é – ele respondeu. – Fala de encontrar outros vampiros! Os vampiros são assassinos! Não querem você ou sua sensibilidade! Poderão vê-lo muito antes que os encontre e, percebendo seu defeito, desconfiarão de você e procurarão matá-lo. Tentariam matá-lo mesmo se fosse como eu. Porque são predadores solitários e não precisam de mais companhia do que gatos selvagens. Têm ciúmes de seus segredos e de seus territórios, e se encontrar mais de um, será somente por motivo de segurança, e um será escravo do outro, como você é meu escravo.

– Não sou seu escravo! – disse-lhe. Mas ao falar compreendi que vinha sendo seu escravo durante todo o tempo.

– É assim que os vampiros se reproduzem... pela escravidão. Como poderia ser? – perguntou.

– Pegou novamente o pulso da moça, que gritou ao ser cortada. Ela abriu os olhos lentamente enquanto ele mantinha seu pulso sobre o copo. Piscou e fez força para mantê-los abertos. Era como se um véu cobrisse seus olhos.

– Está cansada, não está? – perguntou a ela.

– Ela o fitou como se na verdade não o pudesse ver.

– Cansada! – disse ele, agora se aproximando e olhando fixamente seus olhos. – Quer dormir.

– Sim... – ela gemeu baixinho.

– E ele tomou-a nos braços e levou-a para o quarto. Nossos caixões estavam sobre o tapete, encostados na parede. Havia uma cama com colcha de veludo. Lestat não a colocou na cama, pousou-a em seu caixão.

– O que está fazendo? – perguntei, chegando à soleira da porta. A moça olhava ao redor como uma criança atemorizada.

– Não... – gemia.

– E então, quando ele fechou a tampa, ela gritou. Continuou a gritar dentro do caixão.

– Por que está fazendo *isto*? – perguntei.

– Gosto de fazer – respondeu. – Divirto-me.

– Olhou para mim.

– Não digo que você também deve gostar. Use seu senso estético em coisas mais puras. Mate-as suavemente, se quiser, mas faça-o! Aprenda que é um assassino!

– Abanou as mãos mostrando desagrado. A moça tinha parado de gritar. Então ele puxou uma cadeirinha de pernas trabalhadas para o lado do caixão e, cruzando as pernas, olhou a tampa do caixão. O seu era um caixão preto entalhado, não uma simples caixa retangular como os de hoje, mas afilado nas pontas e mais largo onde fica o cadáver com as mãos sobre o peito. Sugeria a forma humana. Abriu-se e a moça se sentou espantada, olhos arregalados, lábios azuis e trêmulos.

– Deite-se, querida – disse ele, empurrando-a. E ela se deitou quase histérica, fitando-o.

– Você está morta, querida – disse ele, e ela gritou e se debateu desesperada no caixão como um peixe, como se seu corpo pudesse escapar pelos lados, pelo fundo.

– É um caixão, um caixão! – berrou. – Deixe-me sair!

– Mas, em algum momento, todos devemos nos deitar em caixões – disse para ela. – Deite-se em paz, querida. Este é o seu caixão. A maioria de nós jamais conhece esta sensação. Você já a conhece!

– Não poderia dizer se ela o escutava ou não, ou se simplesmente enlouquecia. Mas ela me viu à porta e então se deitou calmamente, fitando nós dois.

– Ajude-me – implorou-me a mulher.

– Lestat me fitou.

– Esperava que você sentisse estas coisas instintivamente, como eu – disse. – Quando lhe proporcionei a primeira morte, pensei que ansiaria pela próxima, que veria cada vida humana como uma taça cheia, do mesmo modo que eu. Mas não o fez. E, durante todo este tempo, achei que não deveria fortalecê-lo porque você era melhor fraco. Observava-o brincando de esconder na noite, fitando a chuva, e pensava: ele é fácil de comandar, ele é simplório. Mas você é fraco, Louis. Você é um estigma. Para os vampiros e, agora, para os seres humanos. Aquela coisa com Babette expôs a nós dois. É como se desejasse que ambos fôssemos destruídos.

– Não suporto ver o que está fazendo – disse eu, voltando-lhe as costas. O olhar da moça queimava minha pele. Permanecia deitada, enquanto ele falava, fitando-me.

– Não suporta! Vi você com aquela criança, ontem à noite. É tão vampiro quanto eu!

– Levantou-se e veio a mim, mas a garota levantou-se novamente e ele se voltou para empurrá-la.

– Acha que devemos transformá-la em vampira? Dividir nossas vidas com ela? – perguntou.

– Instantaneamente eu disse:

– Não!

– Por quê? Porque não passa de uma prostituta? – perguntou. – Uma prostituta desgraçadamente cara.

– Ainda pode viver? Ou já perdeu sangue demais? – eu perguntei.

– Besteira! – respondeu. – Não pode mais viver.

– Então mate-a.

– Ela começou a gritar. Ele permaneceu simplesmente sentado. Voltei-me. Ele sorria, e a garota tinha voltado o rosto para o cetim e soluçava. Tinha praticamente perdido a razão. Chorava e rezava. Implorava que a Virgem a salvasse, agora com as mãos sobre o rosto, depois sobre a cabeça, o pulso espalhando sangue em seu cabelo e no cetim. Inclinei-me sobre o caixão. Ela estava morrendo, era verdade. Seus olhos ardiam, mas o tecido em volta já estava azulado. Neste momento, ela sorriu.

– Não vai me deixar morrer, vai? – murmurou. – Irá me salvar.

– Lestat alcançou-a e segurou seu pulso.

– Mas já é tarde, querida – falou. – Olhe seu pulso, seus seios.

– E então ele tocou a ferida de sua garganta. Ela levou as mãos ao pescoço e ofegou, boca aberta, olhos arregalados. Fitei Lestat. Não podia compreender por que fazia isto. O rosto dele estava tão tranquilo quanto o meu, agora mais animado por causa do sangue, mas frio e sem emoção.

– Não olhava de soslaio como um vilão de teatro, nem ansiava por seu sofrimento como se a crueldade o satisfizesse. Simplesmente a observava.

– Nunca quis ser má – chorava ela. – Só fiz o que tinha de fazer. Não deixará que isto aconteça. Vai me deixar partir. Não posso morrer assim, não posso!

– Soluçava, os soluços secos e agudos.

– Vai me deixar partir. Tenho de ir ao padre. Vai me deixar partir.

– Mas meu amigo é padre – disse Lestat, sorrindo. Como se pensasse que aquilo tudo era uma brincadeira. – Este é o seu funeral, querida. Veja, estava num jantar e morreu. Mas Deus lhe concedeu outra chance de ser absolvida. Não compreende? Conte-lhe seus pecados.

– A princípio ela sacudiu a cabeça, e depois me olhou, novamente suplicante.

– É verdade? – murmurou.

– Bem – disse Lestat. – Suponho que está arrependida, querida. Terei de baixar a tampa!

– Pare com isto, Lestat! – gritei. A moça berrava novamente, e eu não podia mais suportar aquela visão. Inclinei-me e segurei sua mão.

– Não me lembro de meus pecados – disse ela, assim que olhei seu pulso, decidido a matá-la.

– Não se preocupe. Simplesmente peça desculpas a Deus – falei. – Então você morrerá e estará tudo terminado.

– Ela se deitou e fechou os olhos. Afundei os dentes em seu pulso e comecei a sugá-la. Ela estremeceu uma vez, disse um nome e então, quando senti que seu coração atingia aquela lentidão hipnótica, afastei-me, tonto, confuso por um momento, tentando me apoiar na soleira da porta. Vi-a como num sonho. As velas cintilavam num canto de meus olhos. Vi-a deitada, completamente calma. E Lestat sentado, contrito, a seu lado, como se a pranteasse. O rosto dele estava calmo.

– Louis – disse-me. – Não compreende? Só encontrará a paz quando fizer isto todas as noites de sua vida. Não existe mais nada. Isto é tudo.

Sua voz era quase suave e ele se levantou colocando ambas as mãos em meus ombros. Dirigi-me para a sala, esquivando-me do seu contato, mas sem coragem para empurrá-lo para longe.

– Venha comigo para a rua. É tarde. Não bebeu o bastante. Deixe que lhe mostre o que é. Realmente! Desculpe se não fui cuidadoso. Venha!

– Não suporto, Lestat – disse para ele. – Escolheu o companheiro errado.

– Mas, Louis, você ainda não tentou!

O vampiro parou. Estudava o rapaz. E este, aturdido, nada dizia.

– Era verdade o que dizia. Ainda não tinha bebido o suficiente e, perturbado pelo medo da moça, deixei que ele me tirasse do hotel pela escada dos fundos. Algumas pessoas saíam do salão de bailes da Rua Conde e a viela estava atulhada. Havia festas nos hotéis e inúmeras famílias de fazendeiros se hospedavam na cidade. Passávamos por elas como pesadelos. Minha angústia era insuportável. Nunca, desde a vida humana, sentira tal dor. Porque todas as palavras de Lestat tinham sentido para mim. Só encontrava a paz quando matava, somente naquele minuto. E não tinha nenhuma dúvida de que matar qualquer coisa que não fosse um ser humano só causava uma vaga saudade, o descontentamento que me aproximara dos humanos, que me fizera observar suas vidas pelas janelas. Eu não era um vampiro. E em minha dor perguntava irracionalmente, como uma criança: posso voltar atrás? Posso ser humano novamente? Mesmo enquanto o sangue da moça ainda fervia em mim e eu sentia excitação física e força, fazia esta pergunta. Os rostos dos homens passavam como chamas de velas na noite, dançando em ondas escuras. Eu mergulhava na escuridão. Estava remoído de saudades. Dava voltas e mais voltas pelas ruas, fitando as estrelas e pensando: sim, é verdade. Sei que ele diz a verdade, que quando mato desaparece a saudade, e não posso suportar esta verdade, não posso suportá-la.

– Subitamente me vi cativado. A rua estava inteiramente calma. Tínhamos nos afastado da parte central da velha cidade e estávamos próximos ao cais. Não havia luzes, somente o fogo numa janela e o som longínquo de pessoas rindo. Nada mais. Ninguém próximo a nós. Podia sentir a brisa subitamente vinda do rio, o ar quente da noite e Lestat perto de mim, tão quieto que parecia feito de pedra. Por sobre a longa e baixa fila de telhados pontiagudos elevava-se a sombra maciça de carvalhos na escuridão, imensas formas flutuantes com uma miríade de sons sob as nítidas estrelas. A dor tinha passado; a confusão tinha passado. Fechei os olhos e ouvi o vento e o som da água fluindo lenta e leve pelo rio. Era suficiente, por enquanto, e sabia que aquilo não duraria, que voaria para longe de mim como se fosse arrancado de meus braços, e que eu correria atrás, mais desesperadamente solitário do que qualquer criatura sob os céus, para captá-lo de novo. E então uma voz a meu lado ressoou profundamente no meio da noite, um rufado, que dizia:

– Faça o que sua natureza lhe ordena. Isto não passa de uma amostra. Faça o que sua natureza lhe ordena.

– E o momento terminou. Permaneci como a moça na sala do hotel, tonto e sensível a qualquer sugestão. Balançava a cabeça para Lestat, ao mesmo tempo em que ele balançava a sua para mim.

– Para você a dor é terrível – disse ele. – Sente-a como nenhuma outra criatura porque é vampiro. Não quer que ela continue.

– Não – respondi. – Irei me sentir como antes, suspenso e sem peso, como que envolvido por uma dança.

– E até mais.

– Sua mão apertou a minha.

– Não fuja disto, venha comigo.

– Levou-me rapidamente pela rua, voltando-se cada vez que eu hesitava, estendendo-me a mão, um sorriso nos lábios, sua presença tão maravilhosa para mim como na noite em que entrara em minha vida mortal e me dissera que seríamos vampiros.

– O mal é um ponto de vista – sussurrava agora. – Somos imortais. E o que temos à nossa frente são os ricos festins que a consciência não pode julgar e que os homens mortais não podem conhecer sem culpa. Deus mata, assim como nós; indiscriminadamente. Ele toma o mais rico e o mais pobre, assim como nós, pois nenhuma criatura sob os céus é como nós, nenhuma se parece tanto com Ele quanto nós mesmos, anjos negros não confinados aos parcos limites do inferno, mas perambulando por Sua terra e por todos os Seus reinos. Hoje quero uma criança. Sinto-me uma mãe... Quero uma criança!

– Devia ter compreendido o que dizia. Não o fiz. Ele tinha me hipnotizado, me encantado. Brincava comigo como fizera quando eu era mortal; estava me liderando. Dizia:

– Sua dor cessará.

– Tínhamos chegado a uma rua de janelas iluminadas. Era local de casas de aluguel, marinheiros, barqueiros. Entramos numa porta estreita e então, num corredor de pedra no qual podia ouvir minha própria respiração como o vento, ele se moveu lentamente ao longo de uma parede até que sua sombra saltasse na luz de uma porta ao lado do vulto de um outro homem, suas cabeças inclinadas juntas, seus murmúrios como o resfolegar de folhas secas.

– O que é?

– Aproximei-me dele quando recuou, subitamente temeroso de que aquela excitação morresse em mim. Vi novamente aquele cenário de pesadelo que tinha visto ao falar com Babette; senti o calafrio da solidão, o calafrio da culpa.

– Ela está ali! – disse ele. – A sua presa. Sua filha.

– O que diz? De que está falando?

– Você a salvou – murmurou. – Sabia disto. Deixou a janela aberta sobre ela e a mãe morta, e as pessoas que passavam pela rua trouxeram-na para cá.

– A criança. A garotinha! – ofeguei.

– Mas ele já me conduzia pela porta até o fim de um longo salão de camas de madeira, cada uma com uma criança sob um estreito lençol branco, uma vela no fim da galeria, onde uma enfermeira se debruçava sobre uma pequena mesa. Passamos por entre as camas.

– Crianças famintas, órfãos – disse ele. Filhos da praga e da febre.

– Ele parou. Eu vi a menininha na cama. E então o homem se aproximando, e eu cochichando com Lestat, tomando cuidado com os pequeninos adormecidos. Alguém chorava no outro quarto. A enfermeira se levantou apressada.

– Agora o médico se inclinava e envolvia a criança no lençol. Lestat tinha tirado dinheiro de seu bolso e colocado ao pé da cama. O médico dizia estar contente por termos vindo vê-la, que a maioria deles era órfã; vieram em navios, às vezes órfãos pequenos demais até para identificar o corpo da mãe. Ele pensava que Lestat era o pai.

– E em segundos Lestat corria pelas ruas com ela, o branco do lençol cintilando contra o casaco e a capa escuros. E até mesmo com minha visão aguçada, enquanto corria atrás dele, às vezes tinha a impressão de que o lençol voava na noite sem nenhum conteúdo, uma sombra flutuante viajando no vento como uma folha carregada, tentando ganhar o vento ao mesmo tempo que realmente levantava voo. Finalmente alcancei-o, próximo das luzes da Place d'Armes. A criança jazia pálida em seu colo, as maçãs do rosto ainda gordas como ameixas, apesar de já estar sugada e quase morta. Ela abriu os olhos, ou melhor, suas pálpebras escorregaram, e sob os longos cílios vi uma raia branca.

– Lestat, o que está fazendo? Para onde vai levá-la? – perguntei.

– Mas sabia muito bem. Ele se dirigia para o hotel e pretendia levá-la para nosso quarto.

– Os cadáveres estavam onde os tínhamos deixado, um quase sentado no caixão como se o papa-defuntos já se ocupasse dele, o outro na cadeira próxima à mesa. Lestat passou voando por elas como se não as visse, enquanto eu o observava fascinado. As velas já tinham acabado e a única luz vinha da lua e da rua. Podia ver seu perfil brilhante e insensível ao deitar a criança no travesseiro.

– Venha cá, Louis. Ainda não se alimentou o suficiente, sei que não – disse, com a mesma voz calma e convincente que usara habilidosamente a noite toda. Segurou minha mão nas suas, quentes e firmes.

– Veja, Louis, como é gorducha e doce, como se nem a morte pudesse roubar seu frescor; a vontade de viver é forte demais! Ela pode fazer uma escultura de seus lábios delicados e de suas mãos roliças, mas não pode estragá-los. Lembre-se de como a desejou quando a viu naquele quarto.

– Eu resisti. Não queria matá-la. Não o tinha desejado na noite anterior. E, subitamente, lembrei-me de duas coisas conflitantes e dilacerei-me de angústia: lembrei-me da poderosa batida de seu coração contra o meu e ansiei por ela, desejei-a tão violentamente que dei as costas para a cama e teria desaparecido do quarto se Lestat não me segurasse com força. E lembrei-me do rosto da mãe e daquele momento de horror em que larguei a criança e ele entrou no quarto. Mas, naquele instante, Lestat não zombava de mim, me confundia:

– Você a deseja, Louis. Não vê? Uma vez tendo-a possuído, poderá ter tudo que quiser. Desejou-a na noite passada, mas fraquejou, e é por isso que ela não está morta.

– Podia sentir que ele dizia a verdade. Podia sentir novamente aquele êxtase de estar ligado a ela, seu coraçãozinho batendo sem parar.

– Ela é forte demais para mim... seu coração, ela não vai desistir.

– Ela é forte demais? – Ele sorriu. Puxou-me para perto dele.

– Pegue-a, Louis, sei que você a deseja.

– E eu o fiz. Aproximei-me da cama e fiquei simplesmente olhando. Seu peito mal se movia com a respiração e uma mãozinha se misturava com o cabelo comprido e louro. Não podia suportar aquilo: olhá-la, querendo que não morresse e desejando-a. E quanto mais a olhava, mais podia sentir o gosto de sua pele, sentir meu braço escorregando por suas costas e puxando-a para mim, sentir seu pescoço macio. Macio, macio, era assim que ela era, muito macia. Tentei dizer a mim mesmo que para ela seria melhor morrer – o que seria dela? –, mas tais pensamentos não serviam de nada. Desejava-a! E, assim, tomei-a nos braços e segurei-a, seu rosto ardendo junto ao meu, seu cabelo caindo sobre meus pulsos e resvalando por minhas pálpebras, o doce perfume de uma criança forte e palpitante, apesar da doença e da morte.

– Agora ela gemia, imersa em seu sono, e isto foi mais do que eu podia suportar. Tinha de matá-la antes que acordasse e sabia disto. Penetrei em sua garganta e ouvi Lestat me dizendo, estranhamente:

– Só uma dentadinha. Não passa de um pescocinho.

– E eu obedeci.

– Não contarei novamente como foi, só direi que me envolveu como antes, e como o assassinato sempre faz. Só que mais ainda. Assim, meus joelhos fraquejaram e eu fiquei meio deitado na cama, sugando-a até o fim, aquele coração gritando de novo que não iria esmorecer, que não desistiria.

– E, subitamente, enquanto eu continuava, meu instinto esperando, esperando que o coração esmorecesse indicando a morte, Lestat me separou dela.

– Mas não está morta – murmurei.

– Mas estava terminado. Os móveis da sala emergiram da escuridão. Sentei-me atônito, fitando-a, fraco demais para me mover, minha cabeça resvalando pela cabeceira da cama, minhas mãos apertando a colcha de veludo. Lestat a pegara e falava com ela, dizendo um nome:

– Cláudia, Cláudia, escute, acorde, Cláudia.

– Levava-a agora do quarto para a sala e sua voz era tão suave que mal se ouvia.

– Você está doente, está me ouvindo? Precisa fazer o que eu mandar para ficar boa.

– Então, na pausa que se seguiu, recobrei meus sentidos. Compreendi o que ele estava fazendo, que tinha cortado o pulso e o estendia para ela, que bebia.

– Isto, querida, mais – dizia ele. – Precisa beber para ficar boa.

– Desgraçado! – gritei e ele assobiou para mim com olhos flamejantes. Sentou-se no divã com ela agarrada a seu pulso. Vi a mãozinha branca segurando a manga e podia ver seu peito arfar e sua face se contorcer como jamais vira. Ele deixou escapar um gemido e murmurou novamente que ela continuasse, e quando ultrapassei a soleira, ele me fitou de novo, como se dissesse:

– Eu o mato!

– Mas por que, Lestat? – murmurei. Agora ele tentava afastá-la, mas ela resistia. Apertava os dedos em volta dos dele e levava o pulso à boca, deixando escapar um rugido.

– Pare, pare! – disse ele.

Era claro que sentia dor. Afastou-se dela e segurou-a pelos ombros com as mãos. Ela tentava desesperadamente alcançar seu pulso com os dentes, mas não conseguia, e então olhou para ele com imenso e inocente espanto. Ele recuou, as mãos erguidas para que ela não se movesse. Então amarrou um lenço ao pulso e se afastou dela, procurando a campainha. Tocou-a com força, os olhos ainda fixos na menina.

– O que você fez, Lestat? – perguntei. – O *que você fez?*

– Olhei-a. Ela se sentara recomposta, revivificada, plena de vida, sem nenhum sinal de palidez ou fraqueza, as pernas estendidas sobre o damasco, a camisola branca suave e delicada como a veste de um anjo envolvendo suas formas diminutas. Ela olhava para Lestat.

– Eu não – disse-lhe ele. – Nunca mais. Compreende? Mas lhe mostrarei o que deve fazer!

– Quando tentei fazer com que me olhasse e dissesse o que estava fazendo, ele me empurrou. Seu braço atingiu-me com tal força que me lançou na parede. Alguém batia na porta. Eu sabia o que ele pretendia fazer. Tentei novamente retê-lo, mas girou tão depressa que nem vi quando me acertou. Quando o vi, estava estatelado numa cadeira e ele abria a porta.

– Sim, entre, por favor. Houve um acidente – disse para o jovem escravo.

– E então, fechando a porta, agarrou-o por trás de forma que o menino nunca soube o que aconteceu. E ao mesmo tempo em que se ajoelhava ao lado do corpo, chamava a menina, que escorregou das almofadas e se abaixou, pegando o pulso que ele lhe oferecia, afastando rapidamente o punho da camisa. A princípio ela mastigou, como se pretendesse devorar a carne, e então Lestat lhe mostrou como devia agir. Ele se sentou de novo e deixou que ela ficasse com o resto, enquanto ele olhava fixamente o peito do rapaz, de modo que, quando chegou o momento, inclinou-se para a frente e disse:

– Chega, ele está morrendo... Nunca deve beber depois que o coração parar, senão ficará doente de novo, até morrer. Compreende?

– Mas ela já tinha obtido o suficiente e sentou-se ao lado dele, ambos encostados no divã, suas pernas estendidas no chão.

– O corpo morreu em poucos segundos. Eu estava zangado e enojado, como se a noite já durasse milhares de anos. Fiquei ali sentado, olhando os dois, a criança agora se aconchegando a Lestat, enrolando-se a ele, que a envolvia com o braço, apesar de seus olhos indiferentes continuarem a fitar o cadáver. Então ele me olhou.

– Onde está mamãe? – perguntou a criança baixinho. Sua voz correspondia à sua beleza física, clara como um pequeno sino de prata. Era sensual. Ela era sensual. Seus olhos eram tão grandes e claros quanto os de Babette. Você compreende que eu mal percebia o conteúdo daquilo tudo. Sabia o que poderia significar, mas estava horrorizado. Naquele momento, Lestat se levantou, tomou-a no colo e se aproximou de mim.

– Ela é nossa filha – disse ele. – Agora ficará morando conosco.

– Ele se dirigiu a ela, mas seus olhos eram insensíveis, como se tudo aquilo fosse uma medonha brincadeira. Então ele me fitou e seu olhar mostrava decisão. Estendeu a criança para mim. Vi-a em meu colo, envolvida por meus braços, sentindo novamente como era macia, como sua pele era sedosa como uma fruta fresca, ameixas aquecidas pelo sol. Seus imensos olhos brilhantes me fitavam com confiante curiosidade.

– Este é Louis e eu sou Lestat – disse ele, abaixando-se para falar.

– Ela olhou ao redor e disse que o quarto era bonito, muito bonito, mas queria a mamãe. Ele pegara o pente e o passava pelo cabelo dela, segurando-o com cuidado para não machucar. Conforme era desembaraçado, seu cabelo se parecia cada vez mais com cetim. Era a criança mais bonita que eu já vira, e agora cintilava com o fogo frio dos vampiros. Seus olhos eram olhos de mulher, eu percebia. Ela ficaria branca e etérea como nós, mas não perderia suas formas. Compreendia agora o que Lestat dissera a respeito da morte, a que se referira. Toquei seu pescoço exatamente no lugar onde os dois furos vermelhos sangravam um pouco. Peguei o lenço de Lestat no chão e passei-o na ferida.

– A mamãe deixou você conosco. Quer que seja feliz – dizia ele, com a mesma confiança imensurável. – Ela sabe que a faremos muito feliz.

– Quero mais – disse ela, voltando-se para o cadáver no chão.

– Não, hoje não. Amanhã à noite – disse Lestat. E foi tirar a moça de seu caixão. A menina desceu de meu colo e eu a segui. Ela ficou observando Lestat, que colocava as duas mulheres e o escravo na cama. Puxou as cobertas até o pescoço deles.

– Estão doentes? – perguntou a menina.

– Estão, Cláudia – respondeu ele. – Estão doentes e mortos. Veja, eles morrem quando bebemos neles.

– Ele se aproximou dela e tomou-a novamente nos braços. Ficamos ali, com ela entre nós. Eu estava hipnotizado pela menina, por sua *transformação*, pelos seus gestos. Não era mais uma criança. Era uma criança vampira.

– Louis queria nos deixar – disse Lestat, olhando para ela. – Ia embora. Mas não vai mais. Porque quer ficar, cuidar de você e fazê-la feliz.

– Ele me fitou.

– Não vai embora, não é, Louis?

– Bastardo! – murmurei. – Seu demônio!

– Que linguagem, na frente de sua filha – disse.

– Não sou sua filha – disse ela com voz cristalina. – Sou filha da mamãe.

– Não, querida, não é mais – respondeu Lestat. Olhou para a janela e depois bateu a porta do quarto, virando a chave na fechadura.

– Você é nossa filha. Filha de Louis e minha, compreende? Agora, com quem quer dormir? Com Louis ou comigo?

– E então, me fitando, disse:

– Talvez deva dormir com Louis. Afinal, quando estou cansado... não sou muito delicado.

⁂

O vampiro parou. O rapaz nada dizia.

– Uma criança vampira! – murmurou finalmente.

O vampiro fitou-o subitamente, como se estivesse espantado, apesar de não fazer nenhum movimento com o corpo. Olhou para o gravador como se fosse algo monstruoso.

O rapaz notou que a fita estava quase acabando. Rapidamente, abriu a maleta e retirou uma nova fita, colocando-a desajeitadamente no lugar. Ao apertar o botão, olhou para o vampiro, cujo rosto parecia zangado, torcido, as maçãs mais saltadas e seus brilhantes olhos verdes, enormes. A entrevista começara ao anoitecer, que chegava cedo naquela noite invernal de São Francisco, e já eram quase 10 horas. O vampiro se empertigou, sorriu e disse calmamente:

– Podemos continuar?

– Ele tinha feito aquilo com a garotinha só para mantê-lo preso a ele? – perguntou o rapaz.

– É difícil dizer. Foi uma decisão. Tenho certeza de que Lestat era uma pessoa que preferia não pensar ou falar de seus motivos ou crenças, nem consigo próprio. Uma dessas pessoas que precisam atuar. Este tipo de gente precisa ser consideravelmente forçado antes de abrir a boca e confessar que seu modo de vida obedece a certos métodos e pontos de vista. Foi isto que aconteceu naquela noite com Lestat. Eu havia sido obrigado a chegar a um ponto onde tinha de descobrir por que vivia daquela forma. Manter-me com ele faz parte, indubitavelmente, do conjunto de coisas que o forçou àquilo. Mas, olhando para trás, acho que ele mesmo queria descobrir seus motivos para matar, desejava examinar sua própria vida. Estava descobrindo-a quando me falou sobre as coisas em que acreditava. Mas, realmente, queria que eu ficasse. Comigo, vivia de um modo como não poderia viver sozinho. E, como já lhe disse, eu tinha tido o cuidado de jamais passar nenhuma propriedade para seu nome, o que o enlouquecia. Não conseguiria me convencer a fazer tal coisa.

De repente o vampiro riu.

– Veja todas as outras coisas que me levou a fazer! Que estranho. Podia me persuadir a matar uma criança, mas não a me separar de meu dinheiro.

Sacudiu a cabeça.

– Mas, como pode ver, na verdade não era ganância. Era medo de que isto me ligasse inevitavelmente a ele.

– Refere-se a ele como se estivesse morto. Diz que Lestat *era* isto ou *foi* aquilo. Ele já morreu? – perguntou o rapaz.

– Não sei. Acredito que sim. Mas chegaremos lá. Falávamos de Cláudia, não é? Queria dizer algo mais sobre os motivos de Lestat naquela noite. Lestat não confiava em ninguém. Era um gato, dono de seus atos, um predador solitário. Entretanto, havia se comunicado comigo naquela noite, de alguma forma tinha se exposto ao dizer a verdade. Tinha deixado de lado sua zombaria, sua condescendência. Por um breve instante, esquecera sua raiva perpétua. E, para Lestat, isto era se expor. Quando ficamos sozinhos naquela rua escura, senti uma comunhão com ele como não experimentara desde minha morte. Acredito que ele tenha introduzido Cláudia no vampirismo por vingança.

– Vingança, não só contra você, mas contra o mundo – sugeriu o rapaz.

– Sim. Como disse, as razões de Lestat para fazer qualquer coisa sempre incluíam a vingança.

– Tudo isto começou com o pai? Com a escola?

– Não sei. Duvido – disse o vampiro. – Mas quero continuar.

– Oh, por favor, continue. Tem de continuar! Quer dizer, são somente 10 horas.

O jovem mostrou o relógio.

O vampiro fitou-o e depois sorriu para ele. O rosto do rapaz se transformou. Ficou pálido, como se tivesse tido algum choque.

– Ainda tem medo de mim? – perguntou o vampiro.

O rapaz não disse nada, mas se afastou ligeiramente da borda da mesa. Seu corpo se esticou, seus pés se estenderam no assoalho e depois se contraíram.

– Acho que não seria tolice sua se tivesse – disse o vampiro. – *Mas não tenha*. Podemos continuar?

– Por favor – disse o rapaz. E apontou o aparelho.

– Bem – o vampiro recomeçou. – Nossa vida se transformou muito com a chegada de Mademoiselle Cláudia, como pode imaginar. Seu corpo morreu, mas seus sentidos despertaram tanto quanto os meus. E me regozijei com isto. Mas precisei de alguns dias para compreender o quanto a desejava, o quanto queria falar com ela e lhe fazer companhia. A princípio, pensei em protegê-la de Lestat. Toda manhã enfiava-a em meu caixão e fazia o possível para não deixá-la a sós com ele. Era isto o que Lestat queria, e sempre sugeriu que poderia magoá-la.

– Uma criança faminta é sempre uma visão apavorante – disse para mim. – E um vampiro faminto é ainda pior.

– Ouviriam seus gritos em Paris, dizia, se ele a trancafiasse para que morresse. Mas tudo isto se dirigia a mim, para me manter preso ali. Temeroso de fugir sozinho, não ousava fazê-lo levando Cláudia. Ela era uma criança. Precisava de cuidados.

– E era muito agradável cuidar dela. Esqueceu de uma só vez seus cinco anos de vida mortal, ou pelo menos aparentava tê-lo feito, pois era misteriosamente calma. E de vez em quando eu chegava a temer que tivesse perdido a razão, que a doença de sua vida mortal, somada ao grande susto do vampiro, tivessem lhe roubado a saúde. Mas isto se mostrou improvável. Ela simplesmente era tão diferente de Lestat, e eu, que quase não conseguia compreendê-la, pois além de ser uma criancinha também era uma terrível matadora, capaz agora de procurar sangue com toda a força de exigência de uma criança. E apesar de Lestat ainda me ameaçar a respeito dela, não a assustava de forma alguma, mas a amava, orgulhoso de sua beleza, ansioso por ensinar-lhe que devia matar para viver e que nós jamais morreríamos.

– Como já disse, nesta época, a peste grassava pela cidade e ele a levou aos cemitérios fétidos onde a febre amarela e as vítimas da praga jaziam empilhadas enquanto o ruído das pás continuava dia e noite.

– Isto é a morte – disse-lhe, mostrando o cadáver de uma mulher em decomposição. – Não passaremos por isto. Nossos corpos permanecerão sempre assim, viçosos e vivos, mas jamais devemos hesitar em provocar a morte, porque é assim que nos mantemos vivos.

– E Cláudia olhava aquilo tudo com seus cristalinos olhos inescrutáveis.

– Assim como não se lembrava dos anos anteriores, não tinha noção do medo. Muda e bela, Cláudia brincava com bonecas, vestindo-as e despindo-as durante horas. Muda e bela, ela matava. E eu, transformado pelos conselhos de Lestat, procurava seres humanos com mais frequência. Mas não era somente o ato de matar que me trazia àquela dor constante nas noites calmas e escuras de Pointe du Lac, quando me sentava tendo apenas a companhia de Lestat e do velho. Era o seu número imenso e crescente em todas as ruas que nunca se acalmavam, nos cabarés que nunca fechavam as portas, nos bailes que duravam até o amanhecer, com música e risos escoando pelas janelas abertas. Agora, as pessoas que me rodeavam eram minhas vítimas pulsantes, não mais encaradas com o grande amor que sentia por minha irmã e por Babette, mas com um novo tipo de frieza e ânsia. E eu as matava, mortes infinitamente variadas e muito distantes umas das outras, feitas enquanto andava com visão de vampiro e movimentos imperceptíveis por aquela cidade fervilhante e burguesa, com minhas vítimas me cercando, me seduzindo, me convidando para suas ceias, carruagens, prostíbulos. Demorava-me pouco, só o suficiente para pegar o que queria, mergulhado na imensa melancolia que a cidade me proporcionava com sua fila interminável de magníficos estranhos.

– Pois assim era. Alimentava-me de estranhos. Aproximava-me somente o suficiente para perceber a beleza pulsante, a expressão única, a nova e apaixonada voz, e depois matava antes que aqueles sentimentos de repulsa pudessem se elevar, aquele medo, aquela pena.

– Cláudia e Lestat conseguiam caçar e seduzir, passar muito tempo em companhia da vítima ludibriada, saboreando o esplêndido humor de sua amizade traiçoeira com a morte. Mas eu ainda não conseguia suportar isto. E assim, a população crescente era, para mim, uma floresta na qual estava perdido, incapaz de parar, rodopiando bem rápido para afastar pensamentos ou dor, aceitando repetidamente o convite da morte.

– Nesta época, vivíamos em uma de minhas novas casas de estilo espanhol na Rua Royale. Um grande e pródigo sobrado sobre uma loja que eu alugara a um alfaiate, com um pátio ajardinado aos fundos, uma parede segura dando para a rua, persianas de madeira e uma entrada para carruagens. Um lugar muito mais luxuoso e seguro do que Pointe du Lac. Nossos criados eram pessoas de cor, livres, que nos deixavam a sós antes do anoitecer, pois tinham suas próprias casas, e Lestat tinha levado para lá as últimas novidades importadas da França e da Espanha: candelabros de cristal e tapetes orientais, telas pintadas com pássaros do paraíso, canários cantando em grandes gaiolas douradas, um delicado deus grego em mármore e vasos chineses lindamente pintados. Eu não necessitava mais de luxo do que antes, mas me vi atraído pela nova invasão de arte, utensílios e formas, podendo fitar o intrincado desenho dos tapetes durante horas, ou ver o brilho de uma lâmpada modificar as cores sóbrias de uma pintura holandesa.

– Cláudia achava tudo maravilhoso, com seu jeito calmo de criança bem-educada, e ficou extasiada quando Lestat contratou um pintor para transformar as paredes de seu quarto numa floresta mágica de unicórnios, pássaros dourados e árvores carregadas de frutos à beira de reluzentes riachos.

– Uma fila interminável de costureiras, sapateiros e alfaiates invadiu nosso apartamento, produzindo para Cláudia o que havia de melhor na moda infantil, de modo que ela era sempre uma visão, não somente por sua beleza de criança, com seus cílios compridos e seus gloriosos cabelos louros, mas pelo bom gosto de chapéus finamente trançados, pequenas luvas de renda, casacos e capas de veludo brilhante e delicadas camisolas brancas de mangas fofas e fitas azuis. Lestat brincava com ela como se fosse uma boneca magnífica, e foram seus pedidos que me fizeram abrir mão de meu preto encardido e aderir a jaquetas finas, gravatas de seda, macios casacos cinza, luvas e capas pretas. Lestat achava que a melhor cor para os vampiros, a qualquer hora, era o preto, possivelmente o único princípio estético a que se mantinha firmemente preso, mas não se opunha a nada que significasse estilo e excesso. Adorava a grande figura que nós três fazíamos, em nosso camarote da Ópera Francesa ou do Teatro de Orleans, aonde íamos sempre que podíamos, já que Lestat tinha uma paixão por Shakespeare que me surpreendeu, apesar de frequentemente cochilar nas óperas e só acordar no momento exato de convidar alguma dama adorável para a ceia de meia-noite, onde ele usaria toda sua habilidade para fazê-la apaixonar-se inteiramente por ele e depois despachá-la violentamente para o céu ou para o inferno, voltando para casa com seu anel de brilhantes como presente para Cláudia.

– Durante todo este tempo eu educava Cláudia, soprando em seus ouvidos que nossas vidas eternas seriam inúteis se não percebêssemos a beleza que nos cercava, a criação dos mortais. Constantemente perscrutava a profundidade de seu olhar calmo quando pegava os livros que eu lhe dava, murmurando as poesias que lhe ensinava ou quando tocava, com leveza e confiança, suas próprias canções estranhas, mas coerentes, ao piano. Ela podia mergulhar durante horas nos desenhos de um livro e me ouvir ler até ficar tão quieta que sua imagem me assustava, fazendo-me fechar o livro e permanecer olhando-a na sala iluminada. Então, ela se movia, uma boneca voltando à vida, e dizia, com sua voz mais suave, que eu devia ler mais.

– E então começaram a acontecer coisas estranhas. Pois apesar de ela falar pouco e ainda ser uma criança miúda e roliça, comecei a encontrá-la afundada em minha cadeira lendo a obra de Aristóteles ou de Boécio ou um novo romance que acabara de atravessar o Atlântico. Ou solfejando a música de Mozart que acabáramos de ouvir na noite anterior, com um ouvido infalível e uma concentração que a fazia parecer um fantasma sentado horas a fio, descobrindo a música – a melodia e depois o arranjo e então unindo-os. Cláudia era um mistério. Não era possível descobrir o que já sabia ou não. E vê-la matar era arrepiante. Ficava sentada na praça escura esperando que um cavalheiro ou uma dama gentis a encontrassem, sempre com um olhar ainda mais desalmado do que o de Lestat. Como uma criança cheia de medo, murmurava um apelo aos adultos delicados e admirados que a levavam da praça, ao colo, enquanto ela envolvia-lhes o pescoço, com a língua entre os dentes e um olhar vitrificado pelo desejo. Morriam rápido nos primeiros anos, antes que ela aprendesse a se divertir com eles, levando--os à loja de brinquedos ou ao café onde lhe ofereciam xícaras de chá ou chocolate fumegante para corar seu rosto pálido. Xícaras que deixava de lado, esperando, esperando, como a se banquetear silenciosamente com sua terrível bondade.

– Mas quando isto terminava, passava a ser minha companheira, minha aluna, utilizando suas longas horas para consumir, cada vez mais rápido, todo o conhecimento que eu lhe passava, dividindo comigo um tipo de silenciosa compreensão do mundo que não incluía Lestat. Pela manhã deitava-se comigo, seu coração batendo de encontro ao meu, e muitas vezes, quando a olhava imersa na música ou na pintura, sem perceber minha presença, pensava naquela experiência singular que só tivera com ela: eu a havia matado, tirado sua vida, bebido todo seu sangue vital naquele abraço fatal que me encantara mais do que qualquer outro, mais do que todos os encontros com aqueles que agora jaziam na terra úmida. Mas ela vivia, para passar os braços pelo meu pescoço, aproximar com uma reverência o seu pequeníssimo rosto de meus lábios e colar seus olhos brilhantes aos meus até que nossos cílios se tocassem e, rindo, girávamos pelo quarto como numa valsa selvagem. Pai e filha. Amante e amante. Pode perfeitamente calcular que Lestat não nos invejava por isso. Simplesmente sorria de longe, esperando que ela fosse a ele. Levava-a então para a rua e acenavam para mim, sob a janela, prontos para dividirem o que lhes competia: a caçada, a sedução, a morte.

– Os anos transcorreram assim. Anos, anos e anos. Mas precisei de muito tempo para que me ocorresse algo óbvio a respeito de Cláudia. Pela sua expressão, suponho que você já adivinhou e me pergunto por que eu demorei tanto a fazê-lo. Posso lhe assegurar que, para mim, o tempo é diferente e já o era naquela época. Os dias não se ligam formando uma corrente contínua e retesada. Em lugar disto, a lua nasce sobre ondas interrompidas.

– O corpo dela! – disse o rapaz. – Nunca cresceria! – O vampiro assentiu.

– Deveria ser um demônio infantil para sempre – disse, a voz baixa, como se pensasse a respeito. – Assim como continuo a ser o mesmo rapaz da época em que morri. E Lestat? O mesmo. Mas sua mente era uma mente de vampiro. E fui obrigado a ver como se aproximava da vida adulta. Começou a falar mais, apesar de nunca deixar de ser uma pessoa introspectiva que podia me ouvir pacientemente durante uma hora sem me interromper. E cada vez mais seu rostinho de boneca parecia possuir dois olhos totalmente adultos e conscientes, e a inocência parecia perdida em algum lugar, junto com brinquedos esquecidos e a perda de uma certa paciência. Havia algo terrivelmente sensual no modo como se estendia no sofá numa camisolinha de renda e pérolas. Transformara-se numa sinistra e poderosa sedutora, com sua voz tão clara e doce como sempre, apesar de ter uma ressonância que às vezes era tão adulta e seca que surpreendia. Após alguns dias em sua calma habitual, zombava subitamente das previsões de Lestat a respeito da guerra, ou, bebendo sangue em uma taça de cristal, reclamava que não havia livros em casa, que tínhamos de conseguir outros, nem que fosse preciso roubá-los, e então aludia friamente a uma biblioteca da qual ouvira falar numa mansão do Faubourg St.-Marie, de uma mulher que colecionava livros como se fossem pedras ou borboletas. Perguntou-me se poderia introduzi-la no quarto da mulher.

– Nestes momentos, eu ficava surpreso. Sua mente era imprevisível, impenetrável. E então ela se sentava em meu colo, passava os dedos em meus cabelos e cochilava em meu peito, sussurrando que eu nunca seria tão adulto quanto ela enquanto não compreendesse que matar era a coisa mais séria, e não os livros, a música.

– Sempre a música... – murmurava ela.

– Boneca, boneca – eu a chamava.

– Era isto que ela era. Uma boneca mágica. Risadas, uma inteligência infinita e, depois, o rostinho redondo, a boca em botão.

– Deixe-me vesti-la, deixe-me pentear seu cabelo – dizia eu, fugindo dos velhos costumes, consciente de seu sorriso e de seu olhar encobertos pelo fino véu do enfado.

– Faça como quiser – suspirava em meus ouvidos quando me inclinava para abotoar seus botões de pérola. – Mas mate comigo esta noite. Nunca me deixou vê-lo matar, Louis!

– Já queria um caixão para si, o que me deixou bastante perturbado. Afastei-me dando meu consentimento educado. Já não sabia há quantos anos dormia com ela, como se fosse parte de mim.

– Mas então encontrei-a perto do Convento das Ursulinas, uma órfã perdida na escuridão, e ela correu subitamente para mim agarrando-me com um desespero humano.

– Não quero mais, se for magoá-lo – segredou tão baixinho que um ser humano, abraçando nós dois, não a teria escutado nem percebido sua respiração.

– Ficarei para sempre com você. Mas preciso vê-lo, compreende? Um caixão de criança.

– Deveríamos ir a uma funerária. Uma representação, uma tragédia em um ato: deixá-la na pequena sala de espera e segredar ao artesão, na antessala, que ela estava prestes a morrer. Falar do amor, que ela deveria ter o melhor, mas não deveria saber. E o homem, sacudido pela tragédia, deveria fazê-lo para ela, imaginando-a deitada no cetim branco, deixando escapar uma lágrima de seus olhos, apesar de todos os anos...

– Mas por que, Cláudia?... – implorei. Repugnava-me fazer aquilo, repugnava-me ludibriar o pobre homem. Mas, como um amante sem forças em suas mãos, levei-a até lá e coloquei-a no sofá, onde se sentou com as mãos cruzadas no colo, o bonezinho inclinado, como se ela não soubesse o que tínhamos acabado de falar. O proprietário era um velho homem de cor, muito bem educado, que me levou delicadamente para um canto onde "a nenen" não nos ouvisse.

– Mas por que ela morrerá? – implorou, como se eu fosse Deus e o ordenasse.

– O coração; não pode viver – disse eu, as palavras tomando um poder particular, uma ressonância perturbadora. A emoção daquele rosto magro e enrugado me tocou. Algo me veio à mente... uma criança chorando num quarto fétido. Neste instante, ele começou a destrancar, um após outro, seus enormes quartos e a me mostrar os caixões, laca preta e prata, era isto que ela queria. E subitamente me vi saindo da funerária, puxando-a apressadamente pela mão.

– Já está encomendado – disse para ela. – Está me deixando louco!

– Respirei o ar fresco da rua como se estivesse sufocado e vi seu rosto impiedoso me contemplando. Afundou sua mãozinha enluvada nas minhas.

– Eu quero, Louis – explicou pacientemente.

– E então, numa noite, subiu as escadas da funerária, Lestat a seu lado, em busca do caixão, deixando o homem inconsciente, morto sobre as pilhas empoeiradas de papel da escrivaninha. E ali estava o caixão, em nosso quarto, onde ela o olhava muito enquanto era novo, como se a coisa estivesse viva ou se movendo ou como se lhe revelasse aos poucos algum mistério, como fazem as coisas ao se transformar. Mas não dormia nele. Dormia comigo.

– Houve outras transformações. Não posso precisar a data nem a ordem. Ela não matava indiscriminadamente. Começou a seguir certas normas. A pobreza passou a fasciná-la; implorava a Lestat ou a mim para levá-la de carruagem pelo Faubourg St.-Marie até os bairros ribeirinhos onde viviam os imigrantes. Parecia obcecada por mulheres e crianças. Estas coisas me foram ditas por Lestat com grande alegria, pois me repugnava acompanhá-los e não me persuadiram de modo algum. Mas Cláudia tinha uma família de onde pegou cada membro. E pedira para ir ao cemitério da cidade de Lafaiyette e lá perambulou por entre as altas tumbas de mármore à cata daqueles homens desesperados que, sem lugar para dormir, gastavam o pouco que tinham numa garrafa de vinho e rolavam numa vala podre.

– Lestat estava impressionado, satisfeito. Dava-lhe o nome adequado à imagem que fazia dela, a Morte Criança. Irmã Morte e doce morte. E para mim, zombeteiro, atirava a "Morte Piedosa", que pronunciava como se fosse uma mulher batendo palmas e deixando escapar uma fofoca excitante. Oh, céus! E eu sentia vontade de matá-lo.

– Mas não havia brigas. Nos atínhamos a nós mesmos. Possuíamos nossos acordos. Os livros enchiam nosso apartamento em estantes que se estendiam do chão ao teto, em filas de volumes de couro reluzente, enquanto eu e Cláudia satisfazíamos nossos gostos naturais. E Lestat continuava suas pródigas aquisições. Até que ela começou a fazer perguntas.

*

O vampiro parou. E o rapaz pareceu tão ansioso quanto antes, como se precisasse se esforçar ao máximo para ter paciência. Mas o vampiro tinha unido as pontas de seus dedos compridos e brancos como se formassem a torre de uma igreja, dobrou-os e apertou as palmas das mãos. Como se tivesse esquecido o rapaz.

– Eu deveria saber – disse – que era inevitável e deveria ter percebido os sinais de sua chegada. Pois era muito ligado a ela, amava-a inteiramente, era a companheira de todas as horas, a única companhia que tivera, além da morte. Devia ter sabido. Mas algo em mim tinha consciência de um imenso espaço escuro muito próximo de nós, como se andássemos sempre perto de um rochedo escarpado e pudéssemos vê-lo subitamente, mas tarde demais caso tivéssemos tomado o atalho errado ou nos perdido demais em nossos pensamentos. Às vezes o mundo físico à minha volta me parecia sem outra substância além da escuridão. Como se uma fenda estivesse pronta para se abrir na terra e eu pudesse ver a imensa rachadura atravessando a Rua Royale, com todos os prédios reduzidos a poeira e escombros. Mas – pior de tudo – eram transparentes, tênues, como cortinas de palco feitas de seda. Ah... estou distraído. O que disse? Que não percebia os sinais nela, que me agarrava desesperado à felicidade que me havia proporcionado. E ainda me proporcionava. E eu ignorava todo o resto.

– Mas estes eram os sinais. Foi ficando cada vez mais fria com Lestat. Passava horas fitando-o. Quando ele falava, era comum ela não responder, e mal se podia saber se era desprezo ou se não tinha escutado. Nossa frágil tranquilidade doméstica explodiu com este ultraje. Ele não teria que ser amado, mas não seria ignorado. Um dia chegou a voar para ela, gritando que lhe daria uma surra, e eu me vi pronto para lutar com ele como tinha feito anos antes dela vir para nós.

– Ela não é mais criança – murmurei para ele. – Não sei o que é. É uma mulher.

– Pedi que levasse isto em consideração e ele fingiu desdém, ignorando-a por sua vez. Mas, numa noite, entrou correndo e me disse que ela o tinha seguido – apesar dela ter-se recusado a sair com ele para matar, tinha-o seguido depois.

– O que há com ela?! – berrou para mim, como se eu a tivesse gerado e devesse saber.

– Então, numa noite, nossas empregadas desapareceram. Duas das melhores criadas que já tivéramos, mãe e filha. Enviamos o cocheiro à casa delas somente para avisar que haviam desaparecido, e o pai acabou surgindo à nossa porta, tocando a campanhia. Recuou na calçada de tijolos, olhando-me com aquela grave suspeita que mais cedo ou mais tarde surge nas faces de todos os mortais que nos conhecem durante qualquer período, o presságio da morte, como a rapidez de uma febre mortal. Tentei explicar-lhe que nem mãe nem filha tinham aparecido e que precisávamos procurá-las.

– Foi ela! – silvou Lestat entre as sombras, assim que fechei o portão. – Fez algo a elas e nos colocou a todos em risco. Farei com que me conte!

– E subiu a escada em caracol do pátio. Sabia que ela tinha saído, se esgueirado enquanto eu estava no portão. E sabia mais: um fedor vago chegara ao pátio, vindo da cozinha trancada e sem uso, um fedor que se misturava desagradavelmente com o perfume das madressilvas, o fedor dos cemitérios. Ouvi Lestat descendo enquanto me aproximava das venezianas empenadas, trancadas pela ferrugem que as unia à parede de tijolos. Nunca se havia preparado nenhuma comida ali, nunca se fizera nenhum serviço, de modo que parecia uma velha cripta sob uma tela de madressilvas. As venezianas pendiam, seus parafusos comidos pela ferrugem, e ouvi o espanto de Lestat ao penetrar na escuridão malcheirosa.

– Lá jaziam, no chão, mãe e filha juntas, o braço da mãe circundando a cintura da filha, a cabeça da filha caída sobre o peito da mãe, ambas sujas de fezes e borbulhando de insetos. Uma imensa nuvem de mosquitos se levantou quando a veneziana caiu e espantei-a para longe de mim com nojo convulsivo. Formigas rastejavam imperturbáveis sobre as pálpebras e as bocas das duas mortas, e sob o luar pude ver o traçado interminável dos caminhos prateados dos vermes.

– Desgraçada! – explodiu Lestat, e eu o agarrei pelo braço e puxei-o rápido, usando toda minha força.

– O que pretende fazer com ela? – insisti. – O que pode fazer? Não é mais criança e não obedecerá a nossas ordens só porque o desejamos. É preciso ensinar a ela.

– Ela sabe! – afastou-se de mim sacudindo o casaco. – Ela sabe! Há anos que sabe o que fazer! O que se pode ou não arriscar. Não deixarei que faça isto sem minha permissão! Não tolerarei!

– Então, você não é nosso mestre? Não lhe ensinou isto. Ela deveria ter aprendido isto através de minha silenciosa subserviência? Ela se vê igual a nós, e a nós dois como iguais. Disse-lhe que precisávamos conversar com ela, ensiná-la a respeitar o que é nosso. Como nós todos devemos respeitar.

– Ele andava em largos passos, obviamente absorto no que eu dizia, apesar de jamais admiti-lo para mim. E foi vingar na cidade. Mas quando voltou para casa, fatigado e saciado, ela ainda não tinha chegado. Sentou-se no braço aveludado do sofá e estendeu suas longas pernas sobre ele.

– Queimou-as? – perguntou.

– Já se foram – eu disse. Não ousava dizer nem a mim mesmo que havia queimado seus restos no velho forno sem uso da cozinha.

– Mas ainda temos de falar com o pai e o irmão – disse a ele. Temia seu gênio. Queria poder planejar logo alguma coisa que acabasse rapidamente com o problema todo. Mas ele me respondia naquele momento que não havia mais pai nem irmão, que a morte tinha ido jantar em sua casinha perto do cais e ficara para dar as graças quando tudo acabara.

– Vinho – murmurava ele agora, passando o dedo pelos lábios. – Ambos beberam vinho demais. De repente me vi batendo nas cercas com um bastão para fazer barulho – disse, sorrindo. – Mas não gosto disso. Dá tonteira. Você gosta?

– E quando me olhou, tive de sorrir, porque o vinho agia sobre ele e o deixava tonto. Naquele momento, quando seu rosto pareceu afetivo e razoável, inclinei-me e disse:

– Ouvi os passos de Cláudia na escada. Seja delicado com ela. Está tudo feito.

– Então ela entrou, com as fitas do chapéu desatadas e as botinhas imundas. Observei-os tenso; Lestat, com ironia nos lábios, ela agindo como se ele não estivesse ali. Ela trazia um ramalhete de crisântemos brancos, um ramalhete tão grande que a tornava ainda menor. Seu chapéu caíra, pendendo por instantes em seu ombro, antes de tombar no tapete. E através do cabelo dourado eu via as pétalas estreitas do crisântemo.

– Amanhã é Dia de Todos os Santos – disse ela. Sabia?

– Sim – respondi. Em Nova Orleans é o dia em que todos os crentes vão aos cemitérios para cuidar das sepulturas de seus entes queridos. Pintam as paredes das tumbas, limpam os nomes esculpidos nas pedras de mármore. E finalmente cobrem as tumbas com flores. No cemitério de St. Louis, que ficava bem perto de nossa casa, eram enterradas todas as grandes famílias da Louisiana. Meu próprio irmão tinha sido enterrado ali. Nele havia até alguns pequenos bancos de ferro em frente aos túmulos, para que as famílias pudessem sentar-se e receber as outras famílias que iam ao cemitério com o mesmo propósito. Era um festival em Nova Orleans; uma celebração da morte, assim devia parecer aos turistas desavisados, mas acima de tudo era uma celebração da vida.

– Comprei isto – disse Cláudia. Sua voz era baixa e inescrutável, seus olhos, opacos e destituídos de emoção.

– Para as duas que deixou na cozinha! – disse Lestat furioso.

– Ela se voltou para ele pela primeira vez, mas não disse nada. Ficou olhando como se nunca o tivesse visto. Depois deu alguns passos em sua direção e fitou-o, ainda como se estivesse, positivamente, examinando-o. Aproximei-me. Podia sentir sua raiva. Sua frieza. E agora ela se voltava para mim. Então, olhando para nós, perguntou:

– Qual de vocês o fez? *Qual de vocês me transformou no que sou?*

– Nada que ela dissesse poderia ter-me espantado mais, apesar de ser inevitável que seu silêncio fosse quebrado desta forma. Entretanto, parecia pouco preocupada comigo. Seus olhos fixavam Lestat.

– Você fala de nós como se sempre houvéssemos sido assim – disse ela, com a voz baixa, controlada, o tom infantil cercado pela seriedade da mulher. – Fala deles, lá fora, como mortais, e de nós como vampiros. Mas nem sempre foi assim. Louis tinha uma irmã mortal, lembro-me dela. E tem um retrato dela no baú. Já o vi olhando! Ele era tão mortal quanto ela, e eu também. Senão, por que esta forma, este tamanho? – Então ela abriu os braços, deixando os crisântemos caírem ao chão. Murmurei seu nome. Acho que pretendia distraí-la. Era impossível. O nó estava dado. Os olhos de Lestat ardiam com uma fascinação aguçada, um prazer maligno.

– Você nos transformou nisso, não foi? – ela o acusou.

– Ele levantou as sobrancelhas com certo desprezo.

– O que você é? – perguntou ele. – E seria outra coisa, além do que é? – Dobrou as pernas e se inclinou, comprimindo os olhos. – Sabe há quanto tempo aconteceu? Pode imaginar? Devo trazer um fogo-fátuo para lhe mostrar o que seria se eu a tivesse deixado sozinha?

– Ela se afastou de Lestat, parou um instante como se não soubesse o que fazer, e então se dirigiu para a cadeira em frente à lareira, subindo nela e se enroscando como uma criança inteiramente desamparada. Encolheu os joelhos, a capa de veludo aberta, o vestido de seda comprimido contra os joelhos, e olhou para as cinzas. Mas não havia nenhum desamparo em seu olhar. Seus olhos tinham vida independente, como se o corpo estivesse possuído.

– Já poderia estar morta, se fosse mortal! – Lestat insistiu, aflito com seu silêncio. Ela estendeu as pernas e colocou as botas no chão. – Você ouviu? Por que me pergunta isto agora? Por que faz uma coisa dessas? Sempre soube que é um vampiro.

– E assim ele começou um longo discurso, repetindo as mesmas coisas que já me dissera tantas vezes: conheça sua natureza, mate, seja o que você é. Mas tudo isto parecia estranhamente distante do que acontecia. Pois Cláudia não tinha escrúpulos em matar. Agora ela se sentava e virava a cabeça lentamente até poder vê-lo bem. Analisava-o de novo, como se fosse um boneco de marionete.

– Fez isto comigo? E como? – perguntou, apertando os olhos. – Como fez?

– E por que devo lhe contar? É meu poder.

– Por que só seu? – perguntou, a voz gelada, os olhos insensíveis. – *Como foi feito?* – indagou subitamente enraivecida.

– Foi incrível. Ele se levantou da almofada e eu me pus imediatamente de pé, encarando-o.

– Faça-a parar! – disse ele para mim. Apertava as mãos. – Faça algo com ela! Não posso suportá-la!

– Então ele se dirigiu para a porta, mas parou e, voltando, chegou bem perto de Cláudia, como se fosse uma torre, envolvendo-a em sua sombra. Ela o fitava sem medo, encarando seu rosto com fatal indiferença.

– Posso desfazer o que fiz. Tanto a você quanto a ele – disse Lestat, apontando-me com o dedo, do outro lado da sala. – Fique contente por tê-la transformado no que é – sibilou. – Ou a farei em pedaços!

❋

– Bem, a paz da casa estava destruída, apesar do silêncio. Os dias se passaram e ela não fez perguntas, apesar de estar agora mergulhada em livros de ocultismo, de feiticeiras, feitiçarias e de vampiros. A maioria era fantasia. Mitos, contos, às vezes meras histórias românticas de terror. Mas ela lia tudo. Até o amanhecer, de modo que eu tinha de pegá-la e levá-la para a cama.

– Enquanto isto, Lestat tinha contratado um mordomo e trouxera um bando de operários para construir uma grande fonte no pátio, com uma ninfa de pedra jorrando água eterna de uma concha entreaberta. Havia trazido peixes dourados e caixas de lírios-d'água para serem colocados na fonte, de modo que seus botões descansassem na superfície e estremecessem na água inquieta.

– Uma mulher o vira matar na estrada de Nyades, que ia até a cidade de Carrolton. Surgiam histórias nos jornais, associando-o com uma casa assombrada perto de Nyades e Melpômene, e tudo isto o deliciava. Durante algum tempo, ele foi o fantasma da estrada de Nyades, mas finalmente acabou descendo para as últimas páginas. E então ele cometeu outro medonho assassinato em um lugar público, fazendo a imaginação de Nova Orleans funcionar. Tudo isto abrigava uma espécie de medo. Ele andava pensativo, desconfiado, constantemente chegava-se a mim para perguntar por Cláudia, aonde tinha ido, o que estava fazendo.

– Ela ficará boa – assegurei-lhe, apesar dela me evitar e me angustiar, como se tivesse sido minha noiva. Agora, dificilmente me via, assim como tinha feito antes com Lestat, e podia sair andando enquanto eu lhe falava.

– É melhor que fique bem – disse ele zangado.

– E o que fará caso isto não aconteça? – perguntei, mais temeroso que acusador.

– Ele me fitou com seus frios olhos cinza.

– Cuide dela, Louis, fale com ela! – disse. – Tudo estava perfeito. E agora acontece isto. Não havia necessidade.

– Eu tinha a possibilidade de deixar que ela se aproximasse de mim, e ela o fez. Foi no início de uma noite, quando eu acabava de acordar. A casa estava escura. Vi-a parada na janela. Usava uma blusa de mangas fofas, um cinto rosa e fitava com seus longos cílios a correria noturna da Rua Royale. Eu podia ouvir Lestat em seu quarto, o som da água na bacia. O cheiro brando de sua colônia veio e se foi como o som da música do café duas portas adiante.

– Ele não me dirá nada – disse ela baixinho.

– Não tinha notado, mas ela percebera que eu abrira os olhos. Aproximei-me, ajoelhando-me a seu lado.

– Você me dirá, não é? Como aconteceu?

– É isto mesmo que você quer saber? Como foi feito para poder fazê-lo, por sua vez...

– Nem sei o que é isto. O que está dizendo? – disse com certa frieza. Então ela se virou e passou a mão em meu rosto. – Mate comigo esta noite – murmurou, tão sensual quanto uma amante. – E me diga o que sabe. O que somos? Por que não somos como eles?

– Ela olhou a rua a seus pés.

– Não sei as respostas para suas perguntas – disse-lhe eu. De repente seu rosto se enrijeceu, como se ela se esforçasse para me ouvir em meio a um súbito barulho. E então sacudiu a cabeça. Mas eu continuei:

– Pergunto-me as mesmas coisas. Não sei. Como fui feito... Eu lhe contarei que... que Lestat fez isto comigo. Mas o "como" real, não sei!

– Seu rosto tinha o mesmo ar de loucura. Eu via nele os primeiros traços do medo, ou de algo pior e mais profundo que o medo.

– Cláudia – disse-lhe eu, colocando as mãos sobre as suas e pressionando-as levemente contra minha pele. – Lestat só tem uma coisa a lhe dizer. Não faça tais perguntas. Você tem sido minha companheira nesses anos incontáveis, em minha busca de tudo que eu podia aprender sobre a vida e a criação mortais. Não seja minha companheira nesta angústia. Ele não pode nos dar as respostas. E eu não tenho nenhuma.

– Podia ver que ela não conseguia aceitar isto, mas eu não esperava impedir suas voltas convulsivas, a violência com que puxou os próprios cabelos durante um momento e depois parou, como se o gesto fosse inútil, estúpido. Encheu-me de apreensão. Ela olhava o céu, enfurnado, sem estrelas, as nuvens vindo depressa do rio. Fez um movimento súbito com os lábios como se os mordesse, depois se voltou e, ainda murmurante, disse:

– Então ele me fez... ele fez... não foi você!

– Havia algo tão terrível em sua expressão que me afastei sem querer.

– Estava em frente à lareira, acendendo uma vela solitária, ao pé de um espelho comprido. E ali, subitamente, vi algo que me espantou, primeiro surgindo das trevas como uma máscara medonha, depois assumindo sua realidade tridimensional: um crânio descarnado. Fitei-a surpreso. Ainda tinha um leve cheiro de terra, mas estava limpa.

– Por que não me responde? – perguntava ela.

– Ouvi a porta de Lestat se abrir. Logo sairia para matar. Ou ao menos para achar a vítima. Eu não o faria.

– Deixaria as primeiras horas da noite se acumularem em silêncio, como a fome que crescia em mim, até que o impulso ficasse insuportavelmente forte, de modo que eu pudesse me entregar a ele completa e cegamente. Ouvi novamente a pergunta dela, clara, como se flutuasse no ar qual o eco de um sino... e senti meu coração disparar.

– Foi ele quem me fez, claro! Ele mesmo o disse. Mas você está escondendo algo. Algo que ele insinuou quando lhe fiz a pergunta. Ele diz que isto não poderia ter sido feito sem você!

– Vi-me fitando a caveira, apesar de ouvi-la como se as palavras me açoitassem, para que me voltasse e encarasse o chicote. O pensamento de que nada restaria de mim, a não ser aquela caveira.

– Voltei-me e vi, sob a luz da rua, seus olhos, como duas chamas escuras no rosto branco. Uma boneca de quem tinham cruelmente arrancado os olhos e os substituído por um fogo demoníaco. Vi-me chegando mais perto dela, murmurando seu nome, um pensamento formando-se em meus lábios, depois morrendo, aproximando-me dela, depois me afastando, à cata de seu casaco *e* de seu chapéu. Vi uma luvinha no chão, reluzindo nas sombras, e por um instante pensei numa pequena mão, separada do corpo.

– O que há com você...? – ela se aproximou, me encarando. – O que houve, *sempre*? – perguntou delicadamente, mas não... o suficiente.

– Havia um leve calculismo em sua voz, um distanciamento insuperável.

– Preciso de você – disse-lhe, sem querer. – Não suportaria perdê-la. É minha única companhia na imortalidade.

– Mas, certamente, deve haver outros! Certamente não somos os únicos vampiros da Terra!

– Eu a ouvi dizer aquilo como eu o fizera, ouvi minhas próprias palavras aprisionadas em sua busca. Mas não há dor, pensei subitamente. Há pressa, pressa insensível. Fitei-a.

– Você não é igual a mim?

– Ela me olhou.

– Ensinei-lhe tudo o que sei!

– Lestat lhe ensinou a matar. – Peguei a luva. – Aqui, tome... vamos sair. Quero sair... – eu gaguejava, tentando calçar-lhe a luva. Levantei os caracóis de seus cabelos e baixei-os delicadamente sobre o casaco.

– Mas você me ensinou a ver! – disse ela. – Você me ensinou as palavras “olhos de vampiro”. Ensinou-me a sugar o mundo, a buscar mais do que...

– Nunca mencionei estas palavras deste modo, "olhos de vampiro" – disse a ela. – Soam diferentes, quando você as pronuncia...

– Ela se pendurou em mim, tentando fazer com que eu a olhasse.

– Vamos – disse-lhe. – Tenho algo para lhe mostrar...

– E levei-a rapidamente pelo corredor e pela escada em caracol até o pátio escuro. Porém, na verdade, não sabia o que tinha a lhe mostrar, a não ser o lugar para onde ia. Só sabia que era preciso ir em frente, impulsionado por um instinto sublime e incontrolável.

– Atravessamos a cidade imersa na madrugada. Agora que as nuvens se haviam dissipado, o céu mostrava um violeta claro, as estrelas pequenas e pálidas, o ar à nossa volta cálido e fragrante até mesmo quando nos afastávamos dos vastos jardins, dirigindo-nos para as ruas estreitas e sórdidas onde as flores irrompiam nas gretas das pedras e o imenso oleandro explodia em ondas de botões brancos e rosados, como uma monstruosa trepadeira dos terrenos baldios.

– Ouvi o *staccato* dos passos de Cláudia correndo atrás de mim sem nunca me pedir para ir mais devagar. Finalmente ela parou, com seu rosto infinitamente paciente, fitando-me numa ruela escura, onde ainda existiam algumas casas de estilo francês entre fachadas espanholas, casinhas antigas, a pintura descascada deixando ver os tijolos. Eu encontrara a casa numa busca cega, consciente de que sempre soubera sua localização e a evitara, sempre voltara antes daquela esquina escura, sem querer passar pela janela baixa onde ouvira o choro de Cláudia pela primeira vez.

– A casa ainda permanecia de pé. Parecia mais comprimida que naquele tempo, a aleia da entrada entrecortada de cordas vergadas de roupa, trepadeiras crescendo nas fundações, as duas janelas quebradas e remendadas com panos. Toquei nas venezianas.

– Foi aqui onde a vi pela primeira vez – disse eu, pensando em como lhe contar aquilo de modo que entendesse, apesar de perceber a frieza e o distanciamento de seu olhar.

– Ouvi-a chorar. Você estava ali no quarto com sua mãe. E ela estava morta. Morta há dias, e você não o sabia. Você agarrada a ela, soluçando... chorando penosamente, seu corpo branco, febril e faminto. Você tentava trazê-la de volta; então a sacudi, com medo, buscando carinho. Já era quase manhã e...

– Coloquei a mão na cabeça.

– Abri a janela... Entrei no quarto. Senti pena de você. Pena. Mas... também algo mais.

– Vi seus lábios entreabertos, seus olhos arregalados.

– Você se alimentou em mim? – murmurou. – Fui sua vítima?

– Sim – disse-lhe. – Eu fiz isto.

– Houve um momento tão longo e doloroso que pareceu insuportável. Ela ficou imobilizada nas sombras, seus olhos enormes procurando a luz, o ar quente surgindo de repente com um ruído abafado. E então ela se voltou. Ouvi o barulho dos saltos quando ela correu. E correu. E correu. Fiquei paralisado, ouvindo o ruído se afastando cada vez mais. E então me voltei, o medo em mim incontrolável, ficando cada vez maior e mais insuperável, e corri atrás dela.

– Não podia pensar em não alcançá-la, em não conquistá-la de novo e dizer-lhe que eu a amava, precisava tê-la, mantê-la, e em cada segundo que passei correndo atrás dela, pela rua escura, sentia que escapava por entre meus dedos. Meu coração rufava, faminto, rebelando-se contra o esforço. Até que, subitamente, cheguei a um beco sem saída. Levantei-a pela cinturinha e coloquei-a sob a luz do lampião. Ela me observou, seu rosto tenso, sua cabeça virada, como se não quisesse me olhar de frente, como se precisasse deter um nojo incontrolável.

– Você me matou – murmurou. – Você tirou a minha vida!

– Sim – disse eu, abraçando-a de modo a sentir seu coração pulsar. – Ou melhor, tentei tirar. Sugá-la. Mas você tinha um coração diferente de qualquer outro, um coração que bateu incessantemente até que eu me afastasse, a empurrasse para longe de mim para evitar que você acelerasse meu pulso até a morte. E foi Lestat quem me encontrou: Louis, o sentimental, o tolo, banqueteando-se numa criança de cabelos dourados, uma Inocente Sagrada, uma *garotinha*. Ele a tirou do hospital para onde a levaram e eu não sabia quais eram as intenções dele, a não ser a de me mostrar minha própria natureza.

– Pegue-a, acabe com isto – disse ele.

– E eu senti novamente aquela paixão por você. Oh, sei que agora a perdi para sempre. Posso vê-lo em seus olhos! Você me olha como aos mortais, de longe, de alguma região de fria autossuficiência que eu não podia compreender. Mas eu o fiz. Senti tudo de novo, uma ânsia vil e incontrolável de ouvir seu coração martelando, de sentir este rosto, esta pele. Você era rosada e perfumada como são as crianças mortais, doce com um travo de sal e poeira. Abracei-a de novo, e a possuí novamente. E quando pensei que o seu coração me mataria, e não me importei, ele nos separou e, rasgando seu próprio pulso, ofereceu-o a você. E você bebeu. Bebeu e bebeu até quase esgotá-lo, e ele ficou tonto. Mas, então, você já era uma vampira. E naquela mesma noite, bebeu sangue humano, como nas noites que se seguiram.

– Sua expressão não mudou. A carne lembrava a cera de velas de marfim; somente os olhos denotavam vida. Não tinha mais nada a lhe dizer. Coloquei-a no chão.

– Tirei sua vida – disse eu. – Ele a devolveu.

– E aqui estamos – ela disse ofegante. – E eu odeio a ambos!

O vampiro parou.

– Mas por que lhe contou? – perguntou o rapaz, após uma pausa respeitosa.

– Como poderia deixar de fazê-lo?

O vampiro levantou o olhar com leve assombro.

– Ela tinha de saber. Tinha de comparar as duas coisas. Lestat não lhe havia tirado inteiramente a vida, como fizera comigo: eu a ferira. Ela teria morrido! Não haveria imortalidade para ela! Mas qual a diferença? É a mesma para todos nós: a morte! Assim, o que ela percebeu mais claramente foi aquilo que todos os homens sabem: que a morte virá inevitavelmente, a não ser que se escolha... isto!

Ele abriu as mãos brancas e olhou as palmas.

– E você a perdeu? Ela partiu?

– Partir! Para onde iria? Era uma criança deste tamaninho. Quem a abrigaria? Procuraria uma gruta, como um vampiro mítico, e dormiria com minhocas e formigas durante o dia, acordando para assombrar algum pequeno cemitério das redondezas? Mas não foi por isso que ela ficou. Algo nela estava ligado a mim. O mesmo que Lestat. Não suportávamos viver sozinhos! Necessitávamos da companhia um do outro! Uma quantidade fantástica de mortais nos cercava, tateando, cegos, preocupados e prometidos da noite.

– Aprisionados juntos pelo ódio – disse-me ela, calmamente, depois. Encontrei-a numa casa abandonada, arrancando botões de um longo ramo de lavanda. Senti-me tão aliviado por vê-la ali que não pude dizer nada. E quando a ouvi perguntar baixinho se lhe diria tudo que sabia, eu o fiz alegremente. Pois o resto não se comparava em nada com aquele velho segredo, de que eu tirara sua vida. Falei-lhe de mim como fiz com você, de como Lestat surgiu para mim e o que aconteceu na noite em que ele a tirou do pequeno hospital. Ela não fez perguntas e só ocasionalmente levantou os olhos das flores. E, então, quando tudo acabou e fiquei ali sentado, escutando o deslizar suave das pétalas das flores e sentindo uma lânguida tristeza na alma e na mente, ela me disse:

– Não o desprezo! – e acordei.

– Ela se esgueirou de uma grande almofada redonda de damasco e se aproximou de mim, coberta pelo perfume das flores, com pétalas nas mãos.

– É este o aroma da criança mortal? – murmurou. – Louis. Amante.

– Lembro-me de tê-la abraçado e de afundar minha cabeça em seu pequeno peito, apertando seu corpo de passarinho, suas mãozinhas revolvendo meu cabelo, me acariciando, me abraçando.

– Eu fui mortal para você – disse ela e, quando levantei os olhos, vi seu sorriso, mas a suavidade de seus lábios era evanescente, e num instante ela me olhava como se não me visse, como alguém que escuta uma música longínqua e importante.

– Você me deu o seu beijo imortal – ela disse, não para mim, mas para si própria. – Você me amou com sua alma de vampiro.

– E a amo agora com minha alma humana, se é que já tive uma – disse eu.

– Ah, sim... – respondeu, ainda pensativa. – Sim, este é o seu defeito. É por isso que sua expressão ficou triste quando eu disse, como os humanos, que o odiava, e que me deu a mesma impressão que me dá agora. Natureza humana. Não tenho natureza humana. E nenhuma história sobre um cadáver de mãe e quartos de hotel onde crianças aprendem monstruosidades pode me dar uma. Eu não tenho nenhuma. Os seus olhos se enchem de medo ao me ouvir falar assim. Mas eu tenho a sua língua. A sua paixão pela verdade. Você precisa se aprofundar em tudo, como o bico do beija-flor que se agita com tanta pressa e força que os mortais chegam a pensar que não têm pés; não conseguiria parar, simplesmente indo de um lugar a outro, repetidamente, pelo prazer de fazê-lo. Eu represento seu ego de vampiro, mais do que você próprio. E agora o sono de 65 anos terminou.

– *O sono de 65 anos terminou!* – Ouvi-a falar, duvidando, sem querer acreditar que ela sabia e queria dizer exatamente aquilo. Pois tinha sido exatamente assim, desde a noite em que tentei deixar Lestat, fracassei e, apaixonando-me por ela, me esqueci de meu cérebro destemido, de minhas terríveis perguntas. E agora ela tinha aquelas questões apavorantes na ponta da língua e precisava saber.

– Ela rodopiava lentamente para o meio do quarto, salpicando lavanda a sua volta. Tinha partido o frágil ramo e o levava aos lábios. E, tendo ouvido a história toda, disse:

– Então ele me fez... para fazer companhia a você. Nenhuma prisão o teria mantido na solidão e ele não tinha nada para lhe oferecer. Ele não me dá nada... Costumava achá-lo charmoso. Apreciava o modo como andava, como pisava as pedras me embalando delicadamente no colo. E a entrega com a qual matava, que coincidia com o que eu sentia. Porém não o considero mais atraente. E você nunca o considerou. E nós temos sido os seus bonecos: você e eu. Você cuidando de mim, eu servindo de companhia salvadora. Já é tempo de acabar com isto, Louis, já é hora de deixá-lo.

– Hora de deixá-lo.

– Nunca havia pensado nisto; nem ao menos sonhado. Cresci junto dele, como se fosse uma condição da própria vida. Agora pude ouvir um som vago, indicando que ele saiu e que logo estará de volta. E pensei no que sempre senti ao ouvi-lo chegar, uma vaga angústia, uma vaga premência. E então a ideia de me livrar dele para sempre envolveu-me como a água da qual me esquecera, ondas e ondas de água fria. Naquele momento, fiquei de pé, murmurando para ela que ele estava voltando.

– Eu sei – ela sorriu. – Ouvi quando virou a esquina.

– Mas ele nunca nos deixará partir – sussurrei, apesar de ter compreendido o que suas palavras implicavam; seus sentidos de vampiro eram aguçados. Ela ficou magnificamente *en garde*.

– Você não o conhece, se pensa que nos deixará partir – disse eu, assustado com sua autoconfiança. – Não nos deixará.

– E ela, ainda sorrindo, disse:

– Oh... *verdade*?

⁂

– Concordamos então em fazer planos. Logo. Na noite seguinte, meu agente nos procurou com suas reclamações usuais sobre tratar de negócios à luz de velas e recebeu minhas ordens explícitas de providenciar a travessia do oceano. Cláudia e eu iríamos para a Europa, no primeiro navio disponível, independentemente do porto de destino. E, o mais importante, um valioso baú embarcaria conosco, um baú que deveria ser cuidadosamente retirado de nossa casa durante o dia e colocado a bordo, não com a bagagem, mas em nossa cabine. E então vieram os acertos com Lestat. Eu planejara deixar para ele os aluguéis da construção que funcionava no Faubourg Marigny. Assinei tudo rapidamente. Queria comprar nossa liberdade: convencer Lestat de que só queríamos fazer uma viagem juntos e que ele poderia continuar vivendo como estava habituado; teria seu próprio dinheiro e não precisaria mais recorrer a mim. Durante todos aqueles anos, mantivera-o dependente de mim. Obviamente, ele pedia fundos como se eu não passasse de seu banqueiro e me agradecia com as palavras mais amargas que conhecia, mas compreendia o peso de sua dependência. Tentei despistar suas desconfianças jogando a seu modo. E, convencido de que ele perceberia qualquer emoção em meu rosto, senti-me ainda mais temeroso. Não acreditava que fosse possível escapar dele. Compreende o que quero dizer? Agia como se acreditasse, mas não o fazia.

– Enquanto isto, Cláudia brincava com a desgraça confundindo-me com sua calma para ler livros sobre vampiros e fazer perguntas a Lestat. Continuava insensível a suas cáusticas explosões, fazendo, às vezes, a mesma pergunta inúmeras vezes, de modos diversos, e analisando cuidadosamente qualquer pequena informação que ele deixasse escapar sem querer.

– Qual vampiro o transformou? – ela perguntou, sem tirar os olhos dos livros nem levantar os longos cílios. – Por que nunca falou sobre ele? – continuou, como se as objeções dele não existissem. Parecia imune à sua irritação.

– Vocês são gananciosos, os dois! – disse ele na noite seguinte, enquanto cruzava a sala repetidas vezes, lançando olhares vingativos para Cláudia, que continuava em seu canto, no círculo de luz de seu candelabro, com os livros amontoados ao redor.

– A imortalidade não lhes basta! Não, querem conhecer o próprio Deus! Poderia oferecer o mesmo ao primeiro homem que passasse na rua e ele adoraria...

– Você adorou? – ela perguntou baixinho, quase sem mover os lábios.

– ... mas vocês iriam querer saber *por quê*. Querem acabar com tudo? Posso lhes oferecer a morte mais facilmente do que lhes concedi a vida!

– Ele se voltou para mim, a vela fraca lançando sua sombra em minha direção, formando um halo ao redor de seu cabelo louro e iluminando seu rosto, com exceção do maxilar brilhante e escuro.

– Querem a morte?

– O saber não é a morte – murmurou Cláudia.

– Respondam-me! Querem a morte?

– E você dá todas estas coisas. Elas provêm de você. Vida e morte – sussurrou ela, debochando.

– Eu posso – disse ele. – Eu as faço.

– Você não sabe nada – ela disse seriamente, em voz tão baixa que o menor ruído da rua a encobriria, poderia levar suas palavras para longe, de modo que, contra minha vontade, me esforcei para ouvi-la, afastando a cabeça do encosto da cadeira.

– E suponha que o vampiro que o fez não sabia nada, e o vampiro que fez este vampiro não sabia nada, e que o vampiro anterior não sabia nada, assim por diante, o nada precedendo o nada, até o nada! E precisamos viver com o conhecimento de que não há conhecimento.

– Sim – ele gritou subitamente, erguendo a mão, a voz esganiçada por algo além da raiva.

– Ele ficou calado. Ela ficou calada. Ele se voltou, lentamente, como se eu tivesse feito algum movimento que o alertasse, como se eu me levantasse às suas costas. Fez-me lembrar do modo como os humanos se voltam quando sentem minha respiração e subitamente compreendem que onde pensavam estar inteiramente sós... aquele momento de terrível suspeita antes de verem minha face e engasgar. Agora ele me olhava e eu mal podia ver seus lábios se moverem. E então percebi. Ele estava com medo. Lestat com medo.

– E ela o fitava com o mesmo olhar vazio, sem demonstrar emoções ou pensamentos.

– Você a infectou com isto... – murmurou.

– Então ele riscou um fósforo e acendeu as velas da lareira, ergueu os protetores das lâmpadas, percorreu o quarto fazendo luz, até chegar à pequena chama de Cláudia e ficar de costas para a lareira de mármore, olhando para cada luz como se elas restaurassem alguma paz.

– Vou sair – disse.

– Ela se levantou no instante em que ele chegou à rua, parou subitamente no centro da sala, erguendo e estendendo os braços, fechando os olhos bem apertados e depois arregalando-os como se acordasse de um sonho. Havia algo obsceno em seu gesto. A sala parecia tremer com o medo de Lestat, ecoar com sua última resposta. Isto atraiu a atenção dela. Devo ter feito algum movimento involuntário para me afastar, pois ela parou ao lado de minha cadeira, apoiando a mão sobre meu livro, um livro que eu não lia há horas.

– Venha comigo.

– Você estava certa. Ele não sabe nada. Não há nada que possa nos dizer – eu falei.

– Você realmente acreditava que pudesse? – ela perguntou com a mesma voz suave. – Acharemos outros de nossa espécie – disse. Iremos encontrá-los na Europa Central. É lá que existem em tal quantidade que as histórias, romanceadas ou verdadeiras, enchem volumes. Tenho certeza de que todos os vampiros vieram de lá, se é que vieram de algum lugar. Já hesitamos muito tempo com ele. Vamos. Deixemos a carne guiar a mente.

– Acho que senti um arrepio de prazer quando ela disse tais palavras: *Deixemos a carne guiar a mente.*

– Deixe os livros de lado e mate – murmurava para mim.

– Segui-a pelas escadas, pelo pátio e, através de um beco estreito, chegamos a outra rua. Então ela se voltou com os braços estendidos para mim e eu a peguei no colo, apesar de, obviamente, não estar cansada. Queria somente ficar próxima de meu ouvido, agarrar meu pescoço.

– Não falei com ele sobre meu plano, sobre a viagem, o dinheiro – dizia-lhe eu, consciente de que havia algo nela fora de meu alcance, apesar de senti-la tão leve em meus braços.

– Ele matou o outro vampiro – ela disse.

– Não, por que diz isto? – perguntei.

– Mas não foram suas palavras que me perturbaram, que agitaram minha alma como se fosse um poço d'água sequioso por se acalmar. Tinha a sensação de que ela me guiava lentamente para algo, como se ela fosse o piloto de nosso lento passeio pela rua escura.

– Porque agora eu sei – disse ela com autoridade. – O vampiro o transformou em escravo, ele não aguentou isto mais do que eu aguentaria, e o matou. Matou-o antes de saber tudo o que deveria saber, e então o pânico o levou a tomar você como escravo. E você tem sido seu escravo.

– Na verdade, não... – murmurei. Senti o contato de seu rosto no meu. Estava fria e precisava matar. – Não um escravo. Somente uma espécie de cúmplice – confessei para ela, confessei a mim mesmo. Podia sentir a febre de matar elevando-se em mim, um travo e fome em minhas entranhas, uma palpitação nas têmporas, como se as veias se contraíssem e meu corpo pudesse se transformar num mapa de vasos torturados.

– Não, escravo – insistiu ela com voz grave e monótona, como se pensasse alto, as palavras revelações, peças de um quebra-cabeça. – Eu libertarei nós dois.

– Parei. Suas mãos me apertavam, me apressavam. Descíamos a larga avenida ao lado da catedral, em direção às luzes da Praça Jackson, a água correndo depressa pelo bueiro no meio da rua, prata ao luar. Ela disse:

– Eu o matarei.

– Fiquei parado no fim da rua. Eu a senti mover-se em meu braço, descer como se pudesse livrar-se de mim sem a desajeitada ajuda de minhas mãos. Coloquei-a na calçada de pedra. Disse não para ela, sacudi a cabeça. Tinha a mesma sensação que descrevi antes, de que os prédios à minha volta – o Cabildo, a catedral, os apartamentos ao redor da praça – eram todos seda e ilusão e desapareceriam num vento horrível, deixando uma cratera aberta na terra que era a realidade.

– Cláudia – gaguejei, afastando-me dela.

– E por que não matá-lo? – ela dizia, elevando a voz e finalmente gritando: – Não tem nenhuma utilidade para mim! Não obterei nada dele! E ele me causa dor, o que não suportarei!

– E se ele tivesse alguma utilidade para nós! – eu respondi. Mas a veemência era falsa. Inútil. Naquele momento, ela estava longe de mim, os pequenos ombros erguidos e decididos, seus passos rápidos, como os de uma garotinha que, passeando num domingo com os pais, quer ir na frente fingindo que está sozinha.

– Cláudia – gritei, agarrando-a. Peguei-a pela cintura e senti que se retesava como se fosse de aço. – Cláudia, você não pode matá-lo! – sussurrei.

– Ela recuou, saltando, resvalando nas pedras, e partiu para a rua. Um cabriolé passou por nós numa onda repentina de risadas, patas de cavalo e rodas de madeira. De repente a rua ficou em silêncio. Saí a seu encalço, procurei num imenso espaço e encontrei-a parada no portão da Praça Jackson, agarrada às barras de ferro trabalhado. Abaixei-me a seu lado.

– Não importa o que sinta, o que diga, não pode pretender matá-lo – disse-lhe eu.

– E por que não? Você o considera tão forte! – ela disse, os olhos pousados na estátua da praça, dois imensos poços de luz.

– Ele é mais forte do que você pensa! Mais forte do que sonha! Como pretende matá-lo? Não pode calcular sua habilidade. Não a conhece! – argumentei, mas podia vê-la irremovível, como uma criança a olhar fascinada uma vitrina de brinquedos. De repente sua língua se mexeu por entre os dentes e tocou os lábios num estranho relampejo que me causou leve arrepio. Senti gosto de sangue. Senti algo palpável e irrefreável nas mãos. Queria matar. Podia sentir o cheiro e ouvir as vozes de seres humanos nos atalhos da praça, dirigindo-se ao mercado. Estava prestes a agarrá-la, a fazê-la olhar para mim, a sacudi-la se fosse necessário para fazê-la escutar, quando ela se virou para mim com seus imensos olhos translúcidos.

– Eu o amo, Louis – ela disse.

– Então ouça-me, Cláudia, eu lhe imploro – sussurrei, abraçando-a, subitamente aguilhoado pela coleção de murmúrios próxima, pela crescente articulação da fala humana que se sobressaía dentre os ruídos da noite. – Se tentar matá-lo, ele a destruirá! Não há como fazê-lo em segurança. Não sei como. E colocando-se contra ele, perderá tudo. Cláudia, eu não suportaria.

– Havia um sorriso quase imperceptível em seus lábios.

– Não, Louis – murmurou. – Posso matá-lo. E quero lhe dizer algo mais, um segredo só nosso.

– Sacudi a cabeça, mas ela se chegou mais a mim, baixando as pálpebras de modo que seus lindos cílios quase tocavam a face roliça.

– O segredo, Louis, é que quero matá-lo. Gostarei de fazê-lo!

– Ajoelhei-me a seu lado, sem fala, seus olhos me observando como costumavam fazer no passado, e então ela disse:

– Mato seres humanos, todas as noites. Eu os seduzo, os atraio para perto de mim, com uma fome insaciável, uma busca constante e interminável de algo... algo que não sei o que é... – Ela levou os dedos aos lábios e os comprimiu, a boca parcialmente aberta, deixando entrever o brilho dos dentes. – Não me preocupo com eles, de onde vieram, para onde iriam, quando os encontro no meu caminho. Mas não gosto dele! *Quero-o* morto e o terei. Gostarei disto.

– Mas, Cláudia, ele não é mortal. É imortal. Nenhuma doença pode atingi-lo. Os anos não exercem poder sobre ele. Você ameaça uma vida que pode perdurar até o fim do mundo!

– Ah, sim, é isto, precisamente! – disse ela com profundo respeito. – Uma vida que poderia ter durado séculos. Que sangue, que poder. Acha que possuirei seu poder e o meu quando o pegar?

– Já estava enfurecido. Levantei-me subitamente e me afastei dela. Podia ouvir os murmúrios humanos próximos a mim. Vinham de pai e filha, com frequentes sinais de amorosa devoção. Compreendi que falavam de nós.

– Não é necessário – disse-lhe. – Ultrapassa toda necessidade, todo bom senso, toda...

– O quê? Humanidade? Ele é um assassino! – sibilou. – Um predador solitário! – repetiu as palavras dele, zombeteira. – Não me impeça nem tente saber a hora em que o farei, nem tente se interpor entre nós... – Ergueu a mão para me calar e encontrou a minha sobre a grade de ferro, seus dedinhos beliscando minha carne tensa e torturada. – Se o fizer, sua interferência poderá me destruir. Não posso ser desencorajada.

– Então ela partiu num remoinho de fitas de chapéu e sapatinhos barulhentos. Voltei-me, sem prestar atenção para onde ia, desejando que a cidade me engolisse, consciente de que a fome começava a suplantar a razão. Estava quase inclinado a acabar com isto. Precisava deixar que a luxúria e a excitação empanassem qualquer consciência, e pensei várias vezes no assassinato, atravessando lentamente rua após rua, dirigindo-me inexoravelmente para ela, dizendo:

– É um fio que me puxa para um labirinto. Não sou eu quem puxa o fio. É ele quem me puxa.

– Parei na Rua Conti, ouvindo um rufar surdo, um som familiar. Eram os esgrimistas lá em cima, no bar, avançando sobre o chão de madeira brilhante, para a frente, para trás de novo, em passos rápidos, e a prata dos floretes zumbindo. Encostei-me na parede, de onde podia vê-los pelas altas vidraças sem cortinas, homens jovens duelando tarde da noite, braço esquerdo levantado como o braço de um bailarino, graça avançando para a morte, graça furando o coração, imagens do jovem Freniere impelindo a lâmina de prata para a frente, empurrando-a para o inferno. Alguém desceu estreitos degraus de madeira até a rua – um rapaz, um rapaz tão novo que ainda tinha a face macia e roliça de menino. Seu rosto estava rosado e corado pela esgrima, e sob seu belo casaco cinza, havia o cheiro doce de colônia e sal. Quando emergiu das brumas da escada pude sentir seu calor. Estava rindo sozinho, falando quase inaudivelmente consigo próprio, seu cabelo castanho caindo sobre os olhos enquanto andava, sacudindo a cabeça, seus murmúrios alteando e depois desaparecendo. Então ele parou, com os olhos em mim. Fitou-me, suas pálpebras estremeceram e ele riu rápida, nervosamente.

– Perdoe-me! – disse em francês. – Deu-me um susto!

– E então, exatamente quando se moveu para fazer uma reverência cerimoniosa e provavelmente seguir em frente, ficou parado, e o choque transpareceu em seu rosto corado. Podia ver o coração batendo na carne rósea das faces, sentir o cheiro do súbito suor de seu corpo jovem, saudável.

– Viu-me sob a luz do lampião – disse-lhe. – E meu rosto lhe pareceu a máscara da morte.

– Seus lábios se separaram, seus dentes se trincaram e, involuntariamente, assentiu com os olhos esgazeados.

– Ande! – disse-lhe. – Rápido!

*

O vampiro parou. Depois se moveu como se pretendesse continuar. Mas estirou as longas pernas sob a mesa e, reclinando-se, comprimiu a cabeça com as mãos, como se pressionasse as têmporas com força.

O rapaz, que tinha se curvado, com os braços cruzados, ajeitou-se devagar. Olhou primeiro as fitas e depois o vampiro.

– Mas você matou alguém naquela noite – disse.

– Toda noite – respondeu o vampiro.

– Então, por que o deixou partir? – perguntou o rapaz.

– Não sei – disse o vampiro, porém não o fez com a entonação de um verdadeiro "não sei", mas de um "deixemos assim". – Parece cansado – falou. – Parece sentir frio.

– Não faz mal – disse rapidamente o rapaz. – A sala está um pouco fria, mas não me importo. Você não está com frio, está?

– Não.

O vampiro sorriu e seus ombros se sacudiram numa gargalhada silenciosa.

Durante algum tempo, o vampiro pareceu pensar e o rapaz pareceu analisar o rosto do vampiro. Os olhos deste se dirigiram para o relógio do rapaz.

– Ela não conseguiu, não foi? – perguntou o rapaz, baixinho.

– O que você acha, honestamente? – perguntou o vampiro.

Ajeitava-se na cadeira. Olhava o rapaz atentamente.

– Que ela foi... como disse, destruída – disse o rapaz; e pareceu sentir as palavras, pois engoliu em seco após dizer "*destruída*". – Foi? – perguntou.

– Não acredita que ela pudesse conseguir? – perguntou o vampiro.

– Mas ele era tão poderoso. Você mesmo disse não conhecer seus poderes, seus segredos. Como ela podia ter certeza da maneira de matá-lo? Como tentou?

O vampiro observou o rapaz durante muito tempo, sua expressão ininteligível para este, que se viu desviando o olhar, como se os olhos do vampiro fossem luzes ardentes.

– Por que não toma um gole desta garrafa que tem no bolso? – perguntou o vampiro. – Irá aquecê-lo.

– Oh, isto... disse o rapaz. – Eu ia. Eu só... – O vampiro riu.

– Acho que não seria educado! – disse, batendo subitamente nas coxas.

– É verdade. – O rapaz encolheu os ombros, rindo agora, e pegou o frasquinho no bolso do casaco, desatarrachou a tampa dourada e sorveu um gole. Levantou a garrafa, olhando para o vampiro.

– Não – o vampiro sorriu e ergueu a mão para recusar a oferta.

Então seu rosto ficou novamente sério e, sentando-se, continuou:

– Lestat possuía um amigo músico na Rua Domaine. Nós o tínhamos visto num recital em casa de Madame LeClair, que também morava ali, já que na época era uma rua muito em voga. E esta Madame LeClair, com quem Lestat ocasionalmente também se divertia, havia conseguido um quarto para o músico, numa outra mansão próxima, onde Lestat frequentemente o visitava. Disse-lhe que ele brincava com suas vítimas, tornava-se amigo e as seduzia, fazendo confiarem nele e gostarem dele, até que o amassem, antes de matá-las. Aparentemente, era assim que ele brincava com este rapaz, apesar de isto já durar bem mais que qualquer outra amizade de meu conhecimento. O jovem compunha boa música e, frequentemente, Lestat trazia pautas frescas para casa e tocava as canções no piano de cauda de nossa sala. O rapaz tinha muito talento, mas podia-se ver que sua música não faria sucesso, pois era perturbadora demais. Lestat dava-lhe dinheiro, passava noites seguidas com ele, levando-o a restaurantes que o rapaz jamais poderia frequentar, e lhe fornecia o papel e as canetas de que precisava para escrever sua música.

– Como disse, já durava muito mais do que qualquer outra amizade de Lestat. E eu não sabia dizer se ele, apesar de tudo, se tornara realmente amigo de um mortal ou se preparava simplesmente uma traição e uma crueldade espetaculares. Várias vezes demonstrara a Cláudia e a mim que pretendia matar o rapaz sozinho, mas ainda não o tinha feito. Obviamente, eu nunca havia lhe perguntado o que sentia, pois não compensaria a imensa explosão que minhas palavras provocariam. Lestat encantado com um mortal. Provavelmente teria destruído os móveis da sala num acesso de raiva.

– Na noite seguinte, após essa que acabei de descrever, me fez estremecer ao convidar-me para ir com ele ao apartamento do rapaz. Parecia decididamente amigável, daquele jeito com o qual desejava minha companhia. A diversão lhe proporcionava isto. Assistir a uma boa peça, uma ópera, um balé. Sempre me queria a seu lado. Acho que vi *Macbeth* com ele umas 15 vezes, íamos a todas as montagens, até de amadores, e Lestat voltava para casa caminhando e repetindo as falas para mim, até mesmo gritando aos que passavam, com um dedo em riste:

– Amanhã, e amanhã e amanhã! – Até que se afastassem pensando que estivesse bêbado. Mas esta efervescência era frenética e fadada a desaparecer num instante; um ou dois sentimentos amigáveis meus, qualquer sugestão de que apreciava sua companhia conseguiam banir tais demonstrações por meses. Até anos.

– Mas, naquele momento, ele se chegou a mim sob tal estado de espírito e convidou-me para ir ao quarto do rapaz. Não apertou meu braço como costumava. E eu, estúpido, catatônico, dei-lhe alguma desculpa ridícula, pensando apenas em Cláudia, no agente, no desastre iminente. Podia senti-lo e me perguntava se Lestat também não o fazia. Finalmente, ele pegou um livro no chão e atirou-o em mim, gritando:

– Leia seus poetas malditos, então! Verme – e saiu batendo a porta.

– Aquilo me perturbou. Não sei lhe explicar como. Desejava que partisse frio, impassível. Resolvi implorar a Cláudia que desistisse. Sentia-me impotente e incontrolavelmente cansado. Mas a porta dela continuou trancada até que saiu, e só a vislumbrei por um segundo, enquanto Lestat tagarelava, uma visão de renda e amor vestindo o casaco, mangas fofas de novo, uma fita violeta no peito, suas meias de renda branca despontando sob a bainha do vestidinho e seus sapatos imaculadamente brancos. Lançou-me um olhar indiferente ao sair.

– Mais tarde, quando voltei, saciado e, por um momento, preguiçoso demais para que meus próprios pensamentos me perturbassem, comecei gradualmente a sentir que aquela era a noite. Ela iria tentar naquela noite.

– Não sei explicar como o compreendi. As coisas no apartamento me perturbaram, me alertaram. Cláudia se moveu na saleta, por trás de portas trancadas. E imaginei ter ouvido outra voz, um murmúrio. Cláudia nunca levara ninguém a nosso apartamento; ninguém o fazia a não ser Lestat, que trazia suas mulheres das ruas. Mas eu sabia que ali havia alguém, apesar de não sentir cheiros fortes nem sons adequados. Então surgiram no ar aromas de comida e bebida. E havia crisântemos no jarro de prata do piano de cauda. Flores que, para Cláudia, significavam morte.

– Então Lestat chegou, cantarolando alguma coisa, com seu andar duro ressoando nos degraus da escada. Penetrou na sala, o rosto corado pela morte, os lábios rosados, e colocou sua música ao piano.

– Matei-o ou não? – lançou-me a pergunta com o dedo em riste. – Qual seu palpite?

– Não – gaguejei. – Porque me convidou para ir e nunca teria me convidado a partilhar esta morte.

– Ah, matei-o num acesso de raiva porque você não foi comigo! – disse, tirando a capa das teclas. Podia ver que ele seria capaz de continuar assim até o alvorecer. Estava exultante. Observava-o dedilhar a música, pensando: ele pode morrer? Ele realmente pode morrer? E ela pretende verdadeiramente fazer isto? Num momento, quis ir a ela e dizer que devíamos desistir de tudo, até mesmo da viagem, e viver como antes. Mas agora tinha a sensação de que não havia recuo. Desde o dia em que ela começara a lhe fazer perguntas – quaisquer que fossem –, tornara-se inevitável. E senti um peso que me prendia à cadeira.

– Apertou duas sétimas com as mãos, que possuíam uma abertura incrível e mesmo em vida poderia ter sido excelente pianista. Mas tocava sem sentimento; estava sempre longe da música, como se a tirasse magicamente do piano, com o virtuosismo de seus sentidos de vampiro. A música não vinha através dele, não passava por seu corpo.

– Bem, eu o matei? – perguntou de novo.

– Não, não o fez – repeti, apesar de poder perfeitamente dizer o contrário. Estava concentrado em manter o rosto imóvel.

– Acertou. Não o fiz – disse ele. – Excita-me ficar perto dele, pensar várias vezes: posso matá-lo e o farei, mas não agora. E depois deixá-lo e procurar alguém bastante parecido com ele. Se tivesse irmãos... puxa, mataria um a um. A família sucumbiria a uma febre misteriosa que secaria todo o sangue de seus corpos! – disse ele, imitando ironicamente um camelo. – Cláudia gosta de famílias. Falando em famílias, suponho que já saiba. A Fazenda Freniere é considerada mal-assombrada. Não conseguem capatazes e os escravos fogem.

– Isto era algo que eu, decididamente, não queria escutar. Babette tinha morrido jovem, louca, finalmente impossibilitada de vagar pelas ruínas de Pointe du Lac, insistindo ter visto o diabo ali e precisar encontrá-lo. Soube-o por fofocas. Depois chegaram as notícias do enterro. Ocasionalmente pensava em procurá-la, tentar retificar de algum modo o que tinha feito; outras vezes, pensava que tudo se resolveria, e em minha nova vida de mortes noturnas, me afastei muito da ligação que tivera com ela, minha irmã ou qualquer outro mortal. E finalmente assisti à tragédia como se fosse um espectador numa plateia de teatro – às vezes emocionado, mas nunca o suficiente para subir ao palco e me unir aos atores.

– Não fale nela – eu disse.

– Muito bem. Falava da fazenda. Não dela. Ela! Sua amada, sua encantada – riu para mim. – Sabe, tentei fazer do meu jeito, não foi? Mas falava sobre meu jovem amigo e como...

– Preferia que tocasse – disse baixinho, discretamente, mas o mais persuasivamente possível. Às vezes isto funcionava com Lestat. Às vezes fazia, sem notar, o que lhe pedia. E foi o que aconteceu: com um resmungo, como se dissesse “seu tolo”, começou a tocar.

– Ouvi as portas da saleta se abrindo e os passos de Cláudia no saguão. Não venha, Cláudia, pensava e sentia eu; afaste-se dele antes que seja destruída. Mas ela continuou decidida até alcançar o espelho. Podia ouvi-la abrindo a mesinha do aparador, e depois o cicio de sua escova de cabelo. Usava um perfume floral. Voltei-me lentamente para encará-la ao chegar à porta, ainda toda de branco, movendo-se silenciosamente pelo tapete em direção ao piano. Parou na ponta do teclado, as mãos apoiadas na madeira, o queixo descansando nas mãos, os olhos fixos em Lestat.

– Podia ver seu perfil e seu rostinho, levantando os olhos para ele.

– O que é agora? – ele disse, virando a página. – Você me irrita. Até sua presença me irrita! – Seus olhos deslizaram pela pauta.

– É? – disse ela com sua voz mais doce.

– É. E vou lhe dizer algo mais. Encontrei alguém que daria um vampiro melhor do que você.

– Isto me espantou. Mas não podia obrigá-lo a se explicar mais.

– Compreendeu o que quero dizer? – perguntou ele.

– Esperava me assustar – ela retrucou.

– Você está estragada porque é filha única – disse. – Precisa de um irmão. Ou, melhor, eu preciso de um irmão. Estou cheio de vocês. Vampiros melancólicos que assombram nossas próprias vidas. Não gosto disto.

– Suponho que poderíamos povoar o mundo de vampiros, nós três – disse ela.

– Pensa assim? – ele disse, sorrindo, com um ar de triunfo. – Acha que poderia fazê-lo? Suponho que Louis lhe contou como foi feito, ou como ele acha que foi. Você não tem esse poder. Nenhum de vocês.

– Isto pareceu perturbá-la. Algo com que não contara. Analisava-o. Eu sabia que não acreditava inteiramente nele.

– E o que lhe deu o poder? – ela perguntou baixinho, mas com certo sarcasmo.

– Isto, minha querida, é algo que você jamais saberá. Pois mesmo o Erebus onde vivemos deve ter sua aristocracia.

– Você é um mentiroso – respondeu ela com uma risada. E, exatamente quando ele voltou a pousar os dedos nas teclas, ela completou: – Mas estragou meus planos.

– Seus planos?

– Vim fazer as pazes com você, mesmo sendo o pai da mentira. Você é meu pai. Quero fazer as pazes com você. Quero que tudo volte a ser como antes.

– Agora era ele quem não acreditava. Lançou-me um olhar, depois a fitou.

– É possível. Simplesmente pare de fazer perguntas. Pare de me seguir. Pare de procurar outros vampiros em todos os cantos. Não há outros vampiros! Viva e continue assim!

– Pareceu um pouco confuso, como se altear a voz o tivesse perturbado.

– Cuido de você – continuou. – Não precisa de nada.

– Você não sabe nada, e é por isso que detesta minhas perguntas. Tudo isto está claro. Então, vivamos em paz, pois não há mais nada a fazer. Tenho um presente para você.

– Espero que seja uma bela mulher, com encantos que você nunca terá – disse ele, olhando de cima a baixo.

– Ao ouvir isto, o rosto dela se transformou. Quase como se fosse perder um controle que sempre a vira manter. Mas ela simplesmente sacudiu a cabeça e ergueu um bracinho roliço, puxando-o pela manga.

– Sei o que digo. Estou cansada de discutir com você. O inferno é ódio, pessoas vivendo juntas em ódio eterno. Não estamos no inferno. Pode aceitar o presente ou não, não me importo. Não faz diferença. Mas coloquemos um fim nisto tudo. Antes que Louis, desgostoso, nos abandone.

– Agora ela o obrigava a deixar o piano, abaixando a tampa de madeira sobre o teclado, virando-o no banco até obrigar seu olhar a acompanhá-la até a porta.

– Está séria. Presente, a que você se refere, presente?

– Você ainda não comeu, posso dizê-lo por causa de sua cor, de seus olhos. A esta hora nunca comeu ainda o bastante. Digamos que posso lhe proporcionar um momento precioso – murmurou ela, saindo.

– Ele me olhou. Eu não disse nada. Eu bem poderia estar bêbado. Podia ver a curiosidade em seu rosto, a suspeita. Seguiu-a até o saguão. E então ouvi-o soltar um gemido comprido e proposital, uma mistura perfeita de fome e luxúria.

– Quando cheguei à porta, algum tempo depois, ele se encontrava reclinado sobre o divã. Dois garotinhos jaziam ali, aninhados entre macios travesseiros de veludo, as bocas róseas abertas, as pequenas faces roliças muito macias. Suas peles eram sedosas, radiantes, os cachos escuros dos dois pendiam sobre a testa. Rapidamente notei, por sua roupas pobres e idênticas, que eram órfãos. E tinham devorado uma refeição arrumada em nossa melhor louça. A toalha da mesa estava manchada de vinho e havia uma pequena garrafa pela metade entre pratos e garfos gordurosos. Mas havia um aroma na sala que não me agradou. Cheguei mais perto para ver melhor os dois adormecidos e pude notar que suas gargantas estavam expostas, mas imaculadas. Lestat tinha sugado o mais moreno um pouco abaixo, ele era de longe o mais belo. Podia ter sido elevado à cúpula pintada de uma catedral. Não tinha mais de sete anos, com a beleza perfeita do sexo não definido, mas angelical. Lestat passou a mão delicadamente pela garganta pálida e depois tocou os lábios sedosos. Deixou escapar um suspiro que continha de novo aquela ânsia, aquela expectativa doce e dolorosa:

– Oh... Cláudia... – Sorriu. – Você se superou. Onde os encontrou?

– Ela não respondeu. Tinha se acomodado sobre duas grandes almofadas de uma poltrona escura, as pernas apoiadas na almofada redonda, de um modo que deixava entrever as coxas, qual pequenas fitas. Fitava Lestat.

– Bêbados com vinho – disse ela. – Um golinho! – e apontou a mesa. – Pensei em você quando os vi... Pensei: se dividi-los com ele, até me perdoará.

– Ele se aquecia no charme dela. Olhou-a, estendeu a mão e beliscou seu tornozelo de renda branca.

– Patinha! – sussurrou e riu, mas depois fez um sinal pedindo silêncio, como se temesse despertar as crianças sonolentas. Apontou para ela, sedutor.

– Venha sentar ao lado dele. Você fica com um e eu com o outro. Venha.

– Quando passou, ele a abraçou e se aninhou ao lado do outro menino. Afagou seu cabelo sedoso, passou os dedos pelas pálpebras roliças e pelas pontas dos cílios. E então colocou toda sua mão macia sobre seu rosto e apalpou-lhe a testa, a face, o queixo, massageando a carne imaculada. Esquecera nossa presença, mas recuou e sentou-se calado por um momento, como se o desejo o deixasse tonto. Fitou o teto e depois voltou os olhos para o banquete perfeito. Virou lentamente a cabeça do menino na almofada; as sobrancelhas deste estremeceram rapidamente e um gemido escapou de seus lábios.

– Os olhos de Cláudia estavam fixos em Lestat, apesar dela agora estar desabotoando vagarosamente a roupa da criança que jazia a seu lado, enfiando a mão na camisinha rota e tocando a carne nua. Lestat fez o mesmo, mas subitamente pareceu que sua mão ganhou vida própria, obrigando-o a abraçar fortemente o peitinho do menino. E Lestat deslizou das almofadas do sofá, ficando ajoelhado no chão, seu braço preso ao corpo do garoto, puxando-o para perto de si de modo a afundar seu rosto no pescoço da criança. Seus lábios correram pelo pescoço, pelo peito, pelo mamilo minúsculo e, então, enfiando o outro braço pela camisa aberta, de modo a prender o menino com ambas as mãos, suspendeu-o e afundou os dentes em sua garganta.

– A cabeça do garoto pendeu para trás, os cachos soltos, e novamente ouviu-se seu gemido e suas pálpebras estremeceram – porém nunca mais se abririam. E Lestat, ajoelhado, colado ao menino, sugando com força, suas próprias costas arqueadas e rijas, seu corpo pendendo para a frente e para trás carregando a criança, seus longos gemidos se alteando e desaparecendo no mesmo ritmo do balanço lento, até que, subitamente, seu corpo todo se retesou e suas mãos pareceram procurar algo com que empurrar o menino, como se o próprio garoto estivesse grudado a ele. Finalmente, abraçou o menino de novo e moveu-se lentamente sobre ele, apoiando-o nas almofadas, sugando mais devagar, quase imperceptivelmente.

– Afastou-se. Suas mãos empurraram o garoto. Ficou ajoelhado ali, a cabeça inclinada, deixando os cabelos penderem desalinhados. E então deslizou lentamente para o chão, virando-se, apoiando as costas na perna da poltrona.

– Ah... Deus... – suspirou, a cabeça para trás, as pálpebras entrefechadas. Podia ver a cor cobrindo sua face, suas mãos. Uma delas pendeu flácida sobre seu joelho e depois ficou parada.

– Cláudia não se movera. Jazia como um anjo de Botticelli ao lado do menino incólume. O corpo do outro já seco, o pescoço qual galho quebrado, a cabeça pesada caída num estranho ângulo, o ângulo da morte, sobre a almofada.

– Mas algo estava errado. Lestat fitava o teto. Podia ver sua língua entre os dentes. Estava muito parado, a língua parecendo tentar sair da boca, ultrapassar a barreira dos dentes e tocar os lábios. Ele parecia tremer, seus ombros estremeciam... depois se relaxavam pesadamente; porém, não se movia. Um véu tinha descido sobre seus límpidos olhos cinza. Olhava o teto. Então um som saiu de dentro dele. Afastei-me das sombras do corredor, mas Cláudia sibilou rispidamente:

– Volte!

– Louis... – ele dizia. Agora eu conseguia ouvir. – Louis... Louis...

– Não está gostando, Lestat? – ela perguntou.

– Há algo errado. – Ele ofegou e seus olhos se arregalaram como se o simples ato de falar exigisse um esforço colossal. Não conseguia se mexer de modo algum.

– Cláudia! – Arquejou de novo e seus olhos deslizaram na direção dela.

– Não aprecia o gosto do sangue das crianças?... – ela perguntou baixinho.

– Louis... – ele murmurou, finalmente levantando a cabeça por um instante. Tombou novamente na poltrona. – Louis, é... é absinto! Absinto demais! – ofegou. – Ela os envenenou. Ela me envenenou. Louis... – tentou erguer a mão. Aproximei-me, a mesa entre nós dois.

– Fique aí! – disse ela de novo. Então, ela se esgueirou da almofada e aproximou-se dele, perscrutando seu rosto como ele perscrutara o do menino. – Absinto, pai – ela falou. – É ópio!

– Demônio! – disse ele. – Louis... ponha-me no caixão. – Tentou se levantar. – Ponha-me no caixão! – sua voz estava rouca, quase inaudível. A mão se agitou, ergueu-se e tombou.

– Eu o colocarei no caixão, pai – ela disse, como se tentasse acalmá-lo. – Eu o colocarei nele para sempre.

– E então, de sob as almofadas da poltrona, tirou uma faca de cozinha.

– Cláudia! Não faça isso! – disse eu. Mas ela me fulminou com uma virulência que nunca tinha visto em seu rosto, e enquanto permanecia ali, paralisado, ela rasgou a garganta dele, que deixou escapar um grito áspero e chocante.

– Deus! – berrou. – Deus!

– O sangue esguichou cobrindo-lhe a camisa, o casaco. Esguichou como jamais esguicharia de um ser humano, todo o sangue que havia sugado do menino e antes dele. Continuava a revirar a cabeça, contorcendo-se, fazendo a ferida borbulhar. Ela então mergulhou a faca em seu peito e ele caiu para a frente, a boca aberta, suas presas expostas, ambas as mãos voando convulsivamente para a faca, se agitando e quebrando o cabo. Ergueu os olhos para mim, o cabelo pendendo no rosto.

– Louis! Louis!

– Deixou escapar mais um suspiro e caiu de lado no tapete. Ela ficou parada olhando para ele. O sangue inundava tudo como água. Ele gemia, tentando se levantar, um braço dobrado sobre o peito, o outro caído ao chão. De repente ela voou sobre ele e, apertando as duas mãos em seu pescoço, mordeu com força enquanto ele lutava.

– Louis! Louis! – ofegava sem parar, lutando, tentando desesperadamente empurrá-la. Mas ela montou sobre ele, seu corpo sendo erguido pelos ombros dele, para cima e para baixo, para cima e para baixo, até ela se afastar; e, achando rapidamente o chão, ela recuou para longe, as mãos nos lábios, os olhos turvos por um instante e logo límpidos de novo.

– Afastei-me dela, meu corpo enojado com o que tinha visto, incapaz de olhar por mais tempo.

– Louis! – ela disse, mas eu simplesmente balancei a cabeça. Por um instante, me pareceu que a casa toda oscilava. Mas ela disse:

– Olhe o que está acontecendo com ele!

– Tinha parado de se mexer. Jazia de costas contra o chão. Seu corpo todo se enrugando, murchando, a pele fina e enrugada, e tão branca que se podia ver cada veia. Eu respirava com dificuldade, mas não conseguia afastar os olhos. Nem mesmo quando a forma dos ossos começou a aparecer, a carne do nariz secando e dando lugar a dois buracos vazios. Mas seus olhos continuavam os mesmos, fitando selvagemente o teto, as pupilas dançando de um lado para outro mesmo quando a carne aderiu aos ossos, transformando-se em um mero invólucro dos ossos, as roupas imaculadas sobre o esqueleto que restava. Finalmente as pupilas rolaram para o alto da cabeça e o branco dos olhos começou a desmaiar. A coisa ficou quieta. Uma grande massa de cabelos louros, um casaco, um par de botas reluzentes; e este horror que tinha sido Lestat, e eu fitando aquilo sem nada poder fazer.

– Durante muito tempo, Cláudia ficou simplesmente parada ali. O sangue tinha encharcado o tapete, escurecendo as pétalas das flores. Brilhava pegajoso e negro nos rodapés. Manchara seu vestido, seus sapatos brancos, suas faces. Ela se limpou com um guardanapo dobrado, deu uma batida nas manchas impossíveis do vestido e disse:

– Louis, precisa me ajudar a tirá-lo daqui!

– Não! – eu disse.

– Dei-lhe as costas, assim como ao cadáver que jazia a seus pés.

– Está louco, Louis? Ele não pode ficar aqui! – disse-me ela. – E os meninos. Precisa me ajudar! O outro morreu por causa do absinto! Louis!

– Sabia que aquilo era verdade, necessário, mas ainda assim me parecia impossível.

– Então ela teve de me incitar, quase me guiar a cada passo. Encontramos o forno da cozinha ainda repleto com os ossos da mãe e da filha que ela havia matado – um perigoso erro, uma estupidez. De modo que ela os varreu para um saco, que carregou pelo pátio de pedra até a carruagem. Eu mesmo atrelei o cavalo, sem acordar o cocheiro grogue, e guiei para fora da cidade, dirigindo-me rapidamente para a Baía de St. Jean, rumo ao pântano escuro que desaguava no Lago Pontchartrain. Ela ficou sentada a meu lado, calada, enquanto andávamos sem parar até ultrapassarmos os portões iluminados das raras casas de campo e a estrada se estreitar ficando cheia de obstáculos, o pântano nos cercando dos dois lados, uma grande parede de ciprestes e vinhas aparentemente impenetráveis. Podia sentir o cheiro de esterco, ouvir o ofegar dos animais.

– Cláudia enrolara o corpo de Lestat em um lençol antes que eu o tocasse e, então, para meu horror, ela o salpicou de crisântemos de cabo comprido. Assim, exalava um cheiro doce e fúnebre ao ser carregado, por último, para a carruagem. Quase não pesava, tão flácido que parecia feito de cordas, quando o coloquei sobre os ombros e penetrei na água escura que se erguia e enchia minhas botas; meus pés procurando um caminho na lama, longe do local onde havia deixado os dois garotos. Fui cada vez mais para o fundo com os restos de Lestat, apesar de não saber o motivo que me levava a fazê-lo. E, finalmente, quando mal podia ver a pálida clareira da estrada e o céu começou a ficar perigosamente claro, deixei seu corpo escorregar de meus braços e penetrar na água. Fiquei ali parado, abalado, vendo a forma amorfa do lençol branco sob a superfície lodosa. A dormência que me protegera desde que a carruagem deixara a Rua Royale ameaçava me abandonar e me deixar subitamente exposto, olhando e pensando: isto é Lestat. Isto é toda transformação e mistério, mortos, imersos na escuridão eterna. Senti uma atração, como se alguma força me impelisse a ir com ele, a mergulhar na água escura e nunca mais voltar. Era tão diferente e tão forte que fazia a articulação das vozes parecer um simples murmúrio. Falava sem palavras, dizendo:

– Você sabe o que deve fazer. Mergulhe na escuridão. Deixe tudo desaparecer.

– Mas, neste momento, ouvi a voz de Cláudia. Gritava meu nome. Voltei-me e, através dos galhos, a vi pequena e distante, como uma chama branca sobre a pálida luminosidade da estrada.

– Naquela manhã, ela me envolveu em seus braços, aproximou a cabeça de meu peito dentro do caixão apertado, murmurando que me amava, que agora estávamos livres de Lestat para sempre.

– Eu o amo, Louis – repetiu interminavelmente, até que por fim a tampa abaixada nos trouxe a escuridão e, piedosamente, nos tirou a consciência.

– Quando acordei, ela examinava os pertences de Lestat. Era um trabalho lento, silencioso e controlado, mas cheio de ódio. Tirava os objetos dos armários, esvaziava gavetas no tapete, puxava roupa por roupa, virando os bolsos, jogando fora moedas, entradas de teatro e pedaços de papel. Fiquei parado na porta do quarto, olhando-a, espantado. Seu caixão permanecia no mesmo lugar, cheio de entalhes e tapeçarias. Senti vontade de abri-lo. Queria encontrá-lo lá dentro.

– Nada! – ela disse finalmente, mostrando desagrado. – Nem uma pista para sabermos de onde veio, quem o fez!

– Olhou-me como se esperasse apoio. Voltei para o quarto que tinha separado para mim, aquele quarto repleto de meus livros e das coisas que havia recebido de minha mãe e de minha irmã, e me sentei na cama. Podia ouvi-la na porta, mas não conseguia olhá-la.

– Ele merecia morrer! – disse-me.

– Então nós merecemos morrer. Do mesmo modo. Cada noite de nossas vidas – retruquei. – Afaste-se de mim.

– Parecia que minhas palavras e meus pensamentos se confundiam, que em minha mente só restava uma confusão amorfa.

– Cuidarei de você porque não pode fazê-lo sozinha. Mas não a quero perto de mim. Durma naquela arca que comprou para você. Não se aproxime de mim.

– Eu lhe disse que faria isso. Eu lhe disse...

– Sua voz nunca me parecera tão frágil, tão próxima de um pequeno sino de prata. Voltei os olhos para ela, espantado, mas insensível. Seu rosto parecia outro. Jamais alguém tinha exprimido tanto nervosismo em um rosto de boneca.

– Louis, eu lhe disse! – Seus lábios tremiam. – Fiz isto por nós dois. Assim ficaríamos livres.

– Não conseguia suportar sua visão. Sua beleza, seu ar inocente, sua terrível agitação. Passei por ela, talvez a tenha empurrado, não sei. E estava quase chegando ao pé da escada quando ouvi um estranho ruído.

– Nunca, em todos aqueles anos vivendo juntos, eu tinha ouvido aquele som. Nunca, desde aquela noite remota em que a vi pela primeira vez, uma criança mortal, agarrada à mãe. Ela estava chorando!

– Voltei contra minha vontade. Apesar do choro parecer inconsciente, desamparado, como se ela não esperasse que ninguém no mundo a escutasse ou como se não se importasse que o mundo todo o fizesse. Encontrei-a deitada na minha cama, no lugar onde costumava me sentar para ler, os joelhos encolhidos, seu corpo inteiro sacudido pelos soluços. O som era terrível. Era mais dolorido, mais terrível do que jamais fora seu choro mortal. Sentei-me delicadamente a seu lado e coloquei a mão em seu ombro. Ela levantou a cabeça, espantada, os olhos arregalados, a boca tremendo. Seu rosto estava coberto de lágrimas, lágrimas tintas de sangue. Seus olhos reluziam com elas e um pálido tom vermelho manchava suas mãos minúsculas. Ela não parecia ter notado. Afastou o cabelo da testa. Seu corpo estremeceu num soluço baixo, longo, suplicante:

– Louis... se o perder, ficarei sem nada – murmurou. – Voltaria atrás para tê-lo de volta. Não posso desfazer o que fiz.

– Abraçou-me, subindo em meu colo, soluçando em meu peito. Minhas mãos relutavam em tocá-la, mas depois se moveram como se ninguém pudesse detê-las, envolvendo-a, afagando-a e ajeitando seu cabelo.

– Não posso viver sem você – ela sussurrou. – Morreria do mesmo modo como ele morreu. Não posso suportar o olhar que me lançou. Não posso suportar o fato de não me amar!

– Seus soluços ficaram mais altos, mais amargos, até que finalmente me inclinei e beijei seu pescoço e suas faces macias. Ameixas de inverno. Ameixas de uma floresta encantada onde a fruta jamais cai dos galhos. Onde as flores nunca murcham e morrem.

– Está bem, minha querida... – disse eu. – Está bem, meu amor...

– E a embalei lentamente, delicadamente em meus braços, até que adormecesse, murmurando algo sobre nossa felicidade eterna, livre de Lestat para sempre, começando a grande aventura de nossas vidas.

*

– A grande aventura de nossas vidas. Qual o significado da morte quando se pode viver até o fim do mundo? E o que é "o fim do mundo" além de uma frase, pois quem sabe, ao menos, o que é o mundo? Já vivi dois séculos, vi as ilusões de um serem transferidas para outro, sendo eternamente jovem e eternamente velho, sem possuir ilusões, vivendo cada momento de um modo que me fazia pensar num relógio de prata tiquetaqueando no vazio: o painel pintado, os ponteiros delicadamente esculpidos por mãos jamais vistas por alguém, sem olhar para ninguém, iluminado por uma luz que não era luz, como aquela sob a qual Deus fez o mundo antes de criar a luz. Funcionando, funcionando, funcionando, com a precisão de um relógio, em uma sala tão vasta quanto o universo.

– Andava pelas ruas de novo. Cláudia se afastara em sua caçada, o perfume de seu cabelo e de seu vestido persistindo em meus dedos, em meu casaco; meu olhar se lançando à minha frente como se fosse o brilho pálido de uma lanterna. Vi-me na catedral. O que significa morrer quando se pode viver até o fim do mundo? Pensava na morte de meu irmão, no incenso e no rosário. Tive um desejo súbito de estar naquela capela mortuária, ouvindo a voz das mulheres nas Ave-Marias, o balanço das cabeças, o cheiro da cera. Podia me lembrar do choro. Era palpável, como se tivesse acontecido ontem. Vi-me andando depressa por um corredor e empurrando delicadamente uma porta.

– A imensa fachada da catedral elevava-se em massa escura do outro lado do portão, mas as portas estavam abertas e podia ver uma luz suave e trêmula em seu interior. Já era noite de sábado e as pessoas chegavam para a missa dominical e a comunhão. Velas queimavam pálidas em candelabros. No fim da nave, o altar se elevava das sombras, coberto de flores brancas. Era para a velha igreja daquele local que haviam levado meu irmão aos últimos serviços antes de seguir para o cemitério. E, subitamente, notei que jamais tinha voltado àquele lugar, que nunca mais tinha subido seus degraus de pedra, cruzado a soleira, passado pelas portas abertas.

– Não tinha medo. Se sentia algo, talvez fosse um desejo de que acontecesse alguma coisa, de que as pedras tremessem quando eu penetrasse no interior sombrio e visse o distante tabernáculo do altar. Lembrei-me de que já havia passado por ali uma vez, quando as janelas estavam abertas e o som dos cânticos se derramava pela Praça Jackson. Na época eu hesitara, me perguntando se haveria algum segredo que Lestat não me contara, algo que pudesse me destruir quando entrasse. Tinha sentido uma compulsão de entrar, mas afastei isto da mente, libertando-me do fascínio das portas abertas, do coro de pessoas formando uma única voz. Tinha algo para Cláudia, uma boneca que levava para ela, uma boneca vestida de noiva que tirara de uma loja de brinquedos às escuras e colocara em imensa caixa com fitas e papel colorido. Uma boneca para Cláudia, lembro-me de me agarrar a ela, ouvindo as vibrações pesadas do órgão atrás de mim, meus olhos apertados por causa do grande brilho das velas.

– Naquele instante, pensei no passado; aquele medo à simples visão do altar do som do *Pange Língue*. E novamente pensei, persistentemente, em meu irmão. Podia ver o caixão sendo arrastado pela passagem central, a procissão de carpideiras atrás. Agora não sentia medo. Como disse, acho que desejava algum medo, alguma razão para ter medo enquanto passava lentamente pelas escuras paredes de pedra. O ar era frio e úmido, apesar do verão. A boneca de Cláudia me voltou ao pensamento. Onde estaria a boneca? Durante anos, Cláudia havia brincado com aquela boneca. Subitamente me vi procurando a boneca, daquele jeito inquieto e sem sentido com que se procura algo num pesadelo, se aproximando de portas que não se abrirão ou de gavetas que não se fecharão, lutando repetidamente pela mesma coisa sem sentido, sem saber o motivo de esforço tão desesperado, por que a súbita visão de uma cadeira com um xale inspira tanto horror.

– Eu estava na catedral. Uma mulher saiu do confessionário e passou pela longa fila dos que esperavam. Um homem que deveria ser o próximo não se moveu; e meus olhos, sensíveis mesmo sob condições tão adversas, notaram-no, fazendo com que me voltasse para ele. Estava me fitando. Rapidamente dei-lhe as costas. Ouvi-o entrar no confessionário e fechar a porta.

– Continuei a andar pela igreja e, mais por cansaço que por convicção, procurei um banco para me sentar. O velho hábito quase me fez ajoelhar. Minha mente parecia tão confusa e torturada quanto a dos humanos. Fechei os olhos por um momento e tentei banir qualquer pensamento. Ouvir e ver, disse a mim mesmo. E, com esta decisão, meus sentidos emergiram do tormento. À minha volta, ouvia o murmúrio das preces, o ruído imperceptível dos rosários. Acima do cheiro dos bancos de madeira elevava-se o odor dos ratos. Um rato se mexendo em algum ponto próximo ao altar, um rato no imenso altar de madeira esculpida da Virgem Maria. Os candelabros de ouro reluzindo no altar, um grande crisântemo branco subitamente inclinado no galho, gotículas brilhando nas pétalas, uma fragrância amarga exalada por uma fila de vasos, pelos altares, pelas imagens de Virgens, Cristos e santos. Fitei as imagens. Fiquei repentinamente hipnotizado pelos perfis inanimados, pelos olhos fixos, as mãos vazias, as dobras rígidas. Então meu corpo estremeceu com tal violência que me inclinei, apoiando a mão no banco da frente. Era um cemitério de formas mortas, de efígies fúnebres e anjos de pedra. Olhei para cima e me vi numa visão incrivelmente nítida, subindo os degraus do altar, abrindo o minúsculo tabernáculo sacrossanto, levando mãos monstruosas ao cibório consagrado e pegando o Corpo de Cristo, espalhando suas hóstias brancas por todo o tapete. E depois pisando nas hóstias sagradas, subindo e descendo do altar, dando comunhão à poeira. Levantei-me do banco e fiquei parado olhando a visão. Conhecia muito bem seu significado.

– Deus não vivia naquela igreja. As estátuas transmitiam a imagem do nada. *Eu* era o sobrenatural naquela catedral. Era a única coisa imortal que jazia consciente sob seu teto! Solidão. Solidão até a loucura. Em minha visão, a catedral estremecia. Os santos balançavam e caíam. Ratos comiam a Santa Eucaristia e se aninhavam nas vigas. Um rato solitário com uma enorme cauda continuou roendo a toalha podre do altar até o candelabro cair e rolar pelas pedras cheias de limo. E eu continuei de pé. Intocado. Imortal. Agarrando subitamente a mão de tinta da Virgem e vendo-a quebrar-se em minha palma, esfarelada por meus dedos.

– E então, de repente, dentre as ruínas, pela porta aberta através da qual eu podia ver um deserto estendendo-se em todas as direções, até o grande rio congelado e cheio de restos de navios enferrujados, dentre estas ruínas surgiu uma procissão fúnebre, um bando de homens e mulheres brancos e pálidos, monstros de olhos brilhantes e esvoaçantes roupas negras, o caixão deslizando em rodas de madeira, os ratos esgueirando-se pelo mármore quebrado e torto, a procissão avançando, até que eu pudesse ver Cláudia no grupo, seus olhos encobertos por um grosso véu preto, uma mão enluvada agarrando o livro de orações, a outra sobre o caixão que se movia a seu lado. E agora, ali no caixão, sob uma tampa de vidro, vi, para meu horror, o cadáver de Lestat, a pele enrugada colada aos ossos, seus olhos meros buracos, seu cabelo louro revolto sobre o cetim branco.

– A procissão parou. As carpideiras se afastaram, enchendo os bancos empoeirados da igreja de som, e Cláudia voltou-se para o livro, abriu-o e levantou o véu do rosto, olhando-me fixamente enquanto os dedos tocavam a página.

– E agora tu és excomungado da terra – murmurou ela, fazendo o eco de sua voz erguer-se sobre as ruínas. – E agora tu és excomungado da terra, que abriu sua boca para receber o sangue de teu irmão de tua mão. Quando tu fores o solo, ele não te dará a força da terra. Um fugitivo e um vagabundo, tu estarás na terra... e onde quer que tu estejas, a vingança deverá descer sobre ti sete vezes.

– Gritei por ela, berrei, o som se elevando das profundezas do meu ser como uma imensa força negra que partisse de meus lábios e jogasse meu corpo contra meu desejo. Uma visão terrível veio das carpideiras, um coro cada vez mais alto enquanto eu me virara para vê-las à minha volta, empurrando-me pela nave na direção do caixão, de modo que, ao me voltar para recuperar o equilíbrio, me vi com ambas as mãos sobre ele. E fiquei ali parado, olhando não para os restos de Lestat, mas para o corpo de meu irmão mortal. Uma decomposição silenciosa, como se um véu tivesse caído sobre tudo e feito suas formas se dissolverem sob seu manto imperscrutável. Lá estava meu irmão, louro, jovem e suave como fora em vida, tão real e carinhoso para mim como fora anos e anos atrás, quando não o via assim, tão perfeita era sua recriação, tão perfeita em cada detalhe. Seu cabelo louro escovado para trás, seus olhos fechados como se dormisse, os dedos macios sobre o crucifixo em seu peito, os lábios tão rosados e sedosos que mal suportava ter de vê-los sem tocá-los. E quando estendi a mão para tocar a maciez da pele, *a visão terminou.*

– Eu estava sentado na catedral, na noite de sábado, o cheiro dos círios pesado no ar imóvel, a mulher a meu lado tendo partido e a escuridão crescendo – atrás de mim, através de mim e, agora, sobre mim. Surgiu um garoto numa batina preta de um irmão já recolhido, com um longo apagador de velas de cabo dourado, colocando seu funilzinho sobre cada uma delas, sucessivamente. Fiquei estupidificado. Ele me fitou e depois se afastou, como se não quisesse perturbar um homem em suas preces. E então, quando ele se dirigiu para o candelabro seguinte, senti uma mão em meu ombro.

– Aqueles dois humanos podiam ter passado perto de mim sem que eu os ouvisse, sem que nem me importasse, ou registrasse de algum modo que corria perigo, mas não me preocupei. Levantei o olhar e vi um padre grisalho.

– Deseja se confessar? – perguntou. – Já ia fechar a igreja.

– Ele apertou os olhos por trás das lentes grossas. Agora a única luz vinha dos pavios de pequenas lâmpadas vermelhas que ardiam aos pés dos santos, e as sombras cobriam as altas paredes.

– Tem problemas, não é? Posso ajudar?

– É tarde demais, tarde demais – murmurei, levantando. Ele se afastou, aparentemente ainda sem notar nada em mim que o alarmasse, e disse gentilmente, para me animar:

– Não, ainda é cedo. Quer vir ao confessionário?

– Durante um instante, simplesmente fitei-o. Senti vontade de sorrir. E então ocorreu-me que devia fazê-lo. Mas mesmo enquanto o seguia pela nave, sob as sombras do vestíbulo, sabia que aquilo não levaria a nada, que era loucura. Mesmo assim, ajoelhei-me na pequena cabina de madeira, minhas mãos cruzadas sobre o *priedieu* enquanto ele se sentava na cabina a meu lado e puxava a cortina para me mostrar o contorno apagado de seu perfil. Fitei-o durante algum tempo. E então falei, erguendo as mãos para fazer o sinal da cruz:

– Abençoe-me, pai, pois pequei, pequei tanto e durante tanto tempo que não sei como mudar, nem como confessar diante de Deus aquilo que fiz.

– Filho, Deus é infinito em Sua capacidade de perdoar – sussurrou para mim. – Conte-lhe tudo como souber e do fundo do coração.

– Assassinatos, pai, morte após morte. A mulher que morreu há duas noites na Praça Jackson, eu a matei, e milhares de outros antes dela, um ou dois por noite, pai, durante 70 anos. Atravessei as ruas de Nova Orleans como a própria morte, alimentando com seres humanos minha própria existência. Não sou mortal, pai, mas imortal e condenado, como os anjos colocados por Deus no inferno. Sou um vampiro.

– O padre se voltou.

– Que significa isto? Um esporte? Uma brincadeira? Está se aproveitando de um velho! – e baixou a cortina de madeira com força. Abri a porta rapidamente e saí para vê-lo ali parado.

– Jovem, não teme a Deus? Sabe o significado do sacrilégio? – Fitou-me. Então cheguei mais perto dele, devagar, muito devagar, e a princípio ele simplesmente continuou a me olhar enfurecido. Depois, confuso, recuou. A igreja estava surda, vazia, escura, o sacristão já havia saído e as velas só lançavam uma luz fantasmagórica sobre os altares distantes. Formavam um tecido de fibras douradas e macias sobre sua cabeça grisalha.

– Então não há piedade! – eu disse a ele, batendo subitamente minhas mãos sobre seus ombros, agarrando-o naquele abraço sobrenatural que o impedia de se mover, aproximando-o de meu rosto. – Veja o que sou! Por que, se Deus existe, me obrigou a sofrer isto? Você fala em sacrilégio!

– Ele afundou as unhas em minhas mãos, tentando se soltar, seu missal caindo ao chão, seu rosário tilintando nas dobras da batina. Afastei os lábios e deixei-o ver meus dentes virulentos.

– Por que Ele me obrigou a sofrer isto? – disse.

– Seu rosto me enfurecia, seu medo, seu desprezo, sua raiva. Vi naquilo tudo o ódio que tinha visto em Babette, e ele sibilou para mim:

– Largue-me! Demônio! – Completamente em pânico.

– Deixei-o, vendo com sinistra fascinação ele correr, atravessando a nave central como se escorregasse na neve. E então saí atrás dele, tão rápido que logo o alcancei com meu braço estendido. Minha capa envolveu-o em escuridão e suas pernas tremiam. Ele me amaldiçoava, chamando a Deus sobre o altar. E então agarrei-o ali mesmo nos degraus da comunhão, obrigando-o a me fitar e mergulhando os dentes em seu pescoço.

O vampiro parou.

Há algum tempo, o rapaz quase acendera um cigarro. E agora continuava sentado, com o fósforo numa das mãos e o cigarro na outra. O vampiro olhava para o chão. Subitamente virou-se, pegou a caixa de fósforos das mãos do rapaz, riscou um palito e estendeu ao rapaz, que inclinou o cigarro para recebê-lo. Tragou e deixou a fumaça sair rapidamente. Destampou a garrafa e bebeu um grande gole, sem desviar os olhos do vampiro.

Esperou novamente com paciência que o vampiro tivesse condições de recomeçar.

– Não me lembrava da Europa de minha infância. Nem da viagem para a América. O fato de ter nascido lá me parecia uma ideia abstrata. Apesar de manter um vínculo tão poderoso quanto o da França com suas colônias. Falava francês, lia francês, lembro-me de ter aguardado notícias da Revolução e de ter lido em jornais franceses reportagens sobre as vitórias de Napoleão. Lembro-me do ódio que senti quando ele vendeu a colônia da Louisiana para os Estados Unidos. Não sei quanto tempo o francês mortal viveu em mim. Naquela época, já tinha desaparecido, realmente, mas continuava em mim o imenso desejo de ver a Europa e conhecê-la, vindo não somente da leitura de toda a literatura e filosofia, mas do sentimento de ter sido mais profundamente moldado pela Europa do que o resto dos americanos. Eu era um crioulo que queria ver onde tudo havia começado.

– Assim, me dediquei a esta ideia. A livrar meus armários e malas de tudo o que não fosse essencial. E, na verdade, tinha muito poucas coisas essenciais. E a maioria poderia ficar na casa da cidade, para onde certamente voltaria mais cedo ou mais tarde, pelo menos para mudar meus pertences para outra residência parecida e começar uma nova vida em Nova Orleans. Não concebia deixá-la para sempre. Não o faria. Mas meu coração e minha mente estavam voltados para a Europa.

– Comecei a compreender que, se quisesse, poderia correr mundo. Que era, como disse Cláudia, livre.

– Enquanto isto, ela fez um plano. Tinha ideia fixa de ir primeiramente à Europa Central, onde parecia haver mais vampiros. Estava certa de que lá poderia encontrar algo que nos instruísse, que explicasse nossas origens. Mas parecia ansiosa por algo além das respostas: uma comunhão com sua própria espécie. Mencionou-o diversas vezes:

– Minha própria espécie – dizia, com uma entonação diferente da habitual. Fazia-me perceber o hiato que nos separava. Durante nossos primeiros anos juntos, pensara nela como em Lestat, absorto em seu instinto de matar, apesar dela compartilhar meus gostos quanto ao resto. Agora sabia que era menos humana que qualquer um de nós, menos humana do que eu jamais sonhara. Não sentia a menor simpatia pelas concepções da existência humana. Talvez isto explicasse por que – apesar de tudo o que eu fizera ou deixara de fazer – continuava ligada a mim. Eu era de sua *própria espécie*. Simplesmente a coisa mais próxima disto.

– Mas não teria sido possível – perguntou o rapaz – instruí-la sobre os sentimentos do coração humano, do mesmo modo como lhe ensinou o resto?

– Para quê? – perguntei com franqueza. – Para que pudesse sofrer como eu? Oh, garanto que deveria ter-lhe ensinado algo que a impedisse de desejar a morte de Lestat. Para meu próprio bem, devia tê-lo feito. Mas, como vê, eu não tinha confiança em nada mais. Uma vez condenado, perdi a confiança em tudo.

O rapaz assentiu com a cabeça.

– Não queria interrompê-lo. Ia dizer algo.

– Somente que era possível esquecer o que acontecera com Lestat voltando minha mente para a Europa. E a ideia da existência de outros vampiros também me inspirava algo. Jamais tinha duvidado da existência de Deus. Simplesmente tinha me afastado dela. Vagando, sobrenatural, pelo mundo natural.

– Mas tivemos outro problema antes de partir para a Europa. Oh, realmente foi um grande problema. Começou com o músico. Procurou-nos naquela noite em que eu estava na catedral e voltou na noite seguinte. Eu tinha despedido os criados e fui recebê-lo sozinho. Sua aparência me espantou.

– Estava muito mais magro do que quando o conhecera, e muito pálido, com um brilho úmido no rosto que sugeria febre. E parecia muito miserável. Quando lhe disse que Lestat tinha partido, primeiro se recusou a acreditar e insistiu que Lestat deveria ter lhe deixado algum recado, alguma coisa. Depois seguiu pela Rua Royale, falando sozinho, como se não notasse as pessoas a sua volta. Alcancei-o sob um lampião.

– Ele lhe deixou algo – disse eu, abrindo a maleta depressa. Não sabia o quanto tinha ali, mas planejava entregar-lhe tudo. Eram várias centenas de dólares. Coloquei-os em suas mãos. Eram tão frágeis que eu podia ver as veias azuis pulsando sob a pele ensopada. Ele ficou exultante e pensei que o problema era dinheiro.

– Então ele lhe falou de mim, mandou me entregar isto – disse, segurando o dinheiro como se fosse uma relíquia. – Deve ter-lhe dito algo mais!

– Fitava-me suplicante. Não respondi logo, pois nesse momento avistei os furos em seu pescoço. Duas marcas vermelhas como arranhões, logo acima de seu colarinho sujo. O dinheiro pendia de suas mãos. Era claro que não notava o tráfego noturno da rua, nem as pessoas que se acotovelavam próximas a nós.

– Guarde isto – murmurei. – Ele falou de você, que é importante continuar sua música.

– Fitou-me, como se esperasse algo mais.

– Sim? Disse mais alguma coisa? – perguntou.

– Não sabia o que lhe dizer. Teria feito qualquer coisa que lhe desse conforto, e que também o mandasse embora. Era doloroso para mim falar de Lestat. As palavras evaporavam em meus lábios. E os furos me amolavam. Não conseguia compreender aquilo. Finalmente comecei a dizer absurdos ao rapaz, que Lestat lhe queria bem, que tinha tomado um vapor para St. Louis, que voltaria, que a guerra era iminente e que ele tinha negócios lá... o rapaz engolindo, faminto, cada palavra, como se ainda não tivesse obtido o bastante e precisasse procurar o que queria. Estava tremendo. O suor brotava de sua testa enquanto ele me pressionava e, de repente, mordeu os lábios com força e disse:

– Mas por que ele partiu? – Como se nada fosse suficiente.

– O que é isto? – perguntei. – O que quer com ele? Tenho certeza de que gostaria que eu...

– Era meu amigo! – e voltou-se para mim subitamente, sua voz denotando raiva contida.

– Você não está bem – disse-lhe. – Precisa descansar. Há algo... – e então apontei para ele, atento a cada movimento seu – ... em sua garganta.

– Ele nem sabia do que eu estava falando. Seus dedos procuraram o lugar, encontraram-no, esfregaram os furos.

– E daí? Não sei o que é. Insetos. Estão em toda parte – disse, afastando--se de mim. – Ele disse mais alguma coisa?

– Durante muito tempo, acompanhei com o olhar sua descida pela Rua Royale, uma figura desvairada e magra, vestida de preto desbotado, para quem a corrente de tráfego abria caminho.

– Comentei com Cláudia os furos em seu pescoço.

– Era nossa última noite em Nova Orleans. Tomaríamos o navio antes da meia-noite do dia seguinte e partiríamos bem cedo. Concordamos em passear juntos. Ela estava sendo solícita e havia algo notavelmente triste em seu rosto, algo que não a abandonara depois de chorar.

– O que as marcas podem significar? – perguntava-me agora. – Que ele sugou o rapaz enquanto dormia? Que o rapaz o permitiu? Não consigo imaginar.

– Sim, deve ser algo assim.

– Mas eu tinha dúvidas. Lembrei-me então do comentário de Lestat, de que conhecia um rapaz que daria um vampiro melhor que Cláudia. Teria ele planejado aquilo? Teria planejado fazer mais um de nós?

– Não importa mais, Louis – lembrou-me ela. Tínhamos de nos despedir de Nova Orleans. Nos afastávamos da multidão da Rua Royale. Meus sentidos captavam tudo que me cercava, relutantes em aceitar que aquela era a última noite.

– Já fazia muito tempo que a velha cidade francesa tivera grande parte incendiada e a arquitetura daquela época era como a de hoje, espanhola, o que significava que, ao andarmos lentamente pela ruela estreita onde um cabriolé tinha de parar para dar passagem a outro, passávamos por paredes caiadas e grandes portões que revelavam distantes pátios paradisíacos iluminados, iguais ao nosso, cada um deles parecendo conter uma promessa, um mistério sensual. Imensas bananeiras tocavam os balcões internos, montes de samambaias e flores entupiam as entradas. Acima, no escuro, vultos sentavam-se aos balcões, com portas abertas às costas, suas vozes murmurantes e o rufar de seus leques quase inaudíveis sob a leve brisa do rio. E sobre os muros cresciam glicínias e trepadeiras tão exuberantes que esbarrávamos nelas ao passar, e às vezes parávamos para pegar uma rosa brilhante ou galhos de madressilva. Pelas altas janelas víamos várias vezes o jogo das luzes sobre tetos ricamente pintados e, frequentemente, a clara iridescência de um lustre de cristal. Às vezes surgia na sacada um vulto vestido para a noite, o reluzir das joias ao pescoço, o perfume acrescentando um evanescente cheiro de luxúria às flores que recendiam no ar.

– Tínhamos nossas ruas, jardins e esquinas favoritos, mas acabamos inevitavelmente atingindo os limites da cidade velha e o início do pântano. Inúmeras carruagens passavam por nós, vindas da Estrada Bayou em direção ao teatro ou à ópera. Mas agora as luzes da cidade jaziam às nossas costas e seus vários aromas se desvaneciam sob o cheiro forte de decomposição do pântano. A simples visão das árvores altas e oscilantes, com seus galhos cobertos de limo, me causara mal-estar, obrigando-me a pensar em Lestat. Pensava nele como tinha pensado no corpo de meu irmão. Via-o afundar entre raízes de ciprestes e carvalhos, aquela forma obscura embrulhada num lençol branco. Perguntei-me se os seres da escuridão o teriam evitado, adivinhando instintivamente que aquela coisa quebrada e embrulhada era virulenta, ou se teriam trepado nele sob a água suja, arrancando sua velha carne seca dos ossos.

– Afastei-me do pântano, de volta ao coração da cidade velha, e senti a delicada pressão da mão de Cláudia me confortando. Ela tinha feito um ramalhete com flores de todos os muros e o prendera ao peito do vestido amarelo, o rosto mergulhado no perfume. Então falou, tão baixinho que tive de me inclinar para poder ouvir:

– Louis, você está confuso. Sabe a solução. Deixe a carne... deixe a carne guiar a mente.

– Largou minha mão e a vi afastar-se de mim, voltando-se uma vez para murmurar a mesma ordem:

– Esqueça-o. Deixe a carne guiar a mente...

– Fez-me lembrar aquele livro de poesias que eu tinha nas mãos quando ela me disse aquelas palavras pela primeira vez, e vi o verso sobre a página:

Seus lábios eram vermelhos, *seus* modos, livres,
Suas madeixas eram amarelas como ouro;
Sua pele era tão branca quanto a lepra,
Ela era o Pesadelo da VIDA EM MORTE,
Que enche o sangue humano de frio.

– Ela me sorria da esquina, um pedacinho de seda amarela visto rapidamente na escuridão crescente, e depois partiu. Minha companheira, minha companheira eterna.

– Chegava à Rua Dumaine, passando por janelas escuras. Uma lâmpada morria muito lentamente atrás de uma grossa tela de renda pesada, a sombra desenhada no muro crescendo, ficando mais pálida, depois se desvanecendo na negrura. Segui em frente, aproximando-me da casa de Madame LeClair, ouvindo violinos suaves na sala do segundo andar seguidos da risada metálica dos convidados. Fiquei parado nas sombras, vendo um punhado deles se moverem pelas salas iluminadas. Um convidado ia de janela em janela, um vinho verde-claro em seu copo, a face voltada para a lua como se procurasse algo que finalmente encontrou na última janela, a mão sobre o cortinado escuro.

– À minha frente havia uma porta no muro e uma luz iluminava o caminho. Movi-me silenciosamente na rua estreita e senti os aromas fortes da cozinha enchendo o ar e ultrapassando o portão. Um cheiro ligeiramente nauseante de comida. Entrei pelo portão. Alguém acabara de atravessar o pátio apressadamente, batendo uma porta. Mas não vi outro vulto. Ela estava de pé junto ao fogão, uma negra com um turbante brilhante na cabeça, as feições delicadamente cinzeladas e reluzentes sob a luz, como uma imagem em diorito. Mexia uma caçarola. Captei o cheiro doce dos temperos, da manjerona e do louro frescos, e depois, numa onda, veio o odor horrendo da carne sendo cozida, o sangue e a carne se decompondo em fluidos fumegantes. Aproximei-me e a vi apoiar a comprida colher de ferro e ficar de pé com as mãos nas cadeiras generosas e benfeitas, o branco do cinto do avental delineando a cintura delicada, fina. Os sucos da panela fumegaram sobre os carvões. O cheiro escuro da mulher me atingiu, seu perfume pardo de especiarias, mais forte do que a estranha mistura da panela, torturante quando ela chegou mais perto e se apoiou numa parede cheia de vinhos. Lá em cima, os violinos suaves iniciaram uma valsa e o assoalho rangeu sob os pares. O jasmim da parede me envolveu, depois recuou como a água que varre a praia e novamente senti seu perfume salgado. Ela se dirigia para a porta da cozinha, seu longo pescoço negro graciosamente inclinado enquanto perscrutava as sombras sob a janela iluminada.

– Monsieur! – disse ela, saindo para o clarão de luz amarela. Esta bateu em seus grandes seios redondos e em seus compridos braços sedosos, deixando-me ver a fria beleza de seu rosto.

– Está procurando a festa, monsieur? – perguntou. – A festa é lá em cima...

– Não, minha querida. Não estava procurando a festa – disse-lhe, saindo das sombras. – Procurava você.

⁂

– Quando acordei, na noite seguinte, já estava tudo pronto: as malas e o cesto com os caixões a caminho do navio, os criados despedidos, os móveis cobertos. A visão de bilhetes, cartas de crédito e outros papéis colocados juntos em uma pequena mala preta fez a viagem emergir para clara luz da realidade. Teria de me abster de matar durante algum tempo, de modo que cuidei disto cedo e rapidamente, igual a Cláudia. E ao se aproximar a hora da partida, estava sozinho no apartamento, esperando por ela. Cláudia demorava demais, para meu nervosismo. Temi por ela – apesar de ela poder convencer praticamente qualquer pessoa a levá-la para casa, se estivesse muito longe. Muitas vezes tinha persuadido estranhos a trazê-la até a porta, até seu pai, que agradecia profusamente por lhe devolverem a filhinha perdida.

– Quando ela apareceu, veio correndo e, enquanto fechava meu livro, comentei que tinha se esquecido da hora. Ela pensou que era mais tarde. Por meu relógio, ainda tínhamos uma hora. Mas no momento em que ela chegou à porta, compreendi que havia algo errado.

– Louis, as portas! – ofegou, o peito cansado, a mão no coração. Correu pelo corredor comigo atrás dela e, a seu gesto desesperado, fechei as portas do balcão.

– O que houve? – perguntei. – O que houve com você?

– Mas ela já se dirigia para as janelas da frente, as altas janelas francesas que se abriam para estreitos balcões debruçados sobre a rua. Aumentou a chama da lâmpada e soprou-a rapidamente. A sala ficou escura e depois se iluminou aos poucos, com a luz da rua. Continuou de pé, ofegando, a mão no peito, e depois puxou-me para perto dela, à janela.

– Alguém me seguiu – murmurou então. – Podia ouvir seus passos atrás de mim. A princípio, pensei que não era nada! – parou para respirar, a face lavada pela luz azulada que penetrava pelas janelas. – Louis, era o músico – sussurrou.

– Mas qual é o problema? Deve tê-la visto com Lestat.

– Louis, ele já chegou. Olhe pela janela. Tente vê-lo.

– Ela parecia abalada, quase com medo. Como se não aguentasse aparecer na soleira. Saí para o balcão, apesar de ainda segurar sua mão enquanto ela permanecia atrás da cortina, e ela me agarrou com tanta força que achei que temia por mim. Eram 11 horas e a Rua Royale estava calma por um momento: lojas fechadas, o movimento em direção ao teatro recém-terminado. Uma porta bateu em algum lugar à minha direita e vi uma mulher e um homem emergirem e correrem para a esquina, o rosto da mulher oculto por um imenso chapéu branco. Seus passos morreram na distância. Não conseguia ver ninguém, perceber ninguém. Podia ouvir a respiração difícil de Cláudia. Algo se moveu na casa. Parei e depois reconheci o trinado e o movimento de pássaros. Tínhamos esquecido os passarinhos. Mas Cláudia parecia ainda pior e eu a puxei para perto de mim.

– Não há ninguém, Cláudia... – comecei a murmurar. – E então vi o músico.

– Ele tinha ficado tão quieto na soleira da loja de móveis que nem me apercebera dele, e parecia que esta tinha sido sua intenção. Pois agora ele voltava o rosto para cima, em minha direção, e suas faces reluziram no escuro como uma luz branca. A frustração e o cuidado haviam desaparecido inteiramente de seu rosto duro. Seus grandes olhos escuros me examinavam da carne branca. Tinha se transformado em vampiro.

– Estou vendo – murmurei para ela, meus lábios se mexendo o menos possível, nossos olhos se encontrando. Senti que ela chegava para mais perto, a mão tremendo, o coração na boca. Quando o viu, deixou escapar um suspiro. Mas ao mesmo tempo senti um calafrio, apesar de continuar fitando-o e ele não se mover. Pois ouvira passos na entrada da casa. Ouvira o portão ranger. E depois o mesmo passo, deliberado, ruidoso, ecoando sob o teto em arco da entrada de carros, decidido, familiar. Aquele passo que avançava agora pela escada em espiral. Um gritinho escapou de Cláudia, que levou a mão à boca. O vampiro não se movera. E eu conhecia os passos na escada. Conhecia os passos na soleira. Era Lestat. Lestat puxando a porta, depois esmurrando-a, socando-a, como se quisesse arrancá-la da parede. Cláudia recuou para um canto da sala, o corpo dobrado, como se alguém tivesse lhe dado um murro, os olhos correndo nervosamente do vulto na rua para mim. Os socos na porta soaram mais altos. E então ouvi sua voz:

– Louis! – chamou. – Louis! – rugiu contra a porta. E então veio um ruído da janela da saleta. Podia ouvir o ferrolho se abrindo. Agarrei a lâmpada depressa, risquei um fósforo com força e quebrei-o em minha fúria, depois coloquei a chama como queria e mantive o pequeno recipiente de querosene envenenado nas mãos.

– Afaste-se da janela. Feche-a – disse para Cláudia. E ela obedeceu, como se a ordem repentina e clara a tivesse livrado de um paroxismo de medo.

– E acenda a outra lâmpada, agora, rápido!

– Ouvi-a gritar ao riscar o fósforo. Lestat entrava no saguão.

– E então ele surgiu na porta. Deixei escapar um soluço e, sem querer, devo ter recuado muitos passos. Podia ouvir o grito de Cláudia. Era Lestat, sem dúvida, restabelecido e intacto, parado na soleira, a cabeça inclinada para a frente, os olhos injetados como se estivesse bêbado e precisasse de apoio para não cair esticado no chão. Sua pele era um monte de cicatrizes, uma horrenda capa para a carne ferida, como se cada ruga de sua "morte" tivesse deixado uma marca. Estava seco e marcado como se atingido por socos aleatórios de um ferro em brasa, e seus olhos, outrora cinzentos e claros, estavam cobertos de vasos arrebentados.

– Fique aí... pelo amor de Deus... – murmurei. – Jogarei isto em você. Vou queimá-lo vivo – disse-lhe, e, no mesmo instante, pude ouvir um som à minha esquerda, algo arranhando a fachada da casa. Era o outro. Já podia ver suas mãos na sacada de ferro. Cláudia deixou escapar um grito lancinante quando ele jogou seu peso contra as portas de vidro.

– Não posso descrever o que aconteceu. Possivelmente não saberia contar. Lembro-me de ter lançado a lâmpada em Lestat. Ela se partiu a seus pés e as chamas subiram do tapete. Eu tinha uma tocha nas mãos, uma bucha de pano que tinha arrancado do sofá e acendido nas chamas. Mas antes disso, já lutava com ele, socando selvagemente sua imensa força. E de algum ponto vinham os gritos de pânico de Cláudia. E a outra lâmpada estava quebrada. E as cortinas das janelas ardiam. Lembro-me de que as roupas dele se encheram de querosene enquanto ele batia desenfreadamente nas chamas, tonto, desajeitado, incapaz de manter o equilíbrio, mas quando me envolveu em seu abraço, quase tive de rasgar seus dedos com os dentes para me livrar. Havia barulho na rua, gritos, o som de um sino. A própria sala tinha rapidamente se transformado num inferno e, num clarão de luz, vi Cláudia lutando com o novo vampiro. Ele parecia incapaz de fechar as mãos sobre ela, como um humano desajeitado atrás de um pássaro. Lembro-me de ter rolado interminavelmente com Lestat nas chamas, sentindo um calor sufocante em meu rosto, vendo as chamas em suas costas quando ele rolou sobre mim. E então Cláudia surgiu da confusão, açoitando-o com o ferro da lareira até que seu braço se afrouxasse e eu me livrasse dele. Vi o ferro descer várias vezes sobre ele e ouvi Cláudia soltar rugidos enquanto batia, como um animal irracional. Lestat segurava a mão fazendo uma careta de dor. E ali, esparramado no tapete ardente, jazia o outro, o sangue escorrendo de sua cabeça.

– O que aconteceu depois não é muito claro. Acho que arranquei o ferro das mãos dela e dei uma estocada final na cabeça de Lestat. Lembro-me de que ele pareceu irrefreável, invulnerável às estocadas. Nessa altura, o fogo estava chamuscando minhas roupas, tinha pegado o vestido de gaze de Cláudia, de modo que a agarrei e corri para fora, tentando abafar as chamas com meu corpo. Lembro-me de ter tirado o casaco e batido com ele no fogo, ao ar livre, e de homens que passavam por mim e subiam as escadas correndo. Imensa multidão se acotovelava na saída do pátio, e alguém subiu no telhado abobadado da cozinha. Eu tinha Cláudia nos braços e passei correndo por eles, surdo às perguntas, empurrando-os com o ombro, obrigando-os com o ombro, obrigando-os a abrir caminho. E então me vi livre com ela, ouvindo-a ofegar e soluçar em meu ouvido, correndo às cegas pela Rua Royale, entrando na primeira ruela, correndo sem parar até não ouvir nenhum ruído, a não ser o de meus próprios pés. E o de sua respiração. E ficamos parados, o homem e a criança, queimados e doloridos, respirando fundo no silêncio da noite.

SEGUNDA PARTE

Passei a noite toda no convés do navio francês *Mariana*, olhando as pranchas. O comprido tombadilho estava cheio, as festas se prolongavam até tarde em luxuosas e pródigas cabinas, o convés palpitando de passageiros e visitantes. Mas, finalmente, perto do romper do dia, as festas acabaram, uma a uma, e as carruagens deixavam as estreitas ruas do cais. Alguns passageiros atrasados subiram a bordo e um casal hesitou horas no parapeito. Mas Lestat e seu aprendiz, se é que sobreviveram ao fogo (e eu estava convencido de que sim), não apareceram no navio. Nossa bagagem havia deixado o apartamento naquele dia, e se algo restara que pudesse mostrar-lhes nosso destino, tinha certeza de que fora destruído. Mesmo assim eu observava. Cláudia ficou sentada em segurança, em nossa cabina trancada, com os olhos fixos na porta. Mas Lestat não apareceu.

Finalmente, como esperava, a comoção da partida começou antes do amanhecer. Algumas pessoas acenavam do cais e do alto do tombadilho quando o grande barco começou primeiro a tremer, depois a se arremessar violentamente para um lado e, por fim, a escorregar em um grande movimento majestoso pela corrente do Mississippi.

– As luzes de Nova Orleans foram diminuindo de tamanho e brilho até parecerem mera fosforescência contra as nuvens claras. Estava tão fatigado como jamais estivera, mas fiquei no convés enquanto pude ver aquela luz, sabendo que poderia nunca mais voltar a vê-la. Logo a torrente nos fez passar pelos ancoradouros de Freniere e Pointe du Lac, e então, quando pude ver a grande muralha de algodão e ciprestes ficando cada vez mais verde no meio da escuridão da costa, compreendi que era a manhã se aproximando perigosamente.

– Ao colocar a chave na fechadura da cabina, senti a maior felicidade de minha vida. Jamais, durante todos aqueles anos em que vivera em nossa seleta família, experimentara o medo daquela noite, a vulnerabilidade, o terror absoluto. E não sentiria um alívio súbito. Nem uma repentina sensação de segurança. Somente aquele alívio que o cansaço finalmente impõe, quando nem o corpo nem a mente conseguem mais suportar o terror. Pois, apesar de Lestat estar a milhas de nós, sua ressurreição havia despertado em mim uma série de complexos medos dos quais não conseguia me livrar. Mesmo quando Cláudia me disse:

– Estamos salvos, Louis. Salvos – e eu lhe murmurei a palavra *sim*, podia ver Lestat apoiado naquela soleira, ver aqueles olhos inchados, aquela carne marcada. Como tinha voltado? Como tinha triunfado sobre a morte? Como poderia uma criatura sobreviver àquela ruína enrugada na qual tinha se transformado? Qualquer que fosse a resposta, qual seu significado – não somente para ele, mas para Cláudia, para mim? Estávamos a salvo dele, mas e de nós mesmos?

– O navio foi atacado por uma "febre" estranha. Entretanto não havia nenhuma rapina, apesar de ocasionalmente os corpos poderem ser encontrados, leves e secos, como se as criaturas já estivessem mortas há dias. Mas assim era a febre. Primeiro pegava o passageiro sob a forma de fraqueza e dor de garganta; ocasionalmente surgiam marcas no pescoço, às vezes em outro lugar, ou simplesmente não aparecia nenhuma marca identificável, apesar de uma antiga ferida voltar a abrir e doer. E por vezes o passageiro começava a dormir cada vez mais no decorrer da viagem, a febre subia e o matava no sono. Assim, conforme atravessávamos o Atlântico, assistíamos a frequentes enterros no mar.

– Naturalmente temeroso por causa da febre, eu evitava os passageiros, não queria me unir a eles no salão, conhecer suas histórias ou ouvir seus sonhos e expectativas. Fazia minhas "refeições" sozinho. Mas Cláudia gostava de observar os passageiros, de ficar no convés e vê-los entrar ao anoitecer, para me dizer mais tarde, baixinho:

– Acho que aquela será uma vítima...

– Então eu fechava o livro e olhava pela escotilha, sentindo o delicado embalo do mar, vendo as estrelas, mais claras e brilhantes do que jamais se mostraram em terra, mergulhando para tocar as ondas. Em certos momentos, em que me sentava sozinho na cabina escura, parecia-me que o céu tinha descido para encontrar o mar e que algum imenso segredo deveria ser revelado naquele encontro, um grande golfo miraculosamente fechado para sempre. Mas quem faria tal revelação quando céu e mar ficassem indistinguíveis e só restasse o caos? Deus ou Satã? Subitamente me ocorria o consolo que seria conhecer Satã, olhar sua face, não importa quão terrível fosse este semblante, saber que lhe pertencia totalmente, e assim descansar para sempre do tormento daquela ignorância. Baixar algum véu que me separaria de tudo o que chamava de natureza humana.

– Sentia o navio se aproximar cada vez mais deste segredo. Não havia um fim visível para o firmamento; ele nos envolvia com sua beleza e silêncio estonteantes. Mas então as palavras "descansar para sempre" se tornaram horríveis. Pois não haveria descanso na danação, não poderia haver descanso. E o que era aquele tormento em comparação com o incansável fogo do inferno? O mar balançando sob aquelas estrelas constantes – as próprias estrelas – o que tinham a ver com Satã? E aquelas imagens que nos parecem tão estáticas na infância, quando somos tomados de mortal excitação e mal podemos considerá-las desejáveis: serafins fitando para sempre a face de Deus – e a própria face de Deus – isto era descanso eterno, do qual este mar delicado que embalava o navio era somente pálida imagem.

– Mas mesmo nestes momentos, quando o barco dormia e todo mundo dormia, nem o céu nem o inferno pareciam mais do que uma fantasia torturante. Conhecer, acreditar em um ou outro... talvez fosse esta a única salvação com a qual podia sonhar.

– Cláudia, que gostava de luzes como Lestat, acendia as lâmpadas assim que acordava. Tinha um baralho maravilhoso, adquirido de uma dama a bordo. Na frente, seguia a moda de Maria Antonieta e atrás tinha flores-de-lis douradas sobre fundo violeta. Ela jogava paciência, onde as cartas formavam um relógio. E perguntava, até que finalmente comecei a responder, como Lestat tinha conseguido aquilo. Não estava mais abalada. Se recordasse seus gritos no fogo, não se importaria. Se recordasse que, antes do incêndio, tinha derramado lágrimas de verdade em meus braços, isto não a modificaria. Continuava a ser, como sempre, uma pessoa de pouca indecisão, uma pessoa em quem o silêncio habitual não significava angústia ou arrependimento.

– Devíamos ter queimado seu corpo – disse ela. – Fomos tolos em pensar que sua aparência significava morte.

– Mas como sobreviveu? – perguntei. – Você o viu, sabe o que restou dele.

– Na verdade, eu não gostava daquilo. De boa vontade deixaria tudo guardado no fundo da mente, mas minha mente não o permitia. E agora era ela quem me dava as respostas, pois na verdade dialogava sozinha.

– Suponha, porém, que ele parou de lutar conosco – ela explicou. – Que ainda estava vivo, aprisionado naquele inútil corpo seco, consciente e calculista...

– Consciente, naquele estado! – murmurei.

– E suponha que quando tocou as águas do pântano e ouviu o barulho de nossa carruagem se afastando, conseguiu forças suficientes para mover os membros. Havia muitas criaturas na escuridão a sua volta. Uma vez o vi arrancar a cabeça de um pequeno camaleão e olhar o sangue jorrar num copo. Pode imaginar a tenacidade do desejo de viver que havia nele, suas mãos agarrando, naquela água, qualquer coisa que se movesse?

– Desejo de viver? Tenacidade? – murmurei. – Suponho que seja algo mais...

– E então, quando sentiu suas forças ressuscitarem, talvez apenas o suficiente para levá-lo até a estrada, a algum lugar ao longo daquela estrada onde pudesse encontrar alguém. Talvez tenha se agachado, esperando que passasse uma carruagem, talvez tenha rastejado, agarrando-se a qualquer sangue que encontrasse até atingir as cabanas daqueles imigrantes ou casas de campo afastadas. E que espetáculo deve ter sido! – Ela fitava a lâmpada pendurada, os olhos apertados, a voz seca, sem emoção. – E o que fez então? Não tenho certeza. Se não conseguiu voltar a Nova Orleans a tempo, certamente deve ter alcançado o cemitério de Old Bayou. O hospital público o abastece diariamente de corpos frescos. E posso imaginá-lo cavando seu caminho na terra úmida em busca de um caixão, jogando seu conteúdo fresco nos pântanos, protegendo-se do dia naquela cova vazia onde nenhum homem gostaria de perturbá-lo. Sim... foi isto que fez, tenho certeza.

– Pensei nisto durante muito tempo, tentando imaginar, vendo o que poderia ter acontecido. E então a ouvi continuar, pensativamente, enquanto pousava mais uma carta e olhava o rosto oval de um rei morto:

– *Eu* o teria feito.

– E por que me olha assim? – perguntou, juntando as cartas, seus dedinhos lutando para fazer um monte único e depois embaralhá-las.

– Mas você acredita... que se tivéssemos queimado seus restos ele teria morrido? – perguntei.

– Claro que acredito. Se não houver nada para se levantar, nada se levantará. Mas em que está pensando?

– Agora ela dava as cartas, estendendo-me a mão por cima da mesinha de carvalho. Olhei as cartas, mas não as toquei.

– Não sei... – murmurei. – Só que talvez não tenha havido desejo de viver, nem tenacidade... porque simplesmente não precisou delas.

– Seus olhos me fitaram fixamente, sem dar nenhuma pista de seus pensamentos nem demonstrar que compreendera o meu.

– Porque talvez ele fosse incapaz de morrer... talvez ele seja, e nós sejamos... verdadeiramente imortais?

– Durante muito tempo, ela ficou ali sentada me olhando.

– Consciência naquele estado... – completei finalmente, afastando meu olhar do dela. – Neste caso, poderia haver consciência em qualquer outro? Fogo, luz do sol... o que importa?

– Louis – disse ela, baixinho. – Você está com medo. Você não fica *en garde* contra o medo. Não compreende o perigo que é o medo em si. Saberemos estas respostas quando finalmente encontrarmos quem nos possa fornecê-las, aqueles que vêm adquirindo conhecimentos há séculos, desde o tempo em que criaturas como nós surgiram na Terra. Este conhecimento nos pertence por direito, e ele nos privou dele. Mereceu a morte.

– Mas ele não morreu – falei.

– Ele está morto – ela respondeu. – Ninguém poderia ter escapado daquela casa, a não ser que tivesse fugido conosco, a nosso lado. Ele está morto, assim como aquele trêmulo esteta, seu amigo. Consciência, o que importa?

– Juntou as cartas e colocou-as de lado, apontando para que lhe passasse os livros sobre a mesa ao lado do beliche, aqueles livros que desempacotara assim que chegamos a bordo, os poucos registros selecionados de tradições dos vampiros que tinha escolhido como guias. Não incluíam romances ingleses, nem histórias de Edgar Allan Poe, nenhuma fantasia. Somente algumas anotações sobre os vampiros da Europa Oriental que tinham se tornado uma espécie de Bíblia para ela. Naqueles países, realmente queimavam os restos dos vampiros que encontravam, além de lhes enfiarem uma estaca no coração e cortarem a cabeça. Agora lia aqueles livros durante horas, aqueles livros antigos que tinham sido lidos e relidos antes de atravessar o Atlântico; eram contos de viajantes, sem precisar de papel ou lápis, simplesmente em sua mente. Uma viagem que nos afastaria para bem longe das reluzentes capitais da Europa em direção ao Mar Negro, onde atracaríamos em Varna e iniciaríamos nossa busca pelos campos.

– Para mim, era uma triste perspectiva, pois ansiava por outros lugares e outros conhecimentos que Cláudia não chegara a compreender e cujas sementes tinham sido lançadas em mim há muitos anos. Sementes que se tornaram amargas flores quando nosso navio passou pelo Estreito de Gibraltar e penetrou nas águas do Mar Mediterrâneo.

– Queria que aquelas águas fossem azuis. E não eram. Eram águas noturnas, e como sofri então, esforçando-me para me lembrar dos mares que os sentidos incultos de um jovem tomaram como certos, que uma memória indisciplinada deixou escorregar para a eternidade. O Mediterrâneo era negro, negro na costa da Itália, negro na costa da Grécia, sempre negro, negro quando – nas poucas horas frias antes do alvorecer, enquanto Cláudia dormia, cansada de seus livros e tão emagrecida que despertava sua fome de vampiro – eu baixava uma lanterna até o vapor para que o fogo batesse nas águas, e nada surgia naquela superfície escura a não ser a própria luz, o reflexo daquele feixe que viajava sempre comigo, um olho fixo que parecia cair sobre mim vindo das profundezas e dizer:

– Louis, sua indagação só pertence à escuridão. Este mar não é o seu mar. Os mitos dos homens não são os seus mitos. Os tesouros dos homens não são seus.

– Mas, oh, como a questão dos vampiros do Velho Mundo me enchia de amargura naqueles momentos, uma amargura que eu simplesmente sentia, como se o próprio ar tivesse perdido seu frescor. Pois quais segredos, quais verdades teriam aquelas monstruosas criaturas da noite para nos dar? Quais seriam seus terríveis limites, caso realmente os encontrássemos? O que poderia o condenado dizer ao condenado?

– Nunca pisei na costa do Pireu. Mas, em minha mente, perambulei pela Acrópole de Atenas, vendo a lua nascer pelo telhado vazado do Partenon, medindo minha altura na grandeza daquelas colunas, andando pelas ruas daqueles gregos que morreram em Maratona, ouvindo o vento nas velhas oliveiras. Aqueles eram os monumentos dos homens que não podiam morrer, não as pedras do morto-vivo; aqui estavam os segredos que resistiram à passagem do tempo e que vagamente eu começara a compreender. Ainda assim nada me afastava de nossa indagação, nem o poderia, mas, cada vez mais – comprometido como estava –, eu pesava o grande risco de nossas perguntas, o risco de qualquer pergunta feita com sinceridade, pois a resposta poderia ter um preço incalculável, um trágico perigo. Quem saberia aquilo melhor do que eu, que tinha presidido a morte de meu próprio corpo, vendo tudo que considerava humano se desvanecer e morrer para formar simplesmente uma cadeia inquebrável prendendo-me a este mundo, apesar de me manter exilado, um espectro com um coração palpitante?

– O mar me embalou em pesadelos, em duras recordações. Uma noite de inverno, em Nova Orleans, em que perambulei pelo cemitério de St. Louis e vi minha irmã, velha e recurvada, um ramalhete de rosas brancas nos braços, os espinhos cuidadosamente envolvidos em velho pergaminho, sua cabeça grisalha arqueada, seus passos levando-a em segurança pela terrível escuridão até a tumba onde fora colocada a placa de seu irmão Louis, lado a lado com seu irmão mais novo... Louis, que morrera no incêndio de Pointe du Lac, deixando uma generosa herança para um afilhado e homônimo do qual nunca ouvira falar. Aquelas flores eram para Louis, como se já não decorresse meio século desde sua morte, como se sua memória, como a de Louis, não lhe deixasse em paz. A dor acentuou sua beleza pálida, a dor curvou suas costas magras. E o que eu não teria dado, ao vê-la, para tocar seu cabelo prateado, murmurar-lhe meu amor, como se este não tivesse desaparecido em seus últimos anos de um horror pior do que a dor. Deixei-a, ainda mais magoado.

– E agora eu sonhava demais. Sonhei muito tempo, na prisão daquele navio, na prisão de meu corpo, sintonizado como estava com o nascer de cada dia, como nenhum corpo mortal jamais estivera. E meu coração batia mais forte pelas montanhas da Europa Oriental, finalmente. Batia mais forte pela única esperança de que em algum ponto daquele recanto primitivo pudéssemos descobrir por que Deus permitia tal sofrimento – por que Deus havia permitido que começasse, e como Deus deixaria que terminasse. Não tinha coragem de terminá-lo, sabia, sem aquela resposta, e as águas do Mediterrâneo tornaram-se, de fato, as águas do Mar Negro.

O vampiro suspirou. O rapaz descansava sobre o cotovelo, a face afundada na mão direita. E sua expressão ávida não combinava com a vermelhidão dos olhos.

– Acha que estou brincando com você? – o vampiro perguntou, franzindo por um instante suas delicadas sobrancelhas escuras.

– Não – disse o rapaz rapidamente. – Já aprendi a não fazer perguntas. Você me contará tudo quando chegar a hora.

Com isto, fechou a boca e ficou olhando o vampiro como se estivesse pronto para continuar escutando.

Ouviu-se um som distante. Veio de algum ponto do velho prédio vitoriano que os cercava, o primeiro som daquele tipo que tinham escutado. O rapaz levantou os olhos para a porta do corredor. Era como se tivessem esquecido a existência do prédio. Alguém andava pesadamente no velho assoalho. Mas o vampiro não se perturbou. Olhou para longe, como se novamente se separasse do presente.

– Que cidade. Não sei o nome, já o esqueci. Entretanto, lembro-me de que ficava a milhas da costa, e que viajamos sozinhos de carruagem. E que carruagem! Era coisa de Cláudia aquela carruagem, e eu já devia esperar, mas sempre deixo tudo me surpreender. No instante em que chegamos a Varna, percebi certas mudanças nela que subitamente me alertaram: era tão filha de Lestat quanto minha. Comigo tinha aprendido o valor do dinheiro, mas de Lestat herdada a paixão de gastá-lo. E não abriria mão da mais luxuosa carruagem preta que pudéssemos conseguir, com bancos de couro que poderiam acomodar um grupo de viajantes, mas sendo utilizados apenas por um homem e uma criança que só usavam o magnífico compartimento para transportar um baú de carvalho ricamente entalhado. Na traseira, foram amarradas duas malas com as melhores roupas que se podiam encontrar nas lojas e partimos às carreiras, aquelas rodas enormes e brilhantes carregando seu volume numa corrida apavorante pelas estradas das montanhas. Aquilo causava uma emoção maior que qualquer coisa daquele país estranho – cavalos a galope e o deslizar suave da carruagem.

– Era um estranho país. Solitário, escuro, pois os países agrícolas são sempre escuros, seus castelos e ruínas quase sempre obscurecidos enquanto a lua passava por trás de nuvens, causando-me uma angústia que nunca experimentara em Nova Orleans. E as pessoas em si não causavam grande alívio. Nos sentíamos nus e perdidos em suas minúsculas aldeias, sempre conscientes do grave perigo que corríamos.

– Em Nova Orleans, nunca tivéramos que despistar as mortes. Epidemias de febre, pragas, crimes – estas coisas competiam conosco e nos superavam. Mas ali tínhamos de percorrer imensas distâncias para não chamar atenção sobre a morte. Pois aqueles camponeses simples, que teriam achado as movimentadas ruas de Nova Orleans atemorizantes, acreditavam piamente que a morte andava e bebia o sangue dos vivos. Conheciam seus nomes: vampiro, diabo. E nós, atentos ao menor boato, não queríamos de modo algum criar rumores.

– Viajamos sozinhos, rápidos e pródigos, lutando para conseguir segurança em nossa ostentação, achando as histórias de vampiros meras tolices quando, com minha filha dormindo em meu colo, eu invariavelmente encontrava alguém entre os camponeses ou viajantes que falasse um pouco de alemão ou, às vezes, até mesmo francês, para discutir comigo as conhecidas lendas.

– Finalmente, chegamos àquela aldeia que deveria modificar nossas viagens. Não aproveitei nada daquele passeio, nem o frescor do ar nem o frio da noite. Até hoje não consigo falar disto sem um vago tremor.

– Tínhamos passado a última noite em uma fazenda e não encontramos nada de novo, exceto a desolação do lugar: pois não era tarde quando chegamos, não era tarde o suficiente para que todas as janelas da ruazinha estivessem trancadas ou para uma lanterna balançar apagada na porta da hospedaria.

– Recebemos negativas em todas as portas. E havia outros sinais de que algo estava errado. Uma caixinha de flores murchas sob a vitrina de uma loja fechada. Uma barrica rolando para a frente e para trás no meio do pátio da hospedaria. O lugar oferecia o aspecto de uma cidade sitiada pela praga.

– Mas quando pousava Cláudia na terra batida ao lado da carruagem, vi uma fresta de luz sob a porta da hospedaria.

– Levante o capuz – disse ela rapidamente. – Estão vindo.

– Alguém lá dentro puxava o ferrolho.

– A princípio, tudo o que vi foi a luz em frente ao vulto que surgia numa pequena abertura da porta. Depois a luz da carruagem se refletiu nos olhos dela.

– À noite não é hora de viajar... – ela me disse com sua voz peculiar, anasalada. – E com uma criança.

– Quando ela disse isto, notei que havia outras pessoas na sala. Podia ouvir seus murmúrios e ver o brilho de uma lareira. Pareciam todos camponeses, exceto um homem vestido do mesmo modo que eu, um terno bem cortado e uma capa sobre os ombros. Suas roupas pareciam mal cuidadas e rotas. Seu cabelo ruivo brilhava na luz do fogo. Era estrangeiro, como nós, e era o único que não nos olhava. Sua cabeça oscilava ligeiramente, como se estivesse bêbado.

– Minha filha está cansada – falei. – Só temos este lugar para ficar.

– Peguei Cláudia no colo. Ela encostou seu rosto no meu e sussurrou:

– Louis, o alho, o crucifixo na porta!

– Um quarto para a noite! – eu disse em alemão. – E meus cavalos precisam terrivelmente descansar.

– Não tinha percebido. Era um pequeno crucifixo, com o corpo de Cristo em bronze fixado na madeira, o alho arrumado à sua volta, uma guirlanda nova cercada por uma velha, onde os brotos estavam murchos e secos. Os olhos da mulher seguiram os meus, e então fitou-me friamente e pude ver como estava exausta, as pupilas muito vermelhas, e como tremia a mão que segurava o xale sobre o peito. Seu cabelo preto estava inteiramente desgrenhado. Cheguei mais perto até ficar praticamente na soleira, e ela abriu a porta de repente, como se tivesse acabado de se decidir a nos deixar entrar. Apesar de não compreender as palavras eslavas, tenho certeza de que fez uma oração quando entrei.

– A sala pequena e de teto baixo estava cheia de gente, homens e mulheres ao longo das paredes rústicas, em bancos e mesmo no chão. Uma criança dormia no colo de uma mulher, outra dormia na escada, enrolada em lençóis, os joelhos enrodilhados num degrau, os braços servindo de travesseiro. De todo canto pendiam alhos em dentes e tranças, junto com panelas e jarros. E a lareira fornecia a única luz, a lançar sombras distorcidas sobre as faces imóveis que nos observavam.

– Ninguém se moveu para que nos sentássemos ou nos ofereceu alguma coisa. Finalmente a mulher disse em alemão que, se eu quisesse, poderia levar os cavalos para o estábulo. Fitava-me com aqueles olhos levemente loucos, injetados, e depois seu rosto se suavizou. Disse que me esperaria na porta com uma lanterna, e que eu devia me apressar e deixar a criança lá dentro.

– Mas algo mais me chamou a atenção. Um cheiro que eu detectava sob a fragrância forte da madeira ardendo e do vinho. Era o cheiro da morte. Podia sentir a mão de Cláudia apertando meu peito, e vi seu dedinho apontar para uma porta ao pé da escada. O cheiro vinha de lá.

– Quando voltei, a mulher tinha um copo de vinho e um prato de sopa me esperando. Sentei-me, com Cláudia sobre os joelhos, voltada para a porta misteriosa. Como antes, todos os olhares caíam sobre nós, exceto o do forasteiro. Agora podia ver seu perfil claramente. Era muito mais jovem do que imaginara, seu rosto encovado, florescendo de emoção. Na verdade, tinha um rosto magro, mas muito agradável, a pele clara e sardenta tornando-o parecido com um menino. Seus grandes olhos azuis estavam fixos no fogo como se conversasse com ele; suas sobrancelhas e seus cílios ficavam dourados sob a luz, o que lhe dava uma expressão muito inocente e aberta. Mas ele estava infeliz, perturbado, bêbado. De repente voltou-se para mim e vi que estivera chorando.

– Fala inglês? – disse, sua voz ribombando no silêncio.

– Sim, falo – respondi. E ele olhou para os outros triunfalmente. Eles o fitaram como se fossem de pedra.

– Fala inglês! – gritou, seus lábios se esticando num sorriso amargo, seus olhos passando pelo teto e depois se fixando nos meus.

– Saia deste país – ele disse. – Saia daqui agora. Pegue seus cavalos, sua carruagem, corra até que caiam, mas saia daqui!

– Então seus ombros tremeram como se estivesse doente. Levou a mão à boca. A mulher, que agora estava encostada na parede, com os braços dobrados sobre o avental, disse calmamente em alemão:

– Podem partir amanhã. De manhã.

– Mas que é isso? – murmurei para ela; e então o olhei. Estava me fitando, os olhos vítreos e vermelhos. Ninguém falou. Um tronco rolou pesadamente na lareira.

– Não me dirão? – perguntei delicadamente ao inglês.

– Ele se levantou. Por um instante, pensei que fosse cair. Assomou para o meu lado. Um homem muito mais alto que eu, a cabeça se inclinando para a frente, depois para trás, antes que conseguisse se equilibrar e apoiar a mão na borda da mesa. Seu casaco preto estava manchado de vinho, assim como o punho da camisa.

– Quer ver? – ofegou, perscrutando meu olhar. – Quer ver sozinho?

– Havia um tom suave e patético em sua voz.

– Deixe a criança! – disse a mulher abruptamente, num gesto rápido e imperioso.

– Ela está dormindo – disse eu. E, levantando-me, segui o inglês até a porta ao pé da escada.

– Quando os que estavam mais próximos da porta se moveram, havia certa emoção. E entramos juntos numa pequena saleta.

– Uma única vela queimava no aparador e a primeira coisa que vi foi a fileira de pratos delicadamente pintados sobre uma prateleira. Havia cortinas sobre as pequenas janelas e uma reluzente imagem da Virgem Maria e de Cristo Menino na parede. Mas as paredes e as cadeiras mal encobriam o corpo de uma jovem, as mãos brancas dobradas sobre o peito, seus cabelos ruivos desordenados e enrolados sobre o pescoço branco e delicado e sobre os ombros. Seu belo rosto já tinha a rigidez da morte. Contas de âmbar de um rosário reluziam em torno de seu pulso e ao longo da saia de lã escura. A seu lado jazia um bonito chapéu de feltro vermelho com uma fita macia e larga e um véu, além de um par de luvas escuras. Estava tudo arrumado como se ela logo fosse se levantar e usar aquelas coisas. Ao aproximar-se dela, o inglês afagou cuidadosamente o chapéu. Ele estava prestes a perder o controle. Puxou um imenso lenço do bolso do casaco e passou-o pelo rosto.

– Sabe o que querem fazer com ela? – murmurou enquanto me fitava. – Tem alguma ideia?

– A mulher veio atrás de nós e segurou-o pelo braço, mas ele se desvencilhou rudemente.

– Sabe? – perguntou com os olhos injetados. – Selvagens!

– Pare! Já! – dizia ela sem fôlego.

– Ele trincou os dentes e sacudiu a cabeça, fazendo com que um cacho de seu cabelo vermelho pendesse sobre os olhos.

– Você, saia daqui – disse ele para a mulher, em alemão. – Afaste-se de mim.

– Alguém na outra sala falava. O inglês olhou de novo para a jovem e seus olhos encheram-se de lágrimas.

– Tão inocente – disse baixinho. Depois olhou para o teto e, erguendo a mão direita num desafio, ofegou:

– Seu desgraçado... Deus! Desgraçado!

– Senhor... – a mulher murmurou, fazendo rapidamente o sinal da cruz.

– Vê isto? – perguntou-me. E afastou com muito cuidado a renda da garganta da mulher morta, como se não pudesse, não quisesse tocar realmente a carne que se enrijecia. Ali na garganta, inconfundíveis, havia dois furos redondos, como eu já vira milhares e milhares de vezes, encravados na pele cada vez mais amarela. O homem levou as mãos ao rosto, seu corpo alto e esguio balançando nas solas dos pés.

– Acho que estou ficando louco! – ele disse.

– Agora vamos – disse a mulher, abraçando-o ao mesmo tempo em que ele lutava e seu rosto se corava.

– Deixe-o ficar – disse-lhe eu. – Simplesmente deixe-o ficar. Cuidarei dele.

– A boca da mulher se contorceu.

– Se não pararem, jogarei todos lá fora, na escuridão.

– Ela ficara muito nervosa com aquilo, como se estivesse prestes a explodir. Mas depois nos deu as costas, apertando o xale ao peito, e saiu em silêncio, os dois homens parados à porta afastando-se para deixá-la passar.

– O inglês estava chorando.

– Sabia o que devia fazer, mas não era só pelo que podia aprender com ele que meu coração palpitava em silenciosa excitação. Era penalizante vê-lo daquela forma. O destino nos colocara, piedosamente, lado a lado.

– Ficarei contigo – me ofereci. E trouxe duas cadeiras para perto da mesa. Ele se sentou pesadamente, olhando para as velas trêmulas a seu lado. Fechei a porta e as paredes pareceram retroceder, enquanto o círculo das velas ficava mais claro ao redor de sua cabeça. Ele se apoiou no encosto e enxugou o rosto com o lenço. Depois tirou um frasco forrado de couro do bolso e estendeu-o para mim, sem dizer nada.

– Gostaria de me contar o que aconteceu?

– Ele assentiu:

– Talvez você traga alguma sanidade a este lugar – disse ele. – É francês, não é? Sabe, eu sou inglês.

– Sim – concordei, e então, apertando minha mão com fervor, com o licor bloqueando seus sentidos a ponto de impedi-lo de sentir o frio, disse-me que seu nome era Morgan e que precisava de mim desesperadamente, mais do que de qualquer outra pessoa em sua vida. Naquele momento, segurando sua mão, sentindo sua febre, fiz algo estranho. Disse-lhe meu nome, o qual escondia de quase todos. Mas ele olhava para a mulher morta como se não tivesse me ouvido, seus lábios formando o que parecia ser um sorriso muito desmaiado, as lágrimas assomando em seus olhos. Sua expressão teria comovido qualquer ser humano; teria sido mais do que se poderia suportar.

– Eu fiz isto – disse ele, balançando a cabeça. – Eu a trouxe para cá – e franziu a testa como se pensasse a respeito.

– Não – respondi rapidamente. – Não foi você quem o fez. Diga-me quem foi.

– Mas ele pareceu confuso, perdido em seus pensamentos.

– Nunca tinha saído da Inglaterra – começou. – Estava pintando, compreende... como se agora isso tivesse importância... as pinturas, o livro! Achei tudo tão fantástico! Tão pitoresco!

– Seus olhos percorriam o quarto, a voz titubeante. Ficou muito tempo fitando-a novamente e, depois, disse baixinho:

– Emily. – Senti que eu tinha percebido algo precioso que ele trazia no coração.

– Depois, aos poucos, a história foi surgindo. Uma viagem de lua de mel, pela Alemanha, por este país, até onde as diligências regulares pudessem levá-los, até onde Morgan encontrasse cenários para pintar. E terminaram chegando àquele lugar remoto porque ali perto havia um monastério abandonado que era considerado um local muito bem conservado.

– Mas Morgan e Emily jamais chegaram ao monastério. A tragédia os esperara aqui.

– Como as diligências não chegavam até lá, Morgan tinha pago a um fazendeiro para que os transportasse de carroça. Mas na tarde em que chegaram havia muita comoção no cemitério nos arredores da cidade. O fazendeiro, dando uma olhada, recusou-se a abandonar a carroça para ver de que se tratava.

– Parecia uma espécie de procissão – disse Morgan. – Com todas as pessoas vestindo suas melhores roupas e levando flores, e a verdade é que achei aquilo fascinante. Queria ver. Fiquei tão interessado que fiz o sujeito nos deixar ali, com malas e tudo. Podíamos ver a aldeia logo acima. Na verdade, eu estava mais interessado do que Emily, mas ela era muito dócil. Finalmente, deixei-a, sentada em nossas malas, e subi a colina sozinho. Você viu o cemitério quando chegou? Não, claro que não. Agradeça a Deus pela carruagem de vocês trazê-los até aqui a salvo. Pois, se tivessem se aproximado, não importaria quão velozes fossem os cavalos... – parou.

– Qual o perigo? – insisti, delicadamente.

– Ah... perigo! Bárbaros! – murmurou. E lançou um olhar para a porta. Depois tomou outro gole do frasco e tampou-o.

– Bem, não era uma procissão, logo percebi. As pessoas não falaram comigo quando me aproximei – sabe como são. Mas não fizeram objeção a que eu ficasse olhando. Na verdade, você não acreditará que estive lá. Não acreditará em mim quando lhe contar o que vi, mas precisa acreditar, pois se não o fizer, estou louco, eu sei.

– Acreditarei em você, continue – falei.

– Bem, o cemitério estava cheio de covas novas, algumas com cruzes de madeira recentemente colocadas, outras com um simples monte de terra e flores ainda frescas. E os camponeses seguravam flores, alguns deles como se pretendessem colocá-las sobre as covas, mas todos permaneciam de pé, imóveis, os olhos colados nos dois sujeitos que seguravam um cavalo branco pelas rédeas – e que animal! Relinchava, batia as patas, reluzente, como se não pertencesse àquele lugar. Era uma coisa bonita, um animal esplêndido – um garanhão, e inteiramente branco. Bem, em determinado momento – e não sei lhe explicar como decidiram que era o momento, pois não trocaram uma palavra – um sujeito, o líder, acho, deu um tremendo golpe no cavalo com o cabo de uma pá, e ele galopou colina acima, enlouquecido. Pode imaginar, pensei que certamente nunca mais veríamos o cavalo. Mas estava errado. Logo ele diminuiu o galope e surgiu entre as tumbas antigas, voltando a descer a colina em direção às novas. E todos continuaram parados, olhando. Ninguém fez nenhum ruído. E lá veio ele trotando exatamente por sobre as covas, por cima das flores, e ninguém fez um gesto sequer para retê-lo segurando as rédeas. E então, subitamente, ele parou, exatamente sobre uma das covas.

– Ele enxugou os olhos, mas as lágrimas praticamente haviam acabado. Parecia fascinado com sua história, assim como eu.

– Bem, foi isto que aconteceu – continuou. – O animal ficou ali parado. De repente elevou-se um grito da multidão. Não, não era um grito. Era como se todos ofegassem e gemessem, e depois tudo ficou quieto. E o cavalo continuava simplesmente ali parado, revirando a cabeça; e finalmente o sujeito que era o líder adiantou-se e gritou para os outros. E uma das mulheres – ela gritou e se jogou na cova quase sob as patas do cavalo. Eu cheguei o mais perto possível. Podia ver a lápide com o nome do defunto. Era uma jovem, morta há apenas seis meses, as datas entalhadas bem ali, e lá estava aquela mulher miserável de joelhos sobre a poeira, abraçando agora a lápide, como se pretendesse arrancá-la da terra. E os homens tentando levantá-la e afastá-la dali.

– Neste momento quase recuei, mas não podia fazê-lo, pelo menos enquanto não descobrisse o que pretendiam. E, é claro, Emily estava em segurança, e nenhuma daquelas pessoas deu a menor importância à nossa presença. Bem, finalmente dois deles conseguiram levantar a mulher, e então os outros se aproximaram e começaram a cavar o túmulo. Logo um deles entrou na cova, e todos ficaram tão quietos que se podia ouvir o menor ruído, até o da pá cavando a terra e amontoando-a de um lado. Não sei dizer com o que se parecia. Lá estava o sol, sobre nossas cabeças, e nenhuma nuvem no céu, e todos parados, apoiando-se agora uns nos outros, e até aquela mulher patética... – então ele parou de falar, pois seus olhos tinham pousado em Emily. Fiquei simplesmente sentado, observando-o. Pude ouvir o uísque quando ele levantou o frasco de novo e fiquei contente de ver que ainda havia muito líquido, que poderia beber mais e amainar sua dor.

– Mas poderia perfeitamente ser meia-noite – disse ele, fitando-me agora, a voz muito baixa. – Era o que eu sentia. E então pude ouvir o sujeito na cova. Ele quebrava a tampa do caixão com sua pá! Surgiram as tábuas partidas. Ele simplesmente as lançava ao chão. De repente, deixou escapar um grito apavorante! Os outros sujeitos se aproximaram e houve uma corrida para a cova. Depois recuaram como uma onda, todos berrando, alguns tentando fugir. E a pobre mulher estava enlouquecida, ajoelhada, tentando livrar-se daqueles homens que a agarravam. Bem, não consegui deixar de subir. Acho que nada teria me retido e garanto-lhe que foi a primeira vez em que fiz tal coisa, e, se Deus quiser, será a última. Agora, precisa acreditar em mim, precisa! Logo ali, exatamente naquele caixão, com o sujeito de pé sobre as tábuas quebradas, estava a mulher morta. E lhe direi... lhe direi que estava tão viçosa, tão rosada... – sua voz falhou e ele ficou ali sentado, os olhos arregalados, as mãos entrelaçadas como se segurasse algo invisível, implorando que eu acreditasse – ... tão rosada como se estivesse viva! Enterrada há seis meses! E lá estava ela! A mortalha dobrada sobre seu corpo e ela jazia de bruços, como se dormisse.

– Ele suspirou. Suas mãos penderam sobre as pernas e ele balançou a cabeça. Durante algum tempo, ficou simplesmente olhando para o vazio.

– Eu juro! – disse. – E então o cara que estava na cova abaixou-se e levantou o braço da mulher. Digo-lhe que este se moveu tão livremente quanto o meu! E ele ficou segurando a mão como se examinasse as unhas. Então ele gritou; e aquela mulher ao lado da cova, ela lutava com os homens e pisoteava o chão, de modo que jogou terra exatamente sobre o rosto e o cabelo do cadáver. E, oh, ela era tão bela, aquela mulher morta; oh, se você a visse, e o que eles fizeram depois!

– O que fizeram? – perguntei suavemente. Mas eu já sabia.

– Direi... Não podemos saber o significado de nada até vê-lo! – e ele me olhou, as sobrancelhas arqueadas como se me contasse um terrível segredo. – Simplesmente não sabemos.

– Não, não sabemos – concordei.

– Eu lhe direi. Pegaram uma estaca, uma estaca de madeira, imagine; e o que estava na cova, ele pegou a estaca e um martelo e colocou-a exatamente sobre o peito dela. Eu não acreditava nisso! E então, com uma grande pancada, ele enfiou a estaca. Vou lhe dizer uma coisa: mesmo que eu quisesse me mexer, não o conseguiria. Estava paralisado. Aquele sujeito, aquela besta, agarrou a pá e, com as duas mãos, baixou-a com força exatamente sobre a garganta da mulher morta. A cabeça caiu assim – ele fechou os olhos, o rosto contorcido, e reclinou a cabeça.

– Eu o olhava, mas na verdade não o via. Via a mulher em sua cova com a cabeça arrebentada e sentia a mais aguda repulsa, como se uma terrível mão apertasse meu pescoço, minhas entranhas se revolvessem e eu não pudesse respirar. Senti, então, os lábios de Cláudia em meu pulso. Ela fitava Morgan, e aparentemente já estava assim há algum tempo.

– Aos poucos, Morgan voltou a me olhar, espantado.

– É isso que querem fazer com *ela* – disse ele. – Com Emily! Não o permitirei – meneou a cabeça, inflexível. – Não o permitirei. Precisa me ajudar, Louis.

– Seus lábios tremiam e seu rosto parecia agora distorcido por um súbito desespero que se mostrava contra sua vontade.

– Temos o mesmo sangue nas veias, você e eu. Quer dizer, francês, inglês, somos homens civilizados, Louis. Eles são selvagens!

– Agora tente acalmar-se, Morgan – disse eu, me aproximando. – Quero que me conte o que aconteceu. Você e Emily...

– Ele procurava a garrafa. Tirei-a de seu bolso e desatarrachei a tampa.

– Este é meu amigo, Louis – disse enfaticamente. – Sabe, tirei-a dali depressa. Iam enterrar aquele cadáver imediatamente, e Emily não deveria presenciar a cena, não enquanto eu... – sacudiu a cabeça. – Não foi possível encontrar uma carruagem que nos tirasse dali; nenhum deles sairia naquele momento para uma viagem de dois dias que nos deixasse num lugar decente!

– Mas como lhe explicaram aquilo tudo, Morgan? – insisti. Podia ver que ele não tinha muito tempo.

– Vampiros! – berrou, o uísque escorrendo por suas mãos. – Vampiros, Louis. Pode-se acreditar numa coisa dessas! – e ele apontou para a porta com a garrafa. – Uma praga de vampiros! – Tudo isto em murmúrios, como se o próprio diabo estivesse escutando atrás da porta! – Claro, Deus nos perdoe, teriam que acabar com aquilo. Aquela infeliz no cemitério, tinham evitado que continuasse a sair à noite para se alimentar com os que restavam! – Levou a garrafa aos lábios. – Oh... Deus... – gemeu.

– Vi-o beber, esperando pacientemente.

– E Emily... – ele continuou. – Ela achava tudo fascinante. Como uma lareira, um jantar decente e um bom copo de vinho. Ela não tinha visto aquela mulher! Não tinha visto o que tinham feito! – disse ele desesperadamente. – Oh, eu queria sair daqui, ofereci dinheiro a eles.

– Se já está tudo terminado – repetia-lhes eu. – Um de vocês tem de querer este dinheiro. É uma pequena fortuna para nos tirar daqui.

– Mas não estava acabado... – murmurei. E pude ver as lágrimas assomando em seus olhos, a boca se contorcendo de dor.

– Como aconteceu com ela? – perguntei.

– Não sei – ofegou, sacudindo a cabeça, o frasco apertado na testa como se fosse algo frio, refrescante, quando não era.

– Entrou na hospedaria?

– Eles dizem que ela saiu a seu encontro – confessou, as lágrimas correndo pelas faces. – Estava tudo trancado! Eles viram. Portas, janelas! Mas quando amanheceu, todos eles começaram a gritar, e ela tinha partido. A janela estava aberta e ela não estava mais aqui. Nem perdi tempo trocando a roupa. Saí correndo. Achei-a num beco sem saída, lá fora, atrás da hospedaria. Tropecei nela... jazia bem debaixo dos pessegueiros. Ela segurava uma taça vazia. Eles disseram que a taça a seduzia... ela estava tentando dar água...

– O frasco escorregou de sua mão. Agarrou as orelhas, o corpo inclinado, a cabeça caída.

– Durante muito tempo, fiquei ali sentado olhando para ele. Não tinha palavras. E quando ele chorou baixinho que eles pretendiam profaná-la, que eles disseram que ela, Emily, era agora uma vampira, assegurei-lhe carinhosamente, apesar de achar que ele nem me ouvia, que isso não era verdade.

– Finalmente ele se moveu para a frente, como se fosse cair. Parecia querer pegar a vela, e, antes que seu braço descansasse sobre o aparador, seu dedo tocou-o de modo que a cera quente apagou o que restava de pavio. Ficamos no escuro, e ele afundou a cabeça nos braços.

– Agora parecia que toda a luz do quarto se juntara nos olhos de Cláudia. Mas enquanto o silêncio ficava mais denso, comigo ali sentado, pensando, esperando que Morgan não levantasse a cabeça de novo, a mulher surgiu na porta. Sua vela o iluminou, bêbado, adormecido.

– Saia agora – disse-me ela. Vultos negros se acotovelavam à sua volta e a velha hospedaria de madeira parecia viva, com os murmúrios de homens e mulheres. – Vá para a lareira!

– O que vão fazer agora? – perguntei, levantando-me com Cláudia no colo. – Quero saber o que pretendem fazer!

– Vá para a lareira – ela ordenou.

– Não, não faça isto – disse eu. Mas ela apertou os olhos e trincou os dentes.

– Saia! – rugiu.

– Morgan – disse-lhe eu, mas não me ouviu, não podia me ouvir.

– Deixe-o ficar – disse a mulher ferozmente.

– Mas o que estão fazendo é estúpido; não compreendem? Esta mulher está morta! – aleguei.

– Louis – sussurrou Cláudia de modo que não pudessem ouvi-la, apertando meu pescoço por sob a gola de pele. – Deixe essas pessoas a sós.

– Agora os outros entravam no quarto, rodeando a mesa, fitando-nos com seus rostos zangados.

– Mas de onde vêm estes vampiros? – murmurei. – Vocês procuraram no cemitério? Se há vampiros, onde se escondem de vocês? Esta mulher não pode lhes causar mal. Cacem seus vampiros, se quiserem.

– Durante o dia – disse ela gravemente, piscando os olhos e balançando a cabeça. – Durante o dia. Nós os pegaremos durante o dia.

– Onde? Lá no cemitério, profanando os túmulos de sua própria aldeia?

– Ela sacudiu a cabeça.

– As ruínas – disse. – Sempre foram as ruínas. Estávamos enganados. No tempo de meu avô eram as ruínas, e são as ruínas de novo. Vamos revirá-las pedra por pedra, se for necessário. Mas vocês... saiam agora. Porque se não o fizerem, vamos jogá-los agora mesmo na escuridão!

– E então, detrás do avental, surgiu o punho fechado com a estaca que ela segurou sob a luz trêmula da vela.

– Obedeça. Saia! – disse ela, e os homens se acotovelaram às suas costas, as bocas fechadas, os olhos ardendo na luz.

– Está bem... – disse-lhe eu. – Lá fora. Prefiro assim. Lá para fora.

– E passei por ela, quase a empurrando, vendo-os recuar para abrir caminho. Coloquei a mão sobre o ferrolho da porta da hospedaria e afastei-o num gesto rápido.

– Não! – gritou a mulher em seu alemão gutural. – Está louco! – e correu para mim, olhando para o trinco abaixado. Ergueu as mãos contra a soleira rústica da porta. – Sabe o que está fazendo.

– Onde ficam as ruínas? – perguntei calmamente. – Ficam muito longe? – Ficam à esquerda da estrada ou à direita?

– Não, não.

– Ela sacudiu a cabeça violentamente. Escancarei a porta e senti a corrente de ar frio no rosto. Uma das mulheres disse algo e uma criança resmungou dormindo.

– Estou saindo. Só desejo uma coisa. Diga-me onde ficam as ruínas, para que fique longe delas. Diga-me.

– Você não sabe, você não sabe – disse ela, e então pousei a mão em seu pulso quente e puxei-a lentamente para fora, seus pés arranhando o assoalho, seus olhos apavorados. Os homens se aproximaram, mas, quando ela saiu, contra sua vontade, para o seio da escuridão, pararam. Ela sacudiu a cabeça, o cabelo caindo sobre os olhos, fitando minha mão e minha face.

– Diga-me...

– Sabia que agora era para Cláudia que olhava. Cláudia tinha se voltado para ela e a luz do fogo descia sobre seu rosto. A mulher não via o rosto roliço nem os lábios franzidos, mas os olhos de Cláudia, que a examinavam com sua inteligência demoníaca. A mulher mordeu os lábios.

– Para o norte ou para o sul?

– Para o norte... – murmurou ela.

– À direita ou à esquerda?

– À esquerda.

– Qual a distância?

– Apertou as mãos desesperada.

– Três milhas – respondeu ofegante. E eu a larguei, de modo que ela caiu contra a porta, os olhos arregalados pelo medo e pela confusão. Tinha me voltado para partir, mas de repente ela gritou que esperasse. Virei-me para ver que tinha arrancado o crucifixo da madeira à sua cabeça e que o erguia contra mim. E, no pesadelo de minhas lembranças, vi Babette me olhando como ela, tantos anos atrás, dizendo aquelas palavras: "Afaste-se, Satanás." Mas o rosto da mulher estava desesperado.

– Leve-o, pelo amor de Deus – disse ela. – E ande bem depressa.

– E a porta se fechou, deixando a mim e Cláudia em completa escuridão.

⁂

– Em poucos minutos, o túnel da noite fechou-se sobre as fracas lanternas de nossa carruagem, como se a aldeia nunca tivesse existido. Seguimos em frente, dobramos uma curva, as molas rangendo, a lua pálida revelando por um instante o contorno das montanhas atrás dos pinheiros. Não conseguia parar de pensar em Morgan e ouvia sua voz. Estava tudo misturado com minha própria expectativa horrorizada de encontrar a coisa que tinha matado Emily, a coisa que era, inquestionavelmente, alguém como nós. Mas Cláudia estava frenética. Se pudesse guiar os cavalos sozinha, teria tirado as rédeas de minha mão. Insistia repetidamente que usasse o chicote. Afastava selvagemente os esparsos ramos baixos que de repente se agarravam às lâmpadas à nossa frente, e o braço que envolvia minha cintura no banco trêmulo era firme como ferro.

– Lembro-me de uma curva brusca da estrada, das lanternas tilintando, e Cláudia gritando ao vento:

– Ali, Louis, está vendo? – e eu puxei as rédeas com força.

– Ela estava de joelhos, grudada em mim, e a carruagem deslizava como um navio no mar.

– Uma grande nuvem felpuda tinha encoberto a lua e acima de nós assomava o contorno escuro da torre. Uma janela comprida mostrava o céu pálido a sua frente. Fiquei sentado, colado ao banco, tentando arrefecer um movimento que continuava em minha cabeça enquanto a carruagem se acomodava sobre as molas. Um dos cavalos relinchou. Depois tudo voltou à calma.

– Cláudia estava dizendo:

– Louis, venha...

– Murmurei algo, uma rápida negativa irracional. Tinha a impressão clara e atemorizada de que Morgan estava a meu lado, falando naquele tom baixo e comovido com que argumentara comigo na hospedaria. Nenhuma alma se movia na noite à nossa volta. Havia somente o vento e o leve rugir das folhas.

– Acha que ele sabe que chegamos? – perguntei, minha voz soando estranha naquele vento. Estava naquela saleta, como se não houvesse modo de escapar dela, como se aquela densa floresta não fosse real. Acho que tremi. E então senti a mão de Cláudia tocar muito suavemente a mão que eu levava aos olhos. Pinheiros esguios balançavam atrás dela e o farfalhar das folhas ficou mais alto, como se uma imensa boca sugasse a brisa e começasse um remoinho.

– Eles irão enterrá-la na encruzilhada? É isso que farão? Uma inglesa? – murmurei.

– Imaginemos que eu tivesse o seu tamanho... – dizia Cláudia. – E que você tivesse meu coração. Oh, Louis...

– Sua cabeça se inclinou para mim, tão parecida com a atitude do vampiro que se curva para beijar que eu recuei; mas seus lábios simplesmente tocaram os meus com suavidade, encontrando um modo de sugar minha respiração e deixá-la escapar sobre mim, enquanto continuava envolvida por meu abraço.

– Deixe que o leve... – pediu. – Agora não há mais como recuar. Leve-me no colo – disse. – E coloque-me no chão, na estrada.

– Acho que fiquei uma eternidade ali sentado, sentindo seus lábios em meu rosto e em minhas pálpebras. Depois ela se mexeu, a maciez de seu pequeno corpo subitamente arrancada de mim, em movimento tão gracioso e rápido que parecia flutuar no ar ao lado da carruagem, sua mão agarrando a minha por um instante, depois largando. E, então, olhei para baixo para vê-la com os olhos levantados para mim, de pé na estrada dentro do trêmulo poço de luz sob a lanterna. Ao recuar, uma botinha atrás da outra, acenou para mim.

– Louis, venha... – até quase desaparecer na escuridão. Em um segundo, arranquei a lâmpada do gancho e alcancei-a no meio da grama alta.

– Não sente o perigo? – murmurei. – Não o respira como se fosse ar?

– Um daqueles sorrisos rápidos e espertos brincou em seus lábios quando se voltou para a colina. A lanterna traçava um atalho pela floresta fechada. A mãozinha branca fechou bem o casaco de lã e ela seguiu em frente.

– Espere só um pouco...

– O medo é o seu inimigo... – respondeu, mas não parou.

– Seguiu na frente da luz, mesmo quando a grama alta desapareceu para dar lugar a montes de pedras, a floresta se adensou e a torre distante desapareceu com o desmaiar da lua e o emaranhado de galhos sobre sua cabeça. Logo o som e o cheiro dos cavalos morreram na distância.

– Fique *en garde* – murmurou Cláudia, movendo-se incansável, parando de vez em quando onde as vinhas embaraçadas e as pedras pareciam formar uma concha. Mas as ruínas eram antigas. Se pragas, incêndios ou inimigos estrangeiros haviam assolado aquela cidade, não podíamos saber. Só o monastério continuava de pé.

– Então, algo parecido com o vento e as folhas ciciou, mas não era nenhum dos dois. Vi as costas de Cláudia se retesarem, vi o brilho de sua palma branca quando ela diminuiu o passo. Então percebi que era água, serpenteando seu caminho pela montanha, e, mais à frente, por entre os troncos negros, vi uma cascata reta, enluarada, caindo em um poço em ebulição. O vulto de Cláudia emergiu contra a cachoeira, sua mão segurando uma raiz nua na terra úmida a seus pés. Depois a vi escalar o alto penedo, seu braço tremendo levemente, suas botinhas escorregando, depois se encaixando numa ranhura, depois deslizando livres de novo. A água era fria, tornando o ar fragrante e leve, de modo que descansei por alguns momentos. Nada se movia na floresta. Fiquei escutando, os sentidos separando calmamente o som da água do rugir das folhas, mas nada mais se movia. E então fui percebendo aos poucos, com um calafrio percorrendo meus braços, meu pescoço e, finalmente, meu rosto, que a noite era desolada demais, inanimada demais. Era como se até os pássaros tivessem abandonado aquele lugar, assim como toda a miríade de criaturas que deveriam estar se movendo nas margens da corrente. Mas Cláudia, acima de mim sobre a rocha, procurava a lanterna enquanto o capuz esbarrava em meu rosto. Acendi-a, fazendo-a reluzir de repente, como um sinistro querubim. Estendia a mão para mim como se, apesar de seu tamanho, pudesse me ajudar a subir. Logo estávamos andando novamente, contra a corrente, montanha acima.

– Está sentindo? – murmurei. – É quieto demais.

– Mas sua mão se fechou sobre a minha, como se quisesse dizer "silêncio". A colina tornava-se mais íngreme, e a calma era enervante. Tentei perscrutar os limites da luz, examinar cada nova casca de árvore que assomava a nossa frente. Algo se moveu e agarrei Cláudia, quase a puxando rispidamente para mim. Mas era somente um réptil, deslizando pelas folhas com um chicotear da cauda. As folhas se assentaram. Mas Cláudia encostou-se em mim, sob as dobras de minha capa, segurando firmemente o pano de meu casaco; e parecia me empurrar para a frente, minha capa descendo sobre seu próprio vestido.

– Logo o perfume d'água desapareceu, e quando a lua brilhou firme, pude ver, exatamente à nossa frente, algo que parecia uma clareira na floresta. Cláudia agarrou a lanterna e fechou sua portinhola de metal. Tentei impedi-la, nossas mãos lutando, mas então ela me disse calmamente:

– Feche os olhos por um momento, e depois abra-os devagar. E quando o fizer, você o verá.

– Ao obedecer, senti um calafrio e apertei seu ombro com força. Mas então abri meus olhos e vi por trás das árvores distantes as paredes baixas e compridas do monastério, o topo alto e quadrado da torre maciça. Mais além, encimando um imenso vale negro, reluziam os picos nevados das montanhas.

– Vamos – disse ela – em silêncio, como se seu corpo não tivesse peso.

– E partiu, sem hesitação, em direção àquelas paredes, em direção a qualquer coisa que nos esperasse em seu abrigo.

– Logo achamos a abertura por onde passaríamos, a grande entrada que era ainda mais negra que as muralhas à sua volta, com trepadeiras recobrindo suas bordas como se quisessem manter as pedras no lugar. Muito acima, através do teto aberto, o cheiro úmido das pedras recendendo em minhas narinas, vi, depois das nuvens, o brilho pálido de estrelas. Uma imensa escada ia de um canto a outro, até as janelas estreitas que davam para o vale. E, ao pé do primeiro lance da escada, emergia a vasta e escura entrada para os quartos do monastério que restavam de pé.

– Agora Cláudia estava quieta, como que petrificada. No ar úmido, nem os mais finos fios de seus cabelos se moviam. Ela escutava. E logo eu escutava com ela. Só se ouvia o assobio baixo do vento. Ela se mexeu, lentamente, deliberadamente, e com a ponta do pé foi abrindo um espaço na terra molhada à sua frente. Vi uma pedra solta, que pareceu firme quando Cláudia lhe bateu com o salto. Depois pude ver seu tamanho avantajado e como foi erguida e lançada a distância. Uma imagem me veio à mente, terrivelmente nítida: aquele bando de homens e mulheres da aldeia cercando a lápide, levantando-a com uma alavanca gigantesca. Os olhos de Cláudia percorreram as escadas e fixaram-se na soleira arrebentada. A lua brilhou rapidamente em uma janela bamba. Então Cláudia se moveu, tão subitamente que surgiu a meu lado sem nenhum ruído.

– Está ouvindo? – cochichou. – Escute.

– Era tão baixo que nenhum mortal o escutaria. E não vinha das ruínas. Vinha de mais longe, não do caminho sinuoso pelo qual havíamos subido, mas do outro lado, da aldeia. Agora era um mero rugir, um arranhar, mas firme. Depois uma passada forte começou a se distinguir. Cláudia apertou minha mão, empurrando-me silenciosamente para a abóbada da escada. Via as pregas de seu vestido oscilarem levemente sob a bainha da capa. O ruído de passos pesados ficou mais alto e comecei a perceber que um passo seguia outro com precisão, o segundo se arrastando lentamente pela terra. Era um passo manco, cada vez mais nítido entre o ciciar do vento. Senti o coração palpitar e as veias de minhas têmporas se contraírem, um tremor percorrendo meus membros fazendo com que percebesse o pano da camisa me tocando, o contorno duro do colarinho, o roçar dos botões na capa.

– Então o vento trouxe um perfume desmaiado. Era cheiro de sangue, subitamente me envolvendo, contra minha vontade, o cheiro quente e doce de sangue humano, sangue corrente, farto. E depois senti o odor de carne viva e ouvi, juntamente com passos, uma respiração seca, cansada. Mas veio também outro som – fraco e misturado ao primeiro –, conforme os passos chegavam mais perto das muralhas. O ruído de mais outra criatura ofegando. E pude ouvir o coração daquela criatura, batendo irregularmente, um rufar apavorado. Mas, além deste, havia um outro coração, um coração firme e pulsante ficando cada vez mais alto, um coração tão forte quanto o meu! Então, da clareira onde estávamos, eu o vi.

– Seu ombro grande, imenso, emergiu primeiro, com um braço comprido e relaxado, com dedos recurvados. Depois vi sua cabeça. Sobre o outro ombro carregava um corpo. Ao chegar à soleira, esticou as costas, ajeitou o fardo e olhou diretamente para a escuridão à nossa volta. Ao vê-lo e perceber o perfil de sua cabeça surgir contra o céu, cada músculo de meu corpo retesou-se. Mas nada em meu rosto era visível, exceto o brilho claro da lua em seus olhos, como se fossem pedaços de vidro. Depois vi o reluzir de seus botões, enquanto seu braço deslizava livre de novo, uma comprida perna se estendia e ele seguia em frente, penetrando na torre exatamente em nossa direção.

– Segurei Cláudia, pronto para escondê-la atrás de mim e ir a seu encontro. Mas então vi, espantado, que seus olhos não me percebiam como os meus a ele, e que marchava penosamente sob o peso do corpo que carregava, em direção à porta do monastério. A lua batia agora em sua cabeça inclinada, na massa de cabelos pretos que tocava seu ombro recurvado e na manga preta de seu casaco. Percebi algo em seu casaco: sua aba estava bem rasgada e a manga parecia descosturada. O humano em seus braços se moveu gemendo tristemente. O vulto parou e pareceu golpear o humano com a mão. Neste momento, afastei-me da parede e me aproximei dele.

– Nenhuma palavra me veio aos lábios: não sabia o que dizer. Só sei que avancei para o luar à sua frente, que sua cabeça escura e anelada levantou-se num solavanco e vi seus olhos.

– Durante algum tempo, ele me olhou. Vi a luz refletida naqueles olhos e, depois, em dois pontiagudos dentes caninos. Então, um grito louco e abafado pareceu sair das profundezas de sua garganta, que, por instantes, pensei ser a minha. O humano rolou nas pedras, deixando escapar um gemido de medo. E o vampiro arremeteu sobre mim, aquele urro elevando-se de novo, enquanto o mau cheiro de seu hálito fétido enchia minhas narinas e os dedos em garra penetravam até o fundo de minha capa. Caí de costas, batendo a cabeça na parede. Minhas mãos agarravam sua cabeça, apertando um bolo de sujeira embaraçada que era seu cabelo. Subitamente o pano podre e úmido de seu casaco rasgou-se em meus dedos, mas o braço que me segurava era firme como ferro. E, ao lutar para puxar a cabeça para trás, os caninos tocaram a carne de minha garganta. Atrás dele, Cláudia gritou. Algo atingiu a cabeça dele, fazendo-o parar de repente. E foi novamente atingido. Virou-se como se pretendesse derrubá-la com um sopro, e lancei meu punho em seu rosto com toda a força. Novamente uma pedra caiu sobre ele, enquanto Cláudia fugia, e eu lancei todo o meu peso sobre seu corpo, sentindo sua perna manca se agitar. Lembro-me de ter batido sua cabeça no chão inúmeras vezes, todos os meus dedos puxando aqueles cabelos imundos pelas raízes, seus caninos projetados em minha direção, suas mãos arranhando, fincando-se em mim. Rolamos muito tempo, até que o imobilizei no chão e o luar iluminou seu rosto. E compreendi, entre soluços ofegantes, o que tinha nas mãos. Dois orifícios pequenos e horrendos lhe serviam de nariz. Apenas uma carne pútrida, semelhante ao couro, cobria-lhe o crânio, e os andrajos esfarrapados e rotos que o protegiam estavam grossos de terra, limo e sangue. Eu lutava com um cadáver negligente e animado. Não mais do que isso.

– Lá de cima desceu uma pedra pontiaguda que o atingiu na testa, e uma fonte de sangue esguichou de seu rosto. Continuou lutando, mas outra pedra caiu com tanta força que ouvi seus ossos se partirem. Jorrou sangue do cabelo emaranhado, ensopando pedras e grama. O peito arfava sob mim, mas os braços estremeceram e pararam. Levantei-me, com um nó na garganta, o coração disparado, cada fibra de meu ser dolorida pela luta. Por um momento, pensei que a torre tremia, mas depois voltou a se aprumar. Fiquei encostado à parede, fitando a coisa, o sangue correndo em meus ouvidos. Aos poucos, fui notando que Cláudia estava ajoelhada em seu peito, que examinava a massa de cabelos e ossos que tinha sido sua cabeça. Estava espalhando os fragmentos do crânio. Tínhamos encontrado o vampiro europeu, a criatura do Velho Mundo. Estava morto.

– Fiquei muito tempo deitado na escada larga, sem me importar com a poeira que a cobria, sentindo o frio da terra no rosto, olhando-o simplesmente. Cláudia ficou de pé, as mãos pendendo ao lado de seu corpo. Vi seus olhos se fecharem por um instante, duas pálpebras minúsculas que faziam-na parecer uma pequena estátua branca enluarada. E seu corpo começou a balançar muito lentamente.

– Cláudia – chamei-a. Ela acordou. Estava tão desolada como raramente a vira. Apontou o humano que jazia estatelado no chão da torre, perto da parede. Ainda estava imóvel, mas eu sabia que não estava morto. Tinha-me esquecido completamente dele, com meu corpo doendo como estava, meus sentidos ainda enevoados pelo fedor do cadáver sangrento. Mas agora eu via o homem. E em algum ponto de meu ser compreendi qual seria seu destino, e não me preocupei com isso. Sabia que apenas uma hora nos separava do amanhecer.

– Está se mexendo – disse-me ela. Tentei me levantar dos degraus. Melhor que não tivesse acordado, que nunca mais acordasse. Era só isso que queria dizer. Ela se aproximou dele, passando indiferente pela coisa morta que quase tinha nos matado. Vi suas costas e o homem estendido à sua frente, contorcendo os pés sobre a grama. Não sei o que esperava ver ao me aproximar, que camponês ou fazendeiro aterrorizado, que miserável infeliz que aquela coisa havia trazido até ali. Por um momento, não percebi que o humano era Morgan, cujo rosto pálido surgia agora sob o luar, as marcas do vampiro em seu pescoço, seus olhos azuis olhando mudos e inexpressivos o espaço à sua frente.

– De repente, quando cheguei mais perto, eles se arregalaram.

– Louis! – murmurou espantado, seus lábios movendo-se como se quisessem pronunciar algo e não pudessem. – Louis... – repetiu de novo, e então vi que estava sorrindo. Quando fez força para se colocar de joelhos, deixou escapar um som seco e irritante. Seu rosto lívido e contorcido se concentrou quando o som morreu em sua garganta, e ele sacudiu a cabeça desesperado, o cabelo ruivo solto e embaraçado, caindo sobre seus olhos. Virei-me e fugi. Cláudia gritou por mim, segurando-me pelo braço.

– Já viu a cor do céu? – sibilou. Morgan estava apoiado nas mãos, atrás dela.

– Louis – ele gritou de novo, a luz cintilando em seus olhos. Parecia cego para as ruínas, cego para a noite, cego para tudo, a não ser um rosto conhecido, aquela mesma palavra escapando de seus lábios. Cobri os ouvidos com as mãos, afastando-me dele. Quando levantou o braço, vi que sangrava. Podia cheirar o sangue, além de vê-lo. E Cláudia também.

– Ela se abateu sobre ele rapidamente, imprensando-o contra as pedras, seus dedos brancos percorrendo seu cabelo vermelho. Ele tentou levantar a cabeça. Suas mãos esticadas emolduraram o rosto dela e de repente ele começou a puxar seus cachos amarelos. Ela mergulhou os dentes, e as mãos dele penderam inúteis a seu lado.

– Já estava na orla da floresta quando ela me alcançou.

– Precisa ir até ele, pegá-lo – ordenou.

– Eu podia sentir o cheiro de sangue em seus lábios, ver o calor de suas faces. Seu pulso ardeu em minha pele, mas ainda assim não me movi.

– Escute, Louis – disse-me ela, em tom de desespero e zanga. – Deixei-o para você, mas ele está morrendo... não há tempo.

– Tomei-a nos braços e iniciei a longa descida. Nenhuma necessidade de cuidado, nenhuma necessidade de segredo, nenhuma criatura sobrenatural espreitando. A porta dos segredos da Europa Oriental tinha se fechado novamente. Abria caminho na escuridão em direção à estrada.

– Tem de me ouvir – ela gritou. Mas segui em frente, apesar dela, de suas mãos agarrando meu casaco, meu cabelo.

– Está vendo o céu? Está? – repreendeu-me.

– A única coisa que fazia era soluçar enquanto atravessava a corrente gelada e corria pela margem à procura da lanterna na estrada.

– Quando encontrei a carruagem, o céu estava azul-escuro.

– Dê-me o crucifixo – gritei para Cláudia, chicoteando os cavalos. – Só temos um lugar para ir.

– Ela se agarrou em mim enquanto a carruagem balançava nas curvas e se aproximava da aldeia.

– Quando vi a névoa se elevando das árvores marrom-escuras, senti profunda melancolia. O ar estava frio e fresco. Os pássaros haviam começado. Era como se o sol estivesse nascendo. Mas não me importei. Pois sabia que ainda não estava amanhecendo, ainda tínhamos tempo. Era um sentimento maravilhoso, apaziguador. Os arranhões e cortes queimavam minha carne e meu coração doía de fome, mas minha cabeça parecia maravilhosamente leve, até ver as formas cinzentas da hospedaria e o campanário da igreja: estavam nítidos demais. E lá em cima as estrelas desmaiavam rapidamente.

– Em um instante, estava batendo na porta da hospedaria. Quando se abriu, apertei o capuz contra o rosto e protegi Cláudia, como um embrulho, sob a capa.

– Sua aldeia está livre do vampiro! – disse para a mulher, que me olhava atônita. Eu segurava o crucifixo que ela havia me dado. – Agradeçamos a Deus que esteja morto. Achará seus restos na torre. Avise logo ao seu povo. – Passei por ela e entrei na hospedaria.

– Murmúrios elevaram-se instantaneamente, mas insisti que estava mais cansado do que podia suportar. Precisava rezar e descansar. Deviam tirar meu baú da carruagem e levar-me a um quarto decente onde pudesse dormir. Mas estava esperando uma mensagem do bispo de Varna e só queria ser acordado se ela chegasse. Apenas neste caso.

– Quando o bom padre chegar, diga-lhe que o vampiro está morto, sirva-lhe comida e bebida enquanto espera por mim – disse eu. A mulher se benzia. – Compreende – falei galgando as escadas –, não podia revelar minha missão enquanto o vampiro não estivesse...

– Sim, sim – respondeu ela. – Mas você não é padre... a criança!

– Não, só que entendo muito destes assuntos. O maldito não é segredo para mim – disse-lhe eu. Parei. A porta da saleta estava aberta, sem nada além da toalha branca sobre a mesa de carvalho.

– Seu amigo – disse-me ela, olhando para o chão. – Correu para a noite... estava louco.

– Simplesmente balancei a cabeça.

– Podia ouvi-los gritar quando fechei a porta do quarto. Pareciam estar correndo em todas as direções, e depois veio o som agudo do sino da igreja nas badaladas rápidas de alarme. Cláudia escapulira de meus braços e ficou me olhando gravemente trancar a porta. Muito lentamente, levantei a aldrava da veneziana. Uma luz gelada penetrou no quarto. Ela ainda me estendia a mão.

– Aqui – ela disse.

– Devia ter percebido que eu estava confuso. Sentia-me tão fraco, tive a impressão de que seu rosto tremia, com o azul dos olhos dançando sobre suas faces brancas.

– Beba – murmurou, chegando mais perto. – Beba – e me ofereceu a carne macia e tenra de seu pulso.

– Não. Eu sei o que fazer. Já não o fiz no passado? – recusei.

– Foi ela quem fechou bem a janela, trancando a porta pesada. Lembro-me de haver ajoelhado na pequena grade e sentido a madeira antiga entalhada. Estava podre, sob a superfície envernizada, e cedeu sob meus dedos. De repente vi que meu pulso a atravessava e senti a punhalada seca das lascas. Depois lembro-me de ter tateado no escuro e agarrado algo quente e palpitante. Uma corrente de ar frio tocou meu rosto e vi a escuridão me envolvendo, fresca e úmida, como se aquele ar fosse uma água silenciosa a escorrer por entre as paredes quebradas e enchendo o quarto. O quarto tinha desaparecido. Eu bebia numa fonte inesgotável de sangue quente que fluía por minha garganta, meu coração palpitante e minhas veias aquecendo novamente minha pele, apesar da água gelada e escura. E a pulsação do sangue que eu bebia ficou mais lenta, meu corpo inteiro implorou que não silenciasse, meu coração batendo, tentando obrigar o outro coração a bater com ele.

– Senti que me levantava, como se flutuasse na escuridão, e então a escuridão, como o pulsar do coração, começou a se desvanecer. Algo reluziu em meu desmaio. Estremecia sempre que havia passos na escada, nos assoalhos, rolar de rodas e batidas de patas de cavalos na terra, e sempre que tremia, tilintava. Havia uma pequena moldura de madeira, na qual emergia, através da chama pálida, a figura de um homem. Era familiar.

Conhecia sua compleição esguia e comprida, seu cabelo preto e ondulado. Depois percebi que seus olhos verdes me fitavam. E naqueles dentes, em seus dentes, havia algo imenso, macio e marrom, que ele apertava firmemente com as duas mãos. Era um rato. Segurava um grande e repugnante rato marrom, de pé, boquiaberto e com uma grande cauda em arco paralisada no ar. Gritando, ele o lançou longe e ficou olhando espantado, o sangue escorrendo de sua boca aberta.

– Uma luz cauterizante bateu em meus olhos. Tentei abri-los mesmo assim e o quarto todo brilhava. Cláudia estava bem na minha frente. Não foi uma criancinha, mas alguém muito maior que me puxou para si com ambas as mãos. Estava ajoelhada e meus braços contornaram sua cintura. Então desceu a escuridão e eu a mantive agarrada a mim. O trinco voltou a seu lugar. Uma dormência abateu-se sobre meus membros e, depois, foi a paralisia do esquecimento.

⁂

– E era assim que acontecia pela Transilvânia, Hungria e Bulgária, e por todos aqueles países onde os camponeses sabiam que os mortos-vivos andavam e as lendas de vampiros abundavam. Em todas as aldeias onde encontramos o vampiro, deu-se o mesmo.

– Um cadáver descuidado?

– Sempre – disse o vampiro. – Quando conseguíamos encontrar tais criaturas. Lembro-me de um punhado. Às vezes limitávamo-nos a observá-los de longe, todos muito familiares com suas cabeças flácidas e bovinas, seus ombros magros, suas roupas podres e esfarrapadas. Numa vila, era uma mulher, só que, provavelmente, morta há poucos meses. Os aldeões já a tinham visto e a conheciam pelo nome. Foi ela quem nos proporcionou a única esperança que acalentamos depois do monstro da Transilvânia, e esta esperança deu em nada.

– Ela fugiu de nós pela floresta, e nós corremos atrás dela, agarrando-a pelo cabelo comprido e preto. Sua mortalha branca estava ensopada de sangue seco, seus dedos cheios de terra da sepultura, endurecida. E seus olhos... eram inanimados, vazios, dois poços que refletiam a lua. Nenhum segredo, nenhuma verdade, somente desespero.

– Mas que criaturas eram estas? Por que eram assim? – perguntou o rapaz, fazendo uma careta de desagrado. – Não compreendo. Como podiam ser tão diferentes de você e Cláudia?

– Eu tinha minhas teorias. E Cláudia também. Mas meu sentimento mais constante era desespero. E foi movido pelo desespero do medo que tínhamos matado o único vampiro igual a nós, Lestat. Mas isto parecia inimaginável. Se ele possuísse a sabedoria de um feiticeiro, os poderes de uma bruxa... poderia compreender que, de algum modo, conseguira arrancar uma vida consciente das mesmas forças que governavam aqueles monstros. Mas ele não passava de Lestat, tal como o descrevi: destituído de mistério, finalmente, seus limites tão familiares a mim naqueles meses na Europa Oriental quanto seus encantos. Queria esquecê-lo, mas estava sempre me lembrando dele. Como se as noites vazias fossem feitas para que se pensasse nele. Às vezes me tornava tão vivamente consciente dele, que ele me parecia ter acabado de sair do quarto, com o timbre de sua voz ainda ressoando. De algum modo, me confortava e perturbava o fato de, apesar de minha vontade, eu ainda vislumbrar seu rosto – não como o vira naquela última noite do incêndio, mas como nas outras noites, na última vez em que ficara conosco em casa, as mãos tocando indolentes as teclas do espinete, a cabeça inclinada para o lado. Senti um mal-estar mais tenso do que a angústia quando vi o que meus sonhos estavam fazendo. Queria-o vivo! Nas noites escuras da Europa Oriental, Lestat foi o único vampiro que encontrei.

– Mas os planos de Cláudia eram de natureza muito mais prática. Fez-me repetir inúmeras vezes o que havia acontecido na noite em que ela se transformara em uma vampira no hotel de Nova Orleans, procurando incessantemente alguma pista que explicasse por que aquelas coisas encontradas nos cemitérios do interior não tinham alma. Queria saber se após a infusão de sangue de Lestat, caso ela fosse sepultada, presa até que a necessidade sobrenatural de sangue a obrigasse a quebrar a lápide – o que teria acontecido com sua mente, faminta, como estava, até um ponto insuportável? Seu corpo poderia ter sobrevivido, apesar de não restar mais alma. E teria ficado vagando pelo mundo, atacando o que encontrasse, como tínhamos visto as criaturas fazerem. Era assim que ela as explicava. Mas quem as criara, quem havia iniciado o processo? Era isto que não conseguia explicar e que mantinha sua esperança de descobrir algo quando eu, de pura exaustão, já não almejava mais nada.

– Eles se reproduzem, isto é óbvio, mas onde começou? – perguntou.

– E então, em algum ponto próximo dos arredores de Viena, me fez a pergunta que nunca tinha escapado de seus lábios: por que eu não poderia fazer o mesmo que Lestat fizera conosco? Por que eu não poderia fazer outro vampiro? Não sei por que a princípio nem compreendi o que estava dizendo. Só sei que ao pesquisar minha natureza, com todo empenho, sentira um medo especial desta pergunta, que era praticamente a pior de todas. Compreenda, não via nada de forte em mim. A solidão já tinha me feito pensar nesta mesma possibilidade alguns anos antes, quando sucumbi aos encantos de Babette Freniere. Mas a retivera dentro de mim como uma paixão proibida. Passei a evitar a vida mortal. Matava desconhecidos. E o inglês Morgan, por ser meu conhecido, estava tão a salvo de meu abraço fatal quanto Babette havia estado. Ambos me causavam muita dor. Não podia pensar em matá-los. Vida em morte – era monstruoso. Afastei-me de Cláudia. Não responderia a sua pergunta. Mas, inflamada como estava, espicaçada em sua impaciência, ela não poderia suportar minha recusa. Aproximou-se de mim, encorajando-me com mãos e olhos como se fosse a minha filha adorada.

– Não pense nisso, Louis – disse-me mais tarde, quando confortavelmente hospedados em um hotel suburbano. Eu estava de pé junto à janela, olhando o brilho distante de Viena, tão ávido por aquela cidade, sua civilização, suas delicadas proporções. A noite estava clara e a névoa da cidade cobria o céu.

– Quero deixá-lo à vontade, apesar de nunca saber exatamente como fazê-lo – disse ela em meu ouvido, afagando meu cabelo.

– Faça isto, Cláudia – respondi. – Deixe-me à vontade, diga-me que nunca mais falará sobre a possibilidade de eu produzir vampiros.

– Não desejo outros órfãos como nós! – respondeu-me, rapidamente demais. Minhas palavras a perturbaram. Meus sentimentos a perturbaram. – Quero respostas, conhecimento – disse. – Mas diga-me, Louis, o que o faz ter tanta certeza de que nunca produziu um vampiro sem saber?

– Novamente me tornei deliberadamente embotado. Precisava olhar para ela como se não compreendesse o significado de suas palavras. Queria que ficasse calada a meu lado e que chegássemos a Viena. Afastei seu cabelo, deixei meus dedos tocarem seus longos cílios e afastei o olhar.

– Afinal, o que é preciso para fazer aqueles monstros? – continuou ela. – Aqueles monstros vagantes? Quantas gotas do seu sangue misturadas com o sangue de um homem... e que tipo de coração é preciso para sobreviver ao primeiro ataque?

– Sentia que estava olhando para mim e continuei ali, de braços cruzados, encostado à janela, olhando para longe.

– Aquela Emily de cara branca, aquele inglês miserável... – disse ela, ignorando a pontada de dor em meu rosto. – Seus corações não eram nada e o medo da morte os matou tanto quanto a perda de sangue. A ideia os matou. Mas e os corações que sobreviveram? Tem certeza de não ter formado uma liga de monstros que, de tempos em tempos, tentaram vã e instintivamente seguir os seus passos? Quais os projetos de vida destes órfãos que você deixou para trás – um dia aqui, uma semana ali, até que o sol os transforme em cinzas ou que uma vítima mortal os fira?

– Pare – implorei. – Se soubesse como vejo tudo que descreve, não o descreveria. Digo-lhe que nunca aconteceu! Lestat me sugou até a morte para me transformar em vampiro. E me devolveu todo meu sangue misturado ao seu. É assim que se faz!

– Afastou o olhar de mim e acho que depois olhou para suas próprias mãos. Creio que a ouvi suspirar, mas não tenho certeza. E então seus olhos me examinaram, lentamente, de cima a baixo, até, finalmente, encontrarem os meus. Pareceu sorrir.

– Não tenha medo de minhas fantasias – disse baixinho. – Afinal, a última palavra continuará com você. Não é mesmo?

– Não compreendo – respondi. E, quando ela se virou, soltou uma gargalhada insensível.

– Pode imaginar? – disse, tão baixo que mal pude escutá-la. – Um pacto de crianças? Isto é tudo que posso fazer...

– Cláudia – murmurei.

– Descanse – disse ela abruptamente, ainda em voz baixa. – Juro que, assim como odiava Lestat... – parou.

– Sim... – murmurei. – Sim...

– Assim como o odiava, com ele nos sentíamos... completos.

– Ela me olhou, as pálpebras trêmulas, como se o leve altear de sua voz a perturbasse tanto quanto a mim.

– Não, só você se sentia completa... – disse-lhe eu. – Pois tinha nós dois, um de cada lado, desde o início.

– Acho que, neste momento, ela sorriu, mas não estou certo. Inclinou a cabeça, mas podia ver seus olhos movendo-se sob os cílios, para os dois lados. Então ela disse:

– Um de cada lado. Você visualiza esta cena, como visualiza todo o resto?

– Certa noite, há muito tempo, havia sido tão concreta para mim que ainda tinha a sensação de presenciá-la, mas não lhe disse isto. Ela estava desesperada, fugindo de Lestat, que queria obrigá-la a matar uma mulher, na rua, da qual ela se afastara, obviamente assustada. Tinha certeza de que aquela mulher se parecia com sua mãe. Finalmente ela escapou inteiramente de nós, mas a encontramos no armário, entre casacos e paletós, agarrada à boneca. E, levando-a para o berço, sentei-me a seu lado e comecei a cantar para ela, que me olhava, agarrada à boneca, como se tentasse, irracional e misteriosamente, fazer cessar uma dor que ela própria não começara a compreender. Pode visualizá-lo? Esta esplêndida domesticidade, lâmpadas fracas, o vampiro-pai cantando para a filha vampira? Somente a boneca tinha um rosto humano, somente a boneca.

– Mas precisamos fugir daqui! – disse-me Cláudia, que eu tinha à minha frente, de repente, como se acabasse de lhe ocorrer um pensamento especialmente urgente. Levou as mãos aos ouvidos, como se os protegesse de um som horrendo. – Fugir das estradas que deixamos para trás, do que vejo em seus olhos agora, pois estou dando trela a pensamentos que não passam de meras considerações...

– Perdoe-me – disse eu, o mais delicadamente que pude, afastando-me lentamente daquele quarto remoto, daquele berço de babados, daquela assustada criança-monstro e da voz de monstro. E Lestat, onde estava Lestat? Um fósforo riscado no outro quarto, uma sombra saltando de repente para a vida, com luz e sombras nascendo onde antes só havia escuridão.

– Não, perdoe-me você... – dizia ela agora, naquele quartinho de hotel perto da principal capital da Europa Oriental. – Não, perdoamos um ao outro. Mas não o perdoamos, e, sem ele, vê como ficam as coisas entre nós?

– Só agora que você está cansada e tudo parece um pesadelo... – disse a ela e a mim mesmo, pois não havia mais ninguém no mundo com quem pudesse falar.

– Ah, sim, e é isto que deve terminar. Juro, começo a compreender qual foi nosso erro. Devemos passar rapidamente por Viena. Precisamos de nossa língua, de nossa gente. Agora quero ir diretamente para Paris.

TERCEIRA PARTE

– Acho que a simples menção de Paris me proporcionou um prazer que me pareceu extraordinário, um alívio tão próximo do bem-estar que me espantei, não só de senti-lo, mas também de quase tê-lo esquecido.

– Não sei se pode compreender o que digo. Minha expressão pode não lhe parecer convincente agora, pois atualmente Paris significa algo muito diferente do que significava então, naqueles dias, naquela hora. Mas mesmo assim, até hoje, pensar em Paris me proporciona algo próximo daquela felicidade. E atualmente tenho mais razões do que nunca para dizer que a felicidade é algo muito diferente de tudo que um dia sentirei, ou do que merecerei sentir. Não sou tão apaixonado assim pela felicidade. Mas o nome Paris me provoca algo parecido.

– Geralmente a beleza mortal me causa dor e a grandeza mortal me enche daquela melancolia que senti tão desesperadamente no Mar Mediterrâneo. Mas Paris, Paris me fascinou, de modo que me esqueci completamente de mim. Esqueci-me da coisa condenada e sobrenatural que palpitava sob pele e roupas mortais. Paris me conquistou, iluminando e recompensando com mais força do que qualquer promessa.

– Era a mãe de Nova Orleans, compreenda isto primeiro. Tinha gerado Nova Orleans, dando-lhe sua primeira população, e era com ela que Nova Orleans tentava há tanto tempo se parecer. Mas Nova Orleans, apesar de bela e desesperadamente viva, era desesperadamente frágil. Tinha algo eternamente selvagem e primitivo, algo que ameaçava a vida exótica e sofisticada por todos os lados. Nenhum centímetro daquelas ruas de madeira, nenhum tijolo das movimentadas casas espanholas deixara de sair da selva feroz que sempre cercaria a cidade, pronta para engolfá-la. Furacões, enchentes, febres, a praga e a própria umidade do clima da Louisiana agiam incansavelmente em cada fachada de madeira ou de pedra, fazendo com que Nova Orleans sempre parecesse um sonho na imaginação da população trabalhadora, um sonho conservado a cada segundo por uma vontade coletiva inconsciente, mas tenaz.

– Mas Paris, Paris era por si só um universo inteiro, cercada e modelada pela história. Era assim que parecia naqueles dias de Napoleão III, com seus prédios altos, suas catedrais maciças, seus imponentes bulevares e suas antigas e sinuosas ruas medievais – tão vasta e indestrutível quanto a própria natureza. Tudo era envolvido por ela, por seu povo volátil e cativante invadindo galerias, teatros e cafés, gerando, sem parar, gênio e santidade, filosofia e guerra, frivolidade e a mais pura arte, de modo que dava a impressão de que todo o resto do mundo estava mergulhado em escuridão, o que era puro, belo ou essencial ainda devia ser procurado em seu seio. Até mesmo as majestosas árvores que enfeitavam e protegiam as ruas pareciam sintonizadas com ela – e as águas do Sena, calmas e belas ao recortarem seu coração –, de modo que a terra naquele ponto, tão moldada por sangue e consciência, deixara de ser terra e se transformara em Paris.

– Estávamos vivos de novo. Estávamos apaixonados, e tão eufóricos depois daquelas noites vagando desesperados pela Europa Oriental que me rendi completamente quando Cláudia nos fez ir para o Hotel Saint-Gabriel, no Bulevar dos Capuchinhos. Tinha a fama de ser um dos maiores hotéis da Europa, seus imensos quartos diminuindo a lembrança de nossa velha casa, ao mesmo tempo em que a trazia de volta à memória com seu confortável esplendor. Ficamos em uma das melhores suítes. Nossas janelas davam para o próprio bulevar, iluminado a gás, onde, no começo da noite, as calçadas de asfalto fervilhavam de carrinhos e uma interminável corrente de carruagens deslizava, levando damas ricamente vestidas e seus cavalheiros para a ópera, a Ópera Cômica, ao balé, teatros, bailes e recepções intermináveis nas Tulherias.

– Cláudia me apresentou com delicadeza e lógica seus motivos para tantos gastos, mas eu podia notar que ficava impaciente por ter de conseguir tudo através de mim. Era desgastante. O hotel, disse ela, nos proporcionaria completa liberdade. Nossos hábitos noturnos passariam despercebidos na contínua torrente de turistas europeus, nossos quartos seriam imaculadamente conservados por uma equipe anônima, ao mesmo tempo em que o preço exorbitante garantiria nossa vida privada e nossa segurança. Mas havia mais que isso. Um propósito febril a movia.

– Este é o meu mundo – explicou-me se sentando na cadeirinha de veludo em frente ao balcão aberto, olhando a longa fila de carros, parando, um a um, na porta do hotel. – Preciso tê-lo como eu gosto – continuou, como se falasse sozinha. E ele era como ela gostava, com reluzente papel de parede rosa e dourado, cheio de móveis de damasco e veludo, travesseiros bordados e cortinas de seda na cama de colunas. Diariamente surgiam dúzias de rosas nas cornijas de mármore e nas mesas incrustadas, entulhando a alcova cortinada de seu quarto de vestir, interminavelmente refletido em espelhos lapidados. Finalmente ela encheu as altas janelas francesas com um verdadeiro jardim de camélias e samambaias.

– Sinto falta das flores. Mais do que tudo, sinto falta das flores – dizia, e continuou a procurá-las até mesmo nas telas que compramos em lojas e galerias, quadros tão magníficos como jamais vira em Nova Orleans –, desde os buquês de feição clássica, tão naturais, que dava vontade de se pegarem as pétalas caídas sobre uma toalha tridimensional, até um novo e perturbador estilo no qual as cores pareciam arder com tal intensidade que destruíam as linhas antigas, a antiga solidez, oferecendo uma visão parecida com a daqueles estados em que fico próximo ao delírio, e flores crescem frente a meus olhos, cintilando como chamas de lâmpadas. Paris desabrochava naqueles quartos.

– Ali eu me sentia em casa, novamente abandonando sonhos de simplicidade etérea, pois o ar era doce como o ar de nosso pátio na Rua Royale, e tudo palpitava numa chocante profusão de gás que subjugava até mesmo os tetos ornamentados e agora sem sombras. A luz corria nos arabescos dourados, cintilava nos pingentes dos lustres. Não existia escuridão. Não havia vampiros.

– E mesmo remoído por minhas indagações, era bom pensar que, durante uma hora, pai e filha subiriam em um cabriolé tão civilizadamente luxuoso, apenas para passear pelos bancos do Sena, pela ponte que dava no Quartier Latin, para vagar pelas ruas mais estreitas e escuras em busca de história e não de vítimas. E depois retornariam para o relógio imperturbável, os protetores de cobre da lareira e as cartas colocadas na mesa. Livros de poetas, o programa de uma peça e, à nossa volta, o murmúrio suave do vasto hotel, violinos distantes, uma mulher falando rápida e animadamente entre o ciciar de sua escova de cabelo, e um homem no último andar repetindo sem parar para o ar da noite:

– Eu compreendo, começo a compreender, estou começando a compreender...

– Era o que você queria? – perguntou Cláudia, talvez somente para eu saber que ela não tinha me esquecido, pois já estava calada havia horas. Nada a respeito de vampiros. Mas havia algo de errado. Não era a antiga serenidade, a melancolia que significava introspecção. Havia uma tristeza, uma vaga insatisfação. E apesar de tudo isto desaparecer de seu olhar quando eu a chamava ou respondia a suas perguntas, a raiva parecia estar muito próxima da superfície.

– Oh, você sabe o que eu queria – respondi, persistindo no mito de meu livre-arbítrio. – Um sótão perto da Sorbonne, suficientemente próximo do barulho da Rua St. Michel, suficientemente afastado. Mas só gostaria de estar lá se você também gostasse.

– Podia ver que ela se interessava, mas sem me olhar, como se dissesse:

– Você não tem jeito. Não se aproxime demais. Não me pergunte o que estou lhe perguntando: está contente?

– Minha memória é nítida demais, aguçada demais. As coisas deviam ficar guardadas, e o que não se resolvesse deveria se desvanescer. Mas as imagens ficam próximas de meu coração como retratos em medalhões, ainda que sejam retratados tão monstruosos que nenhum artista ou câmera jamais poderiam registrar, e sempre via Cláudia ao lado do piano na última noite em que Lestat tocou, preparando-se para morrer, o rosto dela quando ele zombou de seu tamanho, aquela careta que subitamente se transformou em verdadeira máscara. Um pouco de atenção poderia ter salvado sua vida. Se é que, na realidade, pudesse estar morto.

– Algo se formava em Cláudia, revelando-se lentamente para a testemunha mais relutante do mundo. Sua nova paixão eram anéis e pulseiras, que uma menina não usaria. Seu andar firme e orgulhoso não era o de uma criança. Muitas vezes entrava em pequenas lojas antes de mim e mostrava, com um dedo autoritário, os perfumes ou luvas que pagaria sozinha. Eu nunca me afastava e sempre me sentia mal – não porque temesse qualquer coisa naquela vasta cidade, mas porque temia Cláudia. Sempre tinha se apresentado às suas vítimas como uma "criança perdida" ou uma "órfã", mas agora parecia mostrar algo mais, algo perverso e chocante para os passantes que a ela sucumbiam. Geralmente isto acontecia em segredo: eu era deixado durante uma hora assombrando os edifícios esculpidos de Notre Dame ou sentado na carruagem em frente a um parque.

– Certa noite, quando acordei na luxuosa cama da suíte do hotel, meu livro desconfortavelmente amassado sob o corpo, percebi que ela já havia saído. Não ousei perguntar aos serviçais se a tinham visto. Estávamos habituados a passar invisíveis por eles, para quem não tínhamos nome. Vasculhei os corredores atrás dela, as ruas laterais, até mesmo o salão de bailes, onde os mais inexplicáveis temores me assolaram ao pensar nela, ali, sozinha. Encontrei-a, finalmente, saindo de uma porta lateral do saguão, seu cabelo salpicado de chuva sob o chapéu, a criança correndo em escapada furtiva, iluminando as faces de homens e mulheres encantados ao subir a majestosa escada e passar por mim como se não me vissem. Uma impossibilidade, um estranho e gracioso desprezo.

– Fechei a porta atrás de mim exatamente no momento em que ela tirava a capa e sacudia a torrente dourada de gotas de chuva em seus cabelos, sacudia, sacudia. As fitas do chapéu penderam flácidas e senti um alívio palpável ao ver o vestido infantil, aquelas fitas e algo maravilhosamente confortador em seus braços: uma boneca de porcelana. Não me disse nada; brincava com a boneca. Presos de algum modo com ganchos ou arame sob seu vestido de babados, seus pezinhos tilintavam como um sino.

– É uma dama em forma de boneca – disse, olhando para mim. – Vê? Uma dama-boneca. – Colocou-a na penteadeira.

– Exato – murmurei.

– Foi uma mulher quem fez – disse. – Ela faz bebês, todos iguais, em uma loja de bonecos-bebês, e eu lhe disse que queria uma dama.

– Havia sarcasmo, mistério. Sentou-se com o cabelo molhado cobrindo--lhe a testa, atenta à boneca.

– Sabe por que a fez para mim? – perguntou.

– Eu queria que o quarto tivesse sombras, que eu pudesse me afastar do círculo quente do fogo supérfluo e penetrar num pouco de escuridão, que não estivesse sentado na cama como se fosse um palco iluminado, vendo-a à minha frente e refletida em seus espelhos, com suas mangas fofas.

– Porque você é uma linda criança e ela quis fazê-la feliz – eu disse, minha voz baixa e soando estranha.

– Ela gargalhava silenciosamente.

– Uma linda criança – disse, olhando para mim. – É isso que você ainda acha que sou? – e seu rosto fechou-se enquanto voltava a brincar com a boneca, seus dedos puxando a golinha de crochê até os seios de porcelana. – Sim, pareço-me com os bebês que ela faz, eu sou um de seus bebês. Devia vê-la trabalhando na loja, inclinada sobre suas bonecas, todas com o mesmo rosto, os mesmos lábios.

– Levou os dedos aos próprios lábios. De repente pareceu que algo mudava de posição, algo entre as próprias paredes do quarto, e os espelhos tremeram com a imagem dela como se a terra suspirasse em seus alicerces. Carruagens ressoavam nas ruas, mas estavam muito distantes. E então vi o que o seu vulto ainda infantil estava fazendo: uma das mãos segurava a boneca, a outra continuava sobre os lábios. E a mão que segurava a boneca a esmagava, apertando e estalando até que se partisse e só restasse um monte de vidro que agora caía de sua mão aberta e sangrenta sobre o tapete. Rasgou o vestidinho até transformá-lo em minúsculas partículas e afastei o olhar para vê-la somente no espelho lapidado sobre a lareira, seus olhos examinando-me dos pés à cabeça. Ela se moveu pelo espelho em minha direção e aproximou-se da cama.

– Por que olha para o outro lado? Por que não me encara? – perguntou, a voz muito suave, exatamente como um sino de prata! Ela sorriu baixinho, um riso de mulher, e disse:

– Acha que serei sua filha para sempre? Você é o pai dos loucos? Ou o louco dos pais?

– Está sendo indelicada – respondi.

– Hummm... indelicadeza. – Acho que ela meneou a cabeça. Ela era uma brasa no canto de meus olhos, chamas azuis, chamas douradas.

– E o que pensa que é – perguntei, o mais delicadamente que pude – fora daqui? – apontei para a janela aberta.

– Muitas coisas – sorriu. – Muitas coisas. Os homens têm explicações maravilhosas. Já viu as "pessoinhas" nos parques e circos, os aleijões que os homens pagam para se divertir?

– Eu não passava de um aprendiz de feiticeiro! – explodi de repente, contra vontade. – Aprendiz!

– Queria tocá-la, alisar seu cabelo, mas continuei sentado, com medo dela, sua raiva como um fósforo prestes a se acender.

– Ela sorriu de novo, puxando minha mão para seu colo, cobrindo-a o melhor que pôde com a sua mão.

– Aprendiz, sim – riu. – Mas diga-me uma coisa, uma coisa diferente, do alto de sua arrogância. Como é... fazer amor?

– Antes que quisesse, comecei a me afastar dela, procurando, como um homem mortal embaraçado, minha capa e minhas luvas.

– Não se lembra? – perguntou absolutamente calma, enquanto eu levava a mão à maçaneta de cobre.

– Parei, sentindo seu olhar em minhas costas, envergonhado, e depois me virei como se pensasse: aonde estou indo? O que farei? Por que continuo aqui?

– Era algo apressado – disse, tentando agora encará-la. Como seus olhos eram perfeitamente, friamente azuis. Como pareciam sinceros. – E... sempre agradável... algo intenso que rapidamente se perde. Acho que era uma sombra pálida do ato de matar.

– Ahhh... – disse ela. – Assim como ferir vocês como estou fazendo, também é uma sombra pálida do ato de matar.

– Sim, madame – disse-lhe. Estou inclinado a acreditar que está certa.

– E, curvando-me levemente, lhe desejei boa noite.

❋

– Só muito tempo depois de deixá-la consegui diminuir o passo. Cruzara o Sena. Queria escuridão. Esconder-me dela e dos sentimentos que brotaram em mim, do imenso medo de ser inteiramente incapaz de fazê-la feliz, ou de me fazer feliz, agradando-a.

– Teria lhe dado o mundo para satisfazê-la, o mundo que agora possuíamos, que parecia ao mesmo tempo vazio e eterno. Mas fora ofendido por suas palavras e por seus olhos, sem nenhuma explicação – das que perpassavam sem parar na minha mente, até se formarem em meus lábios em murmúrios desesperados ao deixar a Rua St. Michel e penetrar cada vez mais profundamente nas ruas escuras e antigas do Quartier Latin –, nenhuma explicação parecia amenizar o que eu imaginava ser sua profunda insatisfação, ou minha própria dor.

– Finalmente deixei as palavras, mantendo um estranho canto. Encontrava-me no silêncio negro de uma rua medieval, seguindo às cegas suas curvas bruscas, confortado pela altura de seus prédios estreitos que pareciam capazes de tombar a qualquer momento, fechando a passagem como uma costura sob as estrelas indiferentes.

– Não posso fazê-la feliz, não a faço feliz; e sua infelicidade aumenta a cada dia.

– Era esse meu canto – que repetia como um rosário, um encantamento para mudar os fatos, sua inevitável desilusão com nossa busca – que nos deixara naquele limbo onde a sentia afastar-se de mim, anulando-me com suas imensas necessidades. Até senti um ciúme irracional da artesã a quem confiara seu desejo por aquela dama diminuta e tilintante, podia a mulher lhe dar por um instante algo a que Cláudia se agarrara em minha presença, como se eu não estivesse ali.

– O que significava isto? Aonde levaria?

– Desde que chegara a Paris, meses atrás, nunca percebera tão inteiramente a imensidão da cidade, nem como podia passar daquela rua sinuosa e escura que escolhera para um mundo de prazeres. Jamais havia achado tudo isto tão inútil. Inútil para ela, se não conseguisse aplacar sua ira, se não pudesse de algum modo atingir os limites que parecia tão amargamente desconhecer. Eu estava desamparado. Ela estava desamparada. Mas ela era mais forte que eu. E eu sabia, compreendera até mesmo quando me afastei dela no hotel, que seus olhos ocultavam seu irremediável amor por mim.

– Tonto, preocupado e, agora, confortavelmente perdido, percebi com implacáveis sentidos de vampiro que estava sendo seguido.

– Meu primeiro pensamento foi irracional. Ela tinha saído atrás de mim. E, mais esperta do que eu, me seguira a distância. Mas com a mesma força dessa ideia, outra me ocorreu: algo ainda mais cruel, em face de tudo quanto se passara entre nós. Os passos eram pesados demais para ela. Era simplesmente algum mortal andando pela mesma ruela, caminhando distraidamente para a morte.

– Assim, segui em frente, quase pronto a mergulhar novamente em minha dor, pois a merecia, quando minha mente disse: você é tolo, escute. E notei que aqueles passos, ecoando muito longe de mim, mantinham perfeita sincronia com os meus. Um acaso. Porque se eram mortais, estavam distantes demais para ouvidos humanos. Mas quando parei para pensar a respeito, eles também pararam. E quando comecei a dizer: Louis, está enganado, e recomecei a andar, fizeram o mesmo. Passada sobre passada, ganhando velocidade comigo. E então aconteceu algo notável. *En garde* como estava, com os passos que me seguiam, tropecei numa telha caída e fui jogado contra a parede. E atrás de mim, sempre atrás de mim, aqueles passos repetiram com perfeição o ritmo seco e arrastado de minha queda.

– Fiquei espantado. E em estado de alarme que superava muito o medo. À direita e à esquerda, a rua estava escura. Nem mesmo uma luz embaçada brilhava na janela de um sótão. A única segurança que me restava, a grande distância entre mim e os passos, era, como já disse, a garantia de que não eram humanos. Não tinha a menor ideia do que fazer. E sentia o desejo quase irresistível de chamar aquele ser para dar-lhe boas-vindas, deixá-lo saber o mais rápida e completamente possível que eu o esperava, tinha-o procurado, iria enfrentá-lo. Mas tinha medo. A única coisa razoável era andar, esperando que me alcançasse. Foi o que fiz, voltando a ouvir meus passos, e a distância entre nós continuou a mesma. A tensão cresceu em mim, a escuridão à minha volta se tornando cada vez mais ameaçadora, e repeti muitas vezes, medindo aqueles passos: por que me segue? Por que me deixa saber que está aí?

– Então virei uma curva fechada e um jato de luz surgiu à minha frente, na esquina distante. A rua se transformara em ladeira e eu andava muito devagar, o coração ensurdecendo os ouvidos, relutante em me revelar eventualmente sob a luz.

– E ao hesitar – parando, na verdade –, bem em frente à curva, algo rufou e retiniu como se o telhado da casa a meu lado houvesse despencado. Saí dali bem a tempo, antes que um punhado de telhas se arrebentasse na rua, uma delas arranhando meu ombro. Tudo ficou quieto de novo. Fitei as telhas, ouvindo, esperando. E depois, lentamente, fui virando a esquina e penetrando na luz, simplesmente para ver ali, assomando no alto da rua, sob o lampião de gás, o vulto inconfundível de outro vampiro.

– Era imensamente alto, apesar de esguio como eu, o rosto branco e comprido brilhando intensamente sob a luz, seus olhos grandes e pretos fitando-me com o que parecia um claro espanto. Sua perna direita estava ligeiramente dobrada, como se tivesse parado no meio de um passo. Subitamente notei não só que seu cabelo preto, comprido e cheio estava penteado exatamente como o meu, que vestíamos capa e sobretudo idênticos, como também que ele imitava minha pose e minha expressão facial com perfeição.

– Engoli em seco e deixei meus olhos percorrerem lentamente seu corpo, enquanto me esforçava para ocultar a batida rápida de meu pulso e seus olhos igualmente me examinavam. Quando o vi piscar os olhos, compreendi que eu acabara de piscar, e ao levantar os braços e dobrá-los sobre o peito, ele fez o mesmo, lentamente. Era enlouquecedor. Pior do que isso. Pois, quando eu mal movia os lábios, ele mal movia os dele. Descobri que não tinha palavras e que não as conseguiria para enfrentá-lo e fazê-lo parar. E o tempo todo havia aquela altura, aqueles olhos negros e profundos, aquela poderosa atenção que era, obviamente, pura zombaria, mas que mesmo assim me envolvia. *Ele* era o vampiro, *eu* parecia o espelho.

– Espertinho – disse-lhe rapidamente, desesperado, e, obviamente, ele ecoou esta palavra tão depressa quanto a pronunciei. E, enlouquecido como estava, mais por isso do que pelo resto, me vi abrindo um pequeno sorriso, desafiando o suor que brotava de cada poro e o violento tremor de minhas pernas. Ele também sorriu, mas seu olhar possuía uma ferocidade animal, diferente da minha, e o sorriso pareceu sinistro em seu reles mecanismo.

– Dei um passo à frente e ele fez o mesmo: quando parei de súbito, fitando-o, ele me imitou. Mas depois levantou o braço direito lentamente, muito lentamente, apesar de o meu continuar abaixado, e, cerrando o punho, bateu rapidamente no peito para zombar das batidas do meu coração. Soltou uma gargalhada. Jogou a cabeça para trás, mostrando a presa, e a risada pareceu encher a rua. Senti repugnância por ele. Totalmente.

– Pretende me atacar? – perguntei, para obter como única resposta palavras sarcasticamente emudecidas.

– Velhaco! – disse rispidamente. – Bufão!

– Esta palavra o fez parar. Morreu em seus lábios quando ia pronunciá-la e seu rosto se fechou.

– Agi por um impulso. Dei-lhe as costas e comecei a me afastar, talvez para fazer com que me seguisse e perguntasse quem era. Mas em um movimento tão rápido que certamente não poderia perceber, surgiu à minha frente, como se tivesse se materializado ali. Novamente dei-lhe as costas – simplesmente para vê-lo de novo sob o lampião, o movimento de seus cabelos escuros e anelados como o único indicador de que tinha realmente se mexido.

– Estive à sua procura! Vim a Paris para encontrá-lo! – forcei-me a dizer as palavras, vendo que ele não as repetia nem se movia. Ficou simplesmente parado me olhando.

– Então se aproximou lentamente, com graça, e vi que seu corpo e suas maneiras tinham tornado a possuí-lo. Estendendo a mão como se pretendesse pedir a minha, empurrou-me subitamente para trás, fazendo com que eu perdesse o equilíbrio. Ao me aprumar, apoiado na parede úmida, pude sentir a camisa ensopada e grudada na pele.

– E quando me voltei para enfrentá-lo, ele me derrubou.

– Gostaria de poder descrever sua força. Você compreenderia, se eu o atacasse, dando-lhe um soco seco com um braço que jamais viu se mover em sua direção.

– Mas algo em mim disse: mostre-lhe seu próprio poder. E levantei-me depressa, tentando pegá-lo com as duas mãos. Mas golpeei a noite, a noite vazia que rodopiava sob o lampião, e fiquei parado olhando à minha volta, sozinho, como um perfeito tolo. Aquilo era uma espécie de teste. Compreendi-o então, apesar de, conscientemente, prestar atenção na rua escura, nos vãos das portas, em qualquer lugar onde ele pudesse ter se escondido. Não queria participar desta prova, mas não sabia como sair dela. E pensava em algum modo de, desdenhosamente, deixar isto claro, quando ele apareceu de novo, me acertando e me lançando nos paralelepípedos onde havia caído antes. Senti sua bota golpeando meus quadris. E, enfurecido, agarrei-lhe a perna, mal acreditando ter apalpado pano e osso. Tombou sobre a parede em frente e soltou um rugido de incontida raiva.

– O que houve depois foi pura confusão. Segurei aquela perna com força, apesar de sua bota tentar me chutar. Em certo momento, depois de ele ficar por cima e se livrar de mim, fui erguido no ar por mãos fortes. Posso perfeitamente imaginar o que teria acontecido. Teria me lançado a muitos metros dali, era suficientemente forte para tanto. E exaurido, bastante machucado, eu perderia a consciência. Mesmo naquela confusão, fiquei violentamente perturbado por não saber se podia perder a consciência. Mas isto nunca foi testado. Pois confuso como estava, tenho certeza de que alguém mais se colocou entre nós, alguém que lutou com ele decididamente, forçando-o a soltar sua presa.

– Quando ergui os olhos, estava na rua e, por um breve instante, vi dois vultos, como o relampejo de uma imagem quando se fecha o olho. Depois tudo se transformou em um turbilhão de roupas pretas, uma bota batendo nas pedras, e a noite ficou vazia. Sentei-me, ofegante, com o suor escorrendo pelo rosto, olhando primeiro a meu redor, finalmente, para a estreita faixa de céu pálido. Aos poucos, e só porque meu olhar estava inteiramente concentrado, um vulto emergiu da escuridão da parede. Agachado nas pedras salientes da soleira, moveu-se de modo a me deixar ver o levíssimo reflexo da luz no cabelo e, depois, a face branca, severa. Um rosto estranho, mais largo e menos encovado que o do outro, um grande olho preto que me envolvia com força. Um suspiro saiu de seus lábios, apesar de aparentemente não se moverem:

– Você está bem.

– Estava mais do que bem. Estava de pé, pronto para atacar. Mas o vulto continuou agachado, como se fizesse parte da parede. Podia ver uma mão se mexendo no que parecia um bolso de colete. Surgiu uma carta, branca como os dedos que a estendiam para mim. Não fiz menção de pegá-la.

– Venha até nós, amanhã à noite – disse aquele mesmo murmúrio na face calma, inexpressiva, que ainda expunha apenas um olho à luz. – Não lhe farei mal – disse. – Nem aquele outro. Não permitirei.

– Sua mão fez aquela coisa que os vampiros podem provocar, isto é, pareceu deixar seu corpo no escuro para colocar a carta em minha mão, a tinta púrpura imediatamente cintilando sob a luz. E o vulto, escalando a parede como um gato, desapareceu depressa entre as telhas do sótão.

– Sabia que agora estava sozinho, podia senti-lo. E a batida de meu coração parecia encher a ruazinha deserta enquanto eu permanecia sob o lampião, lendo a carta. Conhecia bem o endereço, pois já tinha ido mais de uma vez aos teatros daquela rua. Mas o nome do lugar era surpreendente: "Teatro dos Vampiros." E a hora marcada, nove da noite.

– Virei o papel e descobri um bilhete: "Traga a pequena beldade consigo. Serão extremamente bem recebidos. Armand."

– Não havia a menor dúvida: o vulto que me entregara aquilo havia escrito a nota. E eu tinha pouquíssimo tempo para chegar ao hotel e contar tudo a Cláudia antes do amanhecer. Saí correndo tão depressa que as pessoas nem percebiam realmente a sombra que nelas roçava quando eu passava.

✱

– O Teatro dos Vampiros exigia convite e, na noite seguinte, o porteiro examinou meu cartão enquanto a chuva caía suavemente à nossa volta, sobre o casal parado na bilheteria fechada, nos cartazes amassados mostrando vampiros vulgares de braços abertos e mantos que lembravam asas de morcegos prontos para se fechar sobre os ombros desnudos de uma vítima mortal, nos casais que se acotovelavam no saguão abarrotado onde facilmente percebi que a multidão era toda humana. Não havia vampiros entre eles, nem mesmo o rapaz que finalmente nos admitiu naquele tumulto de conversas, onde mãos femininas, em luvas de lã úmida, mexiam em chapéus de feltro e cachos de cabelo molhados. Procurei sombras, em excitação febril. Tínhamos nos alimentado cedo, apenas para que na agitada rua do teatro nossa pele não parecesse branca demais ou nossos olhos muito translúcidos. E o gosto do sangue que eu não tivera tempo de saborear me causara mal-estar. Aquela não era uma noite para matar. Deveria ser uma noite de revelações, independentemente de seu final. Tinha certeza.

– Ali estávamos entre a massa totalmente humana, as portas agora se abrindo para um auditório e um rapaz se aproximando de nós, acenando, apontando as escadas por sobre os ombros da multidão. Recebemos um dos melhores camarotes da casa e, mesmo que o sangue não tivesse colorido inteiramente minha pele nem transformado Cláudia – que vinha em meus braços – numa criança humana, o porteiro não pareceu notar nada, ou, se o fez, não se importou. Na verdade, sorriu com muita presteza ao abrir para nós a cortina que protegia duas cadeiras em frente a uma grade de metal.

– Acredita que têm escravos humanos? – murmurou Cláudia.

– Mas Lestat nunca confiou em escravos humanos – respondi.

– Vi os lugares se encherem, vi os chapéus maravilhosamente floridos navegando a meus pés entre filas de cadeiras de seda. Ombros brancos reluziam na curva do balcão que se estendia a nosso lado, diamantes cintilavam sob as luzes de gás.

– Lembre-se, seja um pouco discreto – o murmúrio de Cláudia saiu de sua cabeça loura inclinada. – Você é um cavalheiro.

– As luzes começaram a se apagar, primeiro no balcão, depois pelas paredes da plateia. Um grupo de músicos entrara no fosso sob o palco e, aos pés da comprida cortina de veludo verde, o gás piscou, depois se tornou mais claro, e o público desapareceu como que envolvido por uma nuvem cinza na qual apenas os diamantes reluziam nos pulsos, pescoços e dedos. E um sussurro desceu como uma névoa até que todo o som resumiu-se em uma única tosse persistente. Depois, o silêncio. E a batida lenta e ritmada de um tamborim. Juntando-se a este, havia a melodia suave de uma flauta de madeira que parecia unir o tilintar duro e metálico dos guizos do tamborim, produzindo uma melodia assombrosa, e som medieval. E a flauta cresceu, naquela melodia, algo melancólica, triste. A música tinha um encanto e a plateia inteira parecia apaziguada e unida por ela, como se a música daquela flauta fosse um cordão luminoso a desenrolar-se lentamente na escuridão. Nem mesmo o erguer das cortinas quebrou o silêncio. As luzes brilharam e pareceu que o palco não era um palco, mas densa floresta, a luz cintilando nos troncos ásperos das árvores e nos galhos cheios de folhas sob um arco de escuridão; e por entre as árvores podia-se ver algo que parecia o banco de pedra de um rio e, acima dele, mais além, as reluzentes águas do próprio rio, todo este mundo tridimensional criado numa pintura sobre fina tela de seda que tremia em um movimento leve, suave.

– Uma salva de palmas quebrou a ilusão, conseguindo partidários em todos os pontos da plateia até atingir seu breve crescendo e morrer. Um vulto escuro e drapejado movia-se no palco, de uma a outra árvore, tão depressa que, ao penetrar na luz, pereceu ter surgido por mágica. Um dos braços escapava do manto exibindo uma foice de prata e outro segurava uma máscara em fino bastão, em frente ao rosto invisível, a máscara que representava o radiante semblante da Morte, uma caveira pintada.

– Houve murmúrios na plateia. Era a Morte, em pé frente à plateia, a foice erguida: a Morte na orla de uma floresta escura. E algo em mim reagia como o público, não com medo, mas de modo humano, à magia daquele frágil cenário, ao mistério do mundo ali mostrado, o mundo no qual aquele vulto se movia com seu manto negro e revolto, mostrando-se ao público com a graça de uma imensa pantera e provocando aqueles suspiros, aqueles sussurros e aqueles murmúrios reverentes.

– E agora, atrás do vulto, cujos gestos pareciam ter um poder de atração igual ao do ritmo da música segundo a qual se movia, surgiram outras figuras. Primeiro, uma velha, muito arqueada e recurvada, seu cabelo grisalho lembrando o musgo, seus braços sob o peso de uma grande cesta de flores. Seus passos trôpegos arranhavam o palco e sua cabeça cambaleava ao ritmo da música e dos passos rápidos da Morte. Então, ao pousar os olhos no vulto, ela recuou, apoiando lentamente a cesta no chão, erguendo as mãos numa prece. Estava cansada; agora sua cabeça pendia sobre as mãos como se dormisse, e a velha se acercou da Morte, suplicante. Mas quando se aproximou, a Morte abaixou-se para olhar diretamente seu rosto, que para nós não passava de uma sombra sob os cabelos, e depois recuou, agitando a mão como se quisesse refrescar o ar.

– Gargalhadas indecisas irromperam na plateia. Mas quando a velha se levantou e seguiu a Morte, os risos cessaram.

– A música acompanhou a corrida, a velha perseguindo a Morte pelo palco até que esta finalmente desapareceu na escuridão de um tronco de árvore, ocultando a face mascarada sob a asa, como um pássaro. E a velha, perdida, derrotada, pegou seu cesto enquanto a música se suavizava e diminuía de velocidade, acompanhando seus passos, levando-a para fora de cena.

– Não gostei daquilo. Não gostei das risadas. Agora podia ver outras personagens se movendo, a música orquestrando seus gestos, aleijados com muletas e mendigos com farrapos cinza, todos tentando agarrar a Morte, que rodopiava, escapando de um com súbito jogo dos quadris, esquivando-se de outro com um gesto efeminado de desagrado, finalmente despedindo-se de todos num jogo afetado de zanga e tédio.

– Notei então que a mão lânguida e branca que fazia aqueles volteios não estava pintada. Era a mão de um vampiro que provocava risos no público. A mão de um vampiro que erguia agora a caveira sorridente, num palco finalmente vazio, como se soltasse um bocejo. Então este vampiro, segurando ainda a máscara sobre o rosto, adotou soberbamente a atitude de descansar o corpo numa árvore pintada, como se adormecesse suavemente. A música gorjeou como pássaros, murmurou como as águas, e o refletor que o envolvia num poço amarelo foi diminuindo e se apagando à medida que ele adormecia.

– Outro refletor salpicou o cenário, parecendo derretê-lo, para mostrar uma jovem parada, sozinha, no fundo do palco. Era majestosamente alta e parecia emoldurada por um manto de cabelos dourados. Pude sentir o frêmito da plateia quando ela dava a impressão de se debater na luz, a floresta erguendo-se à sua volta, de modo que parecia perdida entre as árvores. Estava perdida e não era uma vampira. As manchas de sua blusa simples não eram falsas e nada tocara seu rosto perfeito, que agora fitava a luz assustado, tão belo e finamente cinzelado quanto uma Virgem de mármore, com aquele cabelo servindo de véu aureolado. Não conseguia ver na luz, apesar de todos poderem vê-la. E o gemido que escapou de seus lábios ao se debater pareceu se misturar à canção suave e romântica da flauta, que era um tributo àquela beleza. O vulto da Morte acordou, piscando em sua luz pálida, voltou-se para vê-la como a plateia a vira e ergueu a mão livre numa reverência, admirado.

– O espocar de risadas morreu antes de se tornar real. Ela era bela demais, com seus olhos cinzentos muito assustados. A representação era perfeita demais. E então a caveira foi subitamente lançada para a coxia e a Morte exibiu ao público uma radiante face branca, suas mãos apressadas ajeitando os belos cabelos pretos, alisando o colete, escovando uma poeira imaginária das lapelas. A Morte apaixonada. E houve palmas para o semblante luminoso, para as faces reluzentes, para os brilhantes olhos pretos, como se tudo não passasse de ilusão magistral, quando na verdade era simplesmente e com certeza a face de um vampiro, o vampiro que havia me encurralado no Quartier Latin, aquele vampiro furtivo e radiante, fortemente iluminado pelo refletor amarelo.

– Minha mão procurou a de Cláudia no escuro e apertou-a com força. Mas ela continuou quieta, embevecida. A floresta do palco, onde a moça desamparada fitava as gargalhadas às cegas, dividiu-se em duas partes, que se afastavam do centro, permitindo que o vampiro se aproximasse da jovem.

– E ela, que havia se dirigido para a beira do palco, viu-o subitamente e parou, soltando um gemido infantil. Na verdade, parecia-se muito com uma criança, apesar de já ser uma mulher adulta. Somente uma leve ruga na carne tenra dos olhos traía sua idade. Seu busto, apesar de pequeno, era maravilhosamente moldado pela blusa, e seus quadris, apesar de estreitos, davam à saia comprida e empoeirada uma angulosidade sensual. Quando se afastou do vampiro, vi lágrimas em seus olhos iguais ao vidro que cintila na luz, e senti minha alma contrair-se temendo por ela e sentindo saudades. Sua beleza me cortava o coração.

– Atrás dela, várias caveiras pintadas moveram-se subitamente contra o negrume, vultos vestidos de preto que carregavam máscaras, deixando aparecer apenas mãos brancas que seguravam a ponta de uma capa ou as pregas de uma saia. Ali havia mulheres vampiras, misturando-se a homens na direção da vítima. Agora todos eles, um a um, jogaram fora as máscaras, que se amontoaram numa engenhosa pilha, os bastões qual ossos, as caveiras sorrindo para a escuridão do teto. E ali estavam sete vampiros, três dos quais mulheres, seus seios brancos reluzindo nos corpetes pretos e justos das vestes, suas faces luminosas, seus olhos escuros sob cachos de cabelo preto. Absolutamente lindas, parecendo deslizar juntas para aquela figura humana rosada, ainda que pálidas e frias em comparação com os cabelos absolutamente dourados, aquela pele rosa. Podia-se ouvir a respiração da plateia, os suspiros contidos e suaves. Era um espetáculo aquele círculo de faces brancas fechando-se cada vez mais, e aquele personagem principal, aquele Cavalheiro da Morte, voltando-se agora para o público com as mãos cruzadas sobre o coração, a cabeça inclinada pelo desejo despertando simpatias: não era ela irresistível? Um murmúrio de risadas de apoio, de suspiros.

– Mas foi ela quem quebrou o silêncio mágico:

– Não quero morrer – sussurrou. Sua voz era um sino.

– Você é a morte – respondeu ele.

– E de sua volta veio o murmúrio:

– Morte.

– Ela se voltou, agitando os cabelos e fazendo-os parecerem um verdadeiro banho de ouro, uma coisa rica e viva sobre a poeira de seus trajes pobres.

– Socorro! – pediu em voz baixa, como se tivesse medo até de levantar a voz. – Alguém... – disse para a multidão que ela sabia deveria estar lá.

– Uma risada macia escapou de Cláudia. A moça no palco mal compreendia onde estava, o que acontecia, mas sabia infinitamente mais do que aquele bando de pessoas que a admiravam boquiabertas.

– Não quero morrer! Não quero! – sua voz delicada se calou, os olhos fixos no vampiro-chefe, alto e malévolo, aquele demônio ardiloso que agora saía do círculo e se dirigia para ela.

– Todos morremos – ele retrucou. – A única coisa que se compartilha com todos os mortais é a morte.

– Suas mãos apontaram a orquestra, os rostos distantes do balcão, os camarotes.

– Não – protestou ela incrédula. – Tenho tantos anos, tantos... – sua voz era suave, saltitante, em sua dor. Tornava-a irresistível, assim como o movimento de seu colo desnudo e da mão que flutuava.

– Anos! – disse o vampiro mestre. – Como sabe que ainda tem muitos anos? A morte não respeita idades! Já pode haver uma doença em seu corpo, corroendo-a por dentro. Ou, por fora, um homem pode estar à sua espera para matá-la apenas por seus cabelos louros! – e seus dedos se estenderam para tocá-los, o som de sua voz profunda e sobrenatural ecoando. – Preciso lhe dizer o que o destino pode preparar para você?

– Não me importo... não tenho medo – ela protestou, sua voz de clarim tão frágil junto à dele. – Aceitarei minha sorte.

– E se sua sorte for viver, viver por muitos anos, qual seria sua herança? A imagem corcunda e desdentada da velhice?

– Agora ele erguia os cabelos dela e expunha sua garganta pálida. E lentamente puxou o cordão de sua blusa. O tecido barato cedeu, as mangas escorregaram de seus ombros estreitos e rosados. Ela prendeu a blusa e ele só pôde agarrar seus pulsos e afastá-los com força. A plateia suspirou em uníssono, as mulheres por trás dos binóculos, os homens inclinando-se nas cadeiras. Podia ver o pano caindo, a pele pálida e imaculada pulsando com seu coração e os minúsculos mamilos deixando a roupa escorregar precariamente, o vampiro segurando-a com força pelo pulso, as lágrimas cobrindo suas faces envergonhadas, seus dentes mordendo a carne dos lábios.

– Assim agora é rósea e lisa; com o tempo, esta carne se tornará cinza e enrugada – disse ele.

– Deixe-me viver, por favor – ela implorou, virando o rosto. – Não me importo... Não faz mal!

– Mas, então, por que se importar de morrer agora? Se estas coisas não a amedrontam... estes horrores?

– Ela sacudiu a cabeça, perplexa, confusa, desamparada. Senti a raiva em minhas veias, tão nítida quanto a paixão. Com a cabeça baixa, ela tinha toda a responsabilidade de defender a vida, e era injusto, monstruosamente injusto que devesse argumentar logicamente com ele, por uma coisa que era óbvia, sagrada e tão lindamente personificada por ela. Mas o vampiro deixou-a sem voz, fez seu estonteante instinto parecer mesquinho, confuso. Sentia-se que ela morria por dentro, se enfraquecia, e eu o odiei.

– Sua blusa escorregou até a cintura. Um murmúrio percorreu a plateia excitada quando seus seios pequenos e redondos ficaram expostos. Ela tentou libertar o pulso, mas ele a segurou com força.

– E suponha que a deixemos partir... suponha que o Ceifador Inflexível tenha um coração que possa resistir à sua beleza... em quem depositaria sua paixão? Escolheria uma pessoa para nós? Uma pessoa para ficar aqui e sofrer como você agora? – apontou para a plateia. A confusão da jovem era terrível. – Tem uma irmã... uma mãe... uma filha?

– Não – ela ofegou. – Não... – balançando os cabelos.

– Tem certeza de que ninguém poderia ocupar seu lugar? Uma amiga? Escolha!

– Não posso... Não iria...

– Ela se contorceu presa a ele. Os vampiros em volta olhavam, quietos, rostos sem revelar qualquer emoção, como se a carne sobrenatural de seus rostos compusesse verdadeiras máscaras.

– Pode fazer isto? – escarneceu ele.

– E eu sabia que, se ela pudesse, ele simplesmente a condenaria, diria que era tão má quanto ele por causar a morte de alguém, que ela merecia seu destino.

– A morte espreita em toda parte – agora ele suspirava como se sentindo repentinamente frustrado. A plateia não podia perceber, mas eu sim. Via os músculos de seu rosto macio se retesarem. Tentava forçá-la a encará-lo, mas ela afastava, desesperada e confiante, o olhar. No ar quente, sentia a poeira e o perfume de sua pele, ouvia o palpitar de seu coração.

– Morte inconsciente... o destino de todos os mortais. – Ele se aproximou mais dela, resmungando, entediado, mas persistente. – Hummm... mas nós somos a morte *consciente*! Isto a transforma em uma noiva. Sabe o que significa ser amada pela Morte? – Ele simplesmente a beijou na face, na marca brilhante de suas lágrimas. – Sabe o que significa a Morte saber seu nome?

– Ela o olhava, cheia de terror. E então seus olhos pareceram se embaçar, seus lábios relaxaram. Via, atrás dele, o vulto de outro vampiro que emergia lentamente das sombras. Durante muito tempo, ele permanecera fora do grupo, as mãos cruzadas, os olhos grandes e pretos muito calmos. Sua atitude não era de desejo. Não parecia extasiado. Mas agora ela o encarava, e sua dor a banhava numa luz de beleza, uma luz que a tornava irresistivelmente atraente. Era isto que prendia o público boquiaberto: esta dor terrível. Eu podia sentir sua pele, sentir os seios pequenos e pontudos, sentir meus braços acariciando-a. Fechei os olhos e visualizei-a inteira na minha escuridão. Era isso que sentiam todos que a cercavam, aquela comunidade de vampiros. Ela não tinha chance.

– Erguendo os olhos de novo, eu a vi tremendo à luz esfumaçada dos refletores do chão, vi suas lágrimas rolando como ouro, enquanto do vampiro, que se mantinha afastado, vieram as palavras...

– Sem dor.

– Eu via que o primeiro vampiro bufava, mas ninguém mais o percebia. Só viam o rosto infantil e macio da moça, aqueles lábios entreabertos, perdidos num sonho inocente ao fitar o vampiro distante; só ouviam sua voz suave repetir com ele:

– Sem dor?

– Sua beleza é um presente para nós – a voz vibrante encheu a casa sem esforço, parecendo deter a crescente onda de excitação. Leve, quase imperceptível, sua mão se moveu. O outro vampiro recuava, transformando-se numa daquelas caras brancas e pacientes cujo desejo e equanimidade pareciam, estranhamente, uma coisa só. E lenta, graciosamente, o segundo vampiro se aproximou dela. Estava lânguida, esquecida de sua nudez, as pálpebras estremecendo, um suspiro escapando dos lábios tenros:

– Sem dor – ela assentiu.

– Eu mal podia suportar aquilo, vê-la se entregar a ele, vê-la morrer agora, sob seu poder de vampiro. Queria gritar por ela, quebrar o encanto. Eu a desejava. Desejava-a ao vê-lo chegar-se a ela, estendendo a mão para o fecho aberto da blusa, enquanto ela se inclinava em sua direção, a cabeça baixa, o pano preto escorregando pelos quadris, sobre o brilho dourado do cabelo entre as pernas – corpo de criança, aquele anel delicado – a saia caindo a seus pés. E o vampiro abriu os braços, de costas para as luzes, seu cabelo moreno parecendo tremer quando o ouro dos cabelos dela caiu sobre sua capa preta.

– Sem dor... sem dor... – balbuciava ele. E ela se entregava totalmente.

– E agora, virando-a lentamente para um lado em que todos eles pudessem ver sua face serena, ele a ergueu, suas costas se curvando enquanto seu seio tocava os botões dele e seus braços pálidos contornavam-lhe o pescoço. A jovem se enrijeceu e gritou quando ele afundou os dentes, e o rosto dela voltou à calma enquanto o teatro escuro reverberava compartilhando a paixão. A mão branca do vampiro brilhou em suas nádegas rosadas. Ele a levantou do assoalho ao beber, o colo da moça reluzindo contra sua face branca.

– Senti-me fraco, tonto, o desejo se acendendo em mim, disparando meu coração, minhas veias. Senti minhas mãos agarrarem as grades de metal do camarote, cada vez mais forte, até o ferro ranger nas juntas. E aquele som baixo e entristecedor, que nenhum daqueles mortais poderia perceber, de algum modo me trouxe de volta para o local sólido, palpável, onde verdadeiramente me encontrava.

– Baixei a cabeça, queria fechar os olhos. O ar parecia perfumado com sua pele salgada, próxima, quente e doce. Os outros vampiros se acercaram, a mão branca que a segurava com força estremeceu e o vampiro ruivo a largou, virando-a, ajeitando-a, a cabeça pendendo ao ser deixada. Uma das mulheres vampiras, incrivelmente bela, surgiu a seu lado, embalando-a, afagando-a ao se inclinar para beber. Agora todos a cercavam, passando-a de mão em mão, ante a plateia enfeitiçada, a cabeça dela jogada sobre o ombro de um vampiro homem, seu pescoço tão atraente quanto as nádegas pequenas, a pele imaculada de suas coxas esguias ou as curvas macias atrás de seus joelhos dobrados.

– Reclinei-me na cadeira, minha boca cheia do gosto dela, minhas veias em turbilhão. E num canto de meus olhos estava aquele vampiro de cabelo moreno que a havia conquistado, distante como antes, seus olhos negros parecendo buscar-me na escuridão, fixando-se em mim por entre as correntes de ar quente.

– Um a um, os vampiros foram se retirando. A floresta pintada recuou, voltando silenciosamente para seu lugar. Até que a moça, fraca e muito branca, jazesse nua naquele bosque misterioso, aninhada na seda de um esquife preto, como se estivesse no chão da própria floresta. E a música tinha recomeçado, frenética, aumentando conforme as luzes diminuíam. Todos os vampiros haviam partido, menos o primeiro, que erguia foice e máscara das sombras. E se agachou junto à moça adormecida enquanto as luzes esmoreciam, e somente a música tinha poder e força na escuridão crescente. Então ela também morreu.

– Por um momento, a plateia inteira ficou em absoluto silêncio.

– Então começaram aplausos esparsos que de repente reuniram todos que nos cercavam. As luzes se acenderam nas arandelas das paredes e as cabeças se voltaram umas para as outras, com as conversas irrompendo em toda parte. Uma mulher se levantando do meio de uma fila para puxar rispidamente sua estola de raposa da cadeira, apesar de ninguém abrir caminho, alguém saindo rapidamente para a passagem atapetada, e a massa toda procurou a saída como que movida por um único impulso.

– O zumbido transformou-se no velho murmúrio da multidão sofisticada e perfumada que lotara o saguão e o fosso do teatro. O encanto fora quebrado. As portas se abriam para o ar fragrante, para o ruído das patas dos cavalos, para as vozes chamando táxis. Lá embaixo, no mar de cadeiras ligeiramente desarrumadas, uma luva branca brilhava numa almofada de seda verde.

– Continuei olhando, escutando, com uma das mãos protegendo meu rosto para que ninguém me visse, meu cotovelo apoiado na grade, a paixão persistindo em mim, o gosto da moça nos lábios. Era como se, apesar do cheiro da chuva, seu perfume ainda permanecesse no ar e, no teatro vazio, podia ouvir a vibração de meu peito palpitante. Respirei fundo, sentindo o cheiro da chuva, e olhei de relance para Cláudia, sentada em infinita calma, a mão enluvada no colo.

– Sentia um gosto amargo na boca, e confusão. Então vi um porteiro solitário percorrendo a passagem lá embaixo, catando os programas amassados que recobriam o tapete. Sabia que minha dor, aquela confusão, aquela paixão cega que só me permitiam uma lentidão teimosa desapareceriam se descesse até um daqueles arcos cortinados, o arrastasse para a escuridão e o possuísse da mesma forma com que a jovem fora possuída. Queria fazer isto, e não queria nada. Cláudia falou bem perto do meu ouvido:

– Paciência, Louis. Paciência.

– Abri os olhos. Havia alguém próximo, quase fora de meu campo de visão, alguém que tinha superado minha audição, minha aguda expectativa, que penetrara como uma antena afiada em minha própria perturbação. Ao menos foi o que pensei. Mas lá estava ele, silencioso, no umbral cortinado do camarote, aquele vampiro ruivo, aquele que se destacara, parado na escada atapetada nos olhando. Então tive certeza de que era, como suspeitara, o vampiro que me dera o convite para a representação. Armand.

– Se não fosse sua calma, teria me espantado com seu ar remotamente sonhador. Parecia já estar encostado naquela parede há muito tempo e não traiu nenhum sinal de mudança quando o fitamos. Depois se aproximou. Se não tivesse me atraído tão inteiramente, teria sentido alívio ao ver que não era o vampiro alto, de cabelos pretos, mas nem pensei nisso. Agora seus olhos examinavam Cláudia languidamente, sem nenhuma preocupação com o costume humano de disfarçar o olhar. Coloquei a mão no ombro de Cláudia.

– Estamos procurando você há muito tempo – disse-lhe, meu coração se acalmando, como se sua tranquilidade diminuísse meu tremor, meus cuidados, como o mar que puxa coisas da terra. Não quero exagerar esta característica dele. Mas não sei descrevê-la, nem o soube então. A verdade é que minha mente tentou fazê-lo até a exaustão. Dava-me a nítida impressão de saber o que eu estava fazendo. Sua postura calma e seus olhos profundos e castanhos pareciam dizer que aquilo em que eu pensava ou, especialmente, as palavras que eu tentava pronunciar de nada serviam. Cláudia permaneceu calada.

– Ele se afastou da parede e começou a descer a escada lentamente, ao mesmo tempo em que fazia um gesto de boas-vindas e nos incitava a segui-

-lo. Tudo isto de modo fluido e rápido. Em comparação com os dele, meus gestos eram caricaturas dos humanos. Abriu uma porta no primeiro andar e nos introduziu nas salas subterrâneas do teatro, seus pés apenas roçando o corredor de pedra que descíamos, de costas para nós com total confiança.

– Então penetramos no que parecia um vasto salão subterrâneo, escavado num porão mais antigo do que o prédio. Acima de nós, a porta por ele aberta bateu e a luz morreu antes que eu pudesse formar qualquer ideia sobre a sala.

– Ouvi o roçar de suas roupas no escuro e depois a explosão de um fósforo. Seu rosto pareceu uma grande chama sobre o fósforo. E então um vulto penetrou na luz a seu lado, um rapaz que lhe trazia um candelabro. A imagem do garoto me fez sentir novamente um desejo tentador pela mulher nua no palco, seu corpo escultural, o sangue palpitante. Voltou-se para mim e fitou-me, com um jeito muito parecido com o do vampiro ruivo que acendera a vela e ordenava num murmúrio:

– Saia.

– A luz atingiu as paredes distantes. O vampiro ergueu a vela e andou ao lado da parede, acenando para que o seguíssemos.

– Podia ver um mundo de afrescos e murais nos cercando, suas cores escuras e vibrantes sobre a chama trêmula, e aos poucos o tema e o conteúdo foram ficando claros. Era o terrível *Triunfo da morte*, de Brueghel, pintado numa escala colossal, onde a multidão de vultos espectrais flutuava sobre nós nas trevas, aqueles esqueletos miseráveis colocando a morte num fosso fétido ou puxando uma carroça de caveiras, decapitando um cadáver esticado ou pendurando humanos em forcas. Um sino repicava sobre o inferno interminável de terra ressequida e fumegante, para onde se dirigiam imensos exércitos de homens na marcha horrenda e desalmada dos soldados que vão para um massacre. Afastei-me, mas o ruivo tocou em minha mão e me fez seguir em frente, para ver *A queda dos anjos rebeldes* se materializar lentamente, com os seres condenados sendo expulsos das alturas celestiais para um lúgubre caos de monstros que se banqueteavam. Era tão vívido, tão perfeito, que estremeci. A mão que tinha me tocado voltou a fazê-lo, e apesar disto continuei calado, olhando deliberadamente para o topo do mural, onde podia perceber, entre as sombras, dois belos anjos com trombetas aos lábios. Por um momento, quebrou-se o encanto. Tive a forte sensação da primeira noite em que entrara em Notre Dame; mas logo ela se foi, como se me arrancassem algo tênue e precioso.

– A vela se animou. E os horrores ressurgiram de todos os lados: os condenados taciturnos, passivos e degradados de Bosch, os cadáveres intumescidos em caixões, de Traini, os centauros monstruosos de Dürer e, se alastrando em escala insuportável numa série de entalhes, emblemas e gravuras medievais. Até o teto se contorcia em caveiras e cadáveres em decomposição, em demônios e instrumentos de torturas como se ali fosse a própria catedral da morte.

– Quando finalmente paramos no meio da sala, a vela pareceu dar vida às imagens que nos cercavam por todos os lados. Uma ameaça de delírio, aquele rodopio terrível da sala recomeçou, aquela sensação de queda. Agarrei a mão de Cláudia. Ela continuou calada, o rosto calmo, os olhos distantes quando a fitei, como se quisesse que a deixasse sozinha. Então seus pés se lançaram para longe de mim, pelo chão de pedra, em passos rápidos que ecoaram pelas paredes, como dedos tamborilando em minhas têmporas, em meu crânio. Agarrei a cabeça, olhando o chão como um tolo à procura de abrigo, como se erguer os olhos me levasse a ver algum sofrimento exagerado que não queria nem podia suportar.

– Então vi, novamente, a face do vampiro flutuando na chama, seus olhos sem idade circundados por cílios escuros. Seus lábios estavam inteiramente imóveis, mas, quando o encarei, pareceu sorrir sem fazer o menor movimento. Olhei-o com toda minha atenção, convencido de haver alguma ilusão poderosa que eu captaria se ficasse concentrado. E quanto mais o olhava, mais ele parecia sorrir, até finalmente se animar com um suspiro inaudível, falando sozinho, cantando. Podia ouvir alguma coisa a serpentear no escuro, como rolos de papel de parede sob o sopro de uma lareira ou a pele pintada do rosto de uma boneca que se incendeia.

– Tinha ímpetos de agarrá-lo, de sacudi-lo com tanta violência que seu rosto imóvel seria obrigado a se mexer, a revelar sua canção suave. E subitamente ele estava colado a mim, seu braço circundando meu peito, seus cílios tão próximos que os via brilhar sobre a órbita incandescente de seu olho, sua respiração suave, inodora, contra minha pele. *Era* o delírio.

– Tentei recuar, mas absolutamente não me mexi, seu braço exercendo uma pressão firme, sua vela ardendo agora em meus olhos, deixando-me sentir seu calor; minha carne fria inteiramente engolfada por sua tepidez. Mas, de repente, soprei para apagá-la e não a encontrei. Tudo que vi foi o seu rosto radiante, como nunca tinha visto a face de Lestat, branco, liso, vigoroso e másculo. O outro vampiro. Todos os outros vampiros. Uma procissão infinita de minha própria espécie.

– Tudo terminou.

– Vi-me com a mão estendida, tocando seu rosto. Mas ele estava distante de mim, como se nunca tivesse se aproximado, sem tentar afastar meus dedos. Recuei, envergonhado, espantado.

– Ao longe, na noite de Paris, um sino repicou, os círculos de som tristes e dourados parecendo penetrar pelas paredes, pelas vigas que carregavam aquele ruído para o seio da terra, qual imensos órgãos. Novamente se elevou o murmúrio, aquela canção inarticulada. E vi nas trevas aquele garoto mortal me fitando, e senti o aroma quente de sua carne. A mão ágil do vampiro acenou para ele, que se aproximou, com olhar corajoso e excitado, chegando-se a mim sob a luz das velas e abraçando meus ombros.

– Nunca tinha sentido aquilo, nunca o tinha experimentado, esta entrega de um mortal consciente. Mas antes que pudesse empurrá-lo para seu próprio bem, vi a mancha azulada em seu pescoço tenro. Ele a oferecia para mim. Agora encostava seu corpo todo no meu, e senti a força rija de seu sexo sob a roupa comprimir minha perna. Deixei escapar um suspiro, mas ele se chegou mais, seus lábios sobre algo que devia lhe parecer tão frio, tão inanimado. E mergulhei os dentes em sua pele, meu corpo rígido, aquele sexo rijo se encostando em mim e, apaixonado, o ergui do chão. Onda após onda, seu coração palpitante penetrava em mim enquanto, flutuando, eu me balançava com ele, devorando seu corpo, seu êxtase, seu prazer consciente.

– Então, fraco e ofegante, o vi distante de mim, meus braços vazios, minha boca ainda inundada pelo gosto de seu sangue. Ele se apoiava no vampiro ruivo, seus braços contornando a cintura do vampiro, me olhando do mesmo modo calmo, seus olhos embaçados e fracos pela perda de vida.

– Lembro-me de ter me aproximado em silêncio, atraído por ele e sem conseguir me controlar, aquele olhar zombando de mim, aquela vida consciente me desafiando. Devia morrer e não iria; continuaria vivendo, conhecendo e sobrevivendo àquela intimidade! Voltei-me. A hoste de vampiros se movia nas sombras, suas velas trêmulas e esvoaçantes no ar frio, e sobre eles assomava uma imensa série de desenhos: o cadáver adormecido de uma mulher dilacerada por um vulto de rosto humano, um homem nu com pés e mãos atados a uma árvore, a seu lado pendendo o torso de um outro, cujos braços dilacerados ainda estavam amarrados a outro galho, enquanto a cabeça morta olhava esbugalhada de uma estaca.

– A canção voltou, aquela canção tênue, etérea. Aos poucos meu desejo se aplacou, mas minha cabeça palpitava e as chamas das velas pareciam se fundir em círculos ardentes de luz. De repente alguém me tocou, me empurrou com força e quase perdi o equilíbrio. E quando voltei a me aprumar, vi o rosto magro e anguloso do vampiro sarcástico que desprezava. Partiu para mim com suas mãos brancas. Mas o outro, o que se mantinha distante, avançou e se colocou entre nós. Acho que golpeou o primeiro, que vi se mexer e, depois, que não vi. Ambos permaneciam imóveis como estátuas, encarando um ao outro e o tempo passando como ondas contínuas rolando numa praia deserta.

– Não sei dizer quanto tempo ficamos ali, nós três naquelas sombras, e quão imóveis eles me pareciam. Apenas as chamas trêmulas indicavam vida. Lembro-me, então, de ter escorregado pela parede e encontrado uma grande cadeira de carvalho onde tudo que consegui fazer foi desmaiar. Parecia que Cláudia estava próxima e falava com alguém numa voz sussurrada, mas doce. Minha testa palpitava com o sangue, com o calor.

– Venha comigo – disse o vampiro ruivo.

– Procurava em seu rosto o movimento de lábios que devia ter precedido o som, apesar de já ter-se passado tanto tempo. E então estávamos andando, os três, por uma longa escada de pedra que penetrava sob a cidade. Cláudia à nossa frente, sua sombra se alongando contra a parede. O ar ficou mais frio e refrescante com o aroma da água, e pude ver os pingos correndo pelas pedras como contas de ouro sob a luz da vela do vampiro.

– Foi num pequeno quarto que penetramos, o fogo ardendo numa lareira entalhada na parede de pedra. Havia uma cama no canto, encaixada na rocha e cercada por duas grades de metal. A princípio percebi estas coisas claramente, vendo a comprida estante de livros em frente à lareira, a mesa de madeira que ficava a seus pés e o caixão do outro lado. Mas então o quarto começou a estremecer e o vampiro ruivo me segurou pelo ombro, levando-me para uma cadeira de couro.

– O fogo ardia incrivelmente quente junto de minhas pernas, mas me pareceu agradável, claro e forte, algo que me tirava da confusão. Sentei-me, os olhos apenas entreabertos, e tentei ver novamente o que me rodeava.

– Era como se a cama afastada fosse um palco, sobre cujos travesseiros de linho repousava o menino, com os cabelos pretos divididos ao meio e descendo em cachos sobre as orelhas fazendo-o parecer, em seu sonho febril, uma daquelas criaturas andróginas da pintura de Botticelli. E a seu lado, enrodilhada, a minúscula mão branca enfiada em sua carne saudável, estava Cláudia, com o rosto enterrado em seu pescoço. O vampiro ruivo e professoral observava de braços cruzados. E quando Cláudia se levantou, o garoto estremeceu. O vampiro a ergueu, delicadamente, como eu o faria, suas mãozinhas encontrando apoio no pescoço dele, seus olhos semicerrados pelo desmaio, seus lábios tintos de sangue.

– Ele a colocou gentilmente na mesa, e ela se encostou nos livros de couro, as mãos graciosamente apoiadas no colo, sobre o vestido perfumado de alfazema. As grades se fecharam sobre o menino, que, enterrando o rosto nos travesseiros, adormeceu.

– Algo no quarto me perturbava, mas não sabia o que era. Na verdade, não compreendia o que havia de errado comigo. Só sabia que tinha sido levado à força, por mim mesmo ou por alguém mais, a dois estágios violentos, devastadores: o mergulho naquelas pinturas repugnantes e o assassinato ao qual me abandonara, obscenamente, na vista de outros.

– Não sabia o que me assustava naquele momento, de que a minha mente queria escapar. Continuei olhando para Cláudia, vendo como se encostava nos livros, como se sentava entre os objetos da mesa, a caveira branca e polida, o castiçal, o livro de pergaminho aberto, pintado à mão, que cintilava na luz. E então, sobre ela, entrou em foco o desenho esmaltado e tremeluzente de um diabo medieval, com chifres e cascos, sua figura bestial assomando entre bruxas que o adoravam. A cabeça de Cláudia estava exatamente sob ele, os cachos de seu cabelo o tocavam, e ela fitava, atenta e pensativa, o vampiro de olhos castanhos.

– De repente tive vontade de pegá-la e, horrorizado, apavorado, eu a vi, em minha imaginação inflamada, ficar desengonçada como uma boneca. Olhei atentamente para o diabo, preferindo aquela face monstruosa a vê-la em sua calma lúgubre.

– Não acordará o menino, se falar – disse o vampiro de olhos castanhos. – Veio de tão longe, viajou tanto.

– E, aos poucos, minha confusão desvaneceu-se como fumaça levada por uma corrente de ar fresco. Continuei atento e muito calmo, vendo-o se sentar na cadeira à minha frente. Cláudia também o fitou. E começou a olhar para nós dois alternadamente, ele com o rosto suave e os olhos pacíficos de sempre, pois em nenhum momento haviam estado de outro modo.

– Meu nome é Armand – disse. – Mandei Santiago entregar-lhes o convite. Sei seus nomes. São bem-vindos à minha casa.

– Reuni todas as forças para falar e minha voz soou estranha quando lhe disse que havíamos temido ser os únicos do mundo.

– Mas como nasceram? – perguntou.

– A mão de Cláudia se mexeu muito levemente no colo, enquanto continuava a correr o olhar, mecanicamente, de meu rosto para o dele. Percebi-o e compreendi que ele também devia tê-lo visto, apesar de não o demonstrar. No mesmo instante, compreendi o que ela queria me dizer.

– Não querem responder – disse Armand, a voz muito baixa e ainda mais controlada que a de Cláudia, muito menos humana que a minha. Senti que mergulhava de novo na contemplação daquela voz e daqueles olhos, dos quais tive de me afastar com grande esforço.

– É o líder deste grupo? – perguntei.

– Não do modo como você compreende um "líder" – respondeu. – Mas se há algum líder aqui, este sou eu.

– Ainda não disse... perdoe-me... como surgi. Pois isto não tem nenhum mistério, não levanta nenhuma dúvida. Assim, se você não tem nenhum poder que eu deva reverenciar, preferia não falar deste assunto.

– Se lhe dissesse que tenho tal poder, você o respeitaria? – perguntou.

– Gostaria de saber descrever seu modo de falar, como, cada vez em que falava, parecia provocar um estado de contemplação muito próximo daquele que começava a sentir, do qual só me libertava com esforço. Entretanto, nunca se movia e sempre parecia atento. Isto me distraiu, ao mesmo tempo em que me senti poderosamente atraído por ele, assim como pelo quarto, por sua simplicidade e pela combinação rica e aconchegante de coisas essenciais: os livros, a mesa, as duas cadeiras em frente à lareira, o caixão, os quadros. O luxo dos quartos do hotel me pareceu vulgar, mais do que isto, insignificante, junto a este quarto. Compreendia tudo ali, exceto o garoto mortal, o menino adormecido, que eu absolutamente não entendia.

– Não estou certo – disse, incapaz de tirar os olhos daquele horrendo Satã medieval. – Queria saber do que... de quem ele veio. Se veio de outro vampiro... ou de algo mais.

– Algo mais... – disse ele. – O que é algo mais?

– Aquilo! – apontei para o desenho medieval.

– Aquilo é um quadro – disse ele.

– Nada mais?

– Nada mais.

– Então Satã... nenhum poder satânico lhe dá força, como líder ou vampiro?

– Não – disse ele calmamente, tão calmamente que foi impossível saber o que achara de minhas perguntas, se pensava como eu.

– E os outros vampiros?

– Não – respondeu.

– Então não somos... – Cheguei para a frente. – ... os filhos de Satã?

– Como poderíamos ser filhos de Satã? – perguntou. – Acredita que Satã criou este mundo que nos cerca?

– Não, creio que Deus o criou, se é que alguém o fez. Mas Ele também fez Satã, e quero saber se somos seus filhos!

– Exatamente. Se você acredita que Deus criou Satã, deve compreender que todos os poderes de Satã provêm de Deus, que Satã é simplesmente filho de Deus, e que nós também o somos. Na verdade, não há filhos de Satã.

– Não pude disfarçar meus sentimentos. Encostei a cabeça no couro, fitando aquele pequeno entalhe do diabo, esquecido da presença de Armand, perdido em meus pensamentos, nas inegáveis implicações de sua lógica simples.

– Mas por que isto o preocupa? Certamente o que digo não o surpreende – disse ele. – Por que deixa afetá-lo?

– Deixe-me explicar – comecei. – Sei que é um vampiro-mestre. Respeito-o. Mas sinto-me incapaz diante de sua frieza. Sei como é, não a possuo e duvido de que algum dia a tenha. Aceito isto.

– Compreendo. – Meneou a cabeça. – Vi-o no teatro, percebi seu sofrimento, sua compaixão pela moça. Vi sua comiseração por Denis quando o ofereci a você; morre quando mata, como se achasse que merecesse morrer, e não se poupa. Mas por que, com esta paixão e este senso de justiça, quer se considerar filho de Satã?

– Sou perverso, tão perverso quanto qualquer vampiro que já existiu! Matei muitas vezes e voltarei a fazê-lo. Aceitei aquele menino, Denis, quando o ofereceu a mim, apesar de ser incapaz de saber se iria sobreviver ou não.

– Por que isto o torna tão perverso quanto qualquer vampiro? Não há gradações de perversidade? Será o mal um imenso e perigoso poço onde se cai ao primeiro pecado, mergulhando até o fundo?

– Sim, acho que é – respondi. – E não é lógico, como você tenta aparentar. Mas é esta escuridão, este vazio. E não traz nenhum consolo.

– Mas não está sendo justo – disse, com o primeiro vislumbre de emoção na voz. – Certamente atribui grandes graus e variações à bondade. Existe a bondade da criança, que é inocência, e há a bondade do monge que abriu mão de tudo e vive uma existência de autoprivação e trabalho. A bondade dos santos, a bondade das donas de casa. São todas iguais?

– Não. Mas igual e infinitamente diferentes do mal – respondi.

– Não sabia que pensava aquelas coisas. Falava ao mesmo tempo em que os pensamentos se construíam. E eles eram meus sentimentos mais profundos tomando uma forma que jamais adquiririam se eu não falasse sobre eles, não os tivesse deixado sair em conversa com outro vampiro. Neste momento, me vi, em certo sentido, como uma mente passiva. Isto é, só conseguia me expressar, formular pensamentos diferentes do emaranhado de melancolia e dor quando provocado por outra mente, fertilizado por ela, profundamente excitado por esta outra mente e levado a tirar conclusões. Senti um alívio incrível e profundo para minha solidão. Conseguia visualizar e sofrer com facilidade o que acontecera anos antes, em outro século: quando parei aos pés da escada de Babette e senti a frustração perpétua e cortante dos anos com Lestat; e então aquela afeição apaixonada e condenada por Cláudia, que fez a solidão recuar frente à suave indulgência dos sentidos, os mesmos sentidos que ansiavam por matar. E vi o topo desolado da montanha europeia onde enfrentara e matara aquele vampiro sem alma, entre as ruínas do monastério. Era como se a imensa ânsia feminina de minha mente fosse novamente despertada por ser satisfeita. Foi o que senti, apesar de minhas próprias palavras.

– Mas é esta escuridão, este vazio. E não traz nenhum consolo.

– Olhei para Armand, para seus grandes olhos castanhos naquele rosto intemporal, severo, que me observavam como uma pintura. E senti a rotação suave do mundo físico que tinha me invadido no salão de baile pintado, a premência de meu antigo delírio, o despertar de uma necessidade tão terrível que a própria promessa de satisfação continha a possibilidade insuportável de desapontamento. E ali estava a dúvida, a terrível, velha e assustadora dúvida a respeito do mal.

– Acho que levei as mãos à cabeça como fazem os mortais quando se sentem tão perturbados que instintivamente escondem a face, apertando o cérebro como se pudessem atravessar o crânio e massagear o órgão vivo para sair de sua agonia.

– E como se atinge o mal? – perguntou. – Como se sai da graça e de repente se fica tão cruel quanto o júri popular da Revolução ou o mais sádico imperador romano? Basta simplesmente faltar à missa aos domingos, ou cuspir a hóstia? Ou roubar um pedaço de pão... ou dormir com a mulher do próximo?

– Não... – Sacudi a cabeça. – Não.

– Mas se o mal não tem gradação, e existe este estado de maldade, então basta um único pecado. Não foi isso que disse? Que Deus existe e...

– Não sei se Deus existe – falei. – E pelo que sei... Ele não existe.

– Então os pecados não importam – retrucou. – Nenhum pecado atinge o mal.

– Isto não é verdade. Pois se Deus não existe, somos as criaturas mais conscientes do universo. Só nós compreendemos o passar do tempo e o valor de cada minuto da vida humana. E o que constitui o mal, o verdadeiro mal, é tirar uma única vida humana. Não importa se um homem vai morrer amanhã, depois ou eventualmente... Pois se Deus não existe, esta vida... cada segundo dela... é tudo o que temos.

– Ele se encostou na cadeira, como se tivesse sido detido por um instante, seus grandes olhos contraindo-se, depois fixando-se nas profundezas do fogo. Era a primeira vez, desde que se aproximara de mim, que parecia olhar para outra coisa, e me vi a observá-lo sem ser visto. Ficou muito tempo sentado deste modo e eu apenas conseguia sentir seus pensamentos, que pareciam tão palpáveis no ar quanto fumaça. Não os lia, compreenda, mas sentia sua força. Ele parecia possuir uma aura e, apesar de seu rosto ser muito jovem, o que eu sabia não significar nada, parecia infinitamente velho, sábio. Não sei defini-lo, pois não poderia explicar como as linhas juvenis de seu rosto, como seus olhos expressavam inocência, idade e experiência ao mesmo tempo.

– Então ele se levantou, as mãos cruzadas às costas, e olhou para Cláudia. O silêncio que ela mantivera o tempo todo era-me compreensível. Estas não eram as suas perguntas, apesar dela estar fascinada por ele, esperá-lo e, sem dúvida, aprender sempre que ele se dirigia a mim. Mas quando se olharam, compreendi algo mais.

– Ele tinha se colocado de pé num corpo que comandava totalmente, livre do hábito do gesto humano, gesto enraizado na necessidade, no ritual, nas flutuações da mente. E agora sua calma parecia extraterrena. E ela, como jamais a vira, possuía a mesma placidez. E eles se encaravam com uma compreensão sobrenatural da qual eu estava simplesmente excluído.

– Para eles, eu era alguma coisa agitada e vibrante, como os mortais eram para mim. E quando ele se virou de novo para mim, – eu o notei –, percebia que ela não acreditava nem compartilhava meu conceito de maldade.

– Sua fala recomeçou sem o menor aviso:

– Este é o único mal que resta – disse para as chamas.

– Sim – respondi, sentindo aquele assunto que me consumia reviver, apagando, como sempre, qualquer outra preocupação.

– É verdade – disse ele, chocando-me, aumentando minha tristeza, meu desespero.

– Então Deus não existe?... Não tem notícia de Sua existência?

– Nenhuma – respondeu.

– Nenhuma notícia! – repeti, temendo minha simplicidade, minha miserável dor humana.

– Nenhuma.

– E nenhum vampiro daqui jamais se encontrou com Deus ou o diabo!

– Nenhum que eu conheça – respondeu, pensativo, o fogo dançando em seus olhos. – E, pelo que sei até hoje, após 400 anos, sou o mais velho vampiro vivo do mundo.

– Fitei-o, surpreso.

– Depois comecei a compreender. Acontecia o que sempre temera, e não tinha mais nenhuma esperança. Tudo continuaria como antes, interminavelmente. Minha busca estava encerrada. Reclinei-me, cansado, na cadeira, olhando as labaredas.

– Era inútil deixá-lo para seguir em frente, inútil atravessar o mundo apenas para ouvir de novo a mesma história.

– Quatrocentos anos – acho que repeti as palavras. – Quatrocentos anos.

– Lembro-me de ficar olhando o fogo. Uma tora caía lentamente, iniciando um processo que se arrastaria noite adentro. Era pontilhada de buracos minúsculos onde uma substância qualquer havia se infiltrado e queimara muito depressa. E em cada uma dessas ínfimas perfurações dançava uma chama entre chamas maiores: e todas estas pequenas flamas com suas bocas pretas me pareciam rostos de um coro, e o coro cantava sem som. O coro não tinha necessidade de cantar. Em uníssono com o fogo, que era contínuo, transmitia sua cantiga muda.

– De repente Armand se mexeu num ciciar abafado de roupas, uma onda de sombra e luz que o deixou de joelhos a meus pés, as mãos estendidas segurando minha cabeça, seu olhar ardente.

– Este mal, este conceito, ele nasce da decepção da amargura. Vê? Filhos de Satã! Filhos de Deus! Esta é a única pergunta que me faz, este é o único poder que o obceca. Por que precisa nos transformar em deuses e diabos, quando o único poder que existe está dentro de nós mesmos? Como pôde acreditar nessas mentiras fantásticas, nesses mitos, nessas caricaturas do sobrenatural?

– Arrancou o diabo de cima do semblante calmo de Cláudia, tão rapidamente que nem vi o gesto. Só percebi o demônio pairando à minha frente e depois se arrebentando nas chamas.

– Quando ele disse isto, algo se partiu dentro de mim, algo foi tocado e uma avalancha de sentimentos penetrou em cada partícula de meus músculos. Fiquei de pé, afastando-me dele.

– Está louco? – perguntei, aturdido com minha própria ira, meu próprio desespero. – Cá estamos, nós dois, imortais, sem idade, levantando-nos a cada noite para alimentar esta imortalidade com sangue humano; e ali em sua mesa, contrariando a sabedoria dos tempos, senta-se uma criança imaculada, mas tão demoníaca quanto nós. E você me pergunta como posso acreditar que encontrarei um significado no sobrenatural! Digo-lhe que, após ver em que me transformei, poderia ter acreditado em qualquer coisa! Não faria o mesmo? E pensando desta forma, sabendo-me amaldiçoado, posso agora aceitar a mais fantástica das verdades: que não há nenhum significado nisto tudo!

– Recuei até a porta, afastando-me de seu rosto espantado, da mão que pairava frente aos lábios, os dedos fincados na palma.

– Não! Volte... – balbuciou.

– Não, agora não. Deixe-me ir. Por enquanto... deixe-me ir... Nada mudou, tudo continua igual. Deixe-me compreender isto... simplesmente deixe-me ir.

– Olhei para trás antes de bater a porta. O rosto de Cláudia estava voltado para mim, apesar dela continuar sentada como antes, com as mãos cruzadas no colo. Então fez um gesto, leve como seu sorriso, que se tingia de pálida tristeza, para que eu continuasse.

– Minha vontade era me afastar totalmente do teatro, encontrar as ruas de Paris e vagar, deixando o vasto acúmulo de choques ser absorvido aos poucos. Mas ao percorrer o corredor de pedra do porão, fiquei confuso. Talvez eu fosse capaz de externar minha própria vontade. Mais do que nunca, parecia-me absurdo que Lestat tivesse morrido, como realmente morrera; e olhando para trás, encarei-o com mais benevolência do que antes. Perdido como todos nós. Não como o guardião ciumento de um conhecimento que temia dividir. Não sabia nada. Não havia nada para saber.

– Só que não era esta a ideia que aos poucos se mostrava clara para mim. Eu o havia odiado pelos motivos errados; sim, esta era a verdade. Mas ainda não a compreendera inteiramente. Confuso, vi-me finalmente sentado naqueles degraus escuros, a luz do salão de baile projetando minha própria sombra no chão áspero, minhas mãos segurando a cabeça, o cansaço me dominando. Minha mente dizia:

– Durma. – Porém, mais profundamente, ordenava: – Sonhe.

– Mas mesmo assim não fiz nenhum movimento para voltar ao Hotel Saint-Gabriel, que agora me parecia um lugar muito seguro e arejado, um local de consolo luxuoso e sutil dos mortais onde poderia cair numa cadeira de veludo castanho, descansar os pés sobre uma banqueta e ver o fogo lamber as placas de mármore, procurando o mundo inteiro em minha própria imagem refletida em grandes espelhos, como um ser humano pensativo. Refugiar-me lá, pensei, fugir de tudo que me devasta. E voltou-me o pensamento: errei com Lestat, odiei-o pelos motivos errados. Balbuciava-o agora, tentando arrancá-lo do poço escuro e desarticulado de minha mente, e meu murmúrio ressoou áspero em algum canto de pedra das escadas.

– E então uma voz deslizou até mim no ar, baixa demais para pertencer a alguém mortal:

– Como foi isso? Como se enganou sobre ele?

– Voltei-me depressa e prendi a respiração. Um vampiro sentou-se perto de mim, tão perto que quase arranhou meu ombro com o salto da bota, as pernas dobradas bem próximas, as mãos cruzadas ao redor delas. Por um instante, pensei que meus olhos me enganavam. Era o vampiro implicante que Armand chamara de Santiago.

– Mas nada em sua atitude indicava sua personalidade anterior, aquela personalidade diabólica e odiosa que eu tinha visto, há apenas umas poucas horas, quando avançara para mim e Armand o agarrara. Fitava-me sobre os joelhos dobrados, o cabelo desalinhado, a boca relaxada e sem malícia.

– Não interessa a ninguém – disse-lhe, com o medo apaziguado.

– Mas disse um nome, ouvi quando disse um nome – retrucou.

– Um nome que não quero repetir – respondi, afastando o olhar. Compreendi agora como me ludibriava, porque sua sombra não tinha se superposto à minha: ele se agachara em minha sombra. Imaginá-lo se esgueirando por aquelas escadas de pedra para sentar-se atrás de mim me perturbava um pouco. Tudo nele me confundia e lembrei a mim mesmo que não devia confiar nele. Pareceu-me então que Armand, com seu poder hipnótico, tinha procurado, de algum modo, ser o mais honesto possível ao fazer sua apresentação: me arrancara, sem palavras, meu estado de espírito. Mas este vampiro era um mentiroso. E podia sentir seu poder, cruel e palpitante, quase tão forte quanto o de Armand.

– Veio a Paris à nossa procura, e agora se senta sozinho numa escada... – disse, em tom conciliatório. – Por que não se chega a nós? Por que não fala conosco e nos conta algo sobre esta pessoa cujo nome pronunciou? Sei quem era, conheço-lhe o nome.

– Não conhece. Não poderia. Era um mortal – disse então, mais por instinto do que por convicção. Pensar em Lestat me perturbou, pensar que esta criatura poderia saber da morte de Lestat.

– Veio aqui para refletir sobre mortais, sobre a justiça feita a mortais? – perguntou, mas não havia reprovação ou sarcasmo em sua voz.

– Vim para ficar só, sem querer ofendê-lo. Verdade – murmurei.

– Mas sozinho neste estado de espírito, quando nem mesmo ouve meus passos... Gosto de você. Quero que suba – e dizendo isto, levantou-me.

– Neste momento, a porta da cela de Armand lançou uma luz comprida no corredor. Ouvi-o se aproximar e Santiago me largou. Fiquei parado, aturdido. Armand apareceu aos pés da escada, com Cláudia nos braços. Tinha a mesma expressão embotada que mostrara durante minha conversa com Armand. Era como se estivesse mergulhada em suas próprias considerações e não visse ninguém à sua volta. Lembro-me de ter reparado nisto, apesar de não saber o que pensar a respeito, o que acontece até agora. Tomei-a rapidamente de Armand, e senti seus membros macios contra meu corpo, como se ambos estivéssemos no caixão, presos àquele sono paralítico.

– E então, com um movimento vigoroso, Armand empurrou Santiago, que pareceu cair para trás, mas se levantou de novo, apenas para que Armand o puxasse para o topo da escada. Tudo isto aconteceu tão depressa que só pude ver de raspão as suas roupas e ouvir o arranhar de suas botas. Então Armand ficou sozinho no topo da escada, e eu subi até ele.

– Não pode deixar o teatro em segurança hoje – murmurou. – Ele suspeita de você. E por tê-lo trazido aqui, acha que tem o direito de conhecê-lo melhor. Nossa segurança depende disto.

– Guiou-me lentamente para o salão de baile. Mas aí se voltou e encostou os lábios em meu ouvido.

– Preciso alertá-lo. Não responda a nenhuma pergunta. Faça perguntas e abrirá portas e mais portas de verdade. Mas não responda nada, nada, especialmente sobre sua viagem.

– Depois se afastou de nós, mas acenou para que o seguíssemos até as trevas onde os outros se reuniam, agrupados como estátuas de mármore antigas, suas faces e mãos parecidas demais com as nossas. Tive a forte sensação de que éramos todos feitos do mesmo material, uma ideia que só eventualmente me ocorrera durante todos aqueles longos anos em Nova Orleans. E isto me perturbou, especialmente quando vi um ou mais vampiros refletidos nos altos espelhos que quebravam a densidade daqueles horrendos murais.

– Cláudia pareceu acordar quando achei uma das cadeiras de carvalho entalhado e me acomodei. Inclinou-se para mim e disse algo estranhamente incoerente, algo como fazer o que Armand dissera: não falar sobre nossa origem. Queria conversar com ela, mas pude ver aquele vampiro alto, Santiago, nos observando, seus olhos se movendo lentamente para Armand. Várias mulheres vampiras se aglomeravam ao redor de Armand, e senti um turbilhão de sensações ao ver que o abraçavam pela cintura. O que me intimidou não foram suas formas perfeitas, seus traços delicados ou suas mãos graciosas e rijas como vidro devido à natureza de vampiro. Nem seus olhos encantadores que agora se fixavam em mim, num repentino silêncio. O que me assustou foi meu próprio ciúme irracional. Tive medo quando as vi tão próximas dele, tive medo quando ele se voltou para beijar cada uma delas. E quando as trouxe para perto de mim, fiquei inseguro e confuso.

– Estelle e Celeste são os nomes que recordo, beldades de porcelana, que afagaram Cláudia após pedir licença, passando as mãos por seus cabelos sedosos, tocando até seus lábios, enquanto ela, com o olhar ainda embaçado e distante, tolerava tudo, sabendo aquilo que eu também percebia e que elas pareciam incapazes de perceber: que uma mente feminina, tão aguçada e diferenciada quanto a delas, vivia naquele pequeno corpo. Vê-la entre elas, segurando suas saias de alfazema e sorrindo friamente para o encantamento das outras, me fez pensar nas inúmeras vezes em que devia ter me esquecido, falado com ela como se fosse a criança, acariciando-a livremente, colocando-a em meu colo com uma despreocupação adulta. Minha mente partiu em três direções: aquela última noite no Hotel Saint-Gabriel, que parecia ter acontecido há um ano, quando ela falou de amor com ódio, meu ressoante espanto com as revelações de Armand ou a ausência delas, e uma calma atração pelos vampiros que me cercavam, sussurrando na escuridão rodeada por grotescos murais. Pois podia aprender muito com os vampiros sem jamais perguntar, e a vida de vampiro em Paris era tudo o que eu temia que fosse, tudo que o pequeno palco do teatro nos havia mostrado.

– As luzes pálidas da casa eram ofuscantes e as pinturas, muito apreciadas. O acervo crescia todas as noites, quando algum vampiro trazia novo quadro ou entalhe de artista contemporâneo. Celeste, com sua mão fria em meu braço, falava com desprezo dos homens que criaram tais desenhos, e Estelle, que agora tinha Cláudia no colo, explicava-me enfaticamente, já que eu era um rústico roceiro, que os vampiros não faziam aqueles horrores sozinhos – simplesmente os colecionavam, confirmando sempre que os homens eram capazes de males muito maiores que os vampiros.

– Há mal em se fazer tais quadros? – perguntou Cláudia baixinho, com sua voz monótona.

– Celeste jogou os cachos pretos para trás e riu:

– O que pode ser imaginado pode ser feito – respondeu rapidamente, mas seus olhos refletiam certa hostilidade contida. – Claro, nos empenhamos em rivalizar com os homens em mortes de todo tipo, não é?

– Ela se inclinou para a frente e tocou o joelho de Cláudia. Mas esta simplesmente a olhou, observando seu riso nervoso e irrefreável. Santiago se aproximou, para levantar o assunto de nossos quartos no Hotel Saint-Gabriel; terrivelmente inseguro, ele falou, gesticulando com exagero. E demonstrou um conhecimento espantoso dos quartos. Conhecia o baú onde dormíamos; parecia-lhe vulgar.

– Venha cá! – disse-me, com aquela simplicidade inocente que havia demonstrado na escada. – Não precisa de tanto fingimento. Temos nossos guardas. E, diga-me, de onde vem? – e caiu de joelhos, apoiando-se no braço de minha cadeira. – Sua voz, conheço este sotaque; fale de novo.

– Fiquei vagamente horrorizado com a ideia de ter um sotaque em meu francês, mas não foi esta minha maior preocupação. Ele era muito decidido e espalhafatosamente possessivo, reproduzindo a imagem de uma possessividade que eu sentia florescer em mim a cada instante. E enquanto isto, os vampiros à nossa volta nos observavam, Estelle explicando que o preto era a melhor cor para os vampiros, que o adorável vestido pastel de Cláudia era belo mas insosso.

– Misturamo-nos com a noite – disse ela. – Temos um brilho fúnebre.

– Então, curvando-se para encostar seu rosto no de Cláudia, riu para suavizar a crítica. E Celeste riu. E Santiago riu. E a sala toda pareceu palpitar com uma risada tilintante e extraterrena, vozes sobrenaturais ecoando nas paredes pintadas, ondulando as chamas frágeis das velas.

– Ah, mas cobrir esses cachos – disse Celeste, brincando agora com o cabelo dourado de Cláudia. E compreendi o que deveria ter sido óbvio: que todos eles tinham pintado os cabelos de preto, exceto Armand. E era isso que, juntamente com suas roupas, contribuía para a perturbadora impressão de que eram estátuas do mesmo cinzel e tintas.

– Não estou enfatizando demais o modo como esta impressão me perturbou. Pareceu revolver algo em minhas entranhas, algo que não conseguia captar inteiramente.

– Vi-me vagando para longe deles, em direção a um dos espelhos estreitos onde se refletiam sobre meus ombros. Cláudia reluzia como uma joia entre todos, como o garoto mortal que dormia já embaixo. Aos poucos, fui notando que, de alguma forma terrível, achava-os maçantes, maçantes, maçantes... para onde quer que olhasse, seus olhos fulgurantes de vampiro se multiplicavam, sua perspicácia parecendo um enfadonho sino de metal.

– Apenas as informações de que precisava me arrancavam desses pensamentos.

– Os vampiros da Europa Oriental... – dizia Cláudia. – Criaturas monstruosas, o que têm a ver conosco?

– Espectros – respondeu Armand baixinho, apesar da distância que os separava, obrigando ouvidos sobrenaturais e desatentos a escutar algo mais parecido com a mudez do que com o murmúrio. A sala ficou em silêncio.

– O sangue deles é diferente, vil. Reproduzem-se como nós, sem preocupações ou cuidados. Antigamente... – parou abruptamente. Podia ver seu rosto no espelho. Estava estranhamente rígido.

– Ah, fale-nos de antigamente – disse Celeste, com seu jeito esganiçado, quase humana. Havia algo virulento em sua voz.

– Agora Santiago readquiria os mesmos modos cruéis.

– Sim, fale-nos sobre os desterrados, e sobre as ervas que nos tornariam invisíveis – riu. – E sobre as estacas no coração!

– Armand fixou o olhar em Cláudia.

– Cuidado com estes monstros – disse e, propositadamente, correu os olhos para Santiago e Celeste. – Aqueles espectros atacam como se fôssemos humanos.

– Celeste estremeceu, resmungando algo sarcástico, uma conversa aristocrática de primos afastados que usavam o mesmo nome. Mas eu observava Cláudia, pois seus olhos pareciam tão anuviados quanto antes. De repente afastou o olhar de Armand.

– As vozes dos outros se elevaram novamente, num tom social e afetado, enquanto relatavam, uns aos outros, as mortes da noite, descrevendo este ou aquele encontro sem nenhuma emoção, desafios de crueldade irrompendo de vez em quando como clarões de relâmpagos brancos: um vampiro alto e magro sendo encurralado por sua inútil visão romântica da vida mortal, sua falta de humor, sua recusa ao que havia de mais interessante. Era humilde, apagado, lento ao falar e passava longos períodos num silêncio estupidificado, como se, chocado com o sangue, pretendesse ir logo para o caixão. Mas continuava ali, como que forçado pela pressão de seu grupo sobrenatural que fizera da imortalidade um clube de conformistas.

– O que Lestat acharia disto? Estivera ali? O que o fizera partir? Jamais recebera ordens – era um mestre em seu círculo reduzido. Mas como teriam apreciado sua criatividade, seu jeito felino de brincar com as vítimas. Perder... esta palavra, este valor que tinha sido tão importante para mim como vampiro inexperiente era frequentemente mencionado. Você "perdeu" a oportunidade de assustar essa pobre mulher, ou de levar aquele homem à loucura, e para tanto bastaria uma simples prestidigitação.

– Minha cabeça zunia. Uma comum dor de cabeça de mortais. Ansiava por me afastar daqueles vampiros, e apenas o vulto distante de Armand me prendia, apesar de seus avisos. Agora ele parecia muito afastado dos outros, apesar de balançar a cabeça frequentemente e balbuciar algumas palavras aqui e ali, como se fizesse parte deles, sua mão só ocasionalmente se erguendo da pata de leão de sua cadeira. E meu coração rejubilou-se ao vê-lo assim, ao perceber que ninguém naquela pequena turba captava seu olhar como eu, que ninguém o atraía regularmente como eu. Apesar dele continuar afastado de mim, seus olhos sempre me procuravam. Seu aviso ecoava em meus ouvidos contra minha vontade. Ansiava por deixar o teatro imediatamente e estava inquieto, colhendo informações inúteis e infinitamente tolas.

– Mas não há crime entre vocês, nenhum crime capital? – perguntou Cláudia.

– Seus olhos violeta pareciam fixos em mim, mesmo através do espelho, quando lhe dava as costas.

– Crime! Tédio! – exclamou Estelle, apontando um dedo branco para Armand. Ele riu baixinho com ela, sem sair do outro lado do salão. – O tédio é a morte! – gritou mostrando os caninos de vampiro, fazendo Armand levar uma das mãos, lânguida, à testa, num gesto teatral de medo e desmaio.

– Mas Santiago, que observava com as mãos para trás, interveio:

– Crime! – disse. – Sim, há um crime. Um crime pelo qual perseguiríamos um vampiro até destruí-lo. Pode adivinhar qual seria? – Seu olhar voou a mim e retornou ao rosto de Cláudia, imóvel como uma máscara. – Devia saber, já que faz tanto segredo sobre o vampiro que a criou.

– E por quê? – ela perguntou, levantando os olhos com a mesma suavidade de sempre, sem mover as mãos relaxadas no colo.

– Um murmúrio cobriu o salão, primeiro aos poucos, depois inteiramente, todos aqueles rostos brancos voltados para Santiago, que continuava de pé, uma perna mais para a frente, as mãos cruzadas às costas, inclinando-se para Cláudia. Seus olhos brilharam ao perceber que ganhava terreno. E então ele se mexeu e surgiu a meu lado, colocando a mão em meu ombro.

– Pode adivinhar que crime é este? Seu mestre vampiro não lhes ensinou?

– E empurrando-me lentamente com aquelas mãos invasoras e familiares, fez com que meu coração se acelerasse e sincronizasse com seus passos que se apressavam.

– É o crime que significa morte para qualquer vampiro, onde quer que o tenha cometido. É matar sua própria espécie!

– Aaaah! – exclamou Cláudia caindo na gargalhada. Agora ela atravessava a sala com sua seda sinuosa e perfumada em passos rápidos e sonoros. Pegando-me pela mão, disse:

– Temi que fosse nascer como Vênus das espumas, como nós fizemos! Vampiro-mestre! Venha, Louis, vamos! – acenou enquanto me puxava.

– Armand ria. Santiago estava calado. E foi Armand que se levantou quando atingimos a porta.

– Serão bem-vindos amanhã à noite – disse. – E nas noites seguintes.

*

– Acho que só respirei quando alcançamos a rua. Ainda chovia e a rua toda parecia úmida e desolada, mas bela. Alguns pedaços de papel amassado voando ao vento, uma reluzente carruagem passando lentamente sob os passos firmes e ritmados dos cavalos. O céu estava violeta-pálido. Andei depressa, com Cláudia a meu lado indicando o caminho, até finalmente se frustrar com o tamanho de minhas passadas e subir em meu colo.

– Não gosto deles – disse-me furiosa ao nos aproximarmos do Hotel Saint-Gabriel. Até mesmo seu saguão imenso e profusamente iluminado estava calmo naquele fim de madrugada. Passei voando pelos porteiros sonolentos, os rostos compridos apoiados no balcão.

– Procurei-os pelo mundo todo e os desprezo!

– Ela arrancou a capa e andou para o meio do quarto. Uma rajada de chuva açoitou as janelas. Vi-me acendendo as luzes, uma a uma, e erguendo o candelabro até as chamas de gás como se fosse Lestat ou Cláudia. E então, procurando a cadeira de veludo castanho com a qual sonhara naquele porão, deixei-me cair, exausto. Por um momento, tive a sensação de que o quarto ardia à minha volta. Ao olhar para um quadro de árvores em tom pastel e águas serenas, o encanto do vampiro se quebrou. Não poderiam nos pegar ali, mas sabia que isto era uma mentira, uma mentira boba.

– Estou correndo perigo – disse Cláudia em sua fúria incandescente.

– Mas como podem saber o que fizemos com ele? Além disso, *nós* corremos perigo! Por um instante pensou que não reconheço minha própria culpa? E se você fosse a única...

– Tentei segurá-la quando se aproximou, mas seu olhar feroz se abateu sobre mim e deixei as mãos penderem inertes.

– Acha que a abandonaria ao perigo?

– Ela sorriu. Por um instante, não acreditei no que via.

– Não, não, Louis. Você não o faria. O perigo me prende a você...

– O amor me prende a você – falei baixinho.

– Amor? – resmungou. – O que entende por amor?

– E então, como se percebesse a dor em meu rosto, aproximou-se e colocou as mãos em minhas faces. Estava fria, insatisfeita, como eu estava frio e insatisfeito, excitado por aquele garoto mortal, mas insatisfeito.

– Que você pode sempre contar com meu amor – disse-lhe. – Que estamos cas...

– Mas ao mesmo tempo em que pronunciava tais palavras, sentia minha velha convicção estremecer. Senti o mesmo tormento que experimentara na noite passada, quando ela zombara de minhas paixões mortais. Afastei-me.

– Teria me trocado por Armand, se ele o chamasse...

– Nunca – disse-lhe.

– Teria me deixado, e ele o deseja tanto quanto você a ele. Está esperando por você...

– Nunca...

– Neste momento, levantei-me para me dirigir à arca. As portas estavam trancadas, mas não poderiam deter aqueles vampiros. Somente nós poderíamos fazê-lo, acordando assim que a luz nos deixasse. Voltei-me para ela e chamei-a. Ela estava a meu lado. Queria afundar o rosto em seu cabelo, queria implorar perdão. Pois, na verdade, ela estava certa. Apesar de amá-la como sempre... E então, quando apertei-a contra mim, ela disse:

– Você sabe o que ele me disse o tempo todo sem pronunciar uma palavra; você sabe como foi o transe hipnótico em que me colocou para que só conseguisse fitá-lo, para que me sentisse tão atraída como se meu coração fosse comandado por ele?

– Então você sentiu... – murmurei. – Então foi igual.

– Deixou-me sem forças! – ela disse. Vi sua imagem encostada nos livros da mesa dele, seu pescoço mole, suas mãos inertes.

– Mas o que está dizendo? Que ele falou com você, que ele...

– Sem palavras! – repetiu. Podia ver as luzes de gás se desvanecendo, as chamas das velas sólidas demais em sua placidez. A chuva batia na vidraça. – Sabe o que ele disse... que eu devia morrer! – murmurou. – Que devia deixá-lo partir.

– Sacudi a cabeça, apesar de sentir, em meu coração monstruoso, uma onda de excitação. Ela falara a verdade em que acreditava. Havia um véu em seus olhos, vítreos e prateados.

– Ele sugou minha vida – disse ela, com seus lábios adoráveis tremendo tanto que eu não conseguia suportar. Abracei-a com força, mas lágrimas assomaram em seus olhos.

– Sugou a vida do garoto, que é seu escravo, sugou minha vida, e ele me transformará em sua escrava. Ele o ama. Ele o ama. Ele o terá, e não me quer em seu caminho.

– Você não compreendeu – retruquei, beijando-a. Queria cobri-la de beijos, suas faces, seus lábios.

– Não apenas o compreendi bem demais – murmurou para meus lábios, que a beijavam. – Foi você quem não o compreendeu. O amor o cegou, seu fascínio por sua sabedoria, seu poder. Se soubesse como ele bebe a morte, o odiaria mais do que jamais odiou Lestat. Louis, precisa se afastar dele. Digo-lhe, estou correndo perigo!

– Na noite seguinte, bem cedo, eu a deixei, convencido de que Armand era o único vampiro do teatro digno de confiança. Ela me deixou partir relutante, e fiquei profundamente confuso com a expressão de seus olhos. A fraqueza era desconhecida para ela, mas ainda assim vi o medo, alguma coisa a encurralando quando me deixou partir. E corri para minha missão, esperando na porta do teatro até que o último espectador se fosse e os porteiros começassem a descer os trincos.

– Não sei quem pensaram que eu fosse. Um ator, como os outros, que não havia tirado a maquiagem? Não importa. O importante é que me deixaram entrar, e passei por eles e pelos poucos vampiros do salão, temerário, para alcançar por fim a porta aberta de Armand. Ele me viu imediatamente, me saudou e convidou-me a entrar. Estava ocupado com o garoto mortal que saboreava carnes e peixes à mesa, em baixela de prata. Havia um cântaro de vinho branco a seu lado e, apesar de febril e enfraquecido pela última noite, sua pele estava corada e seu calor e perfume eram um tormento para mim. Aparentemente não afetavam Armand, que estava sentado na cadeira de couro em frente à lareira, quase parecendo humano, os braços dobrados no apoio de couro. O garoto encheu o copo e o ergueu num brinde.

– Meu mestre – disse, os olhos relampejando sobre mim ao sorrir. Mas a saudação era para Armand.

– Seu escravo – murmurou Armand respirando fundo para demonstrar paixão. E ficou olhando, enquanto o garoto bebia sofregamente. Podia vê-lo saborear os lábios úmidos, a carne do pescoço palpitando quando o vinho descia. Agora o menino pegava um naco de carne branca, fazendo o mesmo brinde e a engolindo lentamente com os olhos fixos em Armand.

– Era como se Armand se banqueteasse ficando acima do banquete, bebendo naquela área da vida que não mais compartilharia, a não ser com os olhos. E apesar de parecer imerso naquilo, tudo era calculado: não havia aquela tortura que sentira anos atrás, quando olhara pela janela de Babette invejando sua vida humana.

– Quando o garoto terminou, se ajoelhou passando os braços pelo pescoço de Armand como se realmente saboreasse a carne gelada. E pude me lembrar da primeira noite em que vi Lestat, como seus olhos pareciam arder, como seu rosto branco brilhava. Você sabe a impressão que lhe dou agora.

– Finalmente, estava acabado. Ele precisava dormir, e Armand fechou a grade de metal à sua volta. Em minutos, sonolento devido à refeição, ele cochilava, e Armand se sentou à minha frente, seus belos e grandes olhos tranquilos aparentando inocência. Quando senti que me enfeitiçavam, baixei os olhos, procurando uma chama na lareira, mas só havia cinzas.

– Você me disse para não falar de minha origem. Por quê? – perguntei, fitando-o. Era como se ele pudesse perceber meu recuo, apesar de não se ofender e simplesmente me olhar um pouco pensativo. Mas eu era fraco, fraco demais para ele, e novamente afastei o olhar.

– Você matou o vampiro que o criou? É por isso que está aqui sem ele, que não diz o seu nome? Santiago acha que foi isso.

– E caso seja verdade, ou caso não possamos convencê-lo do contrário, tentará nos destruir? – perguntei.

– Não tentaria lhe fazer nada – disse calmamente. – Mas como lhe disse, não sou um líder no sentido que você pensa.

– Mas eles acreditam que você é o líder, não é? E Santiago já o afastou de mim duas vezes.

– Sou mais poderoso do que Santiago, mais velho. Santiago é mais novo do que você – falou.

– Seu tom era humilde, desprovido de orgulho. Aqueles eram fatos.

– Não queremos briga com você.

– Já começaram – disse. – Mas não é comigo. Com aqueles lá em cima.

– Mas que motivos têm para suspeitar de nós?

– Ele pareceu pensar, os olhos baixos, o queixo apoiado no punho fechado. Após um instante que pareceu interminável, ergueu a vista.

– Podia lhe dar motivos – disse. – Porque vocês são muito calados. Porque os vampiros do mundo são poucos, vivem no temor de encontrarem traidores entre eles próprios e escolhem seus aprendizes com muito cuidado, tendo certeza de que respeitarão profundamente os outros vampiros. Nesta casa há 15 vampiros, e este número é ciumentamente mantido. E os vampiros fracos são temidos; também devo lhe dizer isto. Para eles é óbvio que você é sensível demais: sente muito, pensa demais. Como você mesmo disse, a frieza dos vampiros não tem grande valor para você. E depois temos aquela criança misteriosa: uma criança que jamais poderá crescer, jamais será autossuficiente. Não transformaria este menino em vampiro por enquanto, ainda que sua vida, que me é tão preciosa, corresse perigo. Pois é muito jovem, seus membros não são suficientemente fortes, mal provou sua taça de mortalidade. Mas você traz uma criança. Que tipo de vampiro a criou?, eles perguntam. Foi você? Assim, vê, traz consigo estigmas e mistérios, mas se mantém em completo silêncio. E assim, não se pode confiar em você. E Santiago procura uma desculpa. Mas há outro motivo mais próximo da verdade do que tudo que acabei de lhe dizer. É simplesmente o seguinte: quando encontrou Santiago pela primeira vez no Quartier Latin... infelizmente... chamou-o de bufão.

– Aaah... – Encostei-me.

– Talvez tudo corresse melhor se tivesse ficado calado – e ele sorriu por ver que eu compreendia com ele a ironia daquilo tudo.

– Fiquei sentado refletindo sobre o que ele dissera, sobre o peso que tiveram para mim as estranhas previsões de Cláudia, que aquele jovem de olhar suave lhe dissera:

– Morra.

– E acima de tudo sobre meu crescente desagrado em relação aos vampiros no salão de baile lá em cima.

– Senti um estonteante desejo de falar destas coisas. Do medo dela, não, ainda não, apesar de não poder acreditar, olhando seu rosto, que tivesse tentado lançar tal poder contra ela. Seus olhos diziam: – Viva. Seus olhos diziam. – Aprenda. E, oh, como desejava confiar-lhe o âmago daquilo que não compreendia; como, pesquisando todos aqueles anos, me surpreendera ao descobrir que aqueles vampiros lá de cima tinham feito da imortalidade um clube de destinos e conformidade barata. Mas do meio desta tristeza, desta confusão, veio a clara compreensão: por que deveria ser diferente? O que tinha eu esperado? Que direito tinha de ficar tão amargamente desapontado com Lestat a ponto de deixá-lo morrer? Por que ele não me mostraria algo que precisava buscar em mim mesmo? As palavras de Armand, quais tinham sido? *O único poder que existe está em nós mesmos...*

– Escute-me – disse ele então. – Deve ficar longe deles. Seu rosto não esconde nada. Dará agora as respostas que quero. Olhe em meus olhos.

– Não o fiz. Fixei firmemente o olhar em uma daquelas pequenas pinturas de sua mesa até que deixasse de ser a Madona com o Menino para se tornar uma harmonia de linhas e cores. Pois sabia que ele dizia a verdade.

– Detenha-os se quiser, advirta-os de que não representamos nenhuma ameaça. Por que não pode fazê-lo? Diz para si próprio que não somos inimigos, independentemente do que tenhamos feito...

– Podia ouvi-lo suspirar, levemente.

– Detive-os até agora – falou. – Mas não quero exercer sobre eles o poder necessário para detê-los inteiramente. Pois se exercitar tal poder, precisarei protegê-lo. Farei inimigos. E terei de lidar para sempre com meus inimigos, quando tudo que desejo aqui é um certo espaço, uma certa paz. Ou simplesmente sumir daqui. Aceito o papel de guardião que me deram, mas não para governá-los, apenas para mantê-los a distância.

– Devia ter percebido – comentei, com o olhar ainda fixo no quadro.

– Assim, você deve se manter afastado. Celeste tem muito poder, pois é uma das mais velhas, e tem ciúmes da beleza da criança. E Santiago, como pode ver, apenas espera uma prova de que são foras da lei.

– Voltei-me lentamente para vê-lo naquela etérea calma vampiresca, que fazia pensar que estava morto. O momento se estendeu. Ouvi suas palavras com a nítida sensação de que as repetia:

– Tudo que desejo aqui é um certo espaço, uma certa paz. Ou simplesmente sumir daqui.

– E senti um desejo tão forte por ele que reuni toda minha força para contê-lo e continuar simplesmente fitando-o, lutando. Queria que fosse assim: Cláudia a salvo, de algum modo, no meio daqueles vampiros, sem culpa por nenhum crime que pudessem descobrir através dela mesma ou de qualquer outro, de modo a me deixar livre, livre para ficar para sempre naquela cela, enquanto pudesse ser bem recebido, ou apenas tolerado, minha presença aceita a qualquer preço.

– Via novamente aquele menino mortal como se não estivesse dormindo, mas ajoelhado ao lado de Armand, rodeando com os braços o pescoço do mestre. Para mim, era um ícone do amor. O amor que sentia. Não um amor físico, compreenda. Não me refiro de forma alguma a isto, apesar de Armand ser belo e simples, e qualquer intimidade com ele jamais seria repelente. Para os vampiros, o amor físico culmina e se satisfaz em uma coisa: a morte. Falo de outro tipo de amor, que me atraía inteiramente para ele como o professor que Lestat nunca fora. O conhecimento jamais seria escondido por Armand, sabia disto. Passaria através dele como por uma vidraça, e eu poderia captá-lo, absorvê-lo e crescer. Fechei os olhos. E pensei ouvi-lo falar, tão suavemente que não tive certeza. Parece que disse:

– Sabe por que estou aqui?

– Levantei o olhar para ele de novo, perguntando-me se adivinhava meus pensamentos, se podia realmente lê-los, se isto seria concebível como extensão de seu poder. Agora, depois de todos estes anos, posso perdoar Lestat por não ser nada além de um ser comum que não podia me mostrar como usar meus poderes; e apesar de ainda ansiar por isto, posso aceitar este fato sem resistência. Uma tristeza encobriu tudo, tristeza por minha própria fraqueza e por meu terrível dilema. Cláudia me esperava. Cláudia, que era minha filha e meu amor.

– O que devo fazer? – balbuciei. – Afastar-me deles, afastar-me de você? Após todos estes anos...

– *Eles* não têm valor para você – disse.

– Sorri e assenti.

– O que pretende fazer? – perguntou. E sua voz assumiu o tom mais gentil e simpático.

– Não sabe? Não tem este poder? – indaguei. – Não pode ler meus pensamentos como se fossem palavras?

– Balançou a cabeça.

– Não como você imagina. Só percebo que o perigo que você e a criança correm é real porque é real dentro de você. E sei que sua solidão, apesar do amor de Cláudia, é quase mais terrível do que pode suportar.

– Então me levantei. Poderia parecer uma coisa simples de ser feita: me erguer, ir para a porta, atravessar o corredor depressa. Mas precisei de toda minha força, de cada molécula daquela coisa curiosa que chamei de minha frieza.

– Pedi que os afastasse de nós – disse-lhe da porta. Mas não pude olhar para trás, não queria nem a intromissão suave de sua voz.

– Não vá – disse ele.

– Não tenho escolha.

– Estava no corredor quando o ouvi tão próximo de mim que me detive. Estava a meu lado e em sua mão havia uma chave que enfiou na minha.

– Há uma porta ali – disse, apontando para o fundo escuro, onde pensara só haver uma parede. – E uma escada para a rua lateral que apenas eu utilizo. Vá por aqui, agora. Assim evitará os outros. Está ansioso e eles notarão.

– Voltei-me para partir imediatamente, apesar de cada fibra de meu corpo desejar permanecer ali.

– Mas deixe que lhe diga algo – falou, levando rapidamente as costas da mão a meu coração. – Use o poder que está dentro de você. Não o negue mais. Use este poder! E quando eles o virem nas ruas lá em cima, use aquele poder que transforma seu rosto numa máscara e, enquanto os fitar como se fosse qualquer um, pense: cuidado. Considere esta palavra como um amuleto que lhe dou para usar no pescoço. E quando seus olhos encontrarem os de Santiago, ou os de qualquer outro vampiro, diga educadamente o que pretende, mas pense nesta palavra e somente nela. Lembre-se do que digo. Só falo com simplicidade porque você respeita o que é simples. Compreende isto. Esta é sua força.

– Tomei a chave e, na verdade, não me lembro de tê-la colocado na fechadura e subido as escadas. Ou de onde ele estava ou do que fez. Exceto que, ao penetrar na ruela escura atrás do teatro, ouvi-o dizer muito baixinho de um lugar próximo:

– Venha aqui, para mim, quando puder.

– Procurei-o à minha volta, mas não pude vê-lo. Também já havia me dito em outro momento que não devia deixar o Hotel Saint-Gabriel, que não devia dar aos outros a prova de culpa que queriam.

– Compreenda – disse. – Matar outros vampiros é muito excitante. Por isso é proibido sob pena de morte.

– Então pareci acordar. Para as ruas de Paris reluzindo na chuva, para os prédios altos e estreitos a meu lado, para o fato de que a porta tinha se fechado para formar uma parede escura e sólida atrás de mim, e de que Armand não estava mais ali.

– E, apesar de saber que Cláudia me esperava, apesar de haver passado por ela na janela do hotel sobre o lampião de gás, um vulto minúsculo entre flores de cera desabrochadas, afastei-me do bulevar, deixando as ruas escuras me engolirem, como tantas vezes me engoliram as ruas de Nova Orleans.

– Não que a amasse. A verdade era que sabia amá-la demais, que a paixão por ela era tão grande quanto a por Armand. E fugi de ambos, deixando o desejo de matar acender-se em mim como uma febre almejada, ameaçadoramente consciente, ameaçadoramente dolorosa.

– Dentre a névoa que seguira a chuva, um homem andava em minha direção. Lembro-me de seus gemidos num cenário de sonho, pois a noite à minha volta era escura e irreal. A colina podia estar em qualquer ponto do mundo, e as luzes suaves de Paris eram um brilho amorfo na neblina. Bêbado, ele andava às cegas para os braços da própria morte, seus dedos palpitantes se estendendo para tocar os ossos de meu rosto.

– Eu ainda não estava enlouquecido nem desesperado. Devia ter-lhe dito: – Siga.

– Creio que meus lábios pronunciaram a palavra que Armand me dera: cuidado. Mas deixei-o, bêbado, passar o braço flácido por minha cintura e atei-me a seus olhos enfeitiçados, à voz que implorava para me pintar e falava do cheiro cálido, rico e doce dos óleos que manchavam sua camisa rota. Estava seguindo-o, por Montmartre, e murmurei:

– Você não está entre os mortos.

– Levava-me para um jardim crescido demais, pela grama molhada e doce, e riu quando eu disse:

– Vivo, vivo.

– Suas mãos tocavam minhas faces, acariciavam meu rosto, agarrando finalmente meu queixo enquanto me guiava para a luz do umbral baixo, sua face avermelhada brilhantemente iluminada pelas lâmpadas de óleo, o calor nos envolvendo, quando a porta se fechou.

– Vi as grandes e cintilantes órbitas de seus olhos, as minúsculas veias vermelhas que serpenteavam para as pupilas escuras, aquela mão quente fazendo minha fome glacial arder ao me empurrar para uma cadeira. E então, cercando-me por todos os lados, vi muitas faces surgirem na fumaça das lâmpadas, no estremecer de um fogão ardente, uma terra encantada de cores em telas que nos rodeavam sob o pequeno teto em abóbada, uma fogueira de beleza que pulsava e palpitava.

– Sente-se, sente-se... – disse-me ele, aquelas mãos febris em meu peito, envolvidas por minhas mãos, apesar de escorregadias, minha fome surgindo em ondas cada vez maiores.

– Então eu o vi a distância, olhos atentos, a paleta na mão, a tela imensa obscurecendo o braço que se movia. E fiquei sentado, arrastado por seus quadros, arrastado por aqueles olhos adoráveis, deixando que continuasse até que os olhos de Armand desaparecessem e Cláudia estivesse se afastando pelo corredor de pedra com seus sapatos ruidosos para longe de mim, para longe de mim.

– Você está vivo – murmurei.

– Ossos – respondeu. – Ossos...

– E os vi em montes, tirados daquelas covas de Nova Orleans, como quando eram colocados nas câmaras atrás do sepulcro para que se colocasse outro corpo no buraco estreito. Senti os olhos se fecharem, senti meu desejo se tornar agonia, meu coração exigindo um coração vivo; e então senti que ele se aproximava de mim, as mãos estendidas para ajeitar meu rosto – aquele passo fatal, aquele gesto fatal. Um suspiro me escapou dos lábios.

– Salve-se – murmurei para ele. – Cuidado.

– E então algo aconteceu no brilho úmido de seu rosto, algo secou os vasos partidos de sua pele frágil. Afastou-se de mim, o pincel caindo-lhe das mãos. E avancei para ele, sentindo meus dentes contra os lábios, meus olhos se enchendo com as cores de seu rosto, meus ouvidos se enchendo com seu grito, minha mão cheia daquela carne forte que lutava até que o dominasse, indefeso, rasgasse aquela carne e pegasse o sangue que lhe dava vida.

– Morra – murmurei ao prendê-lo já inerte, a cabeça encostada em meu casaco. – Morra – e senti que se esforçava para me fitar. E novamente bebi, e novamente ele lutou, até por fim escorregar, mole, chocado e próximo à morte, para o chão. Mas seus olhos não se fecharam.

– Sentei-me diante da tela. Fraco, apaziguado, fitando-o no chão, com seus olhos vagos e acinzentados, minhas próprias mãos coradas, minha pele luxuriosamente quente.

– Sou mortal de novo – murmurei para ele. – Estou vivo. Com seu sangue, estou vivo.

– Seus olhos se fecharam. Encostei-me na parede e me vi olhando para meu próprio rosto.

– Tudo que havia feito era um esboço, uma série de linhas pretas retorcidas que, entretanto, formavam meu busto com perfeição. A cor já se insinuava em traços e borrões; o verde de meus olhos, o branco de minha face. Mas o horror, o horror de ver minha expressão! Pois a tinha captado inteiramente, e não continha nenhum horror. Aqueles olhos verdes se arregalavam para mim, saídos daquela forma delineada com uma inocência displicente, sem a expressão das dúvidas supremas que ele não compreendera. O Louis de 100 anos atrás, distraído, ouvindo o sermão do padre na missa, lábios entreabertos e relaxados, cabelos desleixados, uma das mãos apoiada no colo. Um Louis mortal. Acho que ri, levando as mãos ao rosto e gargalhando até as lágrimas quase me escorrerem por ele. E quando baixei os dedos, lá estava a marca das lágrimas, tintas de sangue mortal. E já recomeçara em mim a pulsação do monstro que matara e mataria de novo, que agora se apoderava do quadro para fugir com ele da pequena casa.

– Subitamente, vindo do chão, o homem surgiu com um rugido animal e se agarrou à minha bota, suas mãos escorregando no couro. Impulsionado por alguma força colossal que me desafiava, ele alcançou a tela e apertou-a fortemente com as mãos cada vez mais brancas.

– Devolva-a! – rugiu. – Devolva-a!

– E ambos seguramos o quadro com força. Eu fitando o homem e minhas próprias mãos que prendiam com tanta facilidade algo que ele lutava desesperadamente para recuperar, como se pretendesse levá-lo para o céu ou para o inferno. Eu, a coisa que seu sangue não podia tornar humana; ele, o homem que meu mal não tinha vencido. E então, como se eu fosse outra pessoa, arranquei-lhe a pintura e, puxando-o com um braço até meus lábios, rasguei sua garganta com raiva.

– Chegando aos quartos do Hotel Saint-Gabriel, coloquei a tela sobre a lareira e fiquei observando-a durante muito tempo. Cláudia estava em algum canto e havia mais algum intruso, assim como em um dos balcões acima havia um homem, ou uma mulher, exalando um inconfundível perfume pessoal. Não sabia por que trouxera o quadro, por que brigara por ele de um modo que agora me envergonhava mais do que o ato de matar, ou por que o mantinha sobre o mármore da lareira, minha cabeça inclinada, minhas mãos visivelmente trêmulas. E então voltei a cabeça lentamente. Queria que os quartos tomassem forma à minha volta; queria as flores, o veludo, as velas em seus castiçais. Para ficar mortal, trivial, seguro. E então, como numa névoa, vi uma mulher.

– Estava calmamente sentada àquela mesa luxuosa onde Cláudia penteava os cabelos. E estava tão quieta, tão sem medo, suas mangas de tafetá verde refletidas nos espelhos lapidados, suas saias refletidas, que não era uma mulher parada, mas uma multidão de mulheres. Seu cabelo preto estava dividido no meio, passando por trás das orelhas, apesar de uma dúzia de anéis escaparem para emoldurar seu rosto pálido. Ela estava me olhando com olhos calmos, violeta, e uma boca infantil que parecia quase obstinadamente maior, como teimoso arco de Cupido que aparecia sem mácula através da pintura ou da personalidade. Neste momento, a boca sorriu e falou, enquanto os olhos pareciam dardejar:

– Sim, ele é exatamente como você disse, e já o amo. Ele é como você disse.

– Levantou-se, erguendo delicadamente aquela abundância de tafetá escuro, e os três espelhinhos se esvaziaram ao mesmo tempo.

– E então, profundamente confuso e quase incapaz de falar, voltei-me para ver Cláudia ao longe, na cama imensa, com sua carinha quase calma, apesar de bulir no cortinado de seda com o punho fechado.

– Madeleine – disse respirando fundo. – Louis é tímido.

– E olhou friamente para Madeleine, que apenas sorriu ao ouvi-la e, aproximando-se de mim, levou ambas as mãos à gola de renda que lhe circundava o pescoço, afastando-a para que eu visse duas pequenas marcas. Então o sorriso morreu em seus lábios, e eles subitamente ficaram afoitos e sensuais, enquanto seus olhos se fechavam e ela balbuciava:

– Beba.

– Afastei-me, meu punho se erguendo numa consternação para a qual não tinha palavras. Mas então Cláudia tinha agarrado aquele pulso e estava me olhando com olhos ansiosos.

– Faça-o, Louis – ordenou. – Porque não posso fazê-lo.

– Sua voz era dolorosamente calma, toda a emoção oculta pelo tom duro, calculado.

– Não tenho tamanho, não tenho força suficiente! Sabia disto quando me criou! Faça-o!

– Fugi dela, agarrando meu pulso como se ela o tivesse queimado. Via a porta e pareceu-me que a única solução era escapar por ali. Sentia a força de Cláudia, sua vontade, e os olhos da mulher mortal pareciam arder com o mesmo desejo.

– Mas Cláudia me deteve, não com uma súplica suave, um gemido tristonho que teria dissipado aquele poder, fazendo-me ter pena dela ao reunir todas as minhas forças. Deteve-me com a emoção que seus olhos revelavam através de sua frieza, e com o jeito como se afastou de mim naquele instante, quase como se momentaneamente derrotada. Não entendi o modo como se jogou na cama, seus olhos se abrindo apenas para perscrutar as paredes. Quis tocá-la e dizer que me pedia o impossível, quis aplacar o fogo que parecia consumi-la por dentro.

– E a mulher delicada e mortal tinha se acomodado numa das cadeiras de veludo da lareira, com o rugir e a iridescência de seu vestido de tafetá rodeando-a como parte de seu mistério, de seu olhar desapaixonado que agora nos observava, da febre de seu rosto pálido. Lembro-me de me voltar para ela, atraído por aquela boca infantil e atrevida encravada no rosto frágil. O beijo de vampiro não tinha deixado vestígio além dos furos, não alterara sua carne rosa e pálida.

– Que tal nós lhe parecemos? – perguntei, vendo seus olhos sobre Cláudia. Parecia excitada pela beleza diminuta, pela terrível paixão de mulher aprisionada nas mãozinhas rechonchudas.

– Interrompeu seu exame e me fitou.

– Estou lhe perguntando... como lhe parecemos? Acha-nos belos, mágicos, nossa pele branca, nossos olhos selvagens? Oh, lembro-me perfeitamente de como era a visão mortal, de sua névoa e de como a beleza do vampiro ardia através deste véu, tão poderosamente fascinante, tão maciçamente decepcionante! Bela, diz você. Não tem a menor ideia do que pede!

– Mas Cláudia se levantou da cama e foi até nós.

– Como ousa? – murmurou. – Como ousa tomar esta decisão por nós duas? Sabe o quanto o desprezo! Sabe que o desprezo com uma paixão que me corrói como cupins!

– Seu corpinho tremeu, suas mãos alisavam o corpo amassado de sua camisola amarela.

– Não afaste o olhar! Fico enojada com sua fuga, com seu sofrimento. Não compreende nada. Seu mal é não poder ser mau, e precisa sofrer por isso. Digo-lhe: não sofrerei mais!

– Seus dedos beliscaram a carne de meu pulso. Girei, afastando-me dela, que se enchia de raiva, sua raiva crescendo como uma besta adormecida, escapando-lhe pelos olhos.

– Arrancar-me das mãos mortais como dois monstros assassinos de um conto de fadas de pesadelo, vocês, pais cegos e estúpidos! Pais! – cuspiu a palavra. – Deixe as lágrimas assomarem em seus olhos. Não tem lágrimas suficientes para o que fez comigo. Mais seis, sete, oito anos mortais... poderia ter esta forma!

– Seu dedo esticado voou para Madeleine, cujas mãos cobriam o rosto, cujos olhos estavam agora embaçados. Seu gemido era quase o nome de Cláudia. Mas Cláudia não a ouviu.

– Sim, esta forma, poderia saber o que é andar a seu lado. Monstros! Conceder-me a imortalidade sob esta forma inútil! – Lágrimas pairaram em seus olhos. As palavras morreram ao longe, mergulhadas, como tinham sido em seu peito.

– Agora dê-me Madeleine! – disse, a cabeça se inclinando, os cachos escorregando para formar um véu protetor. – Dê-me. Faça isto ou termine o que me fez naquela noite num hotel de Nova Orleans. Não viverei mais com este ódio, não viverei com esta raiva! Não posso. Não suportaria!

– E afastando o cabelo, levou as mãos aos ouvidos como se quisesse deter o som de suas próprias palavras, respirando, ofegante, lágrimas parecendo escaldar suas faces.

– Tinha caído de joelhos a meu lado, e meus braços estavam estendidos como para envolvê-la. Mas não ousava tocá-la, não ousava nem dizer seu nome, temendo que minha própria dor irrompesse com a primeira sílaba, numa avalanche de desesperados gritos desarticulados.

– Ooooh.

– Neste momento, ela balançou a cabeça, limpando as lágrimas do rosto, os dentes cerrados.

– Ainda o amo, este é meu tormento. Lestat, eu nunca amei. Mas você! A medida de meu ódio é este amor. São iguais! Agora sabe o quanto o odeio!

– Voou de mim, imersa no filme vermelho que cobria seus olhos.

– Sim – murmurei. Baixei a cabeça. Mas ela tinha escapado para os braços de Madeleine, que a envolvia desesperada, como se pudesse proteger Cláudia de mim – que ironia, que ironia patética –, proteger Cláudia de si mesma.

– Sussurrava para Cláudia:

– Não chore, não chore. – Suas mãos afagavam o rosto e os cabelos de Cláudia com uma ferocidade que teria machucado uma criança mortal.

– Mas Cláudia parecia subitamente perdida em seu colo, de olhos fechados, rosto calmo, como se toda paixão tivesse se esvaziado, o braço apoiado no pescoço de Madeleine, a cabeça caída sobre tafetá e renda. Estava calada, lágrimas manchavam-lhe o rosto, como se tudo que tinha deixado escapar a tornasse fraca e ansiosa por esquecer, como se o quarto à sua volta e eu não estivéssemos ali.

– E lá estavam juntas: uma doce mortalha, chorando instintivamente, seus braços segurando algo que possivelmente não compreendia, uma coisa infantil, branca, feroz e sobrenatural, que ela acreditava amar. E se não me sensibilizasse com isto, com uma mulher louca e inquieta flertando com o amaldiçoado, se não sentisse por ela toda a pena que sentia por meu eu mortal, teria arrancado a coisa demoníaca de seus braços, apertando-a com força contra mim, negando sem parar as palavras que acabara de ouvir. Mas fiquei ali ajoelhado, apenas pensando: o amor é igual ao ódio. Egoisticamente preso a meu próprio peito e agarrado a isto, caí na cama.

– Muito tempo antes de Madeleine notar, Cláudia parou de chorar e sentou-se imóvel como uma estátua no colo da mulher, seus olhos líquidos fixos em mim, indiferente ao cabelo ruivo e macio que a rodeava ou à mão da moça que ainda a afagava. Encostei-me trôpego à cabeceira, retribuindo aquele olhar de vampiro, incapaz de falar em minha defesa. Madeleine sussurrava no ouvido de Cláudia, deixava suas lágrimas caírem no colo de Cláudia. E, então, delicadamente, Cláudia lhe disse:

– Deixe-nos.

– Não – ela sacudia a cabeça, agarrando-se a Cláudia. E então fechou os olhos e estremeceu toda num sofrimento terrível, num tormento pavoroso.

Mas Cláudia a puxava da cadeira e ela agora parecia suplicante, chocada e lívida, o tafetá verde balançado em volta do vestidinho amarelo de seda.

– Na soleira da antessala pararam, e Madeleine, confusa, pôs a mão na garganta, que palpitava como uma asa e que depois se aquietou. Olhou à sua volta como aquela vítima desamparada no palco do Teatro dos Vampiros, que não sabia onde estava. Mas Cláudia se afastara procurando algo. E a vi emergir das sombras com o que parecia ser uma enorme boneca. Fiquei de joelhos para olhá-la. Era uma boneca, uma garotinha de cabelos ruivos e olhos verdes, cujos pés de porcelana tilintaram quando Cláudia a pôs no colo de Madeleine. E os olhos de Madeleine pareceram mais duros ao pegar a boneca, e seus lábios se afastaram dos dentes numa careta, ao ajeitar o cabelo da boneca. Ria baixinho.

– Deite-se – disse-lhe Cláudia.

– E juntas pareceram mergulhar nas almofadas do divã, o tafetá verde rugindo e abrindo caminho enquanto Cláudia se deitava com ela e lhe abraçava o pescoço. Vi a boneca escorregar, caindo no chão, a cabeça virada para trás, os olhos bem fechados, e os cachos de Cláudia tocando sua face.

Ajeitei-me no chão, encostando na lateral macia da cama. Agora Cláudia falava em voz baixa, pouco mais que um sussurro, dizendo a Madeleine para ser paciente, ficar quieta. Tive pavor do ruído de seus passos no tapete; o som das portas se fechando para separar Madeleine de nós e do ódio que permanecia como um gás mortífero.

– Mas ao erguer os olhos vi Cláudia de pé, transfigurada e imersa em pensamentos. Todo rancor e amargura haviam desaparecido de seu rosto, de modo que agora tinha a expressão vaga de uma boneca.

– Tudo que me disse é verdade – falei. – Mereço sua ira. Mereço-a desde o instante em que Lestat a colocou em meus braços.

– Ela parecia não me notar, e seus olhos continham uma luz suave. Sua beleza ardia tanto em minha alma que mal podia suportar. Então ela falou, pensativa:

– Poderia ter me matado, apesar dele. Poderia ter feito isto. – Seus olhos pousaram em mim, calmamente. – Quer fazê-lo agora?

– Fazê-lo agora! – abracei-a e puxei-a para perto de mim, acalentado agora por sua voz mais branda. – Está louca? Como diz isto? Se quero fazê-lo agora!

– Quero que o faça – disse ela. Incline-se agora, como naquele dia, sugue meu sangue gota a gota. Tem força para isso. Leve meu coração à exaustão. Sou pequena, você pode me pegar. Não resistirei, sou algo frágil que você pode esmagar como uma flor.

– Que quer dizer? O que escuto é verdade? – perguntei. – Por que não coloca a faca aqui, por que não a enfia?

– Morreria comigo? – perguntou com um sorriso malicioso e sarcástico. – Morreria comigo de verdade? – insistiu. – Não compreende o que está acontecendo comigo? É ele quem está me matando, aquele vampiro-mestre que o tem nas mãos, que não dividirá seu amor comigo, nem por um instante. Vejo o poder dele em seus olhos. Vejo sua tristeza, sua angústia, o amor que não consegue esconder. Vire-se, farei com que você me olhe com olhos que querem a ele, farei com que me escute.

– Nunca mais, nunca... Não a deixarei. Somos ligados, compreende? Não posso lhe dar aquela mulher.

– Mas estou lutando por minha vida! Dê-me Madeleine para que possa cuidar de mim, para que forneça o que preciso, para que possa cuidar de mim, para viver! Então poderá ir para ele! Estou lutando pela sobrevivência!

– Só consegui empurrá-la.

– Não, não, é loucura, bruxaria – disse, tentando provocá-la. É você quem não quer me dividir com ele, é você quem deseja cada gota de meu amor. Como não pode, quer o dela. Ele é mais poderoso do que você, não lhe dá atenção, e é você quem o quer morto do mesmo modo como matou Lestat. Bem, não me fará participar da morte dele, juro, não da dele! Não a transformarei num dos nossos, não condenarei a legião de mortais que morrerá nas mãos dela. Seu poder sobre mim terminou. Não o farei!

– Oh, se ela ao menos tivesse compreendido!

– Em nenhum momento pude realmente acreditar em suas palavras contra Armand, que atrás daquela frieza que ficava além da vingança ele pudesse, egoistamente, desejar sua morte. Mas agora isto não me parecia nada. Havia algo muito mais terrível que não conseguia captar, algo que mal começara a compreender, contra o qual minha raiva não passava de zombaria, uma tentativa inútil de me opor à sua vontade intransigente. Ela me odiava, me desprezava, como havia confessado, e meu coração se partia no peito como se, tirando-me aquele amor que me sustentara até então, tivesse me dado um golpe fatal. A faca estava ali. Eu estava morrendo por ela, morrendo por aquele amor, como na primeira noite em que Lestat a entregara a mim, fez com que me fitasse e lhe disse meu nome. Aquele amor que me consolava em meu ódio por mim mesmo, que me permitia existir. Oh, como Lestat tinha compreendido tudo, e como seu plano por fim se desmanchava.

– Mas havia mais do que isto, em alguma região que me apavorara e me fazia oscilar para a frente e para trás, para a frente e para trás, as mãos dela se abrindo e fechando a meu lado, percebendo não apenas seu ódio nos olhos translúcidos, mas também sua dor. Tinha me mostrado sua dor! "Conceder-me a imortalidade sob esta forma inútil." Tapei os ouvidos, como se ela ainda pronunciasse tais palavras. As lágrimas correram, por todos os anos em que tinha dependido inteiramente de sua crueldade, de sua absoluta falta de dor! E era dor o que me mostrava, uma dor inegável. Oh, como Lestat teria rido de nós. Fora por isso que ela o apunhalara, porque teria rido. Para me destruir completamente, ela só precisava mostrar sua dor. A criança que eu transformara em vampiro sofria. Sua angústia era a minha angústia.

– Havia um caixão no outro quarto, uma cama destinada a Madeleine, para onde Cláudia se retirou, deixando-me sozinho, e isto eu não podia suportar. Acolhi o silêncio com prazer. E algumas vezes, durante as horas de noite que restavam, me vi na janela aberta, sentindo a névoa branda da chuva. Reluzia nas samambaias, nas doces flores brancas que pendiam, inclinadas e, finalmente, separadas de seus galhos. Um tapete de flores recobrindo o pequeno balcão, as pétalas ligeiramente amassadas pela chuva.

– Agora sentia-me fraco e inteiramente só. O que acontecera entre nós naquela noite jamais seria apagado, e o que eu tinha feito a Cláudia jamais seria desfeito.

– Mas, para minha própria surpresa, não sentia nenhum arrependimento. Talvez fosse a noite, o céu sem estrelas, os lampiões de gás gelando na cerração que transmitiram um estranho conforto que eu jamais pedira nem sabia como receber, no vazio e na solidão. Estou só, pensava. Estou só. Aquilo parecia correto, perfeito, uma forma de prazer inevitável. E me imaginei sozinho para sempre, como se, após ganhar força de vampiro na noite de minha morte, tivesse deixado Lestat e nunca mais o encontrado, como se houvesse me afastado dele, superior à necessidade que tinha dele ou de quem quer que fosse. Como se a noite tivesse me dito:

– Você é a noite, e só a noite o compreende e o acolhe nos braços.

– Unido com as sombras. Sem pesadelos. Uma paz inexplicável.

– Mas podia antever o fim desta paz, assim como sentira que me rendera rapidamente a ela, e este se aproximava como nuvens escuras. A dor premente da perda de Cláudia estava à minha espreita, como uma sombra saída dos cantos do quarto entulhado e estranhamente hostil. E lá fora, mesmo quando a noite parecia se dissolver num louco vento feroz, algo me chamava, algo inanimado que nunca captara. E um poder dentro de mim parecia responder àquele chamado, não com resistência, mas com inescrutável e fria força.

– Atravessei os quartos em silêncio, divisando cuidadosamente as portas até ver, na luz fraca dos lampiões trêmulos, a mulher adormecida em minha sombra sobre o divã, a boneca caindo inerte em seu peito. Pouco antes de me ajoelhar a seu lado, seus olhos se abriram e pude sentir, além dela, na escuridão fechada, aqueles outros olhos que me observavam, minúsculo rosto de vampiro, respiração suspensa, esperando.

– Cuidará dela, Madeleine? – Vi suas mãos agarrarem a boneca, afundando sua face no colo. E minha própria mão se estendeu em sua direção, sem que eu soubesse por que, antes mesmo que respondesse.

– Sim – repetiu várias vezes, desesperada.

– É isso que acredita que ela seja, uma boneca? – perguntei, minha mão se fechando na cabeça da boneca, apenas para sentir que a arrancava de mim, ver seus dentes se trincarem ao me olhar espantada.

– Uma criança que não pode morrer! É isso que ela é – disse ela, como se pronunciasse uma maldição.

– Aaaah... – balbuciei.

– Já larguei as bonecas – disse, afastando a que tinha nos braços. Mexia em algo que tinha no peito, algo que queria que eu visse e não visse, de que seus dedos se apoderavam e escondiam. Eu sabia o que era, já tinha visto antes. Uma medalha presa em um alfinete de ouro. Gostaria de saber descrever a paixão que invadiu suas feições roliças e como sua delicada boca de bebê se transfigurou.

– É a criança que morreu? – arrisquei, observando-a. Imaginava uma loja de bonecas, bonecas de rosto idêntico. Ela sacudiu a cabeça, agarrando a medalha com tanta força que o alfinete rasgou o tafetá. O medo refletia-se agora em seu rosto, um pânico devastador. E sua mão sangrava ao se abrir sobre o alfinete quebrado. Tomei-lhe a medalha.

– Minha filha – balbuciou, os lábios trêmulos.

– Havia um rosto de boneca no pequeno fragmento de porcelana, o rosto de Cláudia, um rosto de bebê, uma brincadeira doce e inocente fixada por um artista, uma criança de cabelos ruivos como os de uma boneca. E a mãe, horrorizada, fitava a escuridão à sua frente.

– Sinto... – disse eu educadamente.

– Não quero mais pêsames – respondeu, apertando os olhos ao me encarar. – Se soubesse há quanto tempo anseio por seu poder; estou pronta – e voltou-se para mim, respirando fundo, o peito parecendo inchar sob o vestido.

– Então uma violenta frustração cobriu-lhe o rosto. Afastou-se de mim, sacudindo a cabeça, os cachos.

– Se você fosse um homem mortal; homem e monstro! – disse com raiva. – Se ao menos pudesse lhe mostrar meu poder... – e sorriu maldosamente, me desafiando. – Poderia fazer com que me quisesse, me desejasse! Mas você é sobrenatural! – Sua boca mostrou desânimo. – O que posso lhe dar? O que posso fazer para que me dê o que tem? – Sua cabeça pendeu sobre os seios, parecendo acariciá-los como uma mão masculina.

– Foi estranho aquele momento. Estranho porque nunca poderia prever o sentimento que suas palavras provocaram em mim, o modo como a via agora com aquela cinturinha atraente, a curva roliça e farta de seus seios e aqueles lábios delicados, provocantes. Ela jamais imaginaria como estava o homem mortal em mim, quão atormentado estava pelo sangue que eu simplesmente beberia. Eu a desejava, mais do que ela sonhava, pois não compreendia a essência do ato de matar.

– E com orgulho masculino quis provar-lhe isto, humilhá-la pelo que dissera, pela vaidade barata de sua provocação e pelos olhos que agora fugiam de mim enojados. Mas isto seria loucura. Não eram motivos para se merecer a vida eterna.

– Disse-lhe então, certamente com grande crueldade:

– Amou esta criança?

– Nunca esquecerei sua expressão naquele momento, a violência que continha, o ódio absoluto.

– Sim – sibilou para mim. – Como ousa?...

– Estendeu a mão para a medalha, que eu agarrei. Era a culpa que a consumia, e não o amor. Era culpa – a loja de bonecas que Cláudia me descrevera, prateleiras e prateleiras com as efígies daquela criança morta. Nela havia algo tão duro quanto o mal que eu carregava, algo igualmente poderoso. Tinha a mão erguida em minha direção. Tocou meu colete e nele abriu os dedos, que apertou contra meu peito. E eu estava de joelhos, chegando para perto dela, seu cabelo roçando em meu rosto.

– Quando a segurar, agarre-se com força a mim – disse-lhe, vendo seus olhos se arregalarem e a boca se abrir. – E quando o desmaio for mais forte, escute com toda atenção a batida de meu coração. Agarre-se e repita sempre: eu viverei.

– Sim, sim – ela concordava, o coração palpitando excitado.

– Suas mãos se enfiaram em meu pescoço, dedos abrindo caminho em meu colarinho.

– Olhe para aquela luz acima de mim. Não tire os olhos dela, nem um segundo, e repita sem parar: eu viverei.

– Engasgou quando rompi a carne, a corrente quente chegando a mim, seus seios amassados contra meu peito, seu corpo se arqueando, desamparado, no divã. E eu podia ver seus olhos, mesmo quando fechava os meus, ver aquela boca zombeteira, provocante. Eu a sugava toda, com força, erguendo-a, e podia senti-la enfraquecer, suas mãos tombando flácidas ao lado do corpo.

– Força, força – sussurrei sobre a torrente quente de seu sangue, seu coração rufando em meus ouvidos, seu sangue dilatando minhas veias saciadas.

– A lâmpada – murmurei. – Olhe para ela!

– Seu coração andava mais devagar, até parar, e sua cabeça caiu sobre o veludo, seus olhos inexpressivos como na morte. Por um instante, achei impossível me mover, apesar de saber que precisava fazê-lo, que outra pessoa levava meu pulso a minha boca enquanto o quarto girava sem parar, que eu olhava fixamente para a luz que mandara que ela fitasse, quando provei meu próprio sangue de meu próprio pulso, empurrando-o depois para sua boca.

– Beba. Beba – disse.

– Mas ela jazia como morta. Puxei-a para perto de mim, o sangue escorrendo sobre seus lábios. Então ela abriu os olhos e senti a pressão delicada de sua boca. Depois, quando começou a sugar, suas mãos agarraram meu braço com força. Eu a embalava, murmurando, tentando desesperadamente interromper minha vertigem. E então senti seu poderoso puxão. Cada vaso sanguíneo o sentiu. Rolei várias vezes e minha mão se agarrou ao divã, o coração de Madeleine batendo ferozmente contra o meu, seus dedos afundando em meu braço, minha mão espalmada. Estava me cortando, me ferindo, e tudo que pude fazer foi gritar enquanto aquilo continuava, e eu estava me afastando dela, mas a puxava comigo, minha vida escorrendo por meus braços, sua respiração gemida compassada com sua força ao me sugar. E aquelas correias que eram minhas veias, aqueles arames cauterizantes enfiados cada vez mais fundo em meu coração, sem desejo nem direção, até que me livrei dela e caí longe de seu corpo, apertando fortemente com minha própria mão o pulso sangrento.

– Ela me fitava, o sangue manchando sua boca aberta. Pareceu demorar uma eternidade me olhando. Ela se duplicava e triplicava em minha visão enevoada, depois se desvaneceu num vulto trêmulo. Sua mão foi até a boca, apesar de seus olhos não se moverem, mas ficarem cada vez maiores no rosto que me observava. E então se levantou lentamente, como se não usasse sua própria força, mas fosse erguida do divã por algum poder invisível que agora a sustentava, olhos arregalados enquanto ela dava voltas, sua saia pesada se movendo rija como se ela toda fosse feita de uma só peça, virando-se como um enorme enfeite esculpido numa caixa de música que dançasse inexoravelmente com a canção. E subitamente ela baixou os olhos para o tafetá, agarrando-o, apertando-o entre os dedos para que rugisse e ciciasse, e o deixou cair, cobrindo rapidamente os ouvidos, olhos bem fechados, depois arregalados. E então pareceu ver a lâmpada, o lampião de gás distante e fraco do outro quarto que lançava uma luz frágil pela porta dupla. Correu até o lampião e ficou parada, olhando-o como se estivesse vivo.

– Não o toque – disse-lhe Cláudia, afastando-a delicadamente dali. Mas Madeleine tinha visto as flores do balcão e agora se chegava a elas, as palmas abertas roçando nas pétalas e depois passando as gotas de chuva no rosto.

– Eu circulava pelos cantos do quarto, observando cada movimento seu, como apertara as flores e as amassara nas mãos, deixando as pétalas tombarem à sua volta, e como apertara os dedos contra o espelho e me encarava. Minha própria dor havia passado, um lenço cobria a ferida e eu esperava, esperava, vendo agora que Cláudia não se lembrava do que viria depois. Dançavam juntas, enquanto a pele de Madeleine ficava cada vez mais pálida sob a trêmula luz dourada. Levantou Cláudia nos braços e rodopiou com ela, que mostrava uma carinha atenta e preocupada por trás do sorriso.

– E então Madeleine se enfraqueceu. Recuou e pareceu perder o equilíbrio. Mas se recuperou logo e deixou Cláudia descer delicadamente para o chão. Na ponta dos pés, Cláudia a abraçou.

– Louis – acenou para mim, ofegante. – Louis...

– Fiz um gesto para que se aproximasse. E Madeleine, parecia não nos ver, olhava para suas próprias mãos espalmadas. Seu rosto estava lívido e seco e, de repente, começou a esfregar os lábios e a fitar as manchas escuras em seus dedos.

– Não, não! – avisei delicadamente, pegando a mão de Cláudia e puxando-a para meu lado. Um longo gemido escapou dos lábios de Madeleine.

– Louis – Cláudia balbuciou naquela voz sobrenatural que Madeleine ainda não podia escutar.

– Ela está morrendo, e sua mente infantil não pode se lembrar de como foi. Você superou isto, não guardou marca alguma – murmurei para ela, afastando o cabelo despenteado, meus olhos presos sempre em Madeleine, que vagava de um espelho a outro, as lágrimas agora correndo livremente, o corpo desistindo da vida.

– Mas, Louis, se ela morrer... – Cláudia exclamou.

– Não. – Ajoelhei-me, vendo a apreensão em seu rostinho. – O sangue era suficientemente forte, ela viverá. Mas terá medo, um medo terrível.

– E delicadamente, mas com firmeza, apertei a mão de Cláudia e beijei-lhe a face. Fitou-me então num misto de dúvida e medo. E me olhava com a mesma expressão quando me aproximei de Madeleine, atraído por seus gritos. Ela agora rodopiava, as mãos estendidas, e agarrei-a, puxando-a para mim. Seus olhos já ardiam com uma luz sobrenatural, um fogo violeta refletido em suas lágrimas.

– É a morte humana, apenas a morte humana – disse-lhe carinhosamente. – Vê o véu? Agora devemos deixá-lo, e você deve ficar bem junto a mim, deitar a meu lado. Um sono tão profundo quanto a morte dominará meus membros e não poderei ajudá-la. E você ficará deitada comigo e lutará contra isso. Mas agarre-se a mim na escuridão, ouviu? Agarre minhas mãos, que segurarão as suas enquanto eu as sentir.

– Por um instante, pareceu perdida em meu olhar, e percebi o espanto que a envolvia, como o brilho de meus olhos continha todas as cores, e como todas aquelas cores não passavam de seu reflexo em meus olhos. Levei-a gentilmente para o caixão, dizendo-lhe para não ter medo.

– Quando se levantar, será imortal – falei. – Nenhuma causa natural de morte poderá afetá-la. Venha, deite-se.

– Podia ver seu temor, perceber seu arrepio frente à caixa estreita, cujo cetim não representava conforto. Sua pele já começara a reluzir, a ter aquele brilho que Cláudia e eu compartilhávamos. Sabia agora que ela não se renderia até que me deitasse com ela.

– Segurei-a e lancei o olhar para o outro lado do quarto, onde Cláudia estava parada, com aquele estranho caixão, me observando. Seus olhos estavam calmos, mas escuros, com uma suspeita indefinida, uma fria desconfiança. E, ajoelhando-me calmamente a seu lado, tomei Cláudia nos braços.

– Não me conhece? – perguntei. – Não sabe quem sou?

– Ela me fitou.

– Não – respondeu.

– Sorri. Assenti com a cabeça.

– Não me deseje mal – disse eu. – Somos iguais.

– Neste ponto, ela inclinou a cabeça para o lado e me analisou, cuidadosamente. Depois sorriu sem querer e concordou com um gesto.

– Pois vê – disse-lhe com a mesma voz calma. – Quem morreu hoje neste quarto não foi aquela mulher. Ela precisará de muitas noites para morrer, anos talvez. O que morreu neste quarto hoje foi o último vestígio humano que restava em mim.

– Uma sombra cobriu seu rosto. Clara, como se sua expressão se cobrisse com um véu. E seus lábios se separaram, mas apenas para respirar. Então ela disse:

– Bem, então você está certo. Realmente. Somos iguais.

⁂

– Quero incendiar a loja de bonecas!

– Madeleine nos disse isto. Entregava ao fogo da lareira os vestidos dobrados da filha morta, renda branca e linho bege, sapatos ressecados, chapéus que cheiravam a naftalina e sachê.

– Não significam mais nada.

– Recuou para observar o fogo. E virou-se para Cláudia com olhar triunfante, ferozmente devotado.

– Não acreditei nela, pois estava certo – apesar de, noite após noite, ter de afastá-la de homens e mulheres que não poderia mais sugar, tão saciada estava com o sangue das primeiras vítimas que geralmente as erguia do chão em seu arrebatamento, esmagando suas gargantas com dedos de marfim ao lhes sugar o sangue –, estava certo de que mais cedo ou mais tarde esta intensidade louca se abateria e ela cairia nas armadilhas deste pesadelo, de sua própria pele luminosa, daqueles quartos luxuosos do Hotel Saint-Gabriel, e berraria para ser acordada, para ficar livre. Não compreendia ainda que aquilo não era uma experiência. Mostrando seus dentes ameaçadores aos espelhos lapidados, estava louca.

– Mas eu ainda não percebera o quanto ela estava louca e acostumada àqueles sonhos. E que não imploraria por realidade. Em vez disto, criaria a realidade com seus sonhos, um elfo demoníaco alimentando sua roca com os fios do mundo para construir seu próprio universo.

– Mal começara a compreender sua mesquinhez, sua mágica.

– Possuía habilidades de artesã que desenvolvera fazendo inúmeras réplicas de sua filha morta e que povoavam as prateleiras da loja que em breve visitaríamos. A isto se juntavam destreza e intensidade vampirescas, de modo que no espaço de uma noite, quando a afastei de mim para matar, ela, com o mesmo desejo insaciável, transformou com seu cinzel e uma faca alguns pedaços de madeira em uma perfeita cadeira de balanço, tão bem torneada e proporcional para Cláudia, que esta, sentada nela em frente à lareira, parecia uma mulher.

– Nas noites seguintes, surgiram uma mesa na mesma escala, de uma loja de brinquedos veio uma minúscula lâmpada a óleo, uma xícara e uma molheira de porcelana, e de uma bolsa feminina um livrinho de notas de couro que, nas mãos de Cláudia, se transformava num grande volume. O mundo ruiu e parou de existir nos domínios do pequeno espaço que logo dominou o quarto de vestir de Cláudia: uma cama cujos postigos não ultrapassavam meu peito, pequenos espelhos que refletiam apenas as pernas de um gigante quando me vi perdido entre eles, quadros pendurados bem baixo, para os olhos de Cláudia, e, finalmente, sobre sua pequena penteadeira, luvas pretas para dedos minúsculos, uma camisola curta de mulher em veludo, uma tiara de um baile de máscara infantil. E Cláudia, a joia coroada, uma rainha de contos de fadas com ombros brancos desnudos vagando entre os ricos objetos de seu mundinho, enquanto eu observava da soleira, emudecido, derrotado, estirado no tapete para poder apoiar a cabeça e vasculhar melhor, vendo meus olhos se suavizarem um pouco com a perfeição daquele santuário. Como ficava bela com a renda preta, uma fria mulher de cabelos louros com uma carinha de boneca, olhos translúcidos que me encaravam tão serena e demoradamente que acabavam por me esquecer; deviam estar vendo algo tão além de mim que permanecia ali no chão, sonhando; algo além do universo grosseiro que me cercava, agora marcado e anulado por alguém que havia sofrido nele, alguém que sempre sofrera, mas que não parecia sofrer agora, parecendo escutar o tilintar de uma caixa de música de brinquedo, pousando a mão num relógio de brincadeira. Tive uma visão de horas encurtadas e pequenos minutos dourados. Senti que estava louco.

– Apoiei a cabeça nas mãos e fitei o candelabro. Era difícil me desvencilhar de um mundo e penetrar no outro. E Madeleine, no divã, trabalhava com aquela paixão contínua, como se a imortalidade não significasse necessariamente descanso, pregando renda creme em cetim claro para uma casinha, só parando de vez em quando para enxugar o líquido tinto de sangue de sua testa.

– Perguntava-me, ao fechar os olhos, se este reino de coisas minúsculas invadiria os quartos à minha volta e se eu, como Gulliver, acordaria para me descobrir de pés e mãos atados, um gigante mal acolhido. Tive uma visão com casas feitas para Cláudia, em cujos jardins camundongos seriam monstros, e minúsculas carruagens, e moitas floridas parecendo árvores. Os mortais ficariam tão encantados que cairiam de joelhos para olhar pelas janelinhas. Qual teia de aranha, ela os atrairia.

– Eu *estava* de mãos e pés atados. Não somente por aquela beldade fantástica – aquele estranho segredo dos ombros brancos de Cláudia e do intenso brilho das pérolas, languidez enfeitiçadora, um minúsculo vidro de perfume, agora uma garrafa que liberava um encanto que criava as promessas do Éden – eu estava preso pelo medo. Fora daqueles quartos, onde supostamente presidia a educação de Madeleine – conversas soltas sobre o ato de matar e a natureza dos vampiros, em que Cláudia poderia ensinar com muito mais facilidade do que eu, se em algum momento se interessasse por tomar a liderança – fora daqueles quartos, onde todas as noites me asseguravam com beijos suaves e olhares de satisfação que a odiosa paixão de Cláudia, repetidamente demonstrada, não ressurgiria – que fora daqueles quartos eu descobriria, segundo minha própria decisão, que estava verdadeiramente transformado: a parte mortal em mim era aquela que eu amara, estava certo. Então, o que sentira por Armand, a criatura por quem transformara Madeleine, a criatura por quem queria ficar livre? Uma curiosa e perturbadora distância? Uma dor surda? Um tremor indescritível? Mesmo naquela incrível confusão, eu vislumbrava Armand em sua cela monacal, via seus olhos castanhos e sentia seu irresistível magnetismo.

– Mas ainda assim não me mexia para chegar até ele. Não ousava descobrir a extensão do que devia ter perdido. Nem tentar separar tal perda de uma outra realidade opressiva: de que na Europa não descobrira verdades que me aliviassem a solidão ou transformassem o meu desespero. Em lugar disso, encontrara somente mudanças internas de minha própria alma, a dor de Cláudia e uma paixão por um vampiro que talvez fosse pior que Lestat, por quem me tornara tão mau quanto Lestat, mas em quem via a única esperança de bondade no mal que eu conseguia conceber.

– Finalmente, tudo estava além de minha vontade. E assim, o relógio bateu na lareira, e Madeleine implorou para ver as encenações do Teatro dos Vampiros e jurou defender Cláudia de qualquer vampiro que ousasse insultá-la. E Cláudia falou de uma estratégia. Depois disse:

– Ainda não. Não agora.

– Fiquei observando com algum alívio o amor de Madeleine por Cláudia, sua paixão cega e desmensurada. Oh, tinha tão pouca compaixão por Madeleine. Pensava que tinha apenas vislumbrado a veia do sofrimento; não compreendia a morte. Era tão facilmente provocada, era tão facilmente levada à violência. Supunha, em meu desdém e autodesprezo colossais, que minha própria dor por meu irmão morto era a única emoção verdadeira. Permiti que me esquecesse como me apaixonara pelos olhos iridescentes de Lestat, que tinha vendido minha alma em troca de uma coisa multicolorida e brilhante, pensando que uma superfície profundamente refletiva daria o poder de andar sobre a água.

– O que precisaria Cristo fazer para que eu o seguisse, como Mateus ou Pedro? Vestir-se bem, para começar. E ter uma exuberante cabeça de cuidados cachos louros.

– Odiava-me. E parecia, quase embalado pela conversa delas – Cláudia sussurrando sobre mortes, velocidade e destreza vampirescas, Madeleine inclinada sobre a costura –, parecia então que era esta minha única emoção: ódio. Amava-as. Odiava-as. Não me importo se estão ali. Cláudia colocou as mãos em minha cabeça como se quisesse me contar, com a antiga intimidade, que seu coração estava em paz. Não me importo. – E havia a aparição de Armand, aquele poder, aquela dolorosa clareza. Por trás de um vidro, parece. E pegando a mão brincalhona de Cláudia, compreendo pela primeira vez na vida o que sente quando me perdoa por eu ser alguém que ela diz odiar e amar: *ela não sente quase nada.*

※

– Foi uma semana antes de acompanharmos Madeleine a seu passeio, vislumbrando um mundo de bonecas atrás de uma vitrina. Sinos tocavam, homens gritavam, e Cláudia a meu lado falava docemente sobre a natureza do fogo. A fumaça densa se elevando trêmula me enervou. Sentia medo. Não um medo incontrolável, mortal, mas algo fixo como um puxão interior. Este medo – era a velha casa queimando na Rua Royale, Lestat como que dormindo no chão ardente.

– O fogo purifica... – disse Cláudia.

– Não, o fogo simplesmente destrói – respondi.

– Madeleine passou voando por nós até o fim da rua, um fantasma na chuva, suas mãos brancas cortando o ar, acenando para nós, arcos brancos de relâmpagos brancos. E me lembro de Cláudia haver me trocado por ela. A imagem do cabelo louro despenteado, esvoaçante, ao me convidar a segui-la. Uma fita caída no chão, afundando e boiando num veio de água preta. Mas outra mão se estendeu para mim. Era Armand que a estendia para mim agora.

Fiquei chocado por vê-lo ali, tão próximo, a visão do Cavaleiro da Morte numa soleira, maravilhosamente real em sua capa preta e sua echarpe de seda, tão etéreo quanto as sombras de sua calma: o fogo se refletia muito pálido em seus olhos, o vermelho aquecendo o negrume até o mais belo marrom.

– E acordei de repente como se estivesse sonhando, despertei para percebê-lo, para ver sua mão envolvendo a minha, sua cabeça inclinada como se quisesse me dizer que o seguisse – despertei para minha própria experiência excitante de sua presença, que certamente me consumia tanto quanto me consumira em sua cela. Agora andávamos juntos, depressa, nos acercando do Sena, nos movendo tão rápida e habilidosamente pela multidão que mal nos viram, e mal os víamos. Surpreendia-me o fato de conseguir acompanhá-lo com tanta facilidade. Ele me obrigava de algum modo a perceber meus poderes, a ver que os caminhos que normalmente escolhia eram humanos e que não precisaria mais trilhá-los.

– Queria desesperadamente falar com ele, pará-lo colocando minhas mãos em seus ombros, apenas para encará-lo de novo como naquela última noite, para localizá-lo em algum tempo ou espaço, para que pudesse lidar com minha própria excitação. Havia tanto a lhe dizer, tinha tanto a lhe explicar. E ainda não sabia o que dizer ou por que deveria dizê-lo. Havia apenas aquela amplitude de sensações contínuas que me aliviavam quase até as lágrimas. Era isto que eu temia perder.

– Não sabia onde estávamos agora, apenas percebia que já havia passado por ali: uma rua de velhas mansões, de jardins murados, portões de carruagem, torres altas e janelas de vidro sob arcos de pedra. Casas de outros séculos, árvores retorcidas, aquela súbita tranquilidade densa e silenciosa que indica que as pessoas haviam sido caladas; um punhado de mortais habita esta vasta região de salas de tetos altos; a pedra absorve o ruído da respiração, o espaço de vidas inteiras.

– Agora Armand estava sobre um muro, seu braço apoiado no ramo inclinado de uma árvore, sua mão estendida para mim, e num instante eu estava a seu lado, a folhagem úmida roçando em meu rosto. No alto, aos poucos, podia ver elevar-se uma torre que mal emergia da chuva escura, persistente.

– Ouça. Vamos escalar a torre – dizia Armand.

– Não posso... é impossível...!

– Mal começa a perceber seus poderes. Pode subir facilmente. Lembre-se, não se machucará se cair. Faça como eu. Mas preste atenção ao seguinte: os moradores desta casa já me conhecem há centenas de anos e pensam que sou um espírito; assim, se por acaso o virem, ou se você os vir pelas janelas, lembre-se do que acreditam que você seja e não demonstre que os percebe, a menos que queira desapontá-los ou confundi-los. Ouviu? Não corre nenhum perigo.

– Não sabia o que me assustava mais: a escalada em si ou a ideia de ser considerado um fantasma. Mas não tinha tempo para ideias confortadoras. Armand começava a subir, suas botas procurando gretas entre as pedras, suas mãos firmes como garras em galhos, e eu subia atrás dele, grudado à parede, sem ousar olhar para baixo, aproveitando um descanso rápido num grosso esculpido sobre uma janela, lançando um olhar para seu interior, para um fogo alto, um ombro escuro, uma grande mão batendo num ferro, alguém que se mexia livremente sem saber que era observado. Desapareceu. Subíamos cada vez mais, até atingirmos a janela da própria torre, que Armand escancarou rapidamente, suas pernas compridas desaparecendo sobre o parapeito; e subi atrás dele, sentindo seus braços em meus ombros.

– Suspirei sem querer, ao parar no quarto, esfregando os braços, examinando aquele lugar estranho e úmido. Lá embaixo, os telhados eram prateados, torreões se erguendo de vez em quando sobre imensas copas de árvores ciciantes, e ao longe brilhava a corrente partida de uma avenida iluminada. O quarto parecia tão úmido quanto a noite lá fora. Armand acendia uma lareira.

– De uma pilha bamba de móveis, ele pegava cadeiras, que partia em pedaços, apesar da dureza de seus nódulos. Havia algo de grotesco nele, acentuado por sua graça e pela calma insuportável de seu rosto branco. Fazia o que qualquer vampiro poderia fazer, partindo aquelas peças maciças, mas fazia o que apenas um vampiro poderia fazer. E não tinha nada de humano. Mesmo suas belas feições e o cabelo escuro se tornaram os atributos de um anjo terrível que compartilhava com o restante de nossos traços superficialmente parecidos. O casaco bem-feito era uma miragem. E apesar de me sentir atraído por ele, talvez mais do que por qualquer criatura viva, exceto Cláudia, ele me excitava de um modo diferente, que parecia medo. Não me surpreendi quando, ao terminar, pegou uma pesada cadeira de carvalho para mim, mas se recolheu à lareira de mármore e ficou sentado aquecendo as mãos, as chamas lançando sombras vermelhas em seu rosto.

– Posso ouvir os habitantes da casa – disse-lhe. O calor era agradável. Podia sentir o couro de minhas botas secando, sentir o calor nos dedos.

– Então sabe que posso escutá-los – disse suavemente, e apesar disto não conter nenhuma reprovação, compreendi as implicações de minhas próprias palavras.

– E se vierem? – insisti, analisando-o.

– Será que não posso lhe assegurar que não nos verão? – perguntou. – Poderíamos ficar aqui sentados a noite toda sem falar deles. Quero que saiba que, se falamos deles, é porque você o quer. – E quando não respondi, quando talvez pareci um pouco desnorteado, ele disse delicadamente que há muito tempo trancaram a torre, deixando-a de lado; e se de fato vissem a fumaça da chaminé ou a luz da janela, nenhum deles se aventuraria a subir antes do amanhecer.

– Agora podia perceber que havia várias prateleiras de livros de um dos lados da lareira e uma escrivaninha. As folhas sobre ela estavam limpas, mas havia um tinteiro e várias penas. Podia imaginar o quarto como um lugar muito confortável, quando não chovesse como agora, ou depois que o fogo enxugasse o ar.

– Vê – disse Armand. – Na verdade, não se precisa de quartos de hotel. Na verdade, precisa-se de muito pouco. Mas cada um de nós deve decidir o que quer. As pessoas desta casa têm um nome para mim; encontros comigo são assunto para 20 anos. Não passam de momentos isolados e insignificantes de meu tempo. Não podem me ferir, e uso a casa deles para ficar sozinho. Ninguém no Teatro dos Vampiros sabe que venho aqui. É meu segredo.

– Enquanto falava, eu o observava atentamente e ideias que tinha tido na cela do teatro voltavam a me ocorrer. Vampiros não envelhecem, e me perguntava como seu jeito e seu rosto jovem poderiam diferir agora do que foram há um século ou dois, pois seu rosto, apesar de não demonstrar as lições da maturidade, não era uma máscara. Parecia tão poderosamente expressivo quanto sua voz profunda e tinha uma característica difícil de descrever. Eu só sabia que estava tão envolvido quanto antes, e de algum modo usei as palavras como subterfúgio:

– Mas o que o prende ao Teatro dos Vampiros? – perguntei.

– Uma necessidade, naturalmente. Mas encontrei o que precisava – disse. – Por que me evitou?

– Nunca o evitei – disse eu, tentando esconder a excitação que tais palavras provocavam em mim. – Compreende que tinha de proteger Cláudia, que ela só tinha a mim. Ou pelo menos não tinha ninguém até...

– Até Madeleine vir morar com vocês...

– Sim – falei.

– Mas agora Cláudia o liberou, embora você continue com ela e se submeta como um servo – disse ele.

– Não, você não compreende – respondi. – Na verdade, ela é minha filha, e não sei se pode me liberar... – Eram pensamentos que nunca tinham passado por minha cabeça. – Não sei se o filho tem o poder de liberar o pai. Não sei se não me submeterei a ela enquanto...

– Parei. Ia dizer: enquanto ela viver. Mas notei que era um medonho clichê mortal. Ela viveria para sempre, assim como eu. Mas não acontecia o mesmo com os pais mortais? Suas filhas vivem para sempre, pois os pais morrem antes. Fiquei confuso, apesar de perceber perfeitamente como Armand me ouvia, que me ouvia do modo como sonhamos que os outros nos ouçam, seu rosto parecendo refletir tudo o que era dito. Não começava a tagarelar a cada pausa, nem a demonstrar que tinha compreendido algo antes do pensamento terminar, nem a discutir num impulso irresistível – as coisas que geralmente tornam um diálogo impossível.

– E depois de um longo intervalo, disse:

– Desejo-o. Eu o desejo mais do que qualquer coisa no mundo.

– Por um instante, duvidei do que ouvia. Achei inacreditável. E fiquei inteiramente desarmado, e a visão irreal de nossa convivência cresceu e obliterou qualquer outra consideração de minha mente.

– Disse que o desejo. Desejo-o mais que qualquer outra coisa no mundo – repetiu com uma mudança muito sutil de expressão. E depois ficou sentado, observando. Seu rosto estava tranquilo como sempre, a testa branca e suave sob a massa de seu cabelo ruivo sem nenhum sinal de cuidados, os grandes olhos pousados em mim, lábios imóveis.

– Quer isto de mim, apesar de não se chegar a mim – disse. – Há coisas que quer saber, e não pergunta. Vê Cláudia escapulindo de você, mas se sente sem forças para evitá-lo, e então acelera o processo, mas não faz mais nada.

– Não compreendo meus próprios sentimentos. Talvez sejam mais claros para você do que para mim...

– Mal começa a descobrir o mistério que você é! – respondeu.

– Mas pelo menos você se conhece profundamente. Não posso dizer o mesmo. Eu a amo, apesar de não estar próximo dela. Quero dizer que quando estou com você, como agora, vejo que não sei nada sobre ela, nada sobre ninguém.

– Ela é uma era para você, uma época de sua vida. Quando, e se, terminar com ela, terminará com o único ser vivo que compartilhou este período com você. É isto o que teme, o isolamento, o fardo, o alcance da vida eterna.

– Sim, é verdade, mas não passa de um aspecto. A era, ela não significa muito. Cláudia deu-lhe um significado. Outros vampiros devem sentir o mesmo e superá-lo. A passagem de centenas de eras.

– Mas não sobrevivem – disse ele. – O mundo estaria repleto de vampiros, se sobrevivessem. Como pensa que fiquei sendo o mais velho daqui ou de qualquer outro lugar? – perguntou.

– Pensei a respeito. E então me aventurei:

– Morrem violentamente?

– Não, quase nunca. Não é necessário. Quantos vampiros você pensa que têm condições para a imortalidade? Para começar, têm uma visão completamente distorcida da imortalidade. Ao se tornarem imortais, querem que todas as características de suas vidas permaneçam imutáveis: carruagens seguindo sempre a mesma moda, roupas com cortes a seu gosto, homens se comportando e falando do mundo que sempre compreenderam e apreciaram. Quando, na verdade, tudo muda, exceto o próprio vampiro. Tudo, a não ser o vampiro, está sujeito a corrupções e distorções constantes. Em pouco tempo, com uma mente inflexível, e geralmente mesmo para as mentalidades mais flexíveis, esta imortalidade torna-se uma sentença a ser cumprida num asilo de vultos e formas inexoravelmente incompreensíveis e sem valor. Numa noite, o vampiro acorda e percebe aquilo que há décadas temia: que simplesmente não quer mais viver, a qualquer preço. O estilo, moda ou forma de existência que tornaram a imortalidade tão atraente foram varridos da face da Terra. E não há mais nada para aliviar o desespero, a não ser o ato de matar. E este vampiro sai para morrer. Ninguém encontrará seus restos. Ninguém saberá para onde foi. E geralmente ninguém à sua volta – pudesse ele ainda procurar a companhia de outros vampiros –, ninguém saberá que ele está desesperado. Há muito tempo terá parado de falar de si mesmo ou de qualquer outra coisa. Ele desaparecerá.

– Encostei-me na cadeira, impressionado com a verdade óbvia daquilo, mas ao mesmo tempo meu íntimo se rebelou contra tal perspectiva. Tomei consciência da profundidade de minha esperança e de meu terror, como tais sentimentos diferiam da alienação que ele descrevera, como diferiam daquele pavoroso e inútil desespero. Tinha algo de ultrajoso e repulsivo. Não podia aceitá-lo.

– Mas você não aceitará tal estado de espírito. Olhe para você mesmo – vi-me respondendo. – Se não restasse nenhuma obra de arte neste mundo... e há milhares... se não restasse uma única beleza natural... se o mundo ficasse reduzido a uma cela vazia e uma frágil vela, não posso deixar de vê-lo analisando esta vela, absorto no tremor de sua luz, na mudança de suas cores... por quanto tempo isto o sustentaria... que possibilidades criaria? Estou errado? Sou um idealista tão louco?

– Não – falou. Havia um leve sorriso em seus lábios, uma sombra evanescente de prazer. Mas então ele simplesmente continuou:

– Mas você sente uma obrigação para com o mundo que ama porque este mundo ainda está intacto para você. É possível que sua própria sensibilidade possa se tornar o instrumento da loucura. Fala de obras de arte e belezas naturais. Gostaria de ter poder artístico para lhe trazer de volta a Veneza do século XV, o palácio de meu mestre e o amor que sentia por mim quando me tornou vampiro. Oh, se pudesse recriar este tempo para você ou para mim... apenas por um instante! De que adiantaria? E que tristeza eu sinto pelo fato de o tempo não apagar a lembrança desta época, por ela se tornar ainda mais rica e mágica à luz do mundo que vejo hoje.

– Amor? – perguntei. – Havia amor entre você e o vampiro que o criou? – Inclinei-me para a frente.

– Sim – disse. – Um amor tão forte que não o deixou me ver envelhecer e morrer. Um amor que esperou pacientemente que eu ficasse forte o suficiente para nascer para a escuridão. Quer dizer que não havia vínculo amoroso entre você e o vampiro que o fez?

– Nenhum – respondi rapidamente. Não consegui esconder um sorriso amargo.

– Ele me analisou.

– Por que, então, ele lhe deu estes poderes?

– Encostei-me na cadeira.

– Você encara tais poderes como uma dádiva! – falei. – É claro que o faz. Perdoe-me, mas me surpreende como pode ser tão profundamente simples em sua complexidade.

– Ri.

– É um insulto? – sorriu. E todo seu jeito apenas confirmou o que eu acabara de dizer. Parecia tão inocente. Eu mal começava a compreendê-lo.

– Não, não vindo de mim – respondi, meu pulso se acelerando ao olhar para ele. – Você é tudo com que sonhei ao me tornar vampiro. Encara estes poderes como dádiva! – repeti. – Mas diga-me... ainda sente amor pelo vampiro que lhe deu a vida eterna? Sente isto agora?

– Pareceu pensar, e então falou lentamente:

– Por que isto importa?

– Mas completou:

– Não acho que tenha tido a sorte de sentir amor por muitas pessoas ou coisas. Mas, sim, eu o amo. Talvez não o ame como você imagina. Acho que me confunde, quase sem querer. Você é um mistério. Não preciso mais daquele vampiro.

– Fui presenteado com a vida eterna, com uma percepção aguçada e com a necessidade de matar – expliquei rapidamente. – Porque o vampiro que me criou desejava a casa que eu possuía e meu dinheiro. Entende uma coisa destas? – perguntei. – Ah, mas há muito mais por trás do que digo. Fui descobrindo tudo tão devagar, de modo tão incompleto! Vê, é como se você entreabrisse uma porta para mim e a luz escapasse por esta porta que eu tento agarrar, escancarar, para entrar na região que diz existir além dela! Quando, na verdade, não acredito nela! O vampiro que me criou representava para mim o verdadeiro mal: era tão melancólico, tão prosaico, tão estúpido, tão inevitável e eternamente decepcionante quanto eu acreditava que devia ser o mal! Sei disto agora. Mas você, você é algo que escapa inteiramente desta concepção! Abra a porta para mim, escancare-a. Fale-me sobre o palácio de Veneza, sobre seu amor condenado. Quero compreendê-lo.

– Está se ludibriando. O palácio não significa nada para você – ele disse. – O umbral que agora vislumbra conduz a mim. A que venha viver comigo tal como sou. E sou o mal com infinitas graduações e sem culpa.

– Sim, exato – murmurei.

– E isto o torna infeliz – falou. – Você, que veio a mim em minha cela e me disse que havia apenas um pecado: tirar conscientemente uma vida humana inocente.

– Sim... – respondi. – Como deve ter rido de mim...

– Nunca ri de você – falou. – Não suporto rir de você. É através de você que posso me salvar do desespero que descrevi como sendo nossa morte. É através de você que posso criar meu vínculo com este século XIX e chegar a compreendê-lo de um modo que me revitalizará, como preciso tão desesperadamente. Era por você que esperava no Teatro dos Vampiros. Se tivesse conhecido um mortal com esta sensibilidade, esta dor, esta visão, eu o teria transformado imediatamente em vampiro. Mas isto raramente pode ser feito. Não, tive de esperá-lo. E agora lutarei por você. Vê como meu amor é implacável? É isto que considera amor?

– Oh, mas está caindo num erro terrível – disse eu, olhando-o nos olhos. Suas palavras penetravam lentamente em mim. Nunca havia percebido minha frustração com tanta clareza. Possivelmente não conseguiria satisfazê-lo. Não poderia satisfazer Cláudia. Nunca fora capaz de satisfazer Lestat. E meu próprio irmão mortal, Paul: quão brutalmente, quão mortalmente o havia desapontado!

– Não. Preciso me contentar com a época – disse-me calmamente. – E posso consegui-lo com você... não para aprender coisas que posso ver rapidamente em uma galeria de arte ou ler durante uma hora no mais grosso livro... você é o espírito, você é o coração – insistiu.

– Não, não – levantei as mãos. Estava prestes a dar uma gargalhada amarga, histérica. – Não vê? Não sou o espírito de minha época. Estou distante de tudo, e sempre estive! Nunca pertenci a lugar algum, a ninguém, a qualquer época!

– Isto era doloroso demais, verdadeiro demais. Mas seu rosto apenas se iluminou com um sorriso irresistível. Parecia pronto para rir de mim, e então seus ombros começaram a se sacudir numa risada.

– Mas, Louis – disse baixinho. – É este o espírito da época. Não percebe? Todos se sentem assim. Sua descrença na graça e na fé tem sido a descrença de um século.

– Fiquei tão espantado que permaneci muito tempo sentado ali, fitando o fogo. Já tinha consumido toda a madeira e era um deserto de cinzas fundidas, uma paisagem cinza e vermelha que teria se desvanecido a um toque do ferro. Mas ainda estava muito quente, e irradiava uma luz forte. Vi minha vida inteira em retrospectiva.

– E os vampiros do teatro?... – perguntei baixinho.

– Refletem a época com o cinismo que não pode compreender a morte das possibilidades, fátua indulgência sofisticada da paródia do milagroso, decadência cujo último refúgio é o autoescárnio, um desamparo bem-educado. Viu-os. Conheceu-os a vida toda. Você reflete sua época de outro modo. Reflete seu coração partido.

– Isto é infelicidade. Uma infelicidade que você mal começa a entender.

– Não duvido. Diga-me o que sente agora, o que o torna infeliz. Diga-me por que durante sete dias não me procurou, apesar de desejar ardentemente fazê-lo. Diga-me o que ainda o prende a Cláudia e à outra mulher.

– Sacudi a cabeça.

– Não sabe o que pede. Veja, foi imensamente difícil representar o ato da transformação de Madeleine em vampira. Quebrei uma promessa que tinha feito a mim mesmo, de que jamais o faria, de que minha própria solidão nunca me levaria a tanto. Não vejo nossas vidas como poderes e dádivas. Encaro-as como maldições. Não tenho coragem de morrer. Mas criar outro vampiro! Lançar tal sofrimento sobre outro, e condenar à morte todos estes homens e mulheres que o vampiro precisará matar! Quebrei uma promessa séria. E ao fazê-lo...

– Mas se posso confortá-lo... certamente sabia que eu estava influindo.

– Que o fiz para ficar livre de Cláudia, para ficar livre e vir a você... sim, eu percebi. Mas a decisão final me pertence! – disse.

– Não. Quer dizer, diretamente. Eu o levei a isto! Estava perto de você na noite em que o fez. Exerci meu poder mais forte para persuadi-lo. Não sabia disto?

– Não!

– Abaixei a cabeça.

– Poderia ter transformado aquela mulher em vampira – falou suavemente. – Mas achei melhor que você também participasse. De outro modo, não desistiria de Cláudia. Precisava saber que desejava aquilo...

– Tenho nojo do que fiz! – falei.

– Então tenha nojo de mim, não de você.

– Não. Não compreende. Quando aquilo aconteceu, você quase destruiu o que preza em mim! Resisti com todas as minhas forças quando nem sabia que era seu poder que atuava sobre mim. Algo quase morreu em mim! A paixão quase morreu em mim! Fui destruído quando Madeleine foi criada!

– Mas isto não é mais a morte, esta paixão, esta humanidade, seja qual for o nome que lhe dá. Se não estivesse vivo, não haveria lágrimas em seus olhos agora. Não haveria raiva em sua voz – ele disse.

– Por um instante, não pude responder. Simplesmente assenti. Depois tentei falar de novo:

– Nunca deveria ter me obrigado a fazer algo contra minha vontade! Nunca deveria ter exercido tal poder... – gaguejei.

– Nem posso. – Não respondeu de imediato. Meu poder para em algum ponto de seu interior, em alguma barreira. Ali não tenho poderes. Entretanto... Madeleine foi criada. Você está livre.

– E você, satisfeito – disse, retomando o autocontrole. – Não pretendo ser desagradável. Você me tem. Eu o amo. Mas estou mistificado. Está satisfeito?

– Como poderia não estar? – perguntou. – Claro que estou satisfeito.

– Levantei-me e fui para a janela. As últimas brasas se apagavam. A luz vinha do céu cinzento. Ouvi Armand me seguir até o parapeito. Agora podia senti-lo a meu lado, meus olhos cada vez mais acostumados com a luminosidade do céu, de modo a poder ver seu perfil e seus olhos sob a chuva. O som da chuva dominava tudo e parecia diferente: caindo na calha do telhado, batendo nas telhas, caindo suavemente entre galhos brilhantes de árvores, respingando no parapeito de pedra diante das minhas mãos. Uma branda mistura de sons que invadia e coloria a noite.

– Perdoa-me... por tê-lo forçado a pegar a mulher? – perguntou.

– Não precisa de perdão.

– Você precisa – disse. – Consequentemente, eu preciso.

– Seu rosto estava absolutamente calmo, como sempre.

– Ela cuidará de Cláudia? Aguentará? – perguntei.

– Ela é perfeita. Louca; mas para os dias de hoje isto é perfeito. Cuidará de Cláudia. Nunca viveu um momento sequer sozinha; acha natural ser devotada a seus companheiros. Não precisa de razões especiais para amar Cláudia. Apesar de, além de sua necessidade, ter motivos para isto. A bela superfície de Cláudia, a calma de Cláudia, o domínio e o controle de Cláudia. Combinam inteiramente. Mas acho que... devem deixar Paris assim que puderem.

– Por quê?

– Você sabe. Porque Santiago e os outros vampiros as veem com desconfiança. Todos os vampiros viram Madeleine. Temem-na porque ela os conhece e eles, não. Não deixam de lado aqueles que os conhecem.

– E o menino, Denis? O que planeja fazer com ele?

– Está morto – respondeu.

– Fiquei atônito. Tanto por suas palavras como por sua calma.

– Matou-o? – gaguejei.

– Assentiu. E não disse nada. Mas seus olhos grandes e escuros pareciam extasiados comigo, com a emoção, o choque que eu não tentava esconder. Seu sorriso suave, sutil, parecia me arrastar para ele; sua mão se fechou sobre a minha no parapeito molhado e senti meu corpo se voltar para encará-lo, chegando-se a ele, como se algo que não eu mesmo me empurrasse.

– Era melhor – e depois disse:

– Agora precisamos ir... – e fitou a rua lá embaixo.

– Armand – eu disse. – Não posso...

– Louis, venha comigo – murmurou. E no parapeito parou. – Mesmo que caísse nas pedras da rua – disse. – Só sentiria uma dor rápida e se recuperaria tão depressa e com tanta perfeição que em poucos dias não teria nenhuma cicatriz, seus ossos se recuperariam junto com a pele. Assim, permita que este conhecimento o libere para o que já pode fazer com tanta facilidade. Agora, desçamos.

– O que pode me matar? – perguntei.

– Parou de novo.

– A destruição de seus restos – disse. – Não sabe disto? Fogo, desmembramento... o calor do sol. Nada mais. Pode ficar marcado, sim, mas se recuperará logo. É imortal.

– Eu perscrutava a escuridão por entre a chuva prateada. Então uma luz tremulou sob os galhos balançantes de uma árvore e os pálidos raios fizeram a rua aparecer. Paralelepípedos molhados, o gancho de ferro do sino de uma estrebaria, as trepadeiras subindo no muro. O imenso corpo preto de uma carruagem roçou nas trepadeiras e depois a luz ficou mais fraca. A rua passou de amarelo a prateado e desapareceu totalmente, como se as árvores escuras a engolissem. Ou, melhor, como se tivesse se dissolvido na escuridão. Fiquei tonto. Senti o prédio se mexer. Armand estava sentado no parapeito da janela me olhando.

– Louis, venha comigo hoje – murmurou subitamente, com tom aflito.

– Não – falei delicadamente. – É cedo. Ainda não posso deixá-las.

– Vi-o se afastar e olhar para o céu escuro. Pareceu suspirar, mas não ouvi nada. Senti sua mão junto à minha no parapeito.

– Muito bem... – disse.

– Um pouco mais... – falei. Ele concordou e afagou minha mão como para dizer que eu estava certo. Depois estirou as pernas e desapareceu. Por um breve instante hesitei, assustado com as batidas de meu coração. Mas depois pulei o parapeito e saí correndo atrás dele, sem olhar para baixo.

❋

– Quando coloquei a chave na fechadura do hotel o amanhecer já estava muito próximo. A luz de gás tremia nas paredes. E Madeleine, agulha e bastidor nas mãos, adormecera junto à lareira. Cláudia ficou parada, olhando-me por entre as plantas da janela, nas sombras. Tinha a escova nas mãos. Seu cabelo brilhava.

– Fiquei ali absorvendo algum choque, como se todos os prazeres e confusões sensuais daqueles quartos passassem por mim como ondas e meu corpo se tornasse permeável a elas, tão diferentes do encanto de Armand e do quarto da torre onde tínhamos estado. Ali havia algo confortador e fiquei perturbado. Estava procurando minha cadeira. Sentei-me com as mãos nas têmporas. E então senti Cláudia junto a mim, e seus lábios em minha testa.

– Esteve com Armand – ela disse. – Quer ir com ele.

– Levantei os olhos. Como seu rosto era belo e suave e, de repente, como parecia me pertencer. Não tentei conter meu desejo de tocar-lhe as faces, de roçar levemente suas pálpebras – intimidades, liberdades que não tomava desde a noite de nossa briga. – Eu a verei de novo. Não aqui, em outros lugares. Sempre saberei onde está – falei.

– Passou os braços por meu pescoço. Abraçou-me com força e fechei os olhos, afundando o rosto em seu cabelo. Estava cobrindo seu pescoço de beijos. E tinha chegado a seus bracinhos firmes e roliços. E os beijava, beijava as dobras macias da carne nas curvas dos braços, dos pulsos, das palmas abertas. Senti seus dedos afagando-me os cabelos, o rosto.

– Como quiser – jurou. – Como quiser.

– Está feliz? Tem o que quer? – implorei.

– Sim, Louis – puxava-me para seu vestido, os dedos agarrando minha nuca. – Tenho tudo que quero. Mas você realmente sabe o que quer? – erguia meu rosto para me obrigar a encará-la. – É por você que temo, você é quem pode estar se enganando. Por que não deixa Paris conosco? – disse de repente. – Temos o mundo, venha conosco!

– Não. – Afastei-me dela. – Quer que voltemos ao tempo de Lestat. Ele não pode voltar, jamais. Não será igual.

– Será algo novo e diferente, com Madeleine. Não quero aquilo de novo. Fui eu quem acabou com tudo – falou. – Mas você sabe realmente o que está procurando em Armand?

– Recuei. Havia algo teimoso e misterioso no modo como não gostava dele, em seu fracasso em compreendê-lo. Diria de novo que desejava sua morte, no que eu não acreditava. Não compreendia o mesmo que eu: que ele não poderia desejar sua morte porque eu não a desejava. Mas como explicar-lhe isto sem parecer imodesto e cego em meu amor por ele.

– Deve ser assim. É um tipo de escolha – falei, como se acabasse de descobri-lo sob a pressão de suas dúvidas. – Só ele pode me dar forças para ser o que sou. Não posso continuar vivendo dividido e consumido pela tristeza. Ou vou com ele ou morro – falei. – E há algo mais, que é irracional, inexplicável e que só satisfaz a mim...

– ... O que é? – perguntou.

– Que o amo – falei.

– Sem dúvida – resmungou. – Mas então poderia me amar também.

– Cláudia, Cláudia – puxei-a para mim e senti seu peso nos joelhos. Ela se aconchegou em meu peito.

– Apenas espero que quando precisar de mim possa me achar... – murmurou. – Que eu possa voltar para você... eu o feri tantas vezes, causei-lhe tanta dor.

– Suas palavras se dissiparam. Descansava, quieta, em meu colo. Senti seu peso, pensando: daqui a pouco, não a terei mais. Agora quero simplesmente segurá-la. Sempre encontrava imenso prazer naquela atitude tão simples. Seu peso sobre mim, a mão apoiada em meu pescoço.

– Pareceu que uma lâmpada se apagou em algum lugar. Que do ar frio e úmido aquela luz tinha sido súbita e silenciosamente tirada. Eu estava sentado nos limites de um sonho. Fosse mortal e teria me contentado em dormir ali. E naquele estado tonto e agradável tive um estranho e rotineiro sentimento mortal, de que mais tarde o sol me acordaria gentilmente e eu teria a visão rica e habitual das samambaias sob ele e sobre as gotas da chuva. Perdoei-me pelo sentimento. Fechei os olhos.

– Muitas vezes, mais tarde, tentei me lembrar desses momentos. Repetidamente tentei relembrar o que havia naqueles quartos, enquanto descansava, e que começou a me perturbar, que deveria ter me perturbado. Como, estando desatento, fiquei de algum modo insensível às mudanças sutis que deviam estar ocorrendo ali. Muito depois, confuso, arrebatado e amargurado por meus sonhos mais ferozes, deslizei por estes instantes, estonteante e calmo momento matinal em que o relógio tiquetaqueava quase imperceptivelmente sobre a lareira e o céu ficava cada vez mais pálido; e tudo de que consegui me lembrar – apesar do desespero com que aumentei e fixei aquela época, onde estendia as mãos tentando parar o relógio – foi a lenta transformação da luz.

– Em guarda, nunca teria deixado acontecer. Imerso em preocupações maiores, nada notei. Uma lâmpada apagada, uma vela extinta pelo tremor de seu próprio poço de cera quente. Os olhos semicerrados, tinha a sensação de escuridão contínua, de estar fechado na escuridão.

– E então abri os olhos, sem pensar em lâmpadas ou velas. E era tarde demais. Lembro-me de ter ficado de pé, a mão de Cláudia deslizando em meu braço e a visão de um bando de homens e mulheres de preto percorrendo os quartos, suas roupas parecendo irradiar luz de cada dobra ou superfície brilhante, parecendo observar toda a luz. Gritei para eles, gritei para Madeleine, vi-a acordar de um salto, assustada, agarrando-se no braço do divã, depois ficar de joelhos enquanto eu tentava alcançá-la. Lá estavam Santiago e Celeste se aproximando de nós e, atrás deles, Estelle e outros, cujos nomes eu não sabia, enchendo os espelhos e se juntando para cobrir as paredes de trêmulas sombras ameaçadoras. Gritei para que Cláudia corresse, depois de abrir a porta. Empurrei-a e segui atrás, esbarrando em Santiago, que chegava.

– A débil posição defensiva que mantive contra ele no Quartier Latin não era nada em comparação com minha força agora. Talvez estivesse confuso demais para lutar com a convicção suficiente para me proteger. Mas o instinto de proteger Madeleine e Cláudia superou tudo. Lembro-me de bater nas costas de Santiago e depois atingir a bela e poderosa Celeste, que tentava me alcançar. Os pés de Cláudia ressoaram na distante escadaria de mármore. Celeste girava, agarrando-se a mim, segurando-se e arranhando meu rosto, e fazendo o sangue escorrer até meu colarinho. Podia vê-lo arder no canto de um olho. Agora estava sobre Santiago, rolando com ele, consciente da incrível força dos braços que me envolviam, das mãos que tentavam apertar meu pescoço.

– Lute com eles, Madeleine! – gritava para ela. Mas tudo que podia ouvir eram os seus soluços. Então a vislumbrei num burburinho, uma coisa rija e assustada, cercada por outros vampiros. Riam com aquela gargalhada vampiresca que lembra trompas ou sinos de prata. Santiago tocava o próprio rosto com a mão. Meus dentes haviam tirado sangue dali. Soquei seu peito, sua cabeça, a dor percorrendo meu braço, algo envolvendo meu corpo com dois braços, que joguei longe, ouvindo o barulho de vidros quebrados atrás de mim. Mas algo mais, alguém mais dominou meu braço e me puxou com força teimosa.

– Não me lembro de ter enfraquecido. Não me lembro de nenhum momento em que a força de alguém tenha superado a minha. Recordo-me simplesmente é de ter sido vencido pelo número. Sem saída, apenas pela quantidade e persistência, fui imobilizado, rendido e forçado a deixar os quartos. Aquela massa de vampiros me levou pelo corredor, e então estava caindo dos degraus, livre por um instante, frente à estreita porta de serviço do hotel, apenas para ser novamente cercado e preso.

– Podia ver o rosto de Celeste muito próximo ao meu e, se possível, a teria ferido com os dentes. Eu sangrava muito e um de meus pulsos estava sendo seguro com tanta força que eu perdera a sensibilidade da mão. Madeleine estava perto de mim e ainda soluçava. E todos nós fomos empurrados para dentro de uma carruagem. Apanhei muitas e muitas vezes, mas mesmo assim não perdi os sentidos. Lembro-me de ter lutado tenazmente para manter a consciência, sentindo socos na nuca, sentindo o sangue escorrer pelas costas ao deitar no chão da carruagem. Apenas pensava: posso sentir a carruagem andar; estou vivo; estou consciente.

– E assim que penetramos no Teatro dos Vampiros, comecei a berrar por Armand.

– Fui solto, apenas para cair nos degraus do porão, a horda atrás de mim e à minha frente, empurrando-me com mãos ameaçadoras. Neste ponto, peguei Celeste, ela gritou e alguém me acertou pelas costas.

– E então vi Lestat – o soco mais devastador do que qualquer outro. Lestat, parado ali no meio do salão, ereto, os olhos cinza aguçados e firmes, a boca se abrindo num sorriso sarcástico. Estava impecavelmente vestido, como sempre, esplêndido em seu rico manto preto e no linho fino. Mas aquelas cicatrizes ainda marcavam cada centímetro de sua carne branca. E como distorciam o rosto bonito e tenso, riscos fundos e finos cortando a pele delicada sobre os lábios, as pálpebras, a curva suave da testa. E os olhos, eles ardiam numa raiva silenciosa que parecia banhada de vaidade, uma terrível vaidade insaciável que dizia:

– Veja o que sou!

– É este? – disse Santiago, me empurrando.

– Mas Lestat se voltou rapidamente para ele e falou num tom baixo e duro:

– Disse-lhe que queria Cláudia, a criança! Era ela!

– E agora eu via sua cabeça se mexendo involuntariamente com aquela explosão, e suas mãos se estendendo como se procurassem o braço de uma cadeira próxima, para se firmar de novo, olhos em mim.

– Lestat – comecei, vendo agora as poucas alternativas que me restavam. – Está vivo! Tem vida! Diga-lhes como nos tratava...

– Não – sacudiu a cabeça furiosamente. – Você volta para mim, Louis – ele disse.

– Por um instante, não acreditei no que ouvia. Uma parte mais sã e mais desesperada de mim dizia: argumente com ele. Mesmo quando uma gargalhada sinistra irrompeu de meus lábios:

– *Está louco!*

– Devolverei sua vida! – falou, as pálpebras tremendo com o esforço de suas palavras, o peito arfante, aquela mão se elevando e se fechando impotente na escuridão. – Você me prometeu – disse para Santiago – que poderia levá-lo comigo de volta para Nova Orleans.

– E então, olhando para cada rosto que nos cercava, sua respiração disparou e ele explodiu:

– Cláudia, onde está? Foi ela quem fez isto comigo, eu avisei!

– Por aí – disse Santiago. E quando ele avançou para Lestat, este recuou e quase perdeu o equilíbrio. Tinha encontrado o braço de cadeira de que precisava e o agarrou com força, os olhos fechados, recuperando o controle.

– Mas ele a ajudou, cooperou... – disse Santiago, chegando-se a ele. Lestat ergueu a vista.

– Não – disse. – Louis, precisa voltar para mim. Há algo que preciso lhe contar... sobre aquela noite no pântano.

– Mas então parou e olhou em volta, como se estivesse enjaulado, ferido, desesperado.

– Escute, Lestat – comecei. – Você a deixa ir, a liberta... e eu irei... voltarei para você – falei, as palavras soando duras, metálicas.

– Tentei dar um passo em sua direção, tornar meu olhar insensível e imperscrutável, sentir meu poder emanando deles como dois raios de luz. Ele me olhava, analisando, lutando apenas contra sua própria fragilidade. E Celeste me segurava pelo pulso.

– Deve contar-lhes – continuei – como nos tratava, que não conhecíamos as leis, que ela não sabia dos outros vampiros – falei. E pensava friamente enquanto aquela voz mecânica me dizia: Armand precisa voltar hoje, Armand precisa voltar. Acabará com isto, não permitirá que continuem.

– Havia agora o som de algo sendo arrastado pelo chão. Podia ouvir o choro exausto de Madeleine. Olhei ao redor e a vi numa cadeira, e quando ela percebeu meu olhar, seu terror pareceu aumentar. Tentou se levantar, mas impediram-na.

– Lestat – falei. – O que quer de mim? Eu lhe darei...

– E então eu vi a coisa que fazia barulho. E Lestat também tinha visto. Era um caixão com grandes cadeados de ferro que vinha sendo puxado para a sala. Compreendi tudo.

– Onde está Armand? – perguntei desesperado.

– Ela fez isto comigo, Louis. Ela fez. Você não! Ela tem de morrer! – disse Lestat, sua voz se tornando fina, aguda, como se, para ele, falar fosse um esforço. – Tire esta coisa daqui, ele volta para casa comigo – falou furioso com Santiago. E Santiago apenas riu, e Celeste riu, e a gargalhada pareceu infectar a todos eles.

– Você prometeu – disse Lestat.

– Não prometi nada – falou Santiago.

– Eles o fizeram de tolo! – comentei amargamente enquanto abriam o caixão. – Um tolo, você! Precisa encontrar Armand, ele é o líder daqui! – gritei. Mas ele não pareceu compreender.

– O que aconteceu então foi desesperado, nebuloso e triste, meus socos, a luta para libertar os braços, esbravejando que Armand os deteria, que não ousariam ferir Cláudia. Mas me empurravam para o caixão, meu esforço frenético sem utilidade alguma, exceto a de afastar minha atenção do barulho dos gritos de Madeleine, seus terríveis gritos lamurientos, e do medo de, a qualquer instante perceber também os berros de Cláudia. Lembro-me de ter-me jogado contra a tampa, mantendo-a entreaberta por um instante, até que fosse empurrada para baixo e os cadeados se fechassem num rilhar de metal e chaves.

– Palavras antigas me voltaram à mente, um Lestat ruidoso e risonho naquele lugar longínquo e sem problemas onde nós três tínhamos discutido sozinhos:

– Uma criança faminta é uma imagem pavorosa... um vampiro faminto é ainda pior. Ouviriam os gritos dela em Paris.

– Meu corpo trêmulo e molhado tombou no caixão sufocante e pensei: Armand não permitirá que aconteça; não encontrarão um lugar suficientemente seguro para nos colocar.

– O caixão foi erguido, houve um ranger de botas, o balanço para os lados; meus braços apertados contra os lados da urna, meus olhos fechados por um instante, não estou certo. Disse a mim mesmo para não agarrar as laterais, para não perceber a fina faixa de ar entre meu rosto e a tampa; e senti o caixão balançar e sacudir quando os passos achavam escadas. Tentei em vão compreender os gritos de Madeleine, pois me parecia que chamava por Cláudia, procurando-a como se ela pudesse nos ajudar. Gritei por Armand; ele precisa voltar para casa esta noite, pensei desesperado. E apenas a ideia da terrível humilhação de ouvir meu próprio brado trancado comigo, invadindo meus ouvidos, preso como eu, me impediu de gritar.

– Mas outro pensamento me ocorreu ao mesmo tempo em que formulava tais palavras: e se ele não viesse? E se naquela mansão houvesse um caixão escondido onde se recolhia...? E então, pareceu que meu corpo escapou de repente, sem avisar, do controle de minha mente, e esmurrei a madeira que me cercava, tentando me virar e jogar a força de minhas costas contra a tampa do caixão. Mas não consegui: era apertado demais; minha cabeça tombou nas tábuas, e o suor brotou de todos os lados.

Os gritos de Madeleine cessaram. Tudo que ouvia eram as botas e minha própria respiração. Então, amanhã à noite ele voltaria – sim, amanhã à noite – e eles lhe contariam, e ele nos encontraria e libertaria. O caixão se inclinou. O cheiro de água encheu minhas narinas, sua frieza palpável através do calor abafado do caixão. E então, com o cheiro da água, veio o de terra úmida. O caixão foi depositado bruscamente, meus membros doeram e esfreguei os lados dos braços com as mãos, lutando para não tocar a tampa do caixão, para não sentir como estava próxima, temendo que meu próprio medo me levasse ao pânico e ao terror.

– Pensei então que me deixariam, mas não o fizeram. Estavam bem próximos e ocupados, e outro cheiro me invadiu as narinas, ácido e desconhecido. E então, deitado muito quieto, compreendi que colocavam tijolos e que o odor vinha da argamassa. Devagar, cuidadosamente, ergui a mão para enxugar o rosto. Está bem, então, amanhã à noite ele virá, e até lá terei simplesmente os confins de meu próprio caixão, o preço pago por tudo isto, noite após noite, noite após noite.

– Mas as lágrimas brotavam em meus olhos e podia me ver esmurrando novamente a madeira. E sacudia minha cabeça de um lado para outro, minha mente voando para amanhã, depois de amanhã e ainda depois. Aí, como que para me proteger da loucura, pensei em Cláudia – apenas para sentir seus braços me envolvendo na luz fátua daqueles quartos do Hotel Saint-Gabriel, apenas para ver a curva de sua face sob a luz, o rufar suave e lânguido de seus cílios, a superfície sedosa de seus lábios. Meu corpo se retesou, meus pés chutaram as tábuas. O som dos tijolos desaparecera, e a balbúrdia de passos se fora. E gritei por ela – Cláudia! – até meu pescoço se contorcer de dor e eu tossir, e minhas unhas se fincarem nas palmas. Lentamente, como uma torrente gelada, a paralisia do sono me dominou.

– Tentei chamar Armand – louco, desesperado, quase sem perceber que minhas pálpebras ficavam mais pesadas e minhas mãos jaziam inertes, que o sono também o prendera em algum lugar, que ele estava descansando calmamente. Lutei pela última vez. Meus olhos viram a escuridão, minhas mãos sentiram a madeira. Mas estava muito fraco. E, depois, mais nada.

– Despertei com uma voz. Estava distante, mas era clara. Repetiu meu nome duas vezes. Por um instante, não percebi onde estava. Havia sonhado com algo desesperador que ameaçava se desvanecer inteiramente sem deixar a menor pista, algo terrível que eu ansiava por deixar partir. Então abri os olhos e senti a tampa do caixão. Compreendi onde estava no mesmo instante em que, felizmente, percebi ser Armand quem me chamava. Respondi, mas a voz estava trancada comigo e era ensurdecedora. Num momento de terror, pensei: está me procurando e não posso lhe dizer que estou aqui. Mas então eu o ouvi falar comigo, dizer que não tivesse medo. E escutei um barulho forte. E outro. E houve um som de algo se quebrando, depois a queda trovejante dos tijolos. Acho que vários deles atingiram o caixão. E então os ouvi sendo retirados um a um. Pensei que abria os cadeados com as unhas.

– A madeira dura da tampa rachou. Um raio de luz cintilou à minha frente. Respirei fundo e senti o suor gotejar em meu rosto. A tampa se escancarou e por um instante fiquei cego. Logo estava me sentando, vendo a luz clara de uma lâmpada entre os dedos.

– Rápido – disse-me. – Não faça barulho.

– Mas aonde estamos indo? – perguntei. – Podia ver o corredor de tijolos ásperos estendendo-se além da porta que ele quebrara. Ao longo deste corredor havia portas seladas, como aquela. Neste momento, imaginei um caixão atrás daqueles tijolos, vampiros famintos e decompostos. Mas Armand estava me puxando, dizendo-me para não fazer barulho. Atravessávamos o corredor. Ele parou numa porta de madeira e, então, apagou a lâmpada. Por um instante, tudo ficou escuro, até que a fresta de luz sob a porta se tornasse mais clara. Abriu a porta com tanta delicadeza que as dobradiças não fizeram nenhum ruído. Agora podia ouvir minha própria respiração e tentei pará-la. Estávamos penetrando naquela passagem mais baixa que levava à sua cela. Mas, ao percorrê-la atrás dele, percebi uma terrível verdade: estava me resgatando, mas apenas a mim.

– Estendi a mão para detê-lo, mas ele simplesmente me puxou. Só quando chegamos à ruela ao lado do Teatro dos Vampiros pude fazê-lo parar. E mesmo então ele estava prestes a ir em frente. Começou a sacudir a cabeça antes mesmo que eu falasse.

– Não posso salvá-la! – falou.

– Realmente não espera que eu saia sem ela! Eles a detêm lá dentro! – estava horrorizado. – Armand, precisa salvá-la! Não tem escolha!

– Por que diz isto? – respondeu. – Não tenho este poder, precisa entender. Vão se unir contra mim. Não há razão para que não o façam. Louis, juro, não posso salvá-la. Somente arriscaria perdê-lo. Não posso voltar.

– Recusei-me a admitir que isto pudesse ser verdade. Não havia esperança fora de Armand. Mas posso dizer sinceramente que me encontrava muito acima do medo. Sabia apenas que tinha de resgatar Cláudia ou morrer tentando fazê-lo. Na verdade, era muito simples: não era uma questão de coragem. E também sabia, percebia na passividade de Armand, no modo como falava, que me seguiria se eu voltasse, que não tentaria me impedir.

– Estava certo. Corria pelo corredor e ele vinha logo atrás de mim, apontando a escadaria do salão de bailes. Podia ouvir os outros vampiros. Podia ouvir todo tipo de ruído. O tráfego de Paris. Algo que soava como uma congregação no saguão do teatro lá em cima. E então, ao alcançar o topo da escada, vi Celeste na porta do salão. Tinha uma dessas máscaras de teatro na mão e simplesmente me olhava. Não parecia alarmada. Na verdade, parecia estranhamente indiferente.

– Que tivesse avançado para mim, que tivesse disparado um alarme geral, estas coisas eu teria entendido. Mas não fez nada disso. Voltou para o salão; virou-se, parecendo apreciar o leve movimento de suas saias, parecendo voltar pelo prazer de fazer as saias balançarem, e dirigiu-se para um círculo crescente no centro da sala. Colocou a máscara no rosto e falou baixinho por trás da caveira pintada.

– Lestat... seu amigo Louis veio procurá-lo. Olhe logo, Lestat.

– Tirou a máscara, e uma saraivada de risos ouviu-se de algum lugar. Vi que estavam todos pelo salão, coisas sombrias, sentadas em vários pontos, ou reunidas de pé. E Lestat, numa cadeira de braços, sentava-se com os ombros relaxados e a cabeça voltada para longe de mim. Parecia fazer algo com as mãos, algo que eu não podia ver. E lentamente levantou o olhar, seu cabelo cheio e louro caindo sobre os olhos. Havia medo em seus olhos, era inegável. Agora olhava para Armand enquanto este se movia silenciosamente pela sala em passos lentos e firmes, e todos os vampiros recuaram, observando-o.

– Boa-noite, senhor – Celeste se inclinou quando ele passou por ela, aquela máscara na mão como um cetro. Ele não lhe lançou um olhar especial. Baixou a vista até Lestat.

– Está satisfeito? – perguntou.

– Os olhos cinzentos de Lestat pareceram fitar Armand com espanto e seus lábios lutaram para formar uma palavra. Podia ver que seus olhos se enchiam de lágrimas.

– Sim... – murmurou, a mão brigando com a coisa que ocultava sob o manto preto. Mas então me olhou e as lágrimas rolaram em suas faces.

– Louis – disse, a voz profunda e cheia de um sentimento que parecia uma batalha insustentável. – Por favor, precisa me ouvir. Precisa voltar... – então, inclinando a cabeça, fez uma careta de vergonha.

– Santiago ria em algum lugar. Armand estava dizendo delicadamente a Lestat que devia partir, deixar Paris. Estava expulso.

– E Lestat ali sentado de olhos fechados, o rosto transfigurado de dor. Parecia a cópia de Lestat, uma criatura ferida e decadente que eu nunca conhecera.

– Por favor – disse, a voz gentil e eloquente ao me suplicar. – Não posso falar com você aqui! Não posso fazê-lo entender. Virá comigo... só um instantinho... até que volte a mim?

– Isto é loucura!... – exclamei, levando as mãos às têmporas de repente. – Onde está ela? Onde está ela?

– Lestat – virava-o agora, agarrando a lã preta de suas lapelas.

– E então vi a coisa em suas mãos. Compreendi o que era.

– Olhei à minha volta, para seus rostos passivos e imóveis, aqueles sorrisos inescrutáveis. E num instante arranquei-a dele e me vi olhando para um frágil e sedoso objeto – o vestido amarelo de Cláudia. Levou a mão aos lábios, virou o rosto. E soluços suaves e trêmulos brotaram dele, que continuava sentado enquanto eu o fitava, enquanto eu fitava o vestido. Meus dedos percorreram lentamente as lágrimas que o sujavam, manchas de sangue, minhas mãos se fechando, trêmulas, ao apertá-lo contra o peito.

– Acho que durante muito tempo fiquei simplesmente ali; o tempo não atuava sobre mim nem sobre aqueles vampiros mutáveis, com suas gargalhadas sonoras e etéreas enchendo meus ouvidos. Lembro-me de ter pensado que queria tapar os ouvidos, mas não poderia largar o vestido, não conseguiria parar de tentar torná-lo tão pequeno a ponto de escondê-lo nas mãos. Lembro-me de uma fila de velas ardentes, uma fileira projetando luz nas paredes pintadas. Uma porta estava aberta para a chuva e todas as velas tremulavam e se dobravam ao vento como se as chamas se soltassem dos pavios. Mas voltavam a se prender e continuavam eretas. Sabia que Cláudia estava além daquela porta. As velas tremeram nas mãos dos vampiros. Santiago tinha uma vela e se inclinava para mim, acenando para que cruzasse a porta. Mal o percebia. Não me preocupava com ele ou com os outros. Algo em mim dizia: se ligar para eles, ficará louco. E eles não importam, na verdade. Ela é que importa. Onde está ela? Encontre-a. E suas gargalhadas ficaram longínquas e pareciam ter forma e cor, mas não fazer parte de nada.

– Então vi algo pela porta aberta que já vira antes, há muito, muito tempo. Ninguém sabia daquilo que eu vira há anos a não ser eu mesmo. Não. Lestat sabia. Mas não importava. Agora não saberia ou compreenderia. Que ele e eu tínhamos visto aquela coisa, parada na porta daquela cozinha de tijolos da Rua Royale, duas coisas molhadas e emboladas que tinham estado vivas, mãe e filha, uma no braço da outra, a dupla assassinada no chão da cozinha. Mas aquelas duas que jaziam na chuva fina eram Madeleine e Cláudia, e o adorável cabelo ruivo de Madeleine se misturava com o ouro dos cachos de Cláudia, que se agitavam e reluziam ao vento que corria pela porta aberta. O que era vivo, porém, havia sido consumido pelo fogo – não o cabelo, não o vestido de veludo comprido e vazio, não a camisinha manchada de sangue com seus olhinhos de renda branca. E a coisa enegrecida, queimada e seca que fora Madeleine ainda conservava os traços de seu rosto vivo, e a mão que agarrava era absolutamente igual à de uma múmia. Mas a criança, a minha Cláudia, era cinza.

– Um grito se levantou de mim, um urro selvagem e devastador que veio do âmago de meu ser, erguendo-se como o vento naquele lugar apertado, o vento que rodopiava a chuva teimosa sobre aquelas cinzas, jogando os vestígios de uma mão minúscula nos tijolos, aquele cabelo dourado esvoaçando, aqueles cordões soltos se erguendo, voando.

– E um soco me derrubou ao mesmo tempo em que eu gritava. Agarrei algo que acreditei ser Santiago, e estava batendo nele, destruindo, torcendo aquele rosto branco com minhas mãos das quais não conseguia se livrar. E ele xingava, seus gritos se unindo aos meus, suas botas descendo sobre as cinzas enquanto o empurrava para longe delas, meus próprios olhos cegos pela chuva, por minhas lágrimas, até vê-lo caído longe de mim, e eu me jogava de novo sobre ele, que tentava escapar. E agora lutava contra Armand. Armand, que me empurrava para longe do diminuto cemitério, em direção às cores rodopiantes do salão de baile, dos gritos, das vozes misturadas, daquela cortante gargalhada de prata.

– E Lestat gritava:

– Louis, espere por mim; Louis, preciso falar com você!

– Podia ver os olhos castanhos de Armand junto aos meus, e compreendi fraca e vagamente que Madeleine e Cláudia estavam mortas, sua voz dizendo baixinho, talvez sem som:

– Eu não podia evitar, eu não podia evitar.

– E elas estavam mortas, simplesmente mortas. E eu perdia a consciência. Santiago estava perto delas em algum ponto, por ali, onde repousavam inertes, aquele cabelo levado pelo vento, arrastado sobre os tijolos. Mas eu estava perdendo a consciência.

– Não podia levar seus corpos comigo, não podia pegá-los. Armand passava o braço por minhas costas, a mão sob meu braço, e simplesmente me levava para um lugar cheio de ecos e madeira, e os cheiros da rua se acentuavam, o cheiro fresco dos cavalos e do couro, e havia carruagens reluzentes paradas ali. E podia me perceber claramente correndo pelo Bulevar dos Capuchinhos, com um pequeno caixão debaixo do braço, as pessoas abrindo caminho para mim, dúzias de pessoas se levantando das mesas ocupadas do café aberto e um homem erguendo o braço. Parecia que eu os espantava, o Louis que Armand agarrou, e novamente vi seus olhos castanhos me fitando, senti aquela tonteira, aquele desfalecimento. E ao andar, ao me mexer, via o brilho de minhas próprias botas na calçada.

– Estará ele louco por me dizer tais coisas? – eu estava indagando a respeito de Lestat, minha voz aguda e irritada, cujo próprio som me dava algum consolo. – Ele está totalmente louco para me falar assim! Você ouviu? – inquiri.

– E os olhos de Armand disseram: durma. Queria falar algo sobre Madeleine e Cláudia, que não podíamos deixá-las naquele lugar, e senti aquele brado se elevando de novo dentro de mim, aquele urro que afastava tudo de seu caminho, meus dentes trincados para detê-lo, pois era tão alto e forte que me destruiria se o deixasse escapar.

– Então compreendi tudo claramente. Estávamos andando, uma espécie de caminhada cega e beligerante que os homens fazem quando estão profundamente embriagados e cheios de ódio, enquanto ao mesmo tempo se sentem invencíveis. Eu estava andando assim por Nova Orleans na noite em que conheci Lestat, aquele passeio bêbado que representava uma luta contra as coisas, que é miraculosamente seguro de si e encontra seu caminho. Vi as mãos de um bêbado riscando milagrosamente um fósforo. A chama tocou o cachimbo, a fumaça penetrou nele. Eu estava parado na vitrina de um bar. O homem tragava seu cachimbo. Não estava totalmente bêbado. Armand ficou a meu lado esperando, estávamos no movimentado Bulevar dos Capuchinhos. Ou era o Bulevar do Templo? Não tinha certeza. Enfurecia-me saber que seus corpos continuavam naquele lugar vil. Vi o pé de Santiago tocando a coisa queimada e enegrecida que tinha sido minha filha! Eu estava berrando através de dentes trincados, o homem tinha se levantado de sua mesa e a fumaça encobria o vidro à sua frente.

– Afaste-se de mim – estava dizendo para Armand. – Dane-se, vá para o inferno, mas não chegue perto de mim! Estou lhe avisando, não se aproxime.

– Afastava-me dele, rua acima, e podia ver um casal andando em minha direção, o homem com o braço erguido para proteger a mulher.

– Então estava correndo. As pessoas me viam correr. Imaginei o que pensariam daquela coisa feroz e branca que viam se mover depressa demais para seus olhos. Lembro-me de que quando parei estava fraco e enjoado, e minhas veias ardiam como se estivesse faminto. Pensei em matar, e a ideia me encheu de repulsa. Estava sentado nos degraus de pedra de uma igreja, numa daquelas pontinhas laterais, esculpidas na pedra, fechada e trancada para a noite. A chuva havia diminuído. Ao menos me parecia. E a rua estava fantasmagórica e calma, apesar de um homem passar ao longe com um brilhante guarda-chuva preto. Armand ficou afastado, sob as árvores. Atrás dele parecia haver uma grande extensão de árvores, grama molhada e uma névoa que subia como se o solo estivesse quente.

– Pensando apenas numa coisa, a dor no estômago e na cabeça e o aperto na garganta, consegui voltar a um estado de calma. No momento em que tais coisas se foram e comecei a perceber com clareza, tomei consciência de tudo que acontecera, da enorme distância que nos separava do teatro e de que os restos de Madeleine e Cláudia ainda estavam lá. Vítimas de um holocausto, uma nos braços da outra. E me senti muito próximo de minha própria destruição.

– Não podia evitar – disse-me Armand baixinho.

– E ergui a vista para encarar seu rosto infinitamente triste. Afastou o olhar como se achasse inútil tentar me convencer disto, e pude sentir sua terrível tristeza, sua quase derrota. Sentia que se derramasse todo meu ódio sobre ele, não tentaria protestar. E pude sentir aquela frieza, aquela passividade como algo profundo, localizado na raiz daquilo que voltava a me dizer:

– Não podia evitar.

– Oh, mas claro que poderia! – falei delicadamente. – Sabe muito bem que poderia. Era o líder! *Você* era o único que conhecia os limites de seu poder. Eles não conheciam. Não compreendiam. Seus conhecimentos eram superiores aos deles.

– Afastou o olhar, imóvel. Mas podia ver o efeito de minhas palavras sobre ele. Podia ver a irritação em seu rosto, a tristeza embaraçada de seus olhos.

– Tinha domínio sobre eles. Temiam-no! – continuei. – Poderia tê-los detido, se quisesse usar seu poder além dos limites que você mesmo se impôs. Foi sua integridade que quis preservar. Sua preciosa concepção da verdade! Compreendo-o integralmente. Vejo em você o reflexo de mim mesmo!

– Seus olhos se moveram suavemente para encontrar os meus. Mas não disse nada. A dor de seu rosto era terrível. Sua expressão se suavizava e desesperava de dor, e estava à beira de alguma incrível emoção explícita que não conseguiria controlar. Tinha medo desta emoção. Eu não. Ele percebia minha dor através de seu imenso e fascinante poder, que superava o meu. Eu não sentia sua dor. Não me importava com ela.

– Apenas o compreendo muito bem... – falei. – Que a passividade em mim foi o centro de tudo, o verdadeiro mal. Que foi a fraqueza, aquela recusa em me comprometer com uma moralidade estúpida e ultrapassada, aquele terrível orgulho! Por isso, deixei que me tornasse o que sou, quando sabia que estava errado. Por isso, deixei Cláudia se tornar a vampira em que se tornou, quando sabia que estava errado. Por isso, fiquei parado e deixei-a matar Lestat, quando sabia que estava errado, pois significava sua própria destruição. Não movi um dedo para evitá-lo. E Madeleine, Madeleine, deixei-a chegar a isto, quando jamais deveria ter-lhe dado uma criatura como nós! Sabia que estava errado! Bem, digo-lhe que não sou mais aquela criatura passiva e fraca que teceu o mal até que a teia ficasse vasta e forte, enquanto eu continuava como sua vítima paralisada. Acabou-se! Agora sei o que devo fazer. E estou lhe avisando, pela piedade que demonstrou hoje ao me tirar daquela tumba onde iria morrer: não procure sua cela do Teatro dos Vampiros de novo. Não se aproxime dela.

❋

– Não esperei sua resposta. Talvez nunca tenha tentado dar uma. Não sei. Deixei-o sem olhar para trás. Se me seguiu, não o percebi, não procurei saber. Não me importei.

– Era para o Cemitério de Montmartre que eu voltava. Por que para lá, não tenho certeza, a não ser porque ficava longe do Bulevar dos Capuchinhos, e, naquela época, Montmartre era quase um campo, escuro e calmo se comparado com a metrópole. Vagando entre casas baixas e suas hortas, matei sem a menor satisfação, e depois procurei no cemitério o caixão onde deveria passar o dia. Arranquei com as próprias mãos os restos que encontrei e me deitei numa cama de imundícies, umidade e fedor da morte. Não posso dizer que me trouxe conforto. Mas me deu o que queria. Trancado naquela escuridão, sentindo o cheiro da terra, longe de todos os homens e de todas as formas humanas vivas, me entreguei a tudo que invadia e aguçava meus sentidos. E ao fazê-lo, me entreguei à minha dor.

– Mas durou pouco. Quando o sol frio, cinza, invernal deu lugar à noite, acordei, sentindo a dormência me deixar depressa; percebendo a escuridão, as coisas vivas que habitavam minha ressurreição. Emergi lentamente sob a lua pálida, saboreando o frio, a absoluta maciez da lápide de mármore que erguia para sair. E, perambulando para longe dos túmulos e do cemitério, tracei um plano, onde desejava arriscar minha vida com a poderosa liberdade de um ser que realmente não se importa com esta vida, que tem a extraordinária força de estar desejando a morte.

– Vi algo numa horta, algo que aparecia vagamente em meus pensamentos até colocá-lo nas mãos. Era uma pequena foice, sua lâmina curva e amolada ainda suja de raízes verdes da última ceifa. E no momento em que a limpei e passei os dedos pela lâmina afiada, me pareceu que meus planos se aclararam e pude sair correndo para as outras tarefas: conseguir uma carruagem e um cocheiro que ficasse à minha disposição durante dias – enfeitiçado pelo dinheiro que lhe daria e pela promessa de ganhar mais; remover meu ataúde do Hotel Saint-Gabriel para dentro da carruagem; e procurar todas as outras coisas de que precisava.

– E ali estavam as longas horas da noite, quando poderia fingir beber com meu cocheiro, conversar e obter sua cara cooperação para me levar, ao amanhecer, de Paris a Fontainebleau. Dormiria na carruagem, onde minha saúde delicada exigiria não ser perturbada em nenhuma circunstância – sendo esta privacidade tão importante que estaria disposto a adicionar uma soma generosa ao que já lhe pagara, apenas para que nem tocasse na maçaneta da porta até que eu saísse.

– E quando fiquei convencido de que concordara e de que estava bêbado o bastante para praticamente esquecer tudo, exceto como levar as rédeas até Fontainebleau, nos dirigimos lenta e cuidadosamente para a rua do Teatro dos Vampiros e esperamos, um pouco afastados, que o céu começasse a clarear.

– O teatro estava fechado e trancado contra o dia nascente. Penetrei nele quando o ar e a luz me disseram que dispunha de quase 15 minutos para executar meu plano. Sabia que os vampiros do teatro já estavam em seus caixões. E mesmo que um deles se demorasse mais, não escutaria os preparativos iniciais. Rapidamente peguei os cadeados, que então fecharam as portas por fora. Um pedestre reparou no que eu fazia, mas seguiu em frente, acreditando talvez que estivesse lacrando o estabelecimento segundo ordens do proprietário. Não sei. Sabia, entretanto, que antes de terminar poderia encontrar bilheteiros, porteiros e faxineiros que possivelmente ficavam lá dentro vigiando o sono diário dos vampiros.

– Era nestes homens que pensava quando levei a carruagem até a ruela de Armand e a deixei ali, levando comigo dois pequenos barris de querosene até a porta.

– A chave me deixou entrar tão facilmente quanto esperava e, uma vez no interior do corredor subterrâneo, abri a porta de sua cela para ver que já não estava lá. O caixão desaparecera. Na verdade, tudo desaparecera, exceto os móveis, inclusive a cama gradeada do menino morto. Abri um barril nervosamente e, rolando o outro até a escada, me apressei, respingando querosene nas vigas expostas e espargindo-o nas portas de madeira das outras celas. O cheiro era forte, mais forte e poderoso do que qualquer ruído que eu pudesse ter feito para alertar alguém. E, apesar de ficar inteiramente imóvel na escada, com os barris e a foice, ouvindo, não escutei nada, nenhum dos vampiros. E agarrando o cabo da foice, me aventurei lentamente escada acima, até chegar à porta do salão de baile.

– Lá não havia ninguém para me ver derramar querosene nas cadeiras estofadas ou nos cortinados, ou para me ver hesitar por um breve instante naquela soleira do pequeno pátio onde Madeleine e Cláudia tinham sido mortas. Oh, como quis abrir aquela porta. A tentação foi tão grande que quase esqueci de meu plano. Quase larguei os barris e virei a maçaneta. Mas podia ver a luz pelas frestas da madeira velha da porta. E sabia que tinha de partir. Madeleine e Cláudia não estavam lá. Estavam mortas. E o que faria se abrisse aquela porta, me confrontasse novamente com aqueles restos, com aquele cabelo dourado, despenteado, embaraçado?

– Não havia tempo nem justificativa. Corria por passagens escuras que jamais percorrera antes, banhando velhas portas de madeira com o querosene, certo de que os vampiros jaziam ali trancados. Corria como um felino pelo próprio teatro onde uma luz fria e cinza, penetrando pela portaria fechada, me fez ter pressa em criar uma mancha escura na imensa cortina de veludo do palco, nas cadeiras forradas, nas tapeçarias do saguão.

– E finalmente o barril esvaziou, joguei-o fora e me vi empunhando a tocha rústica que fizera, levando um fósforo até seus trapos encharcados e ateando fogo às cadeiras. As chamas lambiam sua seda grossa e macia quando corri até o palco e fiz o fogo subir pelas cortinas escuras num movimento insensível e arrebatador.

– Em segundos, o teatro ardia como iluminado pela luz do dia e toda sua estrutura pareceu ranger e rugir conforme o fogo bramia pelas paredes, lambendo o enorme arco do proscênio e os arabescos de gesso dos camarotes. Mas não havia tempo para admirar aquilo, para apreciar seu cheiro e seu som, ou a imagem dos cantos e gretas revelada pela iluminação feroz que logo os consumiria. Fugi de novo para o porão, lançando a tocha no sofá do salão, nas cortinas, em qualquer coisa que queimasse.

– Alguém vociferou lá em cima – em quartos que eu jamais vira. E então ouvi o inconfundível som de uma porta se abrir. Mas era tarde demais, disse a mim mesmo, apertando a tocha e a foice nas mãos. O prédio se acendera. Seriam destruídos. Corri para as escadas, um grito distante se elevando sobre os rangidos e o bramido das chamas, minha tocha roçando nas vigas encharcadas, as chamas envolvendo a madeira velha, serpenteando pelo teto molhado. Era o grito de Santiago, tive certeza. E então, ao chegar ao portão, vi-o lá em cima, atrás de mim, descendo a escada, a fumaça enchendo o vão à sua volta, seus olhos lacrimejando, a garganta apertada pelo espanto, a mão estendida para mim enquanto balbuciava:

– Você... você... desgraçado!

– E me enrijeci, apertando os olhos contra a fumaça, sentindo lágrimas surgirem, queimando-os, mas jamais abandonando sua imagem, o vampiro utilizando agora todo seu poder para voar sobre mim com tal velocidade que se tornasse invisível. E quando a coisa escura que eram suas roupas saltou, empunhei a foice e a vi golpear seu pescoço, sentindo seu peso, vendo-o cair de lado, ambas as mãos procurando uma pavorosa ferida.

– O ar se enchia de choros, gritos, e uma face branca assomou sobre Santiago, uma máscara de terror. Um outro vampiro passou por mim correndo em direção à porta secreta. Mas continuei ali, enfeitiçado, fitando Santiago, vendo-o se levantar, apesar da ferida. E novamente empunhei a foice, pegando-o facilmente. E não houve ferimento. Apenas duas mãos procurando uma cabeça que não estava mais lá.

E a cabeça, sangue brotando do pescoço cortado, olhos alucinados sob as vigas ardentes, o sedoso cabelo escuro se embaraçando e se encharcando de sangue, caiu a meus pés. Chutei-a com força, fazendo-a voar pelo corredor. E corri atrás dela, a tocha e a foice atiradas longe para me proteger, com os braços, das brasas de luz branca que invadiam a escada, correndo para a ruela.

– A chuva caiu como agulhas brilhantes em meus olhos, olhos que se esforçavam para ver o vulto escuro da carruagem reluzir contra o céu. O cocheiro agachado se retesou à minha ordem enérgica, suas mãos desajeitadas procurando o chicote instintivamente, e a carruagem partiu quando bati a porta, os cavalos galopando enquanto levantava a tampa do caixão, meu corpo batendo rudemente de um lado, minhas mãos queimadas afundando na seda fria e protetora, a tampa descendo sobre o esconderijo da escuridão.

– Os cavalos aumentaram o passo, se afastando da esquina do teatro em chamas. Mas ainda podia sentir o cheiro da fumaça. Tinha me chocado, queimado olhos e pulmões, até minhas mãos estavam queimadas, e minha testa se ferira com o primeiro raio difuso de sol.

– Mas seguíamos em frente, para longe da fumaça e dos gritos. Deixávamos Paris. Eu tinha conseguido. O Teatro dos Vampiros se reduzia a cinzas.

– Não pude salvá-las. Não pude. Mas eles estarão mortos a seu redor. Se o fogo não os consumir, o sol o fará. Se mesmo assim sobreviverem, então haverá as pessoas que virão apagar o fogo e que os encontrarão e os exporão à luz do dia. Mas juro: morrerão como vocês morreram, todos que se escondiam ali nesta manhã morrerão. E estas são as únicas mortes de minha vida que provoquei com satisfação e justiça.

*

– Duas noites mais tarde, voltei. Precisava ver o porão molhado pela chuva, onde cada tijolo estava manchado, quebrado, onde algumas vigas se elevavam contra o céu como estacas. Aqueles murais monstruosos que haviam cercado o salão eram fragmentos estragados no meio do entulho, o retrato de um rosto aqui, um pedaço de asa de um anjo ali, as únicas coisas identificáveis que restaram.

– Com os jornais da tarde, abri caminho até o barzinho cheio de gente de um teatro que ficava do outro lado da rua. E ali, sob a proteção dos fracos lampiões de gás e da grossa fumaça dos charutos, li a notícia do holocausto. Poucos corpos tinham sido encontrados no teatro incendiado, mas havia roupas e costumes por toda parte, como se os famosos atores vampiros tivessem realmente deixado o teatro às pressas muito antes do incêndio. Em outras palavras, apenas os vampiros mais jovens tinham deixado seus ossos; os velhos tinham sofrido destruição total. Nenhuma menção de testemunhas oculares ou sobreviventes. Como poderia haver?

– Mas algo me incomodava profundamente. Não temia qualquer vampiro que tivesse escapado. Não tinha vontade de caçá-los caso tivessem sobrevivido. Tinha certeza de que a maioria havia morrido. Mas por que não havia guardas também? Tinha certeza de que Santiago mencionara guardas, e supunha que fossem os porteiros que trabalhavam no teatro antes das sessões. E até estava preparado para enfrentá-los com minha foice. Mas não estavam lá. Era estranho. Não me sentia inteiramente à vontade diante disto.

– Mas, finalmente, quando pus os jornais de lado e fiquei repensando estas coisas, a estranheza deixou de importar. O essencial era que estava mais absolutamente sozinho no mundo do que jamais estivera em minha vida. Que Cláudia se fora, sem retorno. E eu tinha menos motivos para viver do que nunca, e menos vontade.

– Mas minha dor não me dominou, na verdade nem me tocou, não me transformou na criatura arruinada e desesperada que imaginava. Talvez não fosse possível aguentar o tormento que senti ao ver os restos queimados de Cláudia. Talvez não fosse possível saber disto e continuar existindo. Perguntei-me vagamente, com o passar das horas, conforme a fumaça do café ficava mais depressa espessa, as cortinas desbotadas do pequeno palco subiam e desciam e mulheres robustas cantavam, a luz reluzindo em suas joias falsas, suas vozes suaves, melodiosas, frequentemente melancólicas, profundamente tristes – perguntei-me vagamente o que seria sentir esta perda, esta fúria, e ser justificado, despertar simpatias, compreensão. Nunca falaria de minha dor com uma criatura viva. Minhas lágrimas não significavam nada para mim.

– Então, para onde ir, em vez de morrer? Foi estranho como a resposta me ocorreu. Estranho como vaguei então para a rua, circundando o teatro em ruínas, chegando finalmente à larga Avenida Napoleão e descendo até o Palácio do Louvre. Era como se aquele lugar me chamasse, apesar de nunca haver entrado ali. Já tinha passado milhares de vezes por sua longa fachada, desejando poder viver apenas um dia como homem mortal para percorrer suas inúmeras salas e apreciar os magníficos quadros. Agora me dirigia para lá, possuído por uma vaga ideia de que poderia encontrar algum consolo na obra de arte, sem trazer a morte para o que era inanimado, mas ainda assim transmitia magnificamente o próprio espírito da vida.

Em algum ponto da avenida, ouvi passos atrás de mim que reconheci como sendo os de Armand. Estava fazendo algum sinal, fazendo-me saber que estava próximo. Não fiz nada além de diminuir o passo para ficarmos no mesmo ritmo, e durante muito tempo simplesmente andamos, sem dizer nada. Não ousava encará-lo. Claro que estivera pensando nele o tempo todo, pois se éramos homens e Cláudia tinha sido meu amor, eu deveria finalmente cair em seus braços, movido pela necessidade de dividir uma dor tão grande, tão devastadora. A represa ameaçou transbordar, mas não o fez. Eu estava entorpecido e andava como tal.

– Sabe o que fiz – falei finalmente. Tínhamos virado a esquina e podia ver à minha frente a longa fila de colunas duplas da fachada do Museu Real. – Tirou seu caixão, como lhe ordenei?

– Sim – respondeu. Havia um conforto súbito e inegável no som de sua voz. Enfraqueceu-me. Mas eu estava simplesmente longe demais da dor, cansado demais.

– Entretanto está aqui comigo. Pretende vingá-los?

– Não – respondeu.

– Eram seus companheiros, você era seu líder – falei. – Mas não os avisou de que estava atrás deles, como eu o avisei?

– Não – falou.

– Mas certamente me despreza por isto. Certamente respeita alguma regra, alguma aliança com sua própria espécie.

– Não – respondeu em voz baixa.

– Espantava-me ver como sua resposta era lógica, apesar de não saber explicá-la ou compreendê-la.

– E algo surgiu com clareza das remotas regiões de minhas incansáveis considerações.

– Havia guardas; havia aqueles porteiros que dormiam no teatro. Por que não estavam lá quando cheguei? Por que não estavam lá para proteger os vampiros adormecidos?

– Porque eram meus empregados e eu os dispensei. Mandei-os embora – disse Armand.

– Parei. Não demonstrou preocupação pelo fato de encará-lo, e, assim que nossos olhos se encontraram, desejei que o mundo fosse uma ruína vazia e escura de cinzas e morte. Desejei que fosse novo e belo, que ambos vivêssemos e tivéssemos amor para dar um ao outro.

– Fez isto, sabendo o que eu planejava?

– Sim – respondeu.

– Mas você era o líder! Confiava em você. Acreditavam em você. Viviam com você! – falei. – Não o compreendo... por quê...?

– Escolha a resposta que quiser – falou com calma e sensibilidade, como se não quisesse me magoar com acusações ou desdém, mas simplesmente desejasse que o compreendesse literalmente. – Posso pensar em muitas coisas. Pense na que quer e acredite nela. Será igual a qualquer outra. Eu lhe darei a razão real do que fiz, que é a menos verdadeira: estava deixando Paris. O teatro me pertencia. Da mesma forma, os despedi.

– Mas também sabia...

– Disse-lhe que era a razão real e menos verdadeira – falou pacientemente.

– Iria me destruir com a mesma facilidade com que deixou que fossem destruídos? – inquiri.

– Por que deveria? – perguntou.

– Meu Deus! – murmurei.

– Você está muito mudado – falou. – Mas, de certo modo, continua o mesmo.

– Segui em frente durante algum tempo, e então, na porta do Louvre, parei. A princípio achei que suas inúmeras janelas estavam apagadas e se prateavam com o luar e a chuva fina. Mas então pensei ver uma luz fraca se mexendo lá dentro, como se um guarda andasse entre os tesouros. Invejei-o. E pensei fixamente nele, aquele guarda, calculando como um vampiro poderia agarrá-lo, como poderia tirar sua vida, sua lanterna e suas chaves. O plano era confuso. Sentia-me incapaz de planejar. Tinha feito um único plano verdadeiro em minha vida, e ele estava concluído.

– Então, finalmente, me rendi. Voltei-me de novo para Armand e deixei meus olhos penetrarem nos seus, deixei-o aproximar-se de mim como se fosse me transformar em sua vítima, abaixei a cabeça e senti seu braço firme em meu ombro. E, de repente, recordando com clareza as palavras de Cláudia, praticamente suas últimas palavras – aquela certeza de que eu poderia amar Armand porque fora capaz de amá-la –, achei-as fortes e irônicas, mais carregadas de significado do que ela jamais imaginara.

– Sim – disse-lhe suavemente. – Este é o ápice do mal: que possamos até chegar ao ponto de nos amar, você e eu. E quem mais nos daria uma migalha de amor, uma migalha de compaixão e piedade? Quem mais, conhecendo--nos como nos conhecemos, faria algo além de nos destruir? Mas podemos amar um ao outro.

– E durante muito tempo ficou ali me olhando, se aproximando, abaixando aos poucos a cabeça, os lábios entreabertos como se pretendesse falar. Mas apenas sorriu e sacudiu a cabeça levemente para confessar que não tinha compreendido.

– E eu já não pensava nele. Vivia um daqueles raros momentos em que parecia não pensar em nada. Minha mente não tinha forma. Vi que a chuva passara. Vi que o ar estava claro e frio. Que a rua estava luminosa. E quis entrar no Louvre. Encontrei palavras para dizer isto a Armand, para lhe perguntar se poderia me ajudar no que fosse necessário para possuir o Louvre até o amanhecer.

– Achou um pedido muito simples. Apenas comentou que não sabia por que eu havia esperado tanto.

✻

– Logo depois, deixamos Paris. Disse a Armand que queria voltar ao Mediterrâneo – não para a Grécia, como sonhara tantas vezes. Queria ir para o Egito. Queria ver o deserto e, principalmente, queria ver as pirâmides e as tumbas dos reis. Queria entrar em contato com aqueles ladrões de túmulos que conhecem as sepulturas melhor que os pesquisadores, e queria penetrar em tumbas inexploradas e ver os reis, como foram enterrados, ver aqueles móveis e obras de arte trancados com eles, e as pinturas das paredes. Armand estava mais do que ansioso. E começamos a deixar Paris numa noite bem cedo, sem a menor cerimônia.

– Fiz uma coisa que devo ressaltar. Tinha voltado a meus quartos do Hotel Saint-Gabriel. Meu propósito era pegar algumas coisas de Cláudia e Madeleine e colocá-las em caixões e sepulturas preparados para isso no Cemitério de Montmartre. Mas não o fiz. Vaguei um pouco pelos quartos, onde tudo tinha sido limpo e arrumado pelos empregados, dando a impressão de que Madeleine e Cláudia deveriam voltar a qualquer momento. Olhei para aquilo tudo e minha tarefa pareceu sem sentido. De modo que parti.

– Mas algo aconteceu ali. Ou, melhor, algo que já sabia ficou mais claro. Tinha ido ao Louvre naquela noite para repousar a alma, para encontrar um prazer transcendente que calasse a dor e me fizesse esquecer completamente de mim mesmo. Tinha sido bem-sucedido. Ao parar na calçada do hotel, esperando a carruagem que me levaria ao encontro de Armand, vi pessoas que passavam – a avenida apinhada de damas e cavalheiros, as bancas de jornais, as carruagens de aluguel, os cocheiros das carruagens – tudo sob nova luz. Antes, toda a arte me acenava com a promessa de uma compreensão mais profunda do coração humano. Agora o coração humano não significava nada. Não o denigrira. Simplesmente o esquecera. Os magníficos quadros do Louvre não me pareciam mais intimamente ligados com as mãos que os pintaram. Eram desconexos e mortos como crianças transformadas em estátuas. Como Cláudia, roubada da mãe e preservada durante décadas em pérolas e ouro. Como as bonecas de Madeleine. E, obviamente, como Cláudia, Madeleine e eu, poderiam ser reduzidos a cinzas.

QUARTA PARTE

— Este é, realmente, o fim da história

– Claro, sei que se pergunta o que nos aconteceu depois. O que houve com Armand? Para onde fui? O que fiz? Mas lhe asseguro que, na verdade, não aconteceu nada. Nada que não fosse simplesmente inevitável. E minha jornada pelo Louvre aquela última noite, que já lhe descrevi, foi meramente profética.

– Depois disso nunca mais mudei. Não busquei nada na imensa fonte de transformações que é a humanidade. E mesmo em meu amor e enlevo com a beleza do mundo, não procurei aprender nada que pudesse reverter para a humanidade. Suguei a beleza do mundo como um vampiro. Ficava satisfeito. Enchia-me até a borda. Mas estava morto. E era imutável. A história terminou em Paris, como já disse.

– Durante muito tempo, pensei que a morte de Cláudia fora a causa do fim das coisas. Que se tivesse visto Madeleine e Cláudia deixarem Paris em segurança, tudo teria sido diferente entre mim e Armand. Poderia ter amado e desejado de novo, e procurado alguma semelhança com a vida mortal que teria sido intensa e variada, apesar de sobrenatural. Mas agora vejo que não. Mesmo se Cláudia não tivesse morrido, mesmo se não desprezasse Armand por tê-la deixado morrer, tudo seria igual. Conhecer sua maldade aos poucos, ou ser lançado longe por ela... era tudo o mesmo. Pois não a desejava. E, sem merecer nada melhor, fechei-me como uma aranha sob a chama de um fósforo. E mesmo Armand, que era meu companheiro constante, meu único companheiro, ficava muito distante de mim, além daquele véu que me separava de todas as coisas vivas, um véu em forma de mortalha.

– Mas sei que está ansioso por saber o que aconteceu com Armand. E a noite está quase acabando. Quero lhe contar porque é muito importante. Senão a história ficaria incompleta.

– Após deixarmos Paris, viajamos pelo mundo, como já lhe disse. Primeiro o Egito, depois a Grécia, a Itália, a Ásia Menor – para onde eu queria ir, realmente, e para onde minha busca de arte me levava. Durante estes anos, o tempo deixou de ter qualquer significado e eu ficava sempre absorto com coisas muito simples – um quadro num museu, a janela de uma catedral, uma bela estátua – durante longos períodos.

– Mas, durante todos estes anos, tinha uma vontade vaga, mas persistente, de voltar a Nova Orleans. Nunca esqueci Nova Orleans. E quando estávamos em países tropicais, onde cresciam as mesmas flores e árvores da Louisiana, pensava nela profundamente e sentia por minha casa o único desejo que substituía minha busca interminável de obras de arte. De vez em quando, Armand me pedia para levá-lo até lá, e eu, notando cavalheirescamente que fazia muito pouco para agradá-lo e frequentemente passava longos períodos sem nem falar com ele ou procurá-lo, queria ir porque ele o pedira. Parecia que seu pedido me causava um medo vago de que pudesse sentir alguma dor em Nova Orleans, de que pudesse experimentar de novo a sombra pálida de minha infelicidade anterior. Mas deixei-o de lado. Talvez o medo fosse mais forte do que pensava. Viemos para a América e vivemos muito tempo em Nova York. Continuava adiando Nova Orleans. Então Armand usou finalmente outro argumento. Disse-me algo que vinha me ocultando desde que morávamos em Paris.

– Lestat não tinha morrido no Teatro dos Vampiros. Eu pensara que estivesse morto, e quando perguntara a Armand sobre os vampiros, me disse que todos haviam perecido. Mas agora me dizia que não fora assim, Lestat tinha abandonado o teatro na noite em que fugi de Armand e procurei o Cemitério de Montmartre. Dois vampiros que tinham sido criados com Lestat pelo mesmo mestre o ajudaram a comprar passagem para Nova Orleans.

– Não sei descrever a sensação que me dominou quando ouvi isto. Obviamente, Armand disse que tinha evitado que eu soubesse, esperando que não fizesse uma longa viagem apenas por vingança, uma viagem que, naquela época, teria me causado sofrimento e dor. Mas não me importei. Não tinha pensado em Lestat na noite em que incendiara o teatro. Pensara em Santiago, Celeste e os outros que haviam destruído Cláudia. Na verdade, Lestat tinha me despertado sentimentos que não queria contar a ninguém, sentimentos que queria esquecer, apesar da morte de Cláudia. O ódio não estava entre eles.

– Mas quando ouvi isto de Armand, foi como se o véu que me protegia ficasse fino e transparente, e apesar dele ainda permanecer entre mim e o mundo dos sentimentos, pude perceber Lestat do outro lado, e compreender que queria vê-lo de novo. E com isto brotando em mim, voltamos para Nova Orleans.

– Estávamos no fim da primavera. E assim que saltamos na estação ferroviária compreendi que realmente tinha chegado em casa. Era como se o próprio ar fosse perfumado e peculiar, e me senti extraordinariamente à vontade ao andar naquelas calçadas cálidas e lisas, sob carvalhos familiares, ouvindo os incessantes, vibrantes e vivos sons da noite.

– Claro que Nova Orleans havia mudado. Mas em vez de me lamentar pelas mudanças, me senti grato por ainda parecer a mesma. Consegui achar no Carden District, que no meu tempo fora o Faubourg St. Marie, uma das sólidas e velhas mansões daquela época, tão afastadas da rua calma que, andando ao luar sob os pés de magnólia, percebi a mesma doçura e paz que conhecera nos velhos tempos. E não apenas nas ruas estreitas e escuras do Vieux Carré, mas na deserta Pointe du Lac. Lá estavam as madressilvas, as rosas e o reflexo das colunas coríntias sob as estrelas. E além do portão havia as ruas de sonho, outras mansões... era uma cidadela de graça.

– Na Rua Royale, onde conduzi Armand por entre turistas, antiquários e portas freneticamente iluminadas de restaurantes da moda, fiquei surpreso ao descobrir a casa onde Lestat, Cláudia e eu montáramos nosso lar, a fachada levemente transformada por uma pintura nova e alguns reparos que tinham sido feitos em seu interior. Suas duas janelas francesas ainda se abriam para os pequenos balcões do sobrado e pude ver, no brilho suave de lustres elétricos, um elegante papel de parede que não era difícil de ser encontrado antes da guerra.

– Tive uma forte sensação de que havia algo de Lestat ali, mais dele do que de Cláudia, e tive certeza, apesar dele não estar presente naquele momento, de que o havia encontrado em Nova Orleans.

– E senti algo mais: uma tristeza que me invadiu assim que Armand se afastou. Mas não era dolorosa nem passional. Entretanto era algo forte, quase doce, como a fragrância dos jasmins e das rosas que apinhavam o jardim do velho quintal que eu entrevia pela grade de ferro. Tal tristeza me trouxe uma satisfação sutil e me manteve muito tempo parado naquele lugar. Conduziu-me à cidade e realmente não me abandonou quando me recolhi naquela noite.

– Agora me pergunto o que poderia ter nascido daquela tristeza, o que teria engendrado em mim que se tornou mais forte do que ela própria. Mas estou pulando um pedaço da história.

– Porque pouco depois vi um vampiro em Nova Orleans, um rapaz de rosto branco e magro andando sozinho por uma das largas calçadas da Avenida St. Charles, pouco antes do amanhecer. E no mesmo instante me convenci de que, se Lestat ainda vivesse, aquele vampiro o conheceria e poderia até me levar a ele. Obviamente, o vampiro não me viu. Há muito que aprendera a localizar minha própria espécie nas cidades grandes sem deixar que me vissem. Armand, em seus rápidos encontros com vampiros de Londres e Roma, descobriu que o incêndio do Teatro dos Vampiros era mundialmente conhecido e que nós dois éramos considerados párias. As especulações sobre o assunto não significavam nada para mim e eu as evitara até então. Mas comecei a observar e seguir este vampiro de Nova Orleans, apesar de só me levar a teatros ou outros passatempos que não me interessavam. Certa noite, finalmente, as coisas mudaram.

– Era uma noite muito quente e, assim que o vi na St. Charles, compreendi que tinha de ir a algum lugar. Não somente andava depressa, como parecia distraído. E quando finalmente deixou a avenida para se enfiar numa ruela acanhada e tímida, tive certeza de que se dirigia para algo que me interessava.

– Penetrou então numa casinha de madeira e provocou a morte de uma mulher. Fez tudo muito rapidamente, sem sinal de prazer, e quando terminou, tirou o filho da vítima do berço, envolveu-o delicadamente numa manta de lã azul e ganhou novamente a rua.

– Apenas um ou dois quarteirões adiante, parou na frente de uma grade de ferro com trepadeiras que circundavam um grande jardim abandonado. Podia ver uma velha casa por trás das árvores, escura, a pintura descascada, os corrimãos de ferro batido das compridas varandas manchados de ferrugem laranja. Parecia uma casa abandonada, fincada ali entre casinholas de madeira, com as janelas superiores vazias dando para o que deveria ter sido um amontoado de telhados baixos, um armazém e um pequeno bar adjacente. Mas o terreno vasto e escuro de algum modo protegia a casa dessas coisas, e tive de contornar alguns metros de grade até perceber, por entre os ramos das árvores, um brilho pálido numa das janelas do primeiro andar.

– O vampiro atravessou o portão. Podia ouvir o bebê chorando, e depois nada. Segui em frente, escalando com facilidade a velha grade, saltando para o jardim e me aproximando silenciosamente da grande varanda da frente.

– Vi algo surpreendente pelas janelas compridas e baixas. Pois, apesar do calor da noite sem aragem, na qual a varanda, mesmo com suas tábuas soltas e quebradas, deveria ser o único local tolerável para um ser humano ou para um vampiro, uma lareira ardia na saleta, todas as janelas estavam fechadas, e o vampiro jovem sentado junto ao fogo falava com outro vampiro que pairava bem próximo, os pés calçados apoiados na lareira quente e os dedos trêmulos puxando sem parar as lapelas de seu roto roupão azul. E, apesar de um fio elétrico pender de um ramo de rosas pintado no teto, apenas uma lamparina acrescentava sua luz frágil à do fogo, uma lamparina que repousava ao lado da criança aos prantos numa mesa próxima.

– Meus olhos se arregalaram ao analisar aquele vampiro trêmulo e recurvado cujo belo cabelo louro pendia em ondas que lhe cobriam o rosto. Quis espanar a poeira da vidraça que não me deixava confirmar minha suspeita.

– Todos vocês me abandonaram! – lamuriou-se então num tom agudo.

– Não pode nos prender aqui – respondeu rispidamente o constrangido vampiro jovem.

– Estava sentado de pernas cruzadas, braços dobrados sobre o peito estreito, vasculhando a sala vazia e empoeirada com desdém.

– Oh, cale a boca! – disse debilmente o vampiro louro, e quando se inclinou para entregar ao outro o combustível que encontrara ao lado da cadeira, vi claramente, inequivocamente, o perfil de Lestat, aquela pele macia agora livre do menor vestígio das velhas cicatrizes.

– Se pelo menos saísse – disse o outro zangado, jogando uma tora nas brasas. – Se ao menos calçasse algo além desses miseráveis animais... – e olhou a seu redor enojado.

– Vi então, nas sombras, pequenos cadáveres peludos de vários gatos, que jaziam amontoados na poeira.

– Era algo inusitado, pois o vampiro não tem mais capacidade de suportar a presença de suas vítimas mortas do que qualquer mamífero de permanecer no lugar onde deixou seus restos.

– Sabe que é verão? – perguntou o jovem. Lestat simplesmente esfregou as mãos. O choro do bebê cessou, mas o vampiro concluiu:

– Vá logo, pegue-o que ficará mais quente.

– Devia ter me trazido algo mais! – disse Lestat amargamente. E, ao olhar para o bebê, vi seus olhos tremerem contra a luz fraca da lâmpada enfumaçada. Senti que reconhecia bruscamente aqueles olhos, até mesmo a expressão sob a sombra da onda cheia de seu cabelo louro. E ainda ouvi aquela voz fanhosa, e vi aquelas costas curvas e trêmulas! Quase sem pensar bati com força no vidro. O vampiro jovem se levantou, assumindo uma expressão dura e má. Mas eu simplesmente acenei para que abrisse o trinco. E Lestat, apertando o roupão no pescoço, se levantou da cadeira.

– É Louis, Louis – disse. – Deixe-o entrar.

– E acenou freneticamente, como um inválido, para que o jovem "enfermeiro" lhe obedecesse.

– Assim que a janela se abriu, senti o fedor da sala e seu calor sufocante. O fervilhar dos insetos nos animais apodrecidos feriu meus sentidos e fez-me recuar sem querer, apesar das súplicas desesperadas de Lestat para que me aproximasse. Ali, num canto afastado, estava o caixão onde dormia, a laca descascando-se da madeira, quase encoberto pelas pilhas de jornais amarelados. E havia ossos pelos cantos, completamente limpos, a não ser pelos tufos de pelo. Mas Lestat tinha agora as mãos secas entre as minhas, podia ver lágrimas brotando em seus olhos, e apenas quando sua boca se estirou num estranho sorriso de desesperada felicidade que se aproximava da dor, vi os traços tênues das velhas cicatrizes. Como era desconcertante e horrendo este homem imortal, trêmulo e sem rugas, recurvado, alquebrado e lamuriento como uma velha.

– Sim, Lestat – falei novamente. – Vim vê-lo.

– Afastei suas mãos delicadamente, recuei devagar e me aproximei lentamente do bebê, que agora chorava desesperado de medo e fome. Assim que o ergui e afrouxei a manta, se acalmou um pouco, e então o afaguei e embalei. Lestat murmurava palavras rápidas e mal articuladas que eu não conseguia compreender, lágrimas banhando-lhe a face, o vampiro jovem na janela aberta com um ar de desprezo, e uma mão no trinco da janela, como se pretendesse fechá-la a qualquer instante.

– Então você é Louis – disse o jovem.

– Isto pareceu aumentar a indescritível excitação de Lestat, que limpou freneticamente as lágrimas com a ponta do roupão.

– Uma mosca pousou na testa do bebê, e involuntariamente engasguei ao apertá-la entre dois dedos e lançá-la morta ao chão. A criança não estava mais chorando. Fitava-me com olhos extraordinariamente azuis, olhos azul--escuros, seu rosto gorducho úmido devido ao calor e um sorriso nos lábios, um sorriso que ficava cada vez mais intenso, como uma chama. Nunca tinha provocado a morte de algo tão tenro, tão inocente, e tive consciência disto ao segurar a criança com uma estranha sensação de pesar, mais forte do que a que me invadira na Rua Royale. E, embalando o bebê delicadamente, puxei a cadeira do vampiro jovem para a lareira e me sentei.

– Não tente falar... está tudo bem – disse para Lestat, que se abateu agradecido na cadeira e se estirou para alisar as lapelas de meu casaco com as duas mãos.

– Mas estou tão feliz de vê-lo – balbuciou entre lágrimas. – Sonhei com sua volta... – falou.

– E então fez uma careta, como se sentisse uma dor que não sabia identificar, e mais uma vez o delicado mapa de cicatrizes apareceu por um instante. Seu olhar era vago e levou as mãos aos ouvidos, como se quisesse se proteger de um som terrível.

– Eu não... – recomeçou. E então sacudiu a cabeça, os olhos se enevoando ao se arregalarem, como se não tivessem foco. – Não queria deixá-los fazer aquilo, Louis... Quer dizer, Santiago... aquele, sabe, não me disse o que pretendiam fazer.

– Isto pertence ao passado, Lestat.

– Sim, sim – assentiu vigorosamente. – Ao passado. Ela nunca deveria... por que, Louis, *você sabe...*

– E sacudia a cabeça, a voz parecendo adquirir força, ou alguma ressonância, com o esforço.

– Ela nunca deveria ter se tornado uma de nós, Louis – e esmurrou o peito encolhido, repetindo: – Nós – disse baixinho.

Ela. Já me parecia que nunca havia existido. Que tinha sido algum sonho ilógico, fantástico, que me era precioso e pessoal demais para confidenciá--lo a alguém. E acontecido há muito tempo. Olhei para ele. Fitei-o. E tentei pensar: sim, nós três juntos.

– Não tenha medo de mim, Lestat – disse, como se falasse comigo mesmo. – Não lhe farei mal.

– Voltou para mim, Louis – murmurou, com aquela voz aguda, esganiçada. – Voltou para casa, Louis, não foi?

– E mais uma vez mordeu os lábios, me olhando desesperado.

– Não, Lestat – sacudi a cabeça. Por um momento, ele ficou agitado, tentou iniciar um gesto, depois outro, finalmente ficou sentado, cobrindo o rosto com as mãos, num paroxismo de tristeza. O outro vampiro, que me analisava friamente, perguntou:

– Está... Voltou para ele?

– Não, claro que não – respondi. E ele sorriu afetadamente, como se fosse exatamente o que esperava, que tudo ficasse em suas mãos de novo, e caminhou para a varanda. Podia ouvi-lo muito próximo, esperando.

– Apenas queria vê-lo, Lestat – falei. Mas não pareceu me ouvir. Algo o tinha distraído. Tinha os olhos arregalados, as mãos pairavam próximas aos ouvidos. Então também ouvi. Era uma sirene. E conforme foi se tornando mais alta, seus olhos se fecharam e os dedos cobriram as orelhas. E ficou ainda mais alta, vinda de uma rua do centro.

– Lestat! – disse-lhe entre os gritos do bebê, que se elevavam com o mesmo medo terrível da sirene. Mas sua agonia me arrasou. Seus lábios deixavam ver os dentes, em uma horrível careta de dor.

– Lestat, é apenas uma sirene! – repeti estupidamente. E então ele se inclinou na cadeira, me agarrou e se abraçou com tanta força a mim que, sem querer, peguei sua mão. Ele se curvou, apertando a cabeça em meu peito e segurando minha mão tão fortemente que provocava dor. A sala se encheu com o piscar da luz vermelha da sirene que depois começou a se afastar.

– Louis, não aguento, não aguento! – rosnou entre as lágrimas. – Ajude-me, Louis; Louis, fique comigo.

– Mas por que tem medo? – perguntei. – Não sabe o que é?

– E ao baixar os olhos para ele, ao ver seu cabelo louro contra meu casaco, tive uma visão de como era há muito tempo, aquele cavalheiro alto e firme, numa esvoaçante capa preta, a cabeça erguida, a voz melodiosa e imaculada entoando uma frase da ópera a que acabávamos de assistir, seus passos ressoando nos paralelepípedos para marcar o ritmo da música, seus olhos grandes e brilhantes alcançando a jovem que parava enlevada, fazendo um sorriso nascer em seu rosto enquanto a canção morria. E por um momento, aquele exato momento em que seus olhos se encontravam, todo mal parecia apagado por aquela torrente de prazer, aquela paixão pelo simples fato de estar vivo.

– Era este o preço daquele envolvimento? Uma sensibilidade chocada pela mudança, trêmula de medo? Pensei, silencioso, em todas as coisas que poderia lhe dizer, como poderia fazê-lo lembrar que era imortal e nada o condenava àquele retraimento, a não ser ele próprio, e que estava cercado pelos sinais inconfundíveis da morte inevitável. Mas não disse tais coisas, e compreendi que nunca as diria.

– Parecia que o silêncio se avolumava de novo à nossa volta, como um mar escuro que a sirene havia afastado. As moscas fervilhavam no corpo supurado de um rato, a criança me olhava calmamente como se meus olhos fossem bolas brilhantes, e sua mão diminuta se fechou sobre o dedo que eu havia pousado na minúscula boca aveludada.

Lestat tinha se levantado, endireitado o corpo, mas apenas para se curvar de novo e afundar na cadeira.

– Não ficará comigo – suspirou. Mas então seu olhar vagou e pareceu subitamente distraído.

– Queria tanto falar com você – disse. – Naquela noite em que voltei para casa, na Rua Royale, queria apenas falar com você! Tremeu violentamente, olhos fechados, a garganta parecendo se contrair. Era como se os socos que eu desferira o atingissem naquele momento. Olhava inexpressivamente para o nada, a língua umedecendo os lábios, a voz baixa, quase natural. – Fui a Paris procurá-lo...

– O que queria me dizer? – perguntei. – Sobre o que desejava falar?

– Lembrava-me muito bem de sua louca insistência no Teatro dos Vampiros. Há anos não pensava nisso. Não, jamais pensara. E tinha consciência de que agora falava no assunto com grande relutância.

– Mas ele apenas riu para mim, um sorriso insípido, quase desculposo. E sacudiu a cabeça. Vi seus olhos se encherem de um desespero suave, turvo.

– Senti um alívio profundo e inegável.

– Mas ficará aqui! – insistiu.

– Não – respondi.

– E nem eu! – disse o vampiro jovem, afastado na escuridão. E parou um segundo na janela aberta a nos olhar. Lestat levantou os olhos e depois os afastou covardemente, enquanto seus lábios pareciam se engrossar e tremer.

– Feche, feche – disse, apontando a janela. Depois um soluço irrompeu de seu peito e, cobrindo a boca com a mão, abaixou a cabeça e chorou.

– O vampiro jovem havia partido. Ouvi seus passos rápidos, ouvi a pancada forte do portão de ferro. Eu estava sozinho com Lestat, e ele chorava. Acho que demorou muito a parar, e, durante este tempo todo, não fiz mais que observá-lo. Pensava em tudo que acontecera entre nós. Lembrava coisas que supunha esquecidas. E tomei consciência daquela mesma tristeza desnorteante que sentira ao ver o lugar da Rua Royale em que havíamos morado. Apenas não me parecia ser uma tristeza por Lestat, aquele vampiro alegre e esperto que vivera ali. Parecia ser uma tristeza por algo mais, algo acima de Lestat, que apenas o incluía e fazia parte da terrível tristeza por tudo que eu perdera, amara ou descobrira. Parecia estar em outro lugar, em outra época. E este lugar e esta época eram muito reais, era um quarto onde os insetos zumbiam como zumbiam ali, o ar era abafado e carregado de morte e perfume da primavera. Eu estava prestes a descobrir este lugar e, junto com ele, uma dor terrível, uma dor tão terrível que minha mente fugiu, dizendo: – Não, não me leve de volta para aquele lugar. E, de repente, tudo começou a desaparecer e voltar para aqui e agora com Lestat.

– Atônito, vi minhas próprias lágrimas caírem no rosto da criança. E percebi seu brilho sobre as faces, e vi as faces ficarem muito roliças com o sorriso da criança. Devia ter visto a luz nas lágrimas. Levei a mão ao rosto, enxuguei as lágrimas que realmente estavam lá e olhei-as espantado.

– Mas, Louis... – dizia Lestat em voz baixa. – Como pode ser assim, como pode suportar? – estava me olhando, a boca com a mesma careta, a face banhada de lágrimas. – Diga-me, Louis, ajude-me a compreender! Como consegue compreender tudo, como consegue suportar?

– E no desespero de seus olhos, no tom profundo de sua voz, pude ver que ele também estava penetrando em algo que lhe era muito doloroso, num lugar onde há muito não se aventurava. Mas então, mesmo enquanto eu o olhava, pareceu ficar confuso, embaraçado. Apertou o roupão e, sacudindo a cabeça, olhou para o fogo. Um calafrio o percorreu e ele gemeu.

– Agora preciso ir, Lestat – falei. Estava cansado, dele e de sua tristeza. E ansiei pela quietude lá de fora, aquela calma perfeita a que me acostumara tanto. Mas percebi, ao me levantar, que estava levando o bebezinho comigo.

– Lestat me fitava agora com seus olhos grandes e agoniados, seu rosto macio, sem idade.

– Mas voltará... virá me visitar... Louis? – disse.

– Afastei-me, ouvindo-o me chamar, e deixei a casa em silêncio. Quando cheguei à rua, olhei para trás e pude vê-lo pairando na janela como se tivesse medo de sair. Compreendi que não saía há muito tempo, muito tempo, e me ocorreu que talvez nunca mais saísse de novo.

– Voltei à casa de onde o vampiro tinha tirado a criança e deixei-a em seu berço.

– Não demorei muito para dizer a Armand que tinha visto Lestat. Um mês, talvez, não tenho certeza. Na época, o tempo significava pouco para mim, como agora. Ele se espantou por não lhe haver contado antes.

– Naquela noite, nos dirigíamos para o ponto onde a cidade dá lugar ao Parque Audubon e o dique é um declive deserto e gramado que dá em uma praia barrenta salpicada de pedaços de madeira trazidos pelas ondas do rio. Na outra margem, ficavam as luzes muito tênues das indústrias e empresas ribeirinhas, pontos verdes ou vermelhos que cintilavam ao longe como estrelas. A lua mostrava a corrente forte e larga, serpenteando entre duas margens. E ali até o calor do verão desaparecia, com a brisa fresca subindo da água e balançando o musgo que pendia do carvalho retorcido onde nos sentávamos. Eu arrancava o capim e o colocava na boca, apesar do gosto amargo e incomum. O gesto parecia natural. Quase sentia que nunca deveria ter saído de Nova Orleans. Mas o que representavam tais pensamentos quando se pode viver para sempre? Nunca sair de Nova Orleans "de novo"? "De novo" parecia uma expressão humana.

– Mas não sentiu sede de vingança? – perguntou Armand. Repousava na grama a meu lado, apoiado no cotovelo, o olhar fixo em mim.

– Por quê? – perguntei calmamente. Queria, como tantas outras vezes, que não estivesse ali, que eu estivesse sozinho. Sozinho junto a este rio frio e poderoso sob o luar. – Ele próprio encontrou a vingança. Está morrendo, morrendo de rigidez, de medo. Sua mente não consegue aceitar esta época. Nada tão sereno e elegante como a morte de vampiro que me descreveu uma vez em Paris. Acho que está morrendo tão grotesca e desajeitadamente quanto os humanos deste século... de velhice.

– Mas você... o que sentiu? – insistiu Armand. E fui tocado pela característica pessoal da pergunta, pelo tempo transcorrido sem que conversássemos assim. Percebia-o com muita clareza, o ser independente que era, a criatura calma e discreta de cabelos ruivos e lisos, os olhos grandes, às vezes melancólicos, olhos que frequentemente não pareciam estar vendo nada além de seus próprios pensamentos. Naquela noite, se acendiam com um fogo incomum.

– Nada – respondi.

– Nada, em nenhum sentido?

– Respondi que não. Lembrei-me plenamente daquele pesar. Era como se não tivesse me deixado de repente, mas permanecesse por perto o tempo todo, acenando, dizendo: – Venha. Mas não diria isto a Armand, não o revelaria. E tinha a mais estranha sensação ao perceber sua necessidade de que lhe dissesse isto... isto ou qualquer coisa... uma necessidade estranhamente próxima da necessidade de sangue vivo.

– Mas ele não disse nada, nada que o fizesse sentir o antigo ódio... – murmurou. E foi aí que notei realmente sua preocupação.

– Que é isso, Armand? Por que pergunta? – falei.

– Mas ele se deitou no declive e, durante muito tempo, pareceu olhar as estrelas. As estrelas me trouxeram de volta algo muito específico, o navio que levou a mim e Cláudia para a Europa, e as noites ao mar em que as estrelas pareciam descer para tocar as ondas.

– Pensei que talvez tivesse falado algo sobre Paris... – disse Armand.

– O que deveria dizer sobre Paris? Que não queria que Cláudia morresse? – perguntei. Cláudia de novo; o nome soou estranho. Cláudia espalhando aquele jogo de paciência na mesa que balançava com o mar, a lanterna rangendo no gancho, a vigia preta cheia de estrelas. Tinha a cabeça inclinada, os dedos apoiados sob os ouvidos como se pretendessem segurar fios de cabelo. E tive a mais desconcertante sensação: que em minha memória ela levantaria os olhos do jogo e as pupilas estariam vazias.

– Poderia ter-me contado o que quisesse sobre Paris, Armand – falei. – Há muito tempo. Não teria tido importância...

– Mesmo que fui eu quem...?

– Voltei-me para ele, que continuava fitando o céu. E vi a extraordinária dor de seu rosto, de seu olhos. Pareciam imensos, imensos demais, e o rosto branco que os emoldurava, sombrio demais.

– Que foi você quem a matou? Que a empurrou para o quintal e a trancou lá? – perguntei. Ri. – Não me diga que vem se arrependendo todos estes anos. Não você.

– E então ele fechou os olhos e virou o rosto, a mão apoiada no peito como se eu acabasse de desferir um terrível e inesperado soco.

– Não pode me convencer de que se importa com isto – disse-lhe friamente. Olhei para a água e novamente aquela sensação me dominou... queria estar só. Sabia que dali a pouco me levantaria e iria embora sozinho. Isto é, se ele não saísse primeiro. Pois realmente gostaria de permanecer ali. Era um lugar calmo, retirado.

– Você não se importa com coisa alguma... – dizia ele.

– E então sentou-se lentamente e se voltou para mim, deixando-me ver aquele fogo escuro em seus olhos.

– Pensei que ao menos se importaria com isto. Pensei que sentiria a velha paixão, a antiga raiva, se o visse de novo. Pensei que algo se acenderia e renasceria em você se o visse.. se voltasse àquele lugar.

– Que eu voltasse a viver? – falei baixinho. E senti a dureza fria e metálica de minhas palavras, a modulação, o controle. Era como se estivesse inteiramente gelado, feito de metal, e ele se tornasse subitamente frágil. Frágil, como na verdade vinha sendo há muito tempo.

– Sim – exclamou. – Sim, voltasse a viver! – e depois pareceu embaraçado, positivamente confuso. E algo estranho ocorreu. Baixou a cabeça como se estivesse derrotado. E alguma coisa no modo como sentia esta derrota, no modo com que seu rosto branco a refletiu por um breve instante, me fez lembrar de alguém que eu vira derrotado do mesmo modo. Surpreendeu-me precisar de tanto tempo para ver o rosto de Cláudia na mesma situação; Cláudia, parada ao lado da cama no quarto do Hotel Saint-Gabriel, me implorando para transformar Madeleine em um de nós. Aquele mesmo ar de desamparo, aquela derrota que parecia tão sentida que fazia esquecer todo o resto

– E então ele, como Cláudia, pareceu zombar, reunir uma reserva de força. Mas falou baixo para o nada:

– Estou morrendo.

– E eu, vendo-o, ouvindo-o, a única criatura sob os céus que o ouviu, sabendo inteiramente que era verdade, não disse nada.

– Um longo suspiro escapou de seus lábios. Sua cabeça se inclinou. Sua mão direita repousava a seu lado na grama.

– Ódio... isto é paixão – falou. – Vingança, isto é paixão...

– Não vindos de mim – murmurei. – Não agora.

– E então seus olhos se fixaram em mim e seu rosto pareceu muito calmo.

– Costumava acreditar que superaria isto. Que, quando a dor por tudo que aconteceu o deixasse, voltaria a ter calor e se encheria de amor, e se encheria daquela curiosidade feroz e insaciável que demonstrou em nosso primeiro encontro, aquela consciência inveterada e aquela sede de saber que o levou a Paris e à minha cela. Pensei que fizessem parte de você e não pudessem morrer. E pensei que, quando a dor desaparecesse, me perdoaria pela participação que tive na morte de Cláudia. Ela nunca o amou, sabe disto. Eu sabia disto! Compreendia! E acreditei que o atrairia e o prenderia a mim. E teríamos muito tempo, seríamos professor um do outro. Todas as coisas que lhe trouxessem felicidade também me trariam, e eu seria o guardião de sua dor. Meu poder seria o seu poder. Minha força também. Mas você está morto por dentro, é frio e está fora de meu alcance! É como se eu não estivesse aqui, a seu lado. E, sem estar com você, tenho a terrível sensação de que simplesmente não existo. E você é tão insensível e distante quanto estas estranhas pinturas modernas de linhas e formas brutas que não posso amar ou compreender, tão enigmático quanto as esculturas mecânicas atuais, que não têm forma humana. Tremo quando estou próximo de você. Olho em seus olhos e não encontro meu reflexo...

– O que me pediu era impossível! – falei rapidamente.

– Não vê? O que eu pedi também era impossível, desde o princípio.

– Protestou, a negação mal se formando em seus lábios, a mão se erguendo como se quisesse apagar tudo aquilo.

– Eu queria amor e bondade nisto que é a vida em morte – falei. – Era impossível desde o início, pois não se pode ter amor e bondade quando se faz aquilo que se sabe ser mau, que se acredita errado. Pode-se apenas ter a confusão desesperada, a saudade e a busca de uma bondade fantástica em sua forma humana. Sabia a verdadeira resposta para minha pergunta antes de chegar a Paris. Descobri-a quando tirei uma vida humana pela primeira vez para satisfazer às minhas necessidades. Era a minha morte. Mesmo que não a aceitasse, não pudesse aceitá-la, pois, como todas as criaturas, não quero morrer. E assim busquei outros vampiros, Deus, o diabo, centenas de coisas com centenas de nomes. E era tudo igual, tudo mal. E tudo errado. Pois ninguém conseguiria me convencer do contrário do que eu próprio sabia ser verdadeiro: que eu estava condenado em minha própria mente e alma. E quando cheguei a Paris, pensei que você fosse poderoso, belo e não sentisse culpa, e desejei o mesmo, desesperadamente. Mas era um destruidor como eu, até mais insensível e astuto. Mostrou-me a única coisa em que podia realmente ter esperanças de me transformar, o grau de maldade e frieza que teria de atingir para acabar com minha dor. E aceitei isto. Assim, a paixão e o amor que viu em mim se extinguiram. O que vê agora é um mero reflexo de si próprio.

– Ficou muito tempo calado. Colocou-se de pé e ficou de costas para mim, olhando o rio, a cabeça baixa como antes, as mãos paradas. Eu também olhava o rio. Pensava em silêncio: não tenho mais nada a falar, não há mais nada a fazer.

– Louis – disse então, erguendo a cabeça, a voz muito rouca e diferente do usual.

– Há algo mais que queira de mim, algo mais que procure?

– Não – falei. – Que quer dizer?

– Não respondeu. Começou a se afastar lentamente. A princípio pensei que só queria dar alguns passos, talvez vagar sozinho pela praia barrenta lá embaixo. E quando compreendi que estava me deixando, era apenas uma mancha contra o brilho ocasional da água ao luar. Nunca mais o vi.

– Obviamente, passaram-se várias noites até eu compreender que ele havia partido. Seu caixão ficou. Mas ele não voltou. E só muitos meses depois levei o caixão para o Cemitério de St. Louis e o coloquei na cripta, ao lado de meu ataúde. A sepultura, há muito abandonada, pois minha família desaparecera, recebeu a única coisa que ele deixou para trás. E então comecei a me sentir mal por isso. Pensava a respeito em minhas caminhadas, e ao amanhecer, antes de fechar os olhos. E numa noite, peguei o caixão, parti-o em pedaços e abandonei-o na aleia estreita do cemitério, sobre a grama alta.

– Pouco tempo depois, aquele vampiro que era o último filho de Lestat me procurou. Implorou que lhe contasse tudo que sabia a respeito do mundo, que me tornasse seu companheiro e professor. Lembro-me de lhe haver respondido que o destruiria se o encontrasse de novo.

– Compreenda, alguém deve morrer a cada noite em que saio, até que tenha coragem de terminar com isto – falei. – E você é uma admirável opção como vítima, um assassino tão mau quanto eu.

– E na noite seguinte, deixei Nova Orleans porque a tristeza não estava me deixando. E não queria pensar naquela casa velha onde Lestat estava morrendo. Ou naquele vampiro ansioso e moderno que me procurara. Ou em Armand.

– Queria um lugar que não tivesse nada familiar. Nada mais importava.

– E este é o fim. Não há mais nada.

❋

O rapaz continuou sentado e mudo, fitando o vampiro. E este ficou sério, as mãos cruzadas sobre a mesa, os olhos apertados e avermelhados fixos nas fitas. Agora seu rosto estava tão encovado, que a veias das têmporas apareciam como se fossem esculpidas em pedra. Continuou sentado tão imóvel, que apenas seus olhos verdes denunciavam vida, e aquela vida era uma fascinação boba pela rotação das fitas.

Então o jovem se reclinou na cadeira e correu os dedos da mão direita pelos cabelos.

– Não – falou, respirando fundo. E depois repetiu mais alto: – Não!

O vampiro não demonstrou ouvi-lo, seus olhos se afastaram das fitas e procuraram a janela, na direção do céu cinza-escuro.

– Não tinha de terminar assim! – disse o rapaz, inclinando-se para a frente.

O vampiro, que continuava a olhar para o céu, soltou uma gargalhada seca e curta.

– Tudo que sentiu em Paris! – disse o garoto, a voz cada vez mais alta. – O amor de Cláudia, o sentimento, até o sentimento por Lestat! Não tinha de terminar, não nisso, não em desespero! Porque se trata disso, não? Desespero!

– Pare – disse o vampiro abruptamente, erguendo a mão direita. Seus olhos vasculharam quase mecanicamente o rosto do rapaz. – Digo e repito que não poderia ter terminado de qualquer outro modo.

– Não posso aceitar – disse o rapaz, cruzando os braços no peito e sacudindo a cabeça enfaticamente. – Não posso!

E a emoção pareceu crescer nele, até que, sem querer, empurrou a cadeira no assoalho nu e deu alguns passos. Mas então, ao se voltar e ver novamente o rosto do vampiro, as palavras que estava prestes a dizer morreram em sua garganta. O vampiro simplesmente o fitava e sua face tinha uma expressão profunda, mista de raiva e tédio amargo.

– Não vê em que transforma tudo? Foi uma aventura que jamais conhecerei na vida! Fala de paixão, de saudades! Fala de coisas que milhões de nós nunca experimentarão nem chegarão a compreender. E depois diz que termina assim. Digo-lhe... – agora estava na frente do vampiro, as mãos estendidas. – Se me desse este poder! O poder de ver, sentir e viver para sempre!

Os olhos do vampiro começaram a se arregalar lentamente, seus lábios se entreabrindo.

– O quê? – perguntou baixo. – O quê?

– Dê-me isto! – disse o rapaz, a mão direita se fechando, o punho batendo no peito. – Transforme-me agora num vampiro! – falou, enquanto o vampiro o fitava estupefato.

O que aconteceu então foi rápido e confuso, mas terminou de repente com o vampiro de pé segurando o rapaz pelos ombros, o rosto úmido deste contorcido de medo, o vampiro o envolvendo num penetrante olhar de raiva.

– É isto que quer? – murmurou, os lábios pálidos manifestando apenas um leve sinal de movimento. – Isto... depois de tudo que lhe contei... é o que pede?

Um pequeno grito escapou do rapaz, que começou a tremer da cabeça aos pés, com o suor brotando na testa e na pele acima dos lábios. Sua mão procurou nervosamente o braço do vampiro.

– Não sabe como é a vida humana! – disse, quase em lágrimas. – Esqueceu. Nem compreende o significado de sua própria história, o que significa para um ser humano como eu.

E então um soluço profundo interrompeu suas palavras e seus dedos afundaram no braço do vampiro.

– Deus – balbuciou o vampiro e, se afastando, quase fez o rapaz perder o equilíbrio. Ficou de costas, fitando a janela cinza.

– Imploro... dê mais uma chance a si próprio. Mais uma chance, em mim! – disse o rapaz.

O vampiro se voltou para ele, o rosto tão contorcido de raiva quanto antes. E então, aos poucos, foi se suavizando. As pálpebras baixaram lentamente sobre os olhos e os lábios se estenderam num sorriso. Olhou de novo para o rapaz.

– Fracassei – suspirou, sorrindo calmamente. – Fracassei inteiramente...

– Não – protestou o rapaz.

– Não diga nada – disse o vampiro enfaticamente. – Só me resta uma chance. Vê o gravador? Ainda funciona. Só tenho um modo de lhe mostrar o significado do que falei.

E então agarrou o rapaz tão depressa que este se viu aprisionado por algo, empurrado por algo que não estava lá, de modo que sua mão ainda estava estendida quando o vampiro o encostou no peito, o pescoço do rapaz sob seus lábios.

– Vê? – murmurou o vampiro, e os lábios finos e sedosos recuaram sobre os dentes e duas longas presas penetraram na carne do rapaz. O rapaz balbuciou, um som baixo e gutural saiu de sua garganta, a mão tentando se fechar sobre algo, os olhos se arregalando apenas para se tornarem opacos e cinzentos enquanto o vampiro bebia. Enquanto isto, o vampiro parecia tão tranquilo quanto alguém que dormisse. Seu peito estreito arfava tão sutilmente com a respiração, que parecia estar se erguendo lentamente do chão e depois baixar de novo com a mesma graça sonambúlica. Veio um gemido do rapaz e, quando o vampiro o largou, fitou o rosto branco e úmido, as mãos inertes, os olhos semicerrados.

O rapaz gemia, um lábio frouxo e trêmulo, como que nauseado. Gemeu novamente, mais alto, sua cabeça pendeu e os olhos se reviraram. O vampiro o colocou delicadamente na cadeira. O rapaz tentava falar e as lágrimas que agora brotavam em seus olhos pareciam vir mais deste esforço do que do resto. Sua cabeça caiu pesadamente para a frente, como a de um bêbado, e sua mão repousou na mesa. O vampiro ficou a observá-lo, e sua pele branca assumiu um leve rosa luminoso. Era como se uma luz rósea brilhasse nele e seu ser inteiro a refletisse. A carne de seus lábios era escura, as veias de suas têmporas e mãos eram meros traços na pele, e seu rosto, juvenil e sem rugas.

– Vou morrer? – balbuciou o rapaz, erguendo os olhos lentamente, a boca molhada e sem firmeza. – Vou morrer? – grunhiu, lábios trêmulos.

– Não sei – disse o vampiro, e sorriu.

O rapaz pareceu prestes a dizer algo mais, mas a mão que repousava na mesa escorregou e sua cabeça pendeu para o lado, enquanto perdia a consciência.

*

Quando voltou a abrir os olhos, o rapaz viu o sol. Enchia a janela suja e nua e batia quente ao lado de sua mão e de seu rosto. Por um momento, permaneceu ali, a face contra a mesa, e depois, com grande esforço, se endireitou, respirou fundo e, fechando os olhos, apertou os dedos sobre o lugar onde o vampiro sugara. Quando a outra mão tocou acidentalmente a tampa de metal do gravador, soltou um grito, pois o metal estava quente.

Depois se levantou, desajeitadamente, quase caindo, até se apoiar na pia branca. Abriu a bica rapidamente, lavou o rosto com água fria e se enxugou com uma toalha suja que pendia de um prego. Agora respirava com regularidade e ficou parado, vendo-se no espelho. Olhou para o relógio. Este pareceu chocá-lo, trazê-lo ainda mais para a vida do que o sol ou a água. Deu uma busca rápida no quarto, no corredor e, não achando ninguém, voltou para a cadeira. Então, retirando um bloquinho branco e uma caneta do bolso, colocou-os na mesa e apertou o botão do gravador. A fita voltou depressa até que ele a desligasse. Quando ouviu a voz do vampiro, se inclinou para a frente, escutando com muita atenção. Depois levou a fita para outro ponto e, após ouvi-la, para mais outro. Mas por fim seu rosto se iluminou, quando as engrenagens rodaram e a voz falou muito sonora:

– Era uma noite muito quente, e assim que o vi na St. Charles, compreendi que tinha de ir a algum lugar... – E rapidamente o rapaz anotou:

– Lestat... perto da Avenida St. Charles. Casa velha em ruínas... vizinhança pobre. Procurar grades enferrujadas.

E então, enfiando rapidamente o bloco no bolso, colocou as fitas na maleta, junto com o pequeno gravador, e atravessou depressa o corredor comprido, escadas abaixo em direção à rua, onde seu carro continuava estacionado na esquina do bar.

Anne Rice nasceu em 4 de outubro de 1941 em Nova Orleans e ocupa até hoje um dos lugares de maior prestígio na literatura de fantasia. Seu primeiro romance, *Entrevista com o vampiro*, de 1976, foi o início da bem-sucedida série Crônicas Vampirescas, que mescla com maestria o horror e o romantismo gótico. Sete anos depois, usando o pseudônimo A. N. Roquelaure, iniciou a trilogia da Bela Adormecida. A autora faleceu em 2021.

Impressão e Acabamento:
GEOGRÁFICA EDITORA LTDA.